HEYNE <

Das Buch

Ein südfranzösisches Dorf im Winter anno 1288: Zwölf schwarz gewandete Reiter dringen in das Pfarrhaus ein, in dem Pater Aba Unterricht hält, und entführen einen sechsjährigen Jungen. Der Pater leistet Widerstand, wird niedergestreckt, nimmt aber die Verfolgung der Entführer auf. Aba hat ein geheimes Motiv für seine scheinbar aussichtslose Suche: Der entführte Junge ist sein eigener Sohn, der mit übernatürlichen, heilenden Fähigkeiten begabt ist. Bald stößt der Pater auf ähnliche Fälle von spurlos verschwundenen Wunderkindern. Die abenteuerreiche Jagd nach den Entführer führt von Südfrankreich über Böhmen bis in den von Intrigen erschütterten römischen Lateranpalast.

Nach *Das 13. Dorf* ein neuer großer Mittelalter-Roman des französischen Bestsellerautors.

Lieferbare Titel

Das dreizehnte Dorf – Der kleine Weihnachtsmann – Rettet Weihnachten!

ROMAIN SARDOU

ADVOCATUS DIABOLI

Roman

Aus dem Französischen von
Hanna van Laak

WILHELM HEYNE VERLAG
MÜNCHEN

Die Originalausgabe DÉLIVREZ-NOUS DU MAL
erscheint bei XO Éditions, Paris

MIX
Papier aus verantwortungsvollen Quellen
FSC® C014496

Verlagsgruppe Random House FSC-DEU-0100
Das für dieses Buch verwendete FSC®-zertifizierte Papier *Holmen Book Cream*
liefert Holmen Paper, Hallstavik, Schweden.

Vollständige deutsche Taschenbuchausgabe 08/2011

Printed in Germany 2011
Umschlaggestaltung: Hauptmann & Kompanie Werbeagentur, Zürich,
unter Verwendung der Illustrationen von © Araldo de Luca/CORBIS;
© mauritius images/imagebroker/Babette Reek
Satz: Leingärtner, Nabburg
Druck und Bindung: GGP Media GmbH, Pößneck
ISBN: 978-3-453-40825-8

www.heyne.de

Für meine Frau

Prolog

Artemidore de Broca

Seit bald neun Monaten schon war der Stuhl des Papstes an diesem 12. Dezember 1287 vakant; die im Konklave versammelten wahlberechtigten Kardinäle konnten sich nicht auf einen Nachfolger von Honorius IV. verständigen, der im April verstorben war.

Dass Rom für längere Zeit keinen Pontifex hatte, war schon häufiger vorgekommen. In der Vergangenheit hatten Interregnien dieser Art bisweilen drei Jahre und länger gedauert. Die Geschicke der Kirche lagen dann in den Händen eines kleinen Kollegiums von Kurienkardinälen, die bis zur Wahl die laufenden Geschäfte führten.

Dieses Kollegium stand jetzt unter der Leitung des Kanzlers und Herrschers über den Papstpalast, Artemidore de Broca.

Der alte Kardinal, der in seiner Jugend den Namen Aures de Brayac getragen hatte, ein verdienter Soldat des siebten Kreuzzugs und inzwischen über achtzig Jahre alt, gehörte seit 1249 der Kanzlei des Laterans an. In diesem Zeitraum hatte er es zum engsten Vertrauten von elf Päpsten gebracht, ohne dass seine Herrschaft über die Kurie je in Frage gestellt worden wäre.

Der Metzgerssohn, der voller Hochmut war und über grenzenlose Gerissenheit und Geduld verfügte, verließ sich einzig und allein auf seine eigene Genialität und galt als der »starke Mann« der Interregnien. Er hatte es inzwischen auf sechs ganze Jahre gebracht, in denen Rom, offiziell führerlos, unter seiner alleinigen Herrschaft gestanden hatte.

Nach übereinstimmenden Aussagen hatte er es unzählige Male abgelehnt, sich selbst zum Papst zu krönen; das verriet mehr als genug über das Gewicht, das er seinem Kanzlertitel beimaß, und über seine vielfach erprobte Überzeugung, dass er die wahre Macht in Rom besaß.

Seine Rivalen hatten es aufgegeben, ihn zu stürzen oder zu ermorden, denn er hatte all ihre Versuche vereitelt. Selbst seinen erbittertsten Feinden blieb nichts anderes übrig, als auf seinen Tod zu warten, ein Hinscheiden, das ihnen trotz der tausend Unbilden, die das Alter ihm auferlegte, verwehrt blieb.

Das Volk von Rom wusste nichts über die Schandtaten dieses ehemaligen Soldaten, der sich zum Kardinal gewandelt hatte; in seinen Augen blieb Artemidore der hochgeachtete Aures de Brayac, der Held der Schlacht von Mansoura.

Was empörte die Römer in diesen Tagen wirklich? Die Kälte und der Schnee, die Steuern, die den Preis für den Scheffel Weizen drückten, ein aufgeflogener Weinschmuggel mit Zypern, durch den ihre Malvasierquelle versiegt war, der Zustrom von Pilgern, die sich die besten Waren schnappten, Wasserträger, die sich weigerten, bei Frost zu arbeiten, schlussendlich die Kälte und der Schnee …

Das Fehlen eines Pontifex maximus?

Kein Wort davon.

Die Beratungen des Konklaves, die sich endlos in die Länge zogen?

Kaum mehr.

Die Römer waren solche Interregnien gewohnt und überzeugt, dass die Kirche – so wie früher das Römische Reich – ein Riese war, der immer, selbst mit enthauptetem Kopf, wieder auf die Beine zu kommen vermochte.

Dafür sorgte schon Artemidore de Broca.

Seine Kanzlei lag im Lateran, der seit dem Jahr 313 die Residenz der Päpste beherbergte. Der ehemalige römische Palast, den Kaiser Konstantin der Kirche vermacht hatte, grenzte an die Basilika San Giovanni in Laterano und dominierte einen Platz, auf dem ein unaufhörliches Menschengewimmel herrschte. Der Lateran war der Sitz der apostolischen Christenheit.

Artemidores Kabinett nahm darin einen weitläufigen Raum ein, dessen Mauern Waffen und Wappen, Emailfiguren und auf dem Schlachtfeld eroberte Standarten schmückten. Von den äußeren Insignien eines hohen kirchlichen Würdenträgers war keine Spur darin zu finden.

Der alte Mann saß an seinem Arbeitstisch, auf dem sich die geheimen Schreiben vieler Staaten und die päpstlichen Bullen stapelten.

Artemidore war dickleibig und trug einen hermelingefütterten Mantel, sein Hals war mit Goldketten behangen, seine lederne Haut war durch Gallensäfte grünlich verfärbt, und das Kinn versank in den Fleischwülsten des Halses. Er hatte tiefe Falten um die Augen, und sein Schädel war kahl. Es war schwer vorstellbar, dass dieser kraftlose Alte noch über die geringste Macht innerhalb der Kirche verfügen sollte.

Vor ihm stand ein junger Mann.

Fauvel de Bazan, sein gerissener, verführerischer und gnadenloser Privatsekretär, der herausgeputzt war wie ein junger Prinz. Er war Artemidores Auge dort, wohin er nicht sehen konnte, sein Ohr hinter den Mauern und oft genug die Stimme seines Gewissens.

Zu seiner Linken wartete eine Frau. Sie war groß und wunderschön, eine Haube aus weißem Satin verhüllte ihre Haare und ihre Ohren und umrahmte das fein geschnittene Gesicht, während der Körper von einem langen schwarzen Kleid anmutig umschmeichelt wurde.

Es war Até de Brayac, Artemidores eigene Tochter.

Bazan legte eine Handvoll zusammengefalteter Bulletins auf den Schreibtisch: die geheimen Stimmzettel der letzten Wahl der Kardinäle.

Artemidore studierte sie mit Hilfe einer dicken Glaslinse. Er legte die vier Wahlzettel der Prälaten Portal von Borgo, Philonenko, Othon von Biel und Benoît Fillastre beiseite.

Mit einem Blick darauf sagte er schließlich zu Fauvel de Bazan: »Schaltet sie aus. Sie sind kurz davor, sich zu verbünden, und ich will auf keinen Fall einen Papst vor dem Frühjahr. Was gibt es sonst noch?«

»Ihr wurdet zweimal in dieser Woche für tot erklärt.«

Bazan reichte ihm eine Namensliste auf einem Pergament und fügte hinzu: »Diese Personen hier haben ihrer Freude darüber Ausdruck verliehen, Euer Gnaden.«

Artemidore las und zuckte die Schultern.

»Diese Männer sind bedeutungslos. Wir brauchen sie nicht zu beachten.«

Er wandte sich an Até.

»Du brichst wieder auf«, verkündete er. »Es fehlen noch zwei Elemente, um die laufende Unternehmung zu Ende zu führen.«

Die junge Frau verhehlte nur schlecht ihre Enttäuschung über diesen unerwarteten Befehl, der sie aus Rom entfernte. Sie hatte gerade lange Monate jenseits der Alpen verbracht und sehnte sich nach ein wenig Ruhe.

»Wohin soll ich mich begeben?«

»Nach Okzitanien.«

Er überreichte ihr einen Brief, in dem seine Anweisungen niedergelegt waren. Ohne weitere Erklärungen verabschiedete der Kanzler sie mit einer Kopfbewegung und versenkte sich wieder in seine Korrespondenz.

Bazan und Até fügten sich seinem Wunsch.

Doch bevor sie das Kabinett ihres Vaters verließ, wandte sich die junge Frau ein letztes Mal an ihn.

»Es fällt mir schwer, Euch zu gehorchen, ohne etwas von Euren Anweisungen zu begreifen, Euer Gnaden. Werdet Ihr mir eines Tages sagen, welche Pläne wir verfolgen?«

Artemidore hob den Kopf. Er schien über die Unverfrorenheit seiner Tochter weder überrascht noch ungehalten zu sein. Até, vor fünfundzwanzig Jahren aus seiner Liaison mit einer Christin aus Aleppo hervorgegangen, war ihm von seinen elf Kindern das liebste. Sie hatte ihre ganze Jugend fern von ihm in Palästina verbracht, und er hatte sie erst fünf Jahre zuvor wirklich kennen gelernt. Wie sich zeigte, hatte Até einen ebenso harten und energischen Charakter wie er. Sie war intelligent und erbarmungslos. Die Vorsehung schenkte ihm diese junge Frau aus seinem eigenen Geblüt, eine tatkräftige weibliche Verbündete, die den Männern gegenüber ihre Überlegenheit unter Beweis zu stellen vermochte und für die Ausführung seiner verwerflichen Pläne höchst nützlich war. Sie gefiel ihm so gut, dass er ihr seinen Namen gab.

»Beruhige dich«, antwortete er ihr. »Wir stehen kurz vor dem Ziel.«

Er stützte den Kopf auf seine Hand und lächelte. Doch das Lächeln machte sich schlecht in diesem aufgedunsenen Gesicht.

»Du wirst schon bald Zeuge der erstaunlichsten Überraschung des christlichen Zeitalters werden, seit … seitdem römische Soldaten eines Morgens zurückkamen und Christi Grab leer vorfanden!«

Até verließ Rom, und Fauvel de Bazan führte Punkt für Punkt die Anweisungen seines Herrn bezüglich der vier wahlberechtigten Kardinäle aus, die es gewagt hatten, dessen Empfehlungen nicht zu befolgen: Portal von Borgo wurde vor den Mauern der Kirche Sankt Agnes von einem Trupp schwarz gekleideter Männer erstickt; Philonenko wurde mit kochendem Wasser verbrüht, während er ein Dampfbad nahm; Othon von Biel wurde in einer Absidialkapelle vom Rauch vergifteter Kerzen dahingerafft; Benoît Fillastre auf dem Morgenspaziergang in seiner Residenz in Aprilia von Hunden zerfleischt.

Wie immer, wenn die Schergen des Kanzlers ihre Hand im Spiel hatten, wurden die verschiedenen Todesfälle als unglückliche Fügungen angesehen und berührten das Leben im Lateran so gut wie gar nicht.

Einzelne Unerschrockene wollten bei dem alten Kanzler kriminelle Machenschaften innerhalb des Konklaves anprangern, doch dieser wischte die Anschuldigungen mit einer Handbewegung beiseite.

»Ecclesia abhorret a sanguine«, beliebte er dann ganz im Sinne des Konzils von 1163 zu antworten.

»Die Kirche verabscheut Blut …«

Erster Teil

I

An diesem 9. Januar 1288 erwachte Pater Guillem Aba lange vor Tagesanbruch.

Er betete gewissenhaft seinen Rosenkranz, bevor er, noch immer eingewickelt in die Decken, die ihn des Nachts gewärmt hatten, seine Schlafkammer im ersten Stock des Pfarrhauses verließ.

Am Fuß der Treppe schob er die zwei Schafe und das Ferkel beiseite, die in dieser Jahreszeit unter einem Dach mit ihm hausten. Mit einem Feuerstein und Zunder entzündete er eine Öllampe.

In der Stube wurde es hell: eine niedrige Decke, mächtige Balken, die sich unter ihrer Last bogen, zwei Eingänge, ein mit Ölpapier zugestopftes Fenster, ein langer Tisch, ein Ofen, Reisigbündel und eine Leiter, deren Trittstufen als Ablage für etwa fünfzehn darauf liegende Bücher dienten.

Das Pfarrhaus war zusammen mit der nahen Kirche das einzige Gebäude aus Stein im Dorf. Doch kein Gläubiger beneidete ihn darum, denn seine Mauern waren eisig, feucht und schlecht isoliert durch einen Strohlehm, dem es an Halmen mangelte.

Pater Aba fachte mit einem Schürhaken die Glut in seinem Ofen an. Sodann ging er mit einem tiefen Zinngefäß zum Ausgang.

Gewöhnlich stieg er zu dem Bächlein hinab, das unterhalb der Kirche sprudelte, doch da in diesem Jahr das Bachbett zugefroren war, konnte man daraus kein Wasser schöpfen. Aba begnügte sich also damit, Schnee in seinem Behälter zu sammeln. Der Winter 1288 gehörte für manch einen zu den härtesten, die er seit langer Zeit erlebte.

Der Himmel war noch schwarz. Ringsum herrschte Stille. Aba konnte indes schwach einige Hütten erkennen, die ebenfalls innen erleuchtet waren. Zwei neue Behausungen waren im Bau.

So merkwürdig es war, diese arme Gemeinde am Ende der Welt befand sich in voller Expansion.

Das Dorf Cantimpré lag auf der Hochebene von Gramat im Quercy. Es zählte nur an die zwanzig alte Hütten, die von kahlen Bäumen und Hochweiden umgeben waren und über einer engen Schlucht lagen.

Seit nunmehr acht Jahren übte Pater Aba hier sein Amt aus. Er war zu Fuß aus Paris gekommen (das von den hiesigen Bewohnern als »neues Babylon« geschmäht wurde), wo er an der Petite Sorbonne eine Zeit lang Philosophie gehört hatte. Aus freien Stücken hatte er das Studium abgebrochen, um stattdessen die Verantwortung für ein kleines, ungebildetes Völkchen zu übernehmen, das schlicht und arbeitsam und schwer zu begeistern war und Gott um seiner selbst willen fürchtete und nicht wegen seiner Stellvertreter auf Erden.

Aba, der dem Dritten Orden des heiligen Franziskus angehörte, hatte seine Wahl nie bereut.

Was die Bewohner von Cantimpré bei seiner Ankunft am meisten erstaunt hatte, war sein Alter. Es schien ihnen unvorstellbar, dass die kleine Dorfkirche einem Mann zufallen könnte, der noch nicht einmal dreißig Jahre alt war.

Allerdings war er ein sehr schöner Mann. Er hatte braune Augen, eine hohe Stirn, eine schmale, gerade Nase und eine makellose Tonsur. Seine Züge waren vollkommen ebenmäßig und ein wenig weiblich. Sein Gesicht stach angenehm hervor: »Engelhaft«

nannten es die Frauen. Seit christlichem Menschengedenken hatte man keinen so schönen Mann gesehen, nicht einmal auf Bildern.

Pater Abas Hände waren steif vor Kälte, als er mit dem gefüllten Gefäß aufstand und sich auf den Weg zurück in seine schützende Unterkunft machte.

Während seiner kurzen Abwesenheit hatte ein junger Mann das Pfarrhaus durch die Hintertür betreten.

Es war Augustodunensis, der erst vor kurzem aus dem Dorf Dammartin im Norden in Cantimpré eingetroffen war, sein einziger Helfer.

Der Bischof von Cahors hatte Abas Bitte um einen zusätzlichen Mann für die Gemeinde stattgegeben und ihm diesen jungen Bruder geschickt, einen braven, verständigen und gesitteten Jungen. Augustodunensis war groß, hatte schmale Schultern und noch jugendliche Gesichtszüge, nahm jedoch alles, was er tat, mit entschlossener Miene in Angriff.

Er wohnte erst seit zwei Wochen im Dorf und hauste über dem Verschlag für das Holz.

»Guten Morgen, Auguste«, begrüßte ihn der Priester, während er die Tür hinter sich schloss.

»Habt Ihr gut geschlafen, mein Pater?«

»Nein. Ich hatte wohl ein bisschen Fieber. Es hat mir schlechte Träume beschert.«

Er zuckte mit den Schultern.

»Sprechen wir nicht mehr darüber. Wir haben Dringenderes zu tun. Heute ist Mittwoch!«

»Ich habe es nicht vergessen.«

Augustodunensis zeigte auf die große Schale dampfender Milch, die er mitgebracht hatte. Er stellte sie auf den Ofen. Der Priester stellte sein mit Schnee gefülltes Gefäß daneben.

Daraufhin ergriff der junge Vikar ein Reisigbündel und eine Schaufel und beseitigte die Exkremente der drei Tiere. Anschließend verstreute er Asche und Fichtennadeln, um die üblen Gerüche zu vertreiben.

Aba holte ein Brot mit dicker Kruste aus seinem Schrank und wickelte es aus dem Tuch.

Der Vikar brach das Schweigen.

»Ich muss mich in die Kirche begeben, um die *Prim* vorzubereiten. Ich wünsche Euch viel Freude mit den Kleinen, mein Pater!«

Der Priester bedankte sich, und Augustodunensis verschwand durch die Hintertür.

Aba beglückwünschte sich, dass die Vorsehung ihm diesen jungen Mann geschickt hatte: Er war zupackend, scheute nie vor einer Arbeit zurück, kannte seine Psalmen auswendig und war von Natur aus zuversichtlich. Von jenen Klerikern, die für die nächste Jahreszeit das Ende der Welt prophezeiten, hatte Aba genug.

Der Priester verteilte ein Dutzend Holzschüsseln auf dem Tisch und nahm ein Messer, mit dessen Klinge er die schwärzliche Brotkruste zerteilte.

Er ergriff die *Einführung in das ewige Evangelium* von Johannes von Parma, in der er am Vorabend neben dem Ofen gelesen hatte, und stellte sie wieder auf ihren Platz auf der Leiter. Er wartete und schaute auf die Milch von Augustodunensis, die auf dem Ofen dampfte.

Schon bald wurde die Eingangstür stürmisch aufgestoßen. Ein kleiner Blondschopf erschien im Türrahmen: ein fünfjähriger Junge.

»Guten Morgen, Pater Aba.«

Er trat ein, gefolgt von einer Schar weiterer Kinder, darunter zwei Mädchen. Insgesamt waren es zwölf Kinder zwischen vier und acht Jahren, von denen eines blonder, rosiger und frischer als das andere war.

Aba goss das warme Wasser aus, damit sie sich die Hände wuschen und das Gesicht schrubbten. Sie nahmen ihre Plätze auf den

Bänken um den Tisch ein und hefteten ihren Blick auf die Schale mit Milch und die Brotscheiben.

Pater Aba füllte jede Schüssel zu gleichen Teilen.

Sie sprachen die Dankgebete für Speis und Trank, dann wurde das Zeichen zum Essen gegeben.

Pater Aba lächelte. Diese Kinder boten doch ein reizendes Schauspiel. Sie waren das »Wunder« seines Dorfes ...

Alles hatte mit seinem Vorgänger begonnen.

Fünfzig Jahre lang war Pater Evermacher das Herz und die Seele im Dorf Cantimpré gewesen. Er hatte die christlichen Tugenden bis ins Heldenhafte vorgelebt und die Jahrzehnte des Aufruhrs in seinem Land unbeschadet überstanden.

Evermacher war ein beispielhafter Katholik. Seine Seelenreinheit hatte seine Schäfchen vor den Versuchungen der Ketzerei bewahrt, die sich immer weiter ausbreitete, je mehr die sittliche Verderbtheit des Klerus ruchbar wurde.

Seine kleine Pfarrgemeinde war von der Jagd auf die Katharer und Waldenser, die die Region verheerte, verschont geblieben. Zwar waren 1240, 1258 und 1274 Dominikanermönche gekommen und hatten eine kleine Inquisition an Ort und Stelle durchgeführt, ohne dass jedoch jemand verurteilt worden wäre.

Damit nicht genug: Obwohl die Gemeinde sich schon unter Evermachers Priesterschaft als ein bevorzugtes Fleckchen Erde gefühlt hatte, setzten sie die Wohltaten, die auf die Ankunft seines jungen Nachfolgers folgten, noch mehr in Erstaunen.

Weltabgeschnittene Dörfer litten unter einer hohen Kindersterblichkeit und einer erheblichen Zahl von Todesfällen unter den Gebärenden. Das galt auch für Cantimpré. Wenige Monate nach dem Eintreffen Abas jedoch begannen alle Mütter und Säuglinge die Geburt zu überleben, ohne dass man dies hätte erklären können. Das erste Kind wurde als ein Zeichen des Himmels für den neuen Priester gefeiert, das zweite, das dritte und alle anderen schließlich lösten erst Verblüffung und dann Begeisterung aus.

Man konnte nicht mehr die Augen vor dem Offenkundigen verschließen: In Cantimpré starb niemand mehr eines vorzeitigen Todes!

Der Kindersegen veränderte das Erscheinungsbild des Dorfes, das lebhafter wirkte als früher. Und nichts deutete darauf hin, dass diese Erneuerung der Lebenskraft sich bald erschöpfte: Fünf Frauen waren schwanger, eine davon stand kurz vor der Niederkunft.

Zudem wurden immer mehr Kranke geheilt. Skrofeln und Grind verschwanden, ein Mädchen, das von Geburt an lungenkrank gewesen war, konnte in den Wäldern umhertollen, eitrige Ausflüsse klärten sich, und die Alten kamen wieder zu Kräften. Der Brotteig ging immer auf und das schnell. So war es Monat für Monat, und wenn eine Legende prophezeit hätte, dass die Heilige Jungfrau Cantimpré besuchen würde, hätte das niemanden verwundert.

Seltsam war, dass sich für diese Wunder keine Ursache und damit auch kein Gegenstand der Verehrung fanden: Es gab keinen erwiesenen Heiligen in Cantimpré, keine heidnische Wunderquelle, die man christlich vereinnahmen konnte, die Kirche war nie Schauplatz von Wundern gewesen, und der gute Pfarrer Evermacher wollte im Geburtsort seiner Mutter in Spalatro in Italien begraben werden, sodass man also weder eine Reliquie noch eine Person hatte, der man seine Dankbarkeit bezeugen konnte. *Außer Guillem Aba.* Dieser aber wehrte energisch ab. In einer Predigt, die den Herzen der Dorfbewohner unvergesslich blieb, führte er die Segnungen der jüngsten Zeit auf die »schöne Seelengemeinschaft« von Cantimpré zurück. Nur um ihrem Hang zu einem vagen Heidentum entgegenzukommen, ließ er sich darauf ein, den Geist des verschiedenen Evermacher – außerhalb seiner Predigten – mit dem Glück seiner Gläubigen in Verbindung zu bringen.

Abgesehen von der Tugendhaftigkeit seiner Bewohner konnte Cantimpré also nicht als Schauplatz *christlicher* Wunder gelten, und somit gab es für die Kirche keinen Grund mehr, Anstoß zu nehmen.

Allerdings verließen mehrere Familien der weiteren Umgebung ihren Heimatort und zogen zu den vom Glück begünstigten Bewohnern von Cantimpré. Diese Gunst des Schicksals verführte manch einen zu der Äußerung – aber nur halblaut, um den Zauber nicht zu brechen –, Cantimpré sei ein »von Gott gesegnetes Dorf«.

Angesichts der plötzlichen Zunahme von Kleinkindern musste Pater Aba seine Aufgaben als Priester überdenken und neue Methoden für die Unterweisung der Kleinen entwickeln. Er verschob die Gleichnisse der Glaubenslehre und die Heiligengeschichten auf später, um ihnen stattdessen kleine Lebensmaximen beizubringen.

»Ein Sprichwort lernen bedeutet auch, es in die Tat umzusetzen«, verkündete er.

Er ließ sich von antiken Sprichwörtern inspirieren, wobei er Formulierungen bevorzugte, die die zarte Phantasie seiner Zuhörer beflügeln konnten.

In einem Schuh ist kein Platz für zwei Füße.

Wenn das Haus des Nachbarn brennt, ist auch deines in Gefahr.

Besser den Spatz in der Hand als die Taube auf dem Dach.

Wer über sich haut, dem fallen die Späne ins Auge.

Aba war überzeugt, dass solche Weisheiten, wenn sie sich in einem Kopf festsetzten, und sei dieser auch nicht sehr helle, langfristig nur Gutes bewirken konnten.

Aus dem Dutzend Kinder, die an diesem Morgen bei ihm saßen, stach eines durch seine Zurückhaltung hervor. Während alle anderen gierig ihre Brotration verschlangen, aß dieser Junge mit Bedacht und unbeeindruckt von der Aufregung, die rund um ihn herrschte.

Sein Name war Perrot.

Er trug einen neuen graugrünen Kittel, hatte blondes Haar und tiefblaue Augen und zog immer die Aufmerksamkeit Pater Abas auf sich, weil er so viel schneller und besser verstand als die anderen. Er war ein rätselhaftes, begabtes Kind, der einzige Sohn von Jerric, dem Schreiner, und Esprit-Madeleine, genannt die »Hinkende«. Er war der Liebling des Paters, der von seinen natürlichen Fähigkeiten fasziniert war.

Heute wirkte Perrot ohne ersichtlichen Grund schweigsam und beunruhigt. Aba nahm sich vor, ihn am Ende des Unterrichts zu befragen.

»Ruhe!«, rief er, sobald die Näpfe geleert und das Brot verschwunden waren.

Die Kinder standen vom Tisch auf und rempelten sich mit den Ellbogen an, um den besten Platz am Ofen zu ergattern.

Der Lehrer hatte für diesen Morgen einen Ausspruch gewählt, der mit Sicherheit großen Anklang finden würde:

Niemand findet seinen eigenen Gestank abstoßend.

Sowie er die Worte ausgesprochen hatte, ertönte schallendes Gelächter. Und ein allgemeines Witzeln über den einen oder anderen Dorfbewohner hob an.

Aba führte die Kleinen unmerklich zu den angestrebten moralischen Zielen hin; er war ein ausgezeichneter Erzähler und der geborene Pädagoge.

Draußen kümmerte sich Augustodunensis um die liturgische Messe. Die kleine Kirche von Cantimpré hatte sich mit fast allen Mitgliedern der Pfarrgemeinde gefüllt. Das Gefühl der Dankbarkeit, das diese einfachen Bauern erfüllte, hatte sie zu eifrigen Kirchgängern gemacht. An diesem Morgen waren nur fünf Frauen, denen der Zutritt zur Kirche nicht gestattet war, weil sie schwanger waren und deshalb als unrein galten, und ein paar Säuglinge im Dorf geblieben.

Augustodunensis schickte sich gerade an, die üblichen Formeln zu deklamieren, als ein lautes Krachen das Kirchenportal erbeben ließ und in dem bescheidenen Schiff widerhallte.

Alle drehten den Kopf um.

Aranjuez, der Dekan von Cantimpré, verließ seine Sitzreihe, um nachzusehen, was vor sich ging.

Er fand die Tür von außen verschlossen.

Furcht breitete sich in der Kirche aus. So sehr die Männer sich auch abmühten und an dem Tor stießen und zerrten, sie mussten erkennen, dass sie eingeschlossen waren.

Im Pfarrhaus bemerkte Pater Aba nicht sofort die schweren Tritte der Pferde, die sich seinem Haus näherten.

Plötzlich übertönte ein Wiehern die Worte der Kinder, er blickte auf und hob den Arm. Die Kinder verstummten.

Jemand rüttelte an der Tür des Pfarrhauses.

Es handelte sich um die Hintertür, die Augustodunensis benutzt hatte und die in den Holzverschlag führte. Sie war immer verschlossen, denn wenn der Riegel nicht vorgelegt war, drang die Kälte ins Innere. Augustodunensis hatte sie verriegelt, bevor er sich in die Kirche begab.

Alle Dorfbewohner wussten, dass die Tür zu dieser Jahreszeit immer verschlossen war. Nur ein Fremder konnte sie benutzen wollen.

Die Kinder ängstigten sich beim Anblick von Abas Gesicht, der sichtlich erbleichte.

»Kommt näher«, befahl er ihnen, während er sich mit seinem Schürhaken bewaffnete.

In diesem Augenblick zersplitterte die Hintertür. Die Kinder schrien auf und pressten sich an Guillem Abas Beine.

Zwei Gestalten drangen in den Raum ein.

Sie verschafften sich so gewaltsam Zutritt, dass sie dabei den Tisch, die Schüsseln, den Krug und die Bänke umwarfen. Die Tiere stoben in Panik davon.

Die beiden Männer waren von Kopf bis Fuß schwarz gekleidet, ihre Stiefel schwer vor Schlamm, und eine über die Stirn gezogene dunkle Kapuze verbarg ihre Gesichter. Mit einem Kurzschwert in der Hand gingen sie auf Aba zu.

Gleichzeitig drangen zwei weitere ähnliche Gestalten durch die Tür zum Garten herein.

Wind und Kälte breiteten sich in dem Raum aus.

Aba wollte die Kinder schützen, indem er seinen Schürhaken schwenkte.

»Wer seid Ihr?«

Einer der Männer drängte ihn zurück und entriss ihm das Werkzeug. Der Priester wehrte sich.

»Hör auf, um dich zu schlagen, Pfaffe«, rief der Mann in Schwarz. »Wir sind nicht hinter dir her.«

Aba war nicht gewillt, sich aufhalten zu lassen, und stieß den Mann mit der flachen Hand zurück.

»Bring ihn zur Ruhe«, sagte ein anderer Angreifer.

Der Angerempelte packte ein Kind am Kragen und hob es hoch, um es seinen Kumpanen vorzuführen.

Einer von ihnen nickte bejahend.

»Nein!«, schrie der Priester, der begriffen hatte.

Er wollte nach vorn stürzen, doch ein Mann riss ihn zurück.

Der, der den Kleinen hielt, drückte ihn an einen Balken und trieb ihm sein Schwert in den Körper. Er stieß mit solcher Gewalt zu, dass die Waffe in das Holz eindrang und sich auch unter dem Gewicht des Jungen nicht löste; dieser blieb zuckend in der Luft hängen, während das Blut aus seinem Körper strömte.

Der grässliche Anblick ließ Aba und die Kinder erstarren.

»Wenn du noch eine Bewegung machst, Pfaffe, dann spieße ich noch ein paar so an die Wände«, brüllte der Mörder den Priester an.

Doch Aba war für Drohungen taub, empört warf er den Mann

um, der ihn festhielt, und wollte dem Mörder an die Gurgel springen. Dieser aber drängte ihn zurück, indem er ihm ein Messer an den Hals setzte. Blut floss auf die Klinge. Der Priester wich nicht zurück. Er knurrte, brüllte und tobte: »Für dieses Verbrechen werdet Ihr bezahlen!«

Die schwarz gekleideten Männer waren überrascht von seiner ungezügelten Wildheit. Mit einer heftigen Bewegung befreite der Angreifer seine Faust und versetzte Aba einen Schwerthieb von der Schläfe zur Nase, der sein linkes Auge aufschlitzte, und sofort danach einen Hieb auf das Kinn.

Pater Aba verlor das Bewusstsein und stürzte zu Boden.

Die schreckensstarren Kinder wussten nicht mehr, wohin sie schauen sollten. Sie blickten gleichermaßen entsetzt auf ihren bewusstlosen Lehrer wie auf ihren Kameraden, dessen Blut stoßweise hervorquoll. Nach den Schreien des Priesters herrschte nun plötzlich eine drückende Stille, die nur durch das schwache Röcheln des Jungen gestört wurde.

Die Männer reihten die Kinder gewaltsam nebeneinander auf. Einer der vier, der mit einem Zeichen die Ermordung des Jungen bewilligt hatte, trat näher. Seine mit Leder und Eisen behandschuhte Hand strich langsam einem Kind nach dem anderen über die Stirn.

Jedes Kind wurde gemustert. Am Ende der Reihe blieb der Mann wütend stehen. Er machte auf dem Absatz kehrt, blickte sich um und ging dann unvermittelt auf den umgekippten Tisch zu.

Er hob ihn auf.

Darunter verbarg sich ein kleiner, blonder Junge. Auf Befehl des Mannes streckte einer der Mörder dem angstvollen Gesicht des Kindes seine Hand entgegen, packte es und sagte: »Wir nehmen ihn mit.«

II

Am Nordhang des Gianicolo in Rom, auf halbem Weg zwischen der Piazza Trivento und der Via Giolitti, befand sich ein Laden, in dem früher mit Seidenrollen, Orientteppichen und Korallenschmuck aus Antiochia gehandelt worden war.

Wer jetzt durch dieses volkstümliche Viertel am rechten Tiberufer spazierte, fand die Fassade des Geschäfts kaum verändert vor; immer noch schaukelte das Schild in Form eines flämischen Wappens an der Stange. Allerdings war darauf nicht mehr der Name der früheren Kurzwarenhandlung zu lesen, sondern eine Inschrift in Großbuchstaben, deren Inhalt keinen Zweifel duldete:

BENEDETTO GUI HAT AUF ALLES EINE ANTWORT

Die Regale und die Schmuckauslagen hatten Reihen von Ledereinbänden, Handschriften und Papieren Platz gemacht. Doch es fanden sich auch Fläschchen mit Salben, Tierhäute, Tabellen über Mondfinsternisse, seltene Metalle, eine normannische Schleuder, Katzenknochen und allerlei Proben. Ein Sammelsurium, in dem sich die vielseitigen Interessen des Inhabers widerspiegelten.

Dieser genoss einen sagenhaften Ruf in diesem Teil der Stadt. Niemals hatte es jemand gewagt, über die Behauptung auf seinem

Schild zu spotten, so sehr entsprach sie der erstaunlichsten und reinsten Wahrheit.

Benedetto Gui hatte wirklich und wahrhaftig auf alles eine Antwort.

Jemand benötigte die schier unauffindbare lateinische Übersetzung eines arabischen Kommentars? Benedetto Gui besorgte sie. Es gab ein mathematisches Rätsel, das seit der Antike ungeklärt war? Er löste es. Ein Mord? Er entlarvte den Verbrecher und dessen Beweggründe und war dabei den Stadtwachen ebenso voraus wie dem Offizial *ad excessus* des Bistums, einem Beauftragten, der für die Aufklärung von Morden zuständig war. Ein Scharlatan narrte die Menschen, um ein Elixier, das ein langes Leben garantierte, oder einen Puder, der Metalle verwandeln konnte, zu verkaufen? Benedetto Gui stellte ihn bloß und rettete die Menge vor ihrer dummen Leichtgläubigkeit.

Seine Erfolge waren unzählbar und sparten keinen Bereich aus, nicht einmal den banalsten: Nachdem er sich beim Kartenspiel als unbesiegbar erwiesen hatte, kamen mehrere Spielhöllen in Rom überein, ihm eine Pension zu bezahlen, damit er ihre reichen Kunden nicht mehr ruinierte.

Die kleinen Leute vergötterten Benedetto Gui. Manch ein Prälat, Gutsherr und Großhändler war vor Gericht gestellt worden, weil Gui sich des Schicksals eines armen Küsters, Stallknechts oder Lieferanten angenommen hatte, dem Unrecht angetan worden war. Mit seiner Überredungskunst und Klarheit war er eine Freude für die Richter und der Albtraum der Rechtsberater.

Er hätte ein Vermögen machen oder eine reich entlohnte Persönlichkeit bei Hofe werden können wie die Berater, die Minister oder die Astrologen, doch er zog es vor, unbehelligt von den Wirrungen der Macht zu leben. Geld besaß in seinen Augen keinerlei Wert; einzig Herausforderungen, Begeisterung und das leidenschaftliche Ringen um Beweise erregten ihn.

Er war zweiunddreißig Jahre alt und ein schöner Mann, von kleinem Wuchs, blond, mit offenem Gesicht und klarer Stirn. Entgegen dem gängigen Brauch trug er die Haare lang und einen ungepflegten Bart, der beinahe sein ganzes Gesicht überwucherte. Er war immer schwarz gekleidet, denn noch sechs Jahre nach dem Tod seiner Frau legte er Trauerkleidung an. Er lebte allein.

Gui hatte den kleinen Laden an der Via dei Giudei zwei Jahre zuvor gekauft. Er wohnte in einem Zimmer im Hochparterre und duldete nur eine alte Dienstbotin namens Viola in seiner Nähe, die sich jeden Morgen um seine Wäsche und um seine Mahlzeiten kümmerte. Eine Heilige, die die Launen eines Mannes ertrug, der immerzu in Gedanken versunken war und bei der nichtigsten Störung in Harnisch geriet.

Er ging nur aus, um seine Nachforschungen durch neue Erkenntnisse zu bereichern. Meist stand er noch vor Morgengrauen auf, entzündete eine reichliche Anzahl Kerzen, denn er hasste das Halbdunkel, das seine Augen ermüdete, erwärmte Wein auf einem Ofen (selbst im Sommer trank Benedetto täglich seinen halben Krug) und begann sodann über den letzten Fall nachzudenken, der ihm aufgetragen worden war.

Als er an diesem Morgen des 9. Januar 1288 seine Tür aufschloss, bemerkte er die Gestalt eines jungen Mädchens, das in eisiger Kälte auf der anderen Straßenseite wartete, dabei auf seine Füße starrte und nur die Lippen bewegte.

Gui kehrte an seinen Arbeitstisch zurück. Jedesmal, wenn er den Kopf von seinem Schreibkasten hob, sah er das junge Mädchen, das seinen Platz nicht verlassen hatte.

Er beschloss, seinen Ofen nachzuheizen und eine Kanne Milch warm zu machen. Eine halbe Stunde verging, bis das Mädchen sich endlich entschloss, an seine Tür zu klopfen.

Sie war noch keine fünfzehn Jahre alt und in Lumpen gekleidet. Ihr blasses Gesicht, ihre müden kleinen Augen und ihre schmale, beinahe kränkliche Gestalt weckten Mitleid.

Er forderte sie zum Hinsetzen auf, legte eine Wolldecke über ihre Schultern und bot ihr eine Schale dampfender Milch an.

Die Kleine war ganz durcheinander.

»Es tut mir schrecklich leid, Euch zu stören, Maestro!«

»Sag so etwas nicht. Du musst einen guten Grund dafür haben, dass du es wagst, nach deinem endlosen Zaudern über meine Schwelle zu treten. Die meisten Mädchen wie du flüchten am Ende. Und da wir nun schon einmal dabei sind, möchte ich dringend diesen Grund erfahren. Wie heißt du?«

»Zapetta. Ich bin die Tochter des Tischlers Simon und der Messinghämmerin Emilia. Wir wohnen in der Via Regina Fausta, hinter den Termen des Diokletian.«

Gui zog die Augenbrauen hoch.

»Du bist durch die ganze Stadt gelaufen bei dieser Kälte?«

Sie antwortete mit bebender Stimme.

»Man hat mir versichert, dass Ihr ein guter Mann seid und für alles eine Lösung findet. Ich wäre selbst dann gekommen, wenn Ihr in Viterbo wohnen würdet.«

Benedetto lächelte und nahm ihr gegenüber Platz.

»Ich höre.«

»Ich weiß nicht, womit ich anfangen soll. Dort vor der Tür habe ich mir zwar alles Mögliche zurechtgelegt ...«

»Das habe ich gesehen. Lass dir Zeit. Beginn mit dem Anfang. Was ist passiert?«

Sie schöpfte tief Atem.

»Mein Bruder ist verschwunden.«

»Dein Bruder. Wie heißt er?«

»Rainerio.«

»Wann hast du ihn zum letzten Mal gesehen?«

»Vor fünf Tagen. Zwei Männer erschienen bei uns. Wir wohnen

bei unseren Eltern. Mein Bruder sprach alleine mit ihnen. Die Unterhaltung dauerte nicht lange. Wenige Augenblicke später verließ er das Haus, um ihnen zu folgen, er machte mir noch ein Handzeichen, das mich beruhigen sollte. Seitdem haben wir ihn nicht mehr wiedergesehen.«

»Fünf Tage?«

Zapetta nickte zustimmend und fügte hinzu: »Unser Vater und unsere Mutter sind alt, mein Herr, sie sind heute eher eine Last als eine Hilfe. Mein Bruder sorgt dafür, dass wir ein Auskommen haben.«

Plötzlich rief sie aus: »Niemals würde er es wagen, so lange wegzubleiben, ohne uns vorher Bescheid zu geben oder uns eine Nachricht zukommen zu lassen. Ihm muss ein Unglück widerfahren sein!«

»Ich verstehe.«

Benedetto holte eine Wachstafel und einen knöchernen Griffel aus seinem Schreibkasten hervor.

»Was macht dein Bruder, um seine Familie zu ernähren?«

Sie nahm einen Schluck Milch und sagte: »Er arbeitet im Lateranpalast.«

Er hatte kaum zu schreiben begonnen, als er schon wieder innehielt. Er ließ bei seinen Nachforschungen in mancher Hinsicht Vorsicht walten, um sich selbst zu schützen, und eine seiner Regeln lautete, niemals dem Lateran und seinen mächtigen Prälaten zu nahe zu kommen. Die Intrigen, die dort gesponnen wurden, gehörten zum Gefährlichsten, was es gab.

»Wirklich?«, wunderte er sich. »Und wie kommt es, dass der Sohn eines Möbeltischlers sich an einem so namhaften Ort aufhält? Hat er sein Gelübde abgelegt?«

»Nein, Rainerio ist weltlich geblieben. Aber als wir Kinder waren, hatten wir einen alleinstehenden alten Mann zum Nachbarn, der Rainerio ins Herz schloss und ihm Lesen und Schreiben auf

Lateinisch beibrachte. Mit sechzehn wurde Rainerio sein Sekretär. Dieser Herr hieß Otto Cosmas und stammte aus dem Königreich Böhmen. Er lebte völlig zurückgezogen und arbeitete an der Abfassung eines Buches, das Rainerio zufolge die Geschichte der Heiligen erzählen sollte. Mein Bruder behauptete, es sei ein Auftrag des Laterans, und das Werk werde Furore machen. Er war stolz darauf, daran mitzuwirken. Doch der alte Otto Cosmas starb, bevor er es vollenden konnte. Da setzte mein Bruder es sich in den Kopf, es an seiner Stelle fertigzustellen. Das kostete ihn ein Jahr, ein Jahr, in dem er auf alles verzichtete und sich in der Kammer einschloss, die er von dem Böhmen übernommen hatte. Er übergab das vollendete Werk den Auftraggebern, die schon lange nicht mehr damit gerechnet hatten.«

Zapetta lächelte.

»Seine Arbeit wurde mit so viel Lob überhäuft, dass Rainerio auf der Stelle in die Verwaltung des Laterans berufen wurde! Seitdem sprach er immer vom *Advocatus Diaboli* oder Kirchenanwalt, wenn er gefragt wurde, für wen er arbeitete. Und manchmal verkündete er voll Stolz: ›Heute kehre ich wieder zur Heiligen Kongregation zurück!‹ Wir erfuhren kaum mehr. Er behauptete, er dürfe nicht darüber sprechen, das könnte den Angelegenheiten, die er untersuchte, zum Nachteil gereichen. Von nun an brachte er das Geld nach Hause, das unser Vater mit seiner Werkstatt nicht mehr herbeischaffen konnte. Wir waren ihm sehr dankbar.«

Benedetto verharrte einen Moment lang schweigend. Er unterstrich den Namen Otto Cosmas auf seiner Tafel.

Nachdem das Mädchen seine Schale geleert hatte, fragte es: »Wisst Ihr, Meister Gui, was sich hinter dieser Heiligen Kongregation und diesem Advocatus Diaboli verbirgt?«

»Ich habe nicht die geringste Ahnung.«

»Ich dachte, Ihr hättet auf alles eine Antwort?«

Er lächelte gutmütig.

»Ich kann nicht jederzeit alles wissen! Aber mach dir keine Sorgen, ich brauche nie lange, um das herauszufinden, was ich nicht weiß.«

Daraufhin stellte er Zapetta eine Frage nach der anderen und notierte ihre Antworten auf der Wachstafel.

»Seit wann arbeitete dein Bruder im Lateran?«

»Fast zwei Jahre.«

»Und er verschwand nie? Er verließ morgens das Haus und kehrte am Abend zurück?«

»Ohne jede Abweichung, Meister.«

»Wie sahen diese beiden Männer aus, die ihn abgeholt haben?«

Das Mädchen zog die Augenbrauen zusammen, wie kleine Kinder es tun, wenn sie ihre Gedanken zwingen wollen, bei einem Bild zu verharren.

»Sie waren groß und ziemlich kräftig. Ich habe ihre Kleider nicht gesehen, denn sie trugen einen langen schwarzen Mantel.«

»Bewaffnet?«

»Ich weiß nicht.«

»Ihre Gesichter?«

»Leider habe ich sie mir nicht gemerkt. Ich war zu sehr beunruhigt wegen Rainerio. Alles ging so schnell ...«

Sie beschrieb ihren Bruder, seine Gestalt, sein Gesicht, sein Alter sowie die Kleidung, die er am Tag seines Verschwindens getragen hatte. Gui notierte sorgfältig diese Anhaltspunkte, wohl wissend, dass zu Beginn einer Nachforschung nur die Einzelheiten zählen.

Er fragte: »An wen könnte ich mich wenden, um mehr über deinen Bruder zu erfahren? Hat er Freunde? Eine Freundin vielleicht?«

»Soweit ich weiß, nicht. Rainerio war immer ein Einzelgänger. Wie sein Meister Cosmas. Ich kenne nur einen Freund aus Kindertagen; aber ich weiß nicht, ob sie noch miteinander verkehrten. Er heißt Tomaso di Fregi. Als ich das letzte Mal von ihm hörte, arbeitete er im Pilgerhospiz an der Piazza Segni. Ich wollte gestern hingehen in der Hoffnung, ihn zu treffen, aber es waren so viele Leute dort! Und an ein Vorsprechen im Lateran durfte ich gar nicht erst denken; die Wachen hätten mich nie auch nur die erste Stufe zum Palast hinaufsteigen lassen …«

Gui notierte Tomasos Namen. Er legte den Kopf nach hinten und umschloss sein Kinn mit Daumen und Zeigefinger, in dieser Haltung konnte er immer am besten nachdenken. Lange Zeit verharrte er schweigend. Das Mädchen war ein wenig enttäuscht und begann schon zu fürchten, er sei in Gedanken inzwischen woanders.

»Ich suche Euch deshalb auf, Meister Gui«, drängte sie, »weil wir bald die kümmerlichen Ersparnisse von Rainerio aufgebraucht haben. Ich werde Seile spleißen und für einen Gastwirt Laken waschen müssen, ohne dass meine Eltern davon erfahren, um etwas Lebensmittel und Kohle beizusteuern, aber wenn Rainerio in diesem Winter nicht wieder auftaucht, werde ich auch sie verlieren.«

»Ich verstehe dich, meine Kleine.«

Er sah sie nicht an, denn er ging im Kopf verschiedene Hypothesen durch.

»Und außerdem … und außerdem …«

»Und außerdem?«

Er wusste schon im Voraus, was sie sagen wollte.

»Wir können nie Euer Honorar bezahlen, ohne dass … nun ja …«

»… ohne dass ich Rainerio wiederfinde, ist es das?«

Zapetta nickte und strich sich verlegen durch das dunkelbraune Haar.

»Das macht nichts. Mach dir fürs Erste keine Sorgen um das Geld. In vielen Fällen sorgt Gott für alles!«

Benedetto öffnete eine Schublade in einem kleinen Möbel hinter sich, auf dem sich ein Berg loser Papyrusrollen türmte, und zog eine Börse hervor, aus der er zwei Silberlinge holte, die er Zapetta reichte.

»Im Gegenteil, ich bezahle dich; nimm das als Anzahlung, bis ich erste Ergebnisse habe. Dein Bruder wird dafür aufkommen, wenn wir ihn gefunden haben, daran zweifle ich nicht. Komm in drei Tagen wieder. Falls Rainerio bis dahin nicht zurückgekehrt ist, werde ich Neues in Erfahrung gebracht haben. Rom ist nicht so groß, wie es den Anschein hat: Alles spricht sich herum, alles wird sichtbar und bekannt. Ein guter Beobachter erfährt viele Dinge! Ein Mann wird nicht so einfach aus dem Verkehr gezogen.«

Zapettas Gesicht strahlte, sie wischte sich mit dem Handrücken die Augen trocken.

»Geh nun nach Hause zurück«, sagte Gui zu ihr. »Schick den Gastwirt zum Teufel, der dich mitten im Winter seine Laken waschen lassen will, und bleib bei deinen Eltern. Ich bitte dich nur um drei Tage Geduld.«

Das junge Mädchen sprang auf, um seine Hände zu ergreifen.

»Ich werde beten, Meister Gui, ich werde die Jungfrau Maria bitten, Euch unter ihren heiligen Schutz zu stellen. Ich werde beten …«

Benedetto begleitete sie zur Schwelle seines Ladens. Er gab ihr seine Decke mit, damit sie sich auf dem Heimweg ans andere Ende Roms nicht erkältete.

Sie machte mit ihrem Zeigefinger ein Kreuzzeichen auf die Lippen und trottete auf den eisigen Pflastersteinen davon.

Gui kehrte an seinen Arbeitstisch zurück.

»Die Heilige Kongregation? Ein Promotor iustitiae oder Advocatus Diaboli.«

Er musterte seine Tafel mit den Notizen.

Rainerio.

Zwanzig Jahre, groß und mager, ein längliches Gesicht, große Augen wie seine Schwester, schmale Lippen, eine scharf geschnittene Nase, leicht gekräuseltes helles Haar, bekleidet mit neuen Schuhen, einem wattierten Wams und einem schwarzen Umhang.

Es war nicht das erste Mal, dass man ihn mit der Suche nach einem Verschwundenen betraute.

Bis jetzt hatte er sie alle ausfindig gemacht.

Was diesen Fall jedoch von allen davor unterschied, war die Tatsache, dass der Junge zum Verwaltungspersonal des Laterans gehörte. Benedetto Gui befasste sich nie mit Dingen, die an die Doktrin oder an die Herrschaft des Papstes rührten. Als ein Bischof ihn in einem Prozess gegen die byzantinischen Thesen nach seiner Ansicht zur Dreifaltigkeit gefragt hatte oder ein anderer ihm, kühn geworden durch die Schule von Chartres, beweisen wollte, dass die Fluten der Sintflut aufgrund von Regenbögen verdampft waren, oder als man ihn aufgefordert hatte, die Überlegenheit der päpstlichen Autorität über die kaiserliche zu begründen, hatte Benedetto Gui seinen Kopf immer aus der Schlinge gezogen, ohne sich dabei zu kompromittieren. Auch dieses Mal musste er auf der Hut sein.

Aber Benedetto war nicht taub für die Verzweiflung eines jungen Mädchens wie Zapetta. Wieder einmal würde er auf schnellstem Weg zum Wichtigsten kommen müssen, ohne sich dabei erwischen zu lassen.

Wo versammelte sich diese Heilige Kongregation, und worin bestand ihre Aufgabe? Wer war dieser Advocatus Diaboli, mit dem sich Rainerio zu Hause brüstete?

Benedetto durchwühlte seine Bibliothek auf der Suche nach einer Pergamentrolle, die eine schematische Darstellung der Verwaltungsstrukturen des Laterans zur Zeit von Papst Martin IV., einige Jahre zuvor, enthielt. Einer Rolle, die er seit seinen Nachforschungen über eine Falschmünzeraffäre besaß, in die auch Prälaten verwickelt waren.

Als er sie endlich gefunden hatte, setzte er sich wieder an seinen Schreibtisch, um die Bezeichnungen verschiedener Kommissionen, Kongregationen und Dikasterien des Laterans zu lesen, auf denen die Macht des römischen Pontifex beruhte:

- *Apostolische Poenitentiarie für die Gewährung von Dispensen und die Befolgung der Zensur*
- *Episkopale Kommission für die Sakramentenordnung*
- *Gerichtshof für die Eintreibung der Kirchensteuer und der Konfiskationen*
- *Interdikasteriale Kommission für die Zusammensetzung der Ordensgemeinschaften*
- *Kommission für die Heiligsprechung der Diener Gottes*
- *Dikasterium für die Überwachung der Pilger im Heiligen Land*
- *Offizium zum Schutz der Schriften des Heiligen Vaters und des Heiligen Stuhls*
- *Kommissionen der Botschaften beim Kaiser und dem König von Frankreich*
- *Große und kleine Kanzlei.*

Unter ihren lateinischen Abkürzungen schmückte sich jede dieser Institutionen mit dem Beiwort »heilig«. Doch nirgendwo war von einem Promotor iustitiae oder einer Heiligen Kongregation die Rede.

Verdrossen überlegte Benedetto, dass er über Rainerio im Augenblick kaum mehr als seinen Namen wusste!

Unterdessen trat seine alte Dienerin Viola ein. Schon am Gesichtsausdruck ihres Herrn erkannte sie, dass es nicht einmal ratsam war, ihn zu begrüßen.

Kurz vor elf Uhr klopfte ein neuer Kunde an die Tür des Ladens. Benedetto war bereits aufgefallen, wie er sich in einer von sechs Männern getragenen, geschlossenen Sänfte auf der Straße genähert hatte. Er hatte einen dicken Bauch, einen glänzenden, kahlen Schädel, flinke, kleine Augen und, wie sich nun zeigte, den schleppenden Gang eines Senators. In Begleitung eines mittelgroßen, dürren Dieners mit undurchdringlicher Miene trat er ein und sank vor Guis Schreibkasten auf einen Stuhl nieder.

»Beim Kreuz, beim Sockel und beim Kalvarienberg, könntet Ihr nicht in den guten Vierteln Eure Wohnung nehmen?«, wetterte er. »Das wäre erheblich bequemer. Und geziemender.«

Benedetto schüttelte den Kopf und erwiderte: »Wenn ein Mann wie ich in den guten Vierteln wohnen würde, wie Ihr es nennt, dann würde er am nächsten Ast aufgehängt werden. Niemand will einen Tintenfisch mitten in einem Korb voller Krabben.«

Der Dicke runzelte die Stirn. Offensichtlich wusste er nicht, dass Kraken Krabben jagten und dass in Rom die Krabben Reiche seiner Art bezeichneten.

»Ich heiße Maxime de Chênedollé«, erklärte er. »Ich befehlige zwanzig Schiffe mit hundert Tonnen in Ostia. Ich bin wohlhabend und bereite gerade meinen Umzug nach Rom in einen neuen Palazzo mit dreißig Zimmern vor. Ich bin zum vierten Mal verheiratet und halte zwei Geliebte aus, darunter eine Perserin; ich komme für zwölf Kinder auf, und ich dichte – mit Erfolg, wie man mir versichert – gereimte Schwänke nach Art des Anakreon. Meine Freunde haben Vertrauen in mich.«

Er deutete ein Lächeln an.

»Unter anderen Umständen wäre es mir nie in den Sinn gekommen, mich eines Individuums Eurer Art zu bedienen, allein ... ich habe niemand anderen, an den ich mich wenden könnte!«

Benedetto Gui war an diese Art widerstrebender Einleitungen gewöhnt: »Es müsste ... Aber es war nicht ... So sehe ich mich also gezwungen ...«

Maxime de Chênedollé hob eine Hand, und sein Diener reichte ihm mehrere Blätter.

»Hier«, sagte er. »Es handelt sich um ein Problem, das meine Geschäfte betrifft. Genauer gesagt, Geschäfte mit einem wichtigen Lieferanten in Venedig. Seit einiger Zeit ahne ich, dass er mich hinsichtlich der Herkunft seiner Produkte hintergeht. Allein, jedes Mal wenn ich ihn darauf anspreche, verweist er auf einen undurchschaubaren Absatz in unserem Vertrag, der zu seinen Gunsten spricht. Könnt Ihr mir sagen, was sich sonst noch zwischen diesen Zeilen verbirgt?«

Seitdem Handelsverträge auf Pergament den antiken mündlichen Schwur ersetzten, waren Gelehrte wie Benedetto Gui immer mehr gefragt. Sie konnten Klauseln und Bestimmungen abfassen, aber auch die Ungültigkeit bestimmter Vereinbarungen beweisen. Man suchte sie auf, um Testamente oder Abkommen anzufechten.

Benedetto griff nach den Blättern; er war es ein wenig leid, sich mit der x-ten Handelsstreitigkeit zu befassen, und wollte so schnell wie möglich damit fertig werden.

»Das ist in schlechtem Latein geschrieben«, stellte er fest.

Chênedollé zuckte die Schultern.

»Mein Venezianer ist ein ungehobelter Kerl aus Brindisi.«

Gui setzte die Lektüre fort.

Sogleich entdeckte er eine Falle in dem Text.

»Mehrere Klauseln sind mit der Abkürzung *A.P.* versehen«, sagte er.

»Das ist richtig.«

»Das ist eine weitere Abkürzung des Zeichens *Ad. Pr.* Nach gängigem Recht bedeutet das *ad praesens*. Das heißt, dass die Vereinbarungen von den gerade aktuellen Bedingungen abhängig sind: dem Warenpreis, den Transportkosten auf See, den Zollgebühren und anderen Faktoren.«

»Das weiß ich! Und weiter?«

»Und weiter, die Gefahr bei der Verwendung von *A.P.* besteht darin, dass man diese Abkürzung leicht auch als *ad patres* lesen kann. Wenn das Unglück es will, dass Ihr zu Euren Vorvätern eingeht, dass Ihr also sterbt, dann würde der Gegenstand dieses Vertrags unantastbar werden und vollständig Eurem Venezianer zufallen.«

»Das ist abscheulich!«

»Ja. Eine heutzutage recht verbreitete widerrechtliche Besitzaneignung …«

Benedetto versank in tiefe Konzentration und nahm seine vergrößernde Glaskugel zu Hilfe, um bestimmte Wörter besser entziffern zu können.

Chênedollé ließ seine Blicke um den Schreibtisch herumwandern, und plötzlich fiel ihm das wilde Durcheinander auf, das an diesem Ort herrschte, die beeindruckende Anzahl von Büchern und einige überraschende Gegenstände wie etwa ein Katzenskelett, an dem nachlässig eine Schleuder aus Aalhaut hing.

Er warf seinem Diener einen Blick zu, doch dessen Augen waren auf Gui geheftet, der die Texte eingehend untersuchte.

Plötzlich fragte Benedetto: »Leidet Ihr an Schlafstörungen?«

Chênedollé zuckte zusammen.

»Mag sein.«

»An einer schweren Zunge, mangelndem Appetit, Schwierigkeiten mit der Aufmerksamkeit, Durchfall vielleicht?«

»Ach, woher wisst Ihr das?«

Nun war es an Benedetto, mit den Schultern zu zucken, und er sagte: »Das steht alles hier …«

Er zeigte die Seiten Chênedollé.

»In Wahrheit hat Euer Venezianer keinerlei Probleme mit dem Latein, nur hat er in den von Euch unterzeichneten Vertrag heimlich eine zweite Vereinbarung eingefügt, und zwar in einem Geheimcode. Der Mann benutzt eine alte Technik zur Verschlüsselung von Briefen, die vollkommen überholt ist und dem erstbesten Prüfer ins Auge springen würde. Zudem versteht er sich nur schlecht darauf, sodass er gezwungen ist, Satzbaufehler zu machen, um den Code seiner Geheimschrift einzuhalten!«

Chênedollé stieß ein wütendes Knurren aus.

»Was sagt er?«

Benedetto nahm seinen Griffel zur Hand und bildete geschwind neue Sätze, indem er die ersten, zweiten und dritten Buchstaben in jedem Wort mit mehr als zwei Silben markierte.

»Er wendet sich besonders an Euren Vorarbeiter Quentino ...«

Chênedollé erbebte bei der Erwähnung dieses ihm bekannten Namens.

»... der, wie es scheint ... wahrhaftig der Geliebte Eurer Gattin ist! Die beiden machen mit dem Venezianer gemeinsame Sache, um Euch in den Ruin zu treiben und Eure Kunden zu übernehmen. Sie haben ein ähnliches Geschäft wie Ihr in Ravenna eröffnet, es enthält die wertvollen Waren, die man Euch vorenthält. Damit sie ihre Ziele schneller erreichen, schlug der Venezianer ihnen vor, Euch mit Bilsenkraut zu vergiften.«

Chênedollé streckte die Arme zum Himmel.

»Ah! Aber das ist genau das Gebräu, das man mir zur Behandlung meiner Geschwüre verordnet hat!«

»Das ist das Raffinierte daran: Die Pflanze hat die Eigenschaft, dass sie je nach Dosierung wie ein Heilmittel oder wie ein Gift wirkt. Diese drei Personen haben sich verschworen, um Euch in kleinen Schritten zu töten ... Es tut mir sehr leid, mein Herr.«

Chênedollé stand bleich und mit geballten Fäusten da, er war hin und her gerissen zwischen der Bestürzung darüber, dass er bestohlen, gehörnt und ermordet werden sollte, und dem Erstaunen darüber, wie wohlbegründet Benedetto Guis Ruf war.

»Man hat mir gesagt, dass Ihr ein Mann für alle Fälle seid!«

Benedetto überhörte das Kompliment und erhob sich, um klarzustellen, dass die Unterredung nun beendet sei.

»Die Verschlüsselungstechnik ist zwar dürftig, aber man muss anerkennen, dass das Vorgehen nicht der Vorzüge entbehrt: Wie könnte man eine Korrespondenz besser vor jemandem verheimlichen, als indem man sie ihm direkt unter die Nase hält?«

Der dicke Maxime de Chênedollé knurrte erneut und legte sodann drei Dukaten neben das Tintengefäß aus Horn auf den Schreibkasten.

»Danke, mein Freund«, sagte er. »Zu niemandem ein Wort davon. Wie würde ich dastehen, wenn meine Konkurrenten erführen, dass man mich übers Ohr hauen kann!«

Gui machte eine Kopfbewegung, die zeigte, wie sehr ihm das egal war. Gleichwohl wog er die Dukaten in der Hand und versprach es.

Er begleitete den Mann und seinen Diener hinaus und machte so den Ausrufen des reichen Kaufmanns ein Ende.

»Frauen ... Geld ... Verrat ... Nichts ist je so, wie man glaubt!«

Chênedollé winkte die Sänftenträger herbei und machte es sich wieder bequem.

Erleichtert sah Benedetto ihn davonziehen. Er liebte es nicht, mit dem häuslichen Leben solcher Leute in Berührung zu kommen. »Es kommt nie etwas Gutes dabei heraus, wenn man sich da einmischt.« Er bedauerte sogar schon, dass er das Geheimnis der Frau und ihres Geliebten preisgegeben hatte. Wenn sie sich an ihm rächen wollten, müsste er seinen Hals retten und seine kostbare Zeit dafür verschwenden.

Er schloss die Tür hinter sich und betrachtete die drei Dukaten. Das dürfte genügen, um das Verschwinden von Zapettas Bruder aufzuklären, dachte er lächelnd. Wie er an diesem Morgen zu dem jungen Mädchen gesagt hatte: Die Vorsehung hatte für alles gesorgt. Gui schob das Geld in eine Börse und nahm wieder seine Gedankengänge auf, die Chênedollé unterbrochen hatte.

Einige Minuten später waren der Kaufmann aus Ostia und seine erbärmliche Betrugsaffäre so vollkommen aus seinem Kopf verschwunden, als hätten sie nie existiert ...

III

Nachdem sie das Portal mit dem Sockel des Taufbeckens gerammt und aufgebrochen hatten, gelang es dem Vikar Augustodunensis und den Dorfbewohnern von Cantimpré endlich, sich aus der Kirche zu befreien, in der sie gefangen waren. Sie hörten deutlich die Schreie der Kinder, die nach dem Abzug der schwarz gekleideten Männer im Dorf auseinandergestoben waren.

Die fünf schwangeren Frauen traten zitternd aus ihren Häusern. Sowie die Kirchentore geöffnet waren, rannten die tränenüberströmten Kinder zu ihren Eltern und erzählten ihnen, was sie erlebt hatten.

Augustodunensis stürzte zu Pater Abas Haus.

Beim Eintreten sah er, dass die Möbel umgeworfen waren und eine der Türen aufgebrochen war, und fand das an einem Balken aufgespießte Kind und den am Boden liegenden Pater in seinem Blut.

Er befahl, dass man den Jungen abnahm und Pater Aba in seine Schlafkammer im ersten Stock brachte.

Man legte den Verletzten auf sein Bett. Die Kammer entsprach dem Armutsgelübde der Franziskaner: Bis auf ein Kreuz an der Wand, einen Betstuhl und ein Holzbrett, das als Lagerstatt diente, war sie leer.

Der Vikar und die drei anwesenden Dorfbewohner zogen ihre Mäntel aus, um den Priester zu bedecken und seinen Kopf anzuheben. Sein Gesicht war bleich, sein Atem ging nur noch ganz flach, und eine Hälfte seines Gesichts war von den Schwertstreichen entstellt. Das schaumige, dunkle Blut war bis auf den Rücken herabgeflossen.

Pasquier, der Bader, wischte die Stirn und den Hals mit einem in Essigwasser getränkten Tuch ab. Der Priester reagierte nicht auf das Brennen der sauren Flüssigkeit. Die linke Schläfe trug eine klaffende Wunde, aus der das Blut immer wieder kraftlos hervorquoll; der Hieb quer über das Gesicht, den der schwarz gewandete Mann ihm zugefügt hatte, war so kräftig gewesen, dass die Hornhaut im Auge sich abgelöst hatte. Nun entleerte sich das Kammerwasser, vermischt mit Blut und Tränen.

Pasquier ergriff mit den Fingerspitzen eine feine Nadel und klemmte einen abgezwickten Faden zwischen die Lippen.

Augustodunensis hatte sich mit einer Bibel und einem Fläschchen Salböl versehen für den Fall, dass er die Letzte Ölung vornehmen musste.

Die alte Ana gesellte sich zu ihnen. Sie hatte in aller Eile eine Himmelskarte und die Stunde des Angriffs auf den Priester studiert. Das Ergebnis stand schnell fest: Ab heute war Mars wieder im Aszendenten. Ein Omen für weitere drohende Gefahren!

Der Bader zog ein Stück blutige Haut am Hals hoch und trieb mit einem kurzen Stoß von Daumen und Zeigefinger die Nadelspitze hinein. Auf die gleiche Weise führte er einen zweiten Stich aus und ließ einen Faden hindurchgleiten, dann einen dritten, einen vierten … Anschließend musterte er das Auge und sagte: »Bringt mir Asche …«

Im Erdgeschoß hatten die Dorfbewohner den Leichnam des Jungen abgenommen.

Alle waren außer sich vor Empörung und redeten wild durcheinander. Sie stritten, wie viele schwarz gekleidete Männer das Dorf überfallen hatten. Man zählte die vier Angreifer im Pfarrhaus, dazu acht weitere Reiter, die sich in Cantimpré verteilt hatten, um das Kirchenportal mit einer Holzbohle zu verbarrikadieren und die schwangeren Frauen in ihren Häusern einzusperren.

Man raunte über ihre dunkle Kleidung, ihre niedergeschlagenen Kapuzen, ihre kraftvollen und kostbaren Rösser und ihre Grausamkeit.

Das ermordete Kind hieß Maurin.

Der entführte Junge war Perrot.

»Sie haben die Waffe zurückgelassen«, stellte ein Dorfbewohner fest, nachdem man Maurins Leichnam herabgeholt hatte.

»Sie wissen, welch abscheuliches Verbrechen sie begangen haben«, murmelte Aranjuez, der Dekan des Dorfes. »Ein Soldat nimmt seine Waffe nicht mehr an sich, wenn sie mit dem unschuldigen Blut eines Kindes befleckt ist. Sie würde ihm Unglück bringen.«

Einer der Jungen, die bei Abas Unterrichtsstunde anwesend gewesen waren, erzählte jedoch, dass Maurin sich trotz seiner Verletzung gegen den Tod gewehrt und am Knauf des Schwertes festgeklammert habe. Als es Zeit zum Aufbruch war, hatte der Mann in Schwarz gezögert und das Schwert nicht wieder an sich genommen.

Angewidert ergriff Aranjuez die Waffe und legte sie zu den Büchern des Paters.

Oben hatte Pasquier das Auge von Pater Aba mit Asche bestreut, bis das Blut und die Flüssigkeiten sie nicht mehr durchfeuchteten. Der Puls des Verletzten hatte sich erholt, er schlug nun regelmäßiger und kräftiger. Darauf brachte der Bader ein Dutzend Schröpfköpfe auf dem Rücken des Priesters an, um den Blutfluss zu fördern.

»Nun heißt es warten«, sagte er, als er fertig war. »Das Fieber wird sinken.«

Die fünf Männer und die Frau knieten vor Abas Bett nieder und begannen zu beten.

Draußen hatten die Dorfbewohner beschlossen, einen Sicherheitsring um Cantimpré zu bilden; vier Schäfer postierten sich auf den Höhenzügen, um jede Rückkehr der schwarzen Truppe zu verhindern. Man bestimmte zudem, dass die ganze Nacht über ein großes Feuer und Fackeln entzündet werden sollten, um unliebsame Überraschungen zu vermeiden.

Tagsüber betete die Gemeinde ein ums andere Mal unter Anleitung von Augustodunensis gemeinsam für die Rettung von Guillem Aba. Die Angehörigen des toten Jungen flehten den Vikar an, er möge unverzüglich eine Totenmesse abhalten. Sie ertrugen den Anblick dieses aufgeschlitzten Leichnams nicht mehr und waren taub für die Vorschriften der Liturgie.

Man hob eine kleine Grube in der Nähe der Kirche aus. Der Leichnam des Jungen wurde gewaschen, in Linnen gehüllt und mit auf dem Bauch gefalteten Händen hinabgelassen. Seine Mutter ließ eine Rassel, eine Kugel und seinen Lieblingskreisel neben ihn fallen.

Seit sechs Jahren waren keine Kinder mehr in Cantimpré gestorben: Augustodunensis spürte, wie sehr dieses Drama den Dorfbewohnern zu Herzen ging.

Er betrachtete sie, wie sie schweigend, mit harten Gesichtern, sonnengebräunter Haut und zerzausten Haaren um das Grab herumstanden. Diese arbeitsamen, zähen Bauern, die niemals ihre Gefühle zeigten, wirkten verloren und hilflos.

In seiner Grabrede mahnte der Vikar, man müsse sich Gottes Beschlüssen, so grausam diese auch sein mochten, in Erwartung der himmlischen Erlösung unterwerfen; er wusste wohl, dass ihm unter diesen Umständen nichts anderes übrig blieb, als hinter all dem Bösen ein wenig Gutes zu versprechen.

Maurins Vater begrub seinen Sohn unter der Erde, die am Rand der Grube aufgehäuft war.

Während die Dorfbewohner nach der Zeremonie ruhig und gefasst auseinandergingen, kehrte Augustodunensis nachdenklich ins Pfarrhaus zurück und blieb allein in der Stube.

Im ersten Stock wachte Ana, die Tochter des Dekans Aranjuez, über Pater Aba.

Um sich zu beschäftigen, fütterte der Vikar die drei Tiere, entfachte das Feuer in den Öfen, die man zusätzlich herbeigeschafft hatte, um das Haus des Kranken zu heizen, und machte sich an die Reparatur der Tür, die die schwarz gekleideten Männer zerstört hatten. Er bemühte sich angestrengt, jeden Blick auf den wurmstichigen Balken zu vermeiden, der noch mit Maurins Blut befleckt war.

Sein Blick fiel auf die Leiter, worauf der alte Aranjuez das blutbesudelte Schwert neben den Büchern des Paters abgelegt hatte. Noch nie seit seiner Ankunft hatte Augustodunensis diese Bücher beachtet.

Jetzt erkannte er berühmte Titel wieder. Vor seinem ersten Diakonat hatte er fünf Monate im Kloster von Fulda verbracht, das eine der reichhaltigsten Bibliotheken des Okzidents besaß. Er war kein Ungebildeter mehr.

Er las: *Die Einführung* von Johannes von Parma, die Gesammelten Werke von Guillaume d'Auvergne, das *Sic et Nunc* von Abaelard, die von Raymond de Pennaforte kompilierten *Dekretalen Gregor IX.*, ein Handbuch auf Okzitanisch zur Entlarvung der Petrobusianer und das *Wunderbuch – Liber prodigiorium* – des Julius Obsequens.

Doch es war ein ganz anderes Werk, das die Aufmerksamkeit des Vikars schließlich fesselte: drei Fingerbreit dick, ohne Titel und mit neuem Leder gebunden.

Als Augustodunensis es aufschlug, machte er eine unerwartete Entdeckung: Er hatte nicht etwa eine fromme Abhandlung noch ein dichterisches Werk vor sich, sondern eine von Guillem Aba eigenhändig verfasste Schrift.

Der Priester von Cantimpré führte darin akribisch Buch über alle Äußerungen und Bewegungen seiner Gemeindemitglieder seit dem Jahr 1282. Kein Tag, kein Geschehnis, und sei es noch so unbedeutend, fehlte darin: die vorübergehende Anwesenheit eines fahrenden Händlers am vergangenen 4. August, der Aufbruch eines Schäfers für zehn Nächte im September zur Hochebene von Gage im Norden des Dorfs, die Durchreise eines Baumeisters anlässlich des Baus der Fernreisestraße am 9. Juni des vergangenen Jahres, die Spiele einer Schar Kinder, die im Frühling 1286 in die Grotte von Mauconseil hinabgestiegen waren ...

Pater Aba hielt seine Beobachtungen von Ereignissen und bestimmten Äußerungen schriftlich fest, ohne einen Kommentar dazu abzugeben. Warum? Er stand im Ruf eines eher zurückhaltenden, bedächtigen Mannes, der sparsame Gesten und knappe Worte bevorzugte. Ganz offensichtlich war er nicht mit einem inquisitorischen Auftrag nach Cantimpré gekommen, um Nachforschungen anzustellen, und er war auch nicht von krankhaftem Argwohn besessen.

Dennoch entging nichts seiner Aufmerksamkeit.

Neugierig geworden, schlug Augustodunensis die Seite mit dem Datum seines Ankunftstags in Cantimpré auf. Er war sprachlos: Aba wusste, was man ihm zu essen angeboten hatte, er kannte den Inhalt seiner Reisetaschen und wusste sogar zu berichten, mit welchen Worten der eine oder der andere ihn empfangen hatte.

Augustodunensis hatte nie etwas davon gehört, dass Priestern eine derartige Verpflichtung auferlegt wäre, alles in ihrer Umgebung Geschehene aufzuzeichnen.

»Wie Ihr an seiner Lektüre erkennt, ist Pater Aba ein wahrhaft gebildeter Mann.«

Der Vikar schrak zusammen, als er die Stimme in seinem Rücken vernahm. Es war Ana, die aus der Schlafkammer herabgestiegen war und ihn vor den Büchern überrascht hatte.

Die Tochter von Aranjuez, dem Dekan des Dorfes, war zugleich die älteste Frau in Cantimpré. Sie war immer schwarz gekleidet und ähnelte einer Hexe. Sie hatte ihr Leben in den Dienst des früheren Priesters Evermacher gestellt. Bei der Ankunft des jungen Guillem Aba hatte sie wie selbstverständlich ihre Stelle im Pfarrhaus wieder eingenommen.

»Unser Pfarrer spricht nie darüber«, fuhr sie mit kehliger Stimme fort, »aber bevor er zu uns kam, war er ein ordentlicher Student, ein großer Rhetoriker und ein Anhänger von Thomas von Aquin.«

»Ihr kennt Thomas von Aquin?«, wunderte sich Augustodunensis.

Ana zeigte auf die Werke.

»Er wird darin zitiert. Denkt Euch nur, Evermacher hat mich Lesen und Schreiben gelehrt!«

Sie wandte sich dem Ofen zu, auf den sie einen Kessel mit Wasser zum Kochen gestellt hatte, und tauchte die mit dem Eiter des Verletzten beschmutzte Wäsche darin ein. Währenddessen versuchte Augustodunensis, das Buch mit Abas Notizen wieder an seinen Platz zu stellen.

»Ich weiß auch über seine ›Überwachung‹ der Dorfbewohner Bescheid«, fügte sie im Plauderton hinzu. »Drei von uns hier im Dorf wissen davon.«

Sie blickte ihn an.

»Nun ja, jetzt sind es vier.«

Augustodunensis schrak ein zweites Mal zusammen.

Ana fuhr lächelnd fort: »Wusstet Ihr, was Euch erwartet, als Ihr zu uns kamt, Bruder Augustodunensis?«

»Ich wusste von dem Gerücht ständiger Wunder, als ich das Angebot des Bischofs annahm«, gab Augustodunensis zu. »Freilich lebe ich seit nunmehr zwei Wochen hier, und noch immer wurde ich nicht Zeuge des kleinsten Wunders.«

Sie zuckte mit den Schultern.

»Das liegt daran, dass Ihr Euch falsche Vorstellungen macht. Ihr werdet in Cantimpré kein feuriges Kreuz am Himmel oder fliegende Hostien während der Messe sehen! Unsere Wunder sind weniger spektakulär: Ob man von der Geburt der Kinder spricht, von der Heilung der Kranken, vom Verschwinden der Wölfe oder von der Quelle unter der Kirche, die am Versiegen war und nun doppelt so ergiebig sprudelt – alle Segnungen von Cantimpré sind die Segnungen kleiner Leute. Wir sind weit weg vom Theaterdonner der Bibel und den Heldengeschichten der Bischöfe. Genau das ist es im Übrigen, was Pater Aba so beunruhigt. Und was Cahors stört. Ihr runzelt die Stirn?«

Während Ana ihre Ausführungen fortsetzte, weichte sie weiter ihre Wäschestücke ein, ohne sich an dem kochenden Wasser zu stören.

»Seit acht Jahren weiß man am Sitz des Bischofs nicht, welche Position man zu Cantimpré einnehmen soll. Der Bischof kann kein einziges hiesiges Wunder für sich reklamieren! Und dabei können nach der kirchlichen Lehre nur die Heiligen Wunder wirken ... Pater Aba sagte uns oft, dass die Kirche nur eine beschränkte Wahl habe, wenn sie ihr Urteil über uns fällt: Entweder wird das Dorf als Ort der Wunder anerkannt und dann aufblühen wie die berühmtesten Pilgerstätten, oder es wird vom Angesicht der Erde getilgt werden!«

Sie deutete auf das Buch des Priesters.

»Deshalb hält er heimlich das Leben des Dorfes schriftlich fest. Er will seine Gläubigen im Falle eines Prozesses verteidigen können und denen etwas entgegenhalten, die behaupten, unser Dorf stünde unter dem Einfluss eines Teufels. Das hat er uns gesagt. Und ...«

Die alte Ana blickte betrübt auf das blutige Schwert, das Maurin das Leben geraubt hatte.

»Diese Truppe schwarz gekleideter Männer ... Sie läuten wohl den Beginn der Angriffe vor dem Prozess gegen uns ein. Sie haben nicht zufällig Perrot entführt. Wir hängen hier an diesem Kind. Er war der erste der Wundersäuglinge von Cantimpré! Der erste, der vollkommen gesund und ohne seine Mutter zum Schreien zu bringen zur Welt gekommen ist. Ihr werdet es bald sehen, bei uns werden die Kinder fast ohne Blut am Körper, ohne Schreien und mit offenen Augen geboren ... Der kleine Perrot ist eine Art Symbol für uns.«

Ihre Stimme nahm einen ernsten und drohenden Tonfall an.

»Diejenigen, die ihn heute Morgen geraubt haben, müssen das gewusst haben!«

Sie hielt einen Augenblick inne, schüttelte den Kopf und wandte sich der Treppe zu.

»Die Zeit arbeitet nicht für uns! Wenn der Himmel hinter den Segnungen von Cantimpré steckt, dann wäre es gut, wenn er sich zu erkennen gäbe! Und uns wenigstens ein Wunder beschert, das in Einklang mit der Religion steht ...«

Mit dieser Aufforderung an Gottvater verschwand sie nach oben.

Augustodunensis war zutiefst verwirrt. *Die Wunder von Cantimpré.* Er hatte nie besonders darüber nachgedacht. Wundererzählungen waren in einfachen Pfarrgemeinden gang und gäbe. Er hatte diese Stelle in Okzitanien in der Erwartung angenommen, dass er gegen die Ketzer kämpfen werde; er hatte nicht geglaubt, dass es ihn an einen Ort mit einer so heiklen Geschichte verschlagen würde.

In seine düsteren Überlegungen versunken, machte er sich wieder daran, die zersplitterte Tür auszubessern.

Eine Stunde später rief Ana nach ihm.

Augustodunensis stürzte in die Kammer. Pater Aba hatte das gesunde Auge halb geschlossen, er schluckte mühsam und hatte die Lippen halb geöffnet, um zu sprechen. Er verspürte ein schreckliches Stechen am Hals, am Kinn und am linken Auge.

In Gedanken sah er wieder, wie der schwarz gekleidete Mann sich auf ihn stürzte. Instinktiv wollte er aus dem Bett springen, doch der Vikar und die Alte schrien auf.

Erschöpft sank Aba auf sein Lager zurück.

»Was ist geschehen? Was haben sie getan?«, fragte er.

Ihm war noch nicht bewusst geworden, dass er sein linkes Auge verloren hatte.

»Sie haben den kleinen Maurin ermordet«, murmelte Augustodunensis.

Aba schüttelte den Kopf.

»Das habe ich nicht vergessen. Ich habe dieses abscheuliche Verbrechen mit eigenen Augen gesehen. Aber danach? Ich kann mich nicht mehr erinnern, was danach geschah!«

Augustodunensis erzählte: »Die Truppe der Angreifer verschwand so schnell und geräuschlos, wie sie gekommen war. Während des Angriffs waren wir in der Kirche eingesperrt.«

Ana fügte mit schneidender Stimme hinzu: »Sie haben Perrot auf ihrer Flucht mitgenommen! Sie haben kein einziges Haus durchsucht, die schwangeren Frauen ignoriert und nicht einmal die Kirche geplündert oder Proviant gefordert. Nichts als Perrot!«

Als der Name des kleinen Wunderkinds von Cantimpré fiel, versteinerte sich Abas Gesicht. Einen Augenblick fürchteten Ana und Augustodunensis, er werde von neuem die Besinnung verlieren.

»Perrot«, murmelte der Priester, und dann immer wieder »Perrot … Perrot … Perrot …«

IV

Nachdem er Maxime de Chênedollé und seinen erbärmlichen Vertragsfall losgeworden war, konnte Benedetto Gui seinen Laden in der Via dei Giudei verlassen und mit seinen Nachforschungen über Rainerio beginnen.

Sowie er auf die Straße trat, ertönten von allen Seiten Zurufe von Passanten. Benedetto war dafür bekannt, dass er der Freund der kleinen Leute war; nichts Wichtiges wurde hier beschlossen, ohne dass zuvor sein Rat eingeholt worden war. Seine Urteile waren redlich, seine Ratschläge gerecht und seine Meinungen wohlwollend. Das Ergebnis war, dass jeder ihm aus irgendeinem Grund zu Dank verpflichtet war.

Marcello Doti, ein Stoffhändler, überfiel ihn beim Verlassen seines Ladens, um ihm zu danken: Monatelang war er das Opfer schrecklicher Albträume gewesen. Sein Beichtvater behauptete, er sei vom Teufel besessen. Als überzeugter Anhänger der Lehren Galens verordnete Benedetto Gui leichtere Abendmahlzeiten, und Dotis wurde nicht mehr im Schlaf von den Dämonen heimgesucht ...

Nach Doti sprach ihn Vincenzo Porticcio an, einer der reichsten Kaufleute in der Via dei Giudei, der sich über ein wichtiges Thema mit ihm unterhalten wollte. Doch Benedetto erwiderte, dass er keine Zeit habe. Er wusste, dass Porticcio nur eines im Kopf hatte: Er wollte ihn mit einer seiner Töchter verheiraten, denn er war der Ansicht, dass ihm nichts Besseres widerfahren könnte, als einen so klugen Mann wie ihn in der Familie zu haben.

Alle wussten, dass Benedetto Witwer war. Er lebte keusch und zurückgezogen und trug immer Trauerkleidung; man sagte über sein Leben, es finde *zwischen seinen beiden Ohren* statt, so sehr waren seine Tage dem Nachdenken gewidmet, und so fern lagen ihm weltliche Leidenschaften.

Schließlich konnte Benedetto den Begrüßungen seiner Nachbarn entfliehen und ging zum Tiber, an dessen Ufer er einen Weg in Richtung der Milvischen Brücke unweit der Stadtmauern einschlug.

Nach einer Weile versperrten ihm Berge von Unrat den Durchgang, der unter der Brücke hindurchführte. Andere wären umgekehrt; Benedetto jedoch kletterte auf umgedrehte Kisten und ging um den Abfallberg herum, er balancierte über wacklige Fässer und folgte einem Weg, den nur Katzen und Ratten kannten. Sowie die Sommerhitze einsetzte, war der Ort gewöhnlich von fetten Fliegen und widerlichem Gestank erfüllt.

Ohne zu stolpern, erreichte er die andere Seite.

Dort war alles sauber und makellos. Entlang der steinernen Ufereinfassung reihten sich einige Holzbauten aneinander. Der Boden war gepflastert und gereinigt.

Benedetto trat zu einem Straßenfeuer, an dem drei Männer standen, die ihn mit einem kurzen Handzeichen begrüßten.

Nicht weit von ihnen entfernt verwesten vier nackte Kadaver.

Am Ufer saß ein Kerl, dessen Füße auf zwei Baumklötzen standen, mit heruntergelassenen Hosen in der Hocke. Er lächelte, als er Benedetto Gui auftauchen sah.

Er beendete seine Notdurft und kam zu ihm.

»Du lässt dich nur selten hier blicken, alter Freund!«

Der Mann war nicht überrascht über Guis Ankunft, denn die Wachposten, die diesen Abschnitt des Tibers kontrollierten, hatten sein Kommen bereits angekündigt.

Die Gruppe von Männern, die sich dort am Ufer aufhielt, hörte in Rom auf die seltsame Bezeichnung »Wäscher«.

Sie verließen nie das Flussufer.

Der Tiber war – getreu seinem Namen, der von einem gewissen Tiberius stammte, welcher in seinen Fluten ertrunken war – eine Art Monster, das die Toten der Stadt verschlang: Drei Viertel der Selbstmörder oder der Ermordeten endeten in seinem Bett. Sie verschwanden jedoch nicht für jedermann, wenn sie an der Oberfläche angeschwemmt wurden. Die Wäscher, die an der letzten Brücke vor dem Ende der Stadt postiert waren, fischten ihre dahintreibenden Überreste heraus. Sie raubten ihnen sämtliche Habe und zogen sie vollkommen nackt aus, bevor sie sie wieder der Strömung übereigneten. Kein Leichnam entging ihnen, nicht einmal jene, welche die Kirche in einen Sack mit der Aufschrift *Lasset der Gerechtigkeit Gottes freien Lauf* gehüllt hatte.

Dieser morbide Handel war ein blühendes Geschäft und lag vollständig in den Händen der Männer, die Benedetto Gui nun aufsuchte.

Eine weitere Truppe, die sogenannten »Gnadenlosen«, hatte die Aufgabe, den zum Tode verurteilten Erhängten und Enthaupteten die Haut abzuziehen. Zusammen teilten sie sich die Früchte dieses abscheulichen Handels, vor dem die Behörden die Augen verschlossen, um ihre Ruhe zu haben.

Gui hatte schon mehrere Verbrechen mithilfe der Wäscher aufklären können.

»Ich suche nach einem jungen Mann«, erklärte er ihnen. »Er ist seit einer Woche verschwunden.« Und er beschrieb ihnen Rainerio anhand der Aussagen seiner Schwester.

Der Anführer der Bande schüttelte den Kopf.

»In den letzten Tagen hat der Fluss uns nur einen Soldaten des Laterans beschert, eine Frau mit zerrissenen Kleidern und einem grün und blau geschlagenen Gesicht, und einen Säugling, dessen Nabelschnur man herausgerissen hatte, vermutlich zur Herstellung eines Zaubertranks. Nichts, was zu deinem Jungen passt. Heute Nacht haben wir diese vier Schwachköpfe hier herausgeholt ...« Er zeigte auf die Leichen.

»Der Suff hat sie ertränkt.«

Nichts konnte die Wäscher von ihrer Arbeit abhalten, nicht einmal das gefrorene Wasser; dann tauchten sie mit einem Haken in der Hand unter und holten die Leichen heraus.

Benedetto wusste nicht, ob er sich darüber freuen sollte, dass er Rainerios Leiche hier nicht fand. Das wäre ein schnelles Ende gewesen.

»Falls ihr meinen Mann noch herausfischt, gebt mir Bescheid«, sagte er.

»Wird gemacht.«

Der Anführer der Bande wusste, dass Benedetto mit den Richtern der Stadt in bestem Einvernehmen stand. Seit zwei Jahren hatte sich ihre gegenseitige Unterstützung für die eine wie für die andere Partei ausgezahlt.

Gui dankte ihm und kehrte in die Straßen Roms zurück.

Nachdem Benedetto dem Verbrechen seine Aufwartung gemacht hatte, suchte er nun das Gesetz auf.

Er begab sich zur Kaserne der Stadtwache mit der Absicht, Marco del Miro, den Chef der römischen Polizei, zu befragen. Dieser verdankte Guis Scharfsinn die Lösung dreier wichtiger Fälle. Gui wiederum war während einer Untersuchung, mit der er sich den Unmut eines Kirchenfürsten zugezogen hatte, von Marco del Miro aus dem Gefängnis befreit worden. Die beiden Männer wussten die Hilfe des jeweils anderen zu schätzen und hatten sich mit der Zeit sogar etwas angefreundet.

In der Kaserne sagte man ihm, dass der Polizeichef abwesend sei, doch Benedetto, der mit dem Gebäude vertraut war, durfte die unterirdischen Kerkerzellen besichtigen.

Keine Spur von Rainerio.

Er erkundigte sich, ob vor sechs Tagen zwei Wachen in die Via Regina Fausta geschickt worden seien, um einen jungen Mann namens Rainerio zu verhaften oder zu vernehmen, der im Lateran arbeitete.

Aus dem Register ersah er, dass dem nicht so war: Die beiden Männer, die Zapetta vor dem Verschwinden ihres Bruders gesehen hatte, gehörten nicht zu Marco del Miros Mannschaft.

Benedetto verließ die Kaserne und blieb in der Via del Macellaio an einer öffentlichen Tränke stehen, an der einige Maultiergespanne auf der Stelle traten. Er rief einen Kutscher herbei, der ihn eine Viertelstunde später vor einem verfallenen Gebäude absetzte.

Die im 10. Jahrhundert geweihte Kirche Sant'Elena befand sich in einem jämmerlichen Zustand: Ihr Portal war mit mächtigen Querbrettern verrammelt, ihre Kirchturmspitze war mit Moos überzogen, die Glocken sowie das Tabernakel und der Altartisch waren an einen anderen geweihten Ort gebracht worden.

Seit fünf Jahren wurde dieses Gotteshaus nicht mehr besucht. Die Gefahr, dass es unter dem Chor einstürzen könnte, galt als zu groß.

Benedetto Gui umrundete das Hauptgebäude und trat durch eine kleine, windschiefe Holztür ein, die von einem Eisenkreuz gekrönt war.

Die Pfeiler im Innern waren durch das eindringende Wasser grünlich verfärbt, und entlang der Fugen der Steinplatten wuchsen Pilze wie Rosenkranzperlen. In den Ecken des Kirchenschiffs schliefen, geschützt vor dem eisigen Zugwind, mehrere armselige, in Lumpen gehüllte Gestalten.

Benedetto rief: »Pater Cecchilleli?«

Seine Stimme hallte von den riesigen Mauern wider. Zwei Krähen schlugen mit den Flügeln und verschwanden durch eine Lücke in den Glasfenstern.

Auf Höhe der Chorschranke trat Benedetto durch eine kleine Pforte, die in die Sakristei führte.

»Pater Cecchilleli?«, wiederholte er etwas leiser.

Der Mann, der nun erschien, hielt mit zitternder Hand eine Kerze. Er war alt, sein Schädel war kahl, seine Haut faltig und der Rücken halb gebeugt unter einer fettigen und verstaubten Decke. Verstört kniff er die Augen zusammen, bis er sein Gegenüber erkannte.

»Benedetto?«

Gui musterte den Alten betrübt.

Wer hätte geglaubt, dass diese Gestalt vor drei Jahren einer der berühmtesten Kardinäle Roms gewesen war?

Francesco Cecchilleli aus Ravenna hatte sein ganzes Leben lang einen Sitz unter den Mitgliedern des Päpstlichen Rates innegehabt. Sein Aufstieg in der Kirche galt als beispielhaft. Sein Sturz war umso aufsehenerregender gewesen, als er gänzlich unerwartet gekommen war.

Dem Kardinal war es gelungen, einen Handel mit Falschgeld, das das Wappen der Päpste trug und in der Nähe des Laterans hergestellt wurde, aufzudecken.

Er zeigte diesen beim päpstlichen *Camerlengo* an, dem Finanzverwalter und Schatzmeister des Heiligen Stuhles. Der Pontifex weigerte sich jedoch durch seinen Kanzler Artemidore de Broca, diese Anzeige zu verfolgen, und befahl ihm, seine Nachforschungen einzustellen.

Cecchilleli gelangte zu der Überzeugung, dass dieser Handel

unter der Protektion von Prälaten des Laterans betrieben wurde. Er war entschlossen, nicht zu schweigen, und wollte die Sache öffentlich machen. Das sollte ihm schlecht bekommen. Die Anschuldigung des Ämterschachers, die er gegen die hohen Würdenträger des Laterans erhob, kehrte sich gegen ihn: Er selbst wurde des Verbrechens für schuldig befunden, das er angeprangert hatte, und all seiner Rechte enthoben.

Man degradierte ihn zu einem einfachen Priester und wies ihm die bedeutungslose Pfarrei Sant'Elena zu, eine Ruine ohne Gläubige.

»Ich hätte eine Pfarrei auf dem Land vorgezogen«, hatte er Gui anvertraut, »aber sie haben beschlossen, mich im Auge zu behalten.«

Auf die Frage, wer sich hinter diesem »sie« verbergen mochte, hatte Cecchilleli sich damit begnügt, mit den Schultern zu zucken und eine Gegenfrage zu formulieren. »Wer kann einen Kardinal in weniger als drei Wochen vernichten? Selbst mein Freund Artemidore de Broca konnte nichts für meine Rettung tun, wie er mir versicherte!«

Seit drei Jahren nun vegetierte der ehemalige Kardinal hier vor sich hin. Benedetto stellte empört fest, dass er nur ein paar Reisigbündel hatte, um sich vor der Kälte zu schützen, und dass nicht einmal Stroh auf dem Boden lag.

»Was für eine Freude, dich wiederzusehen, Benedetto. Du bist der letzte unter meinen guten Freunden, der sich noch dafür interessiert, ob ich am Leben bin! Seit meiner Verstoßung zeigen mir alle die kalte Schulter, einschließlich meiner Familie, deren Vermögen ich begründet habe. Die Gläubigen von Ravenna beschimpfen meinen Namen ...«

Seine müden und gereizten Augen sonderten Augenbutter ab, es war, als hätte er dicke Tränen in den Augenwinkeln, die sich weigerten, zu fließen.

»Verstehst du, für einen Mann wie mich, der sich sein Leben lang bemüht hat, für das Seelenheil der anderen zu sorgen, ist es ein grausames Los, nur noch Gesichtern zu begegnen, die sich von mir abwenden.«

Er schüttelte den Kopf.

»Ich lese die *Moralia in Job* wieder und übe mich in Geduld. Sind wir nicht alle Kinder eines Gottes, der das Leben verdammt, das er uns geschenkt hat? Es nützt nichts, sich über den Himmel zu beklagen. Und außerdem bin ich nicht so allein! Ich habe meine Sünder.«

Damit meinte Cecchilleli die Bettler, die in »seiner« Kirche Zuflucht gesucht hatten.

Er hob einen Arm.

»Aber wir sprechen zu viel über mich. Was kann ich für dich tun, Benedetto?«

Die zwei Männer setzten sich auf zwei Hocker. Benedetto wollte dem Priester seinen Mantel anbieten, doch dieser lehnte ab.

»Du wirst dich erkälten.«

»Ich bin daran gewöhnt.«

Benedetto erklärte den Grund seines Kommens und fasste zusammen, was Zapetta ihm über das Verschwinden ihres Bruders Rainerio mitgeteilt hatte.

»Wisst Ihr, was die Heilige Kongregation ist?«, fragte er am Ende.

Cecchilleli war zwar wieder zum schlichten Priester geworden, doch hatte er deswegen nicht sein Gedächtnis verloren; durch seine glanzvolle Stellung als Kardinal hatte er früher vieles gesehen und erfahren. Das Arkanum der Kurie barg für ihn keinerlei Geheimnisse. Es war nicht das erste Mal, dass Gui ihn bei einer Nachforschung zu Rate zog.

»Die Heilige Kongregation?«, wiederholte Cecchilleli mit nachdenklicher Miene. »Kannst du mir mehr darüber erzählen?«

»Anscheinend sitzt dort eine Person, die als *Promotor iustitiae* oder auch Advocatus Diaboli bezeichnet wird und für die der junge Rainerio arbeitete.«

Cecchilleli zog die Stirn in Falten.

»Dann meinst du die *Heilige Kongregation für Riten und Heiligsprechung*. Auch wenn sie mit fast jedem neuen Papst ihren Namen ändert. Es besteht kein Zweifel, dass es sich darum handelt.«

Er hielt kurz inne, bevor er alles ausführlich erklärte: »Der Papst alleine ist ermächtigt, zu bestimmen, wer in den Stand eines Heiligen erhoben werden kann. Früher genügte dafür die Stimme des Volkes. In unseren Tagen ist es Aufgabe der Heiligen Kongregation, unter den Kandidaten auszuwählen. Sobald sich die Möglichkeit einer Heiligsprechung andeutet, unterzeichnet der Papst eine Bulle zur Eröffnung des Prozesses, und die Kongregation setzt eine Untersuchungskommission ein. Diese durchkämmt das Leben des Kandidaten bis in die letzten Einzelheiten, überprüft, begutachtet und beurteilt seine Wunder und seine Werke. Die Beschlüsse werden sodann dem Papst übergeben, der darauf hin sein unfehlbares Urteil abgibt. Das ist das Ziel der Heiligen Kongregation: Sie produziert Heilige.«

Benedetto erinnerte sich daran, dass er in seiner Darstellung des Laterans, die aus der Zeit Martins IV. stammte, die Überschrift gelesen hatte: *Kommission für die Heiligsprechung der Diener Gottes*. Er sagte sich, dass es für einen jungen Mann wie Rainerio, der aus dem Nichts aufgetaucht war, ein unglaubliches Glück war, in den Umkreis einer so wichtigen Institution zu kommen.

»Und der Advocatus Diaboli, worum handelt es sich da?«

»Während des Verfahrens der Heiligsprechung stehen sich Verteidigung und Anklage gegenüber. Auf der einen Seite verteidigt der *Relator causae* die Verdienste des zukünftigen Heiligen; auf der Gegenseite hat der Advocatus Diaboli, der Kirchenanwalt, die Pflicht zu beweisen, dass der Verstorbene nicht zu den Auserwählten zählt. Er führt die Untersuchung als Ankläger. Man nennt ihn deshalb auch Advocatus Diaboli.

»Ich kenne diese lokalen Kommissionen, die über die Heiligen Nachforschungen anstellen, ich habe sogar öffentlichen Verfahren beigewohnt«, sagte Benedetto.

Der Priester lächelte.

»Was in der Öffentlichkeit geschieht, dient nur zur Unterhaltung der Massen. In Wirklichkeit werden die ernsthaften Fragen lange vorher hinter verschlossenen Türen in der Heiligen Kongregation entschieden. Alle katholischen Diözesen träumen davon, ihren eigenen Heiligen zu besitzen; jedes Jahr werden Hunderte von Anträgen auf Heiligsprechung eingereicht. Manche Bischöfe und Gläubigen würden vor keiner Niedertracht zurückschrecken, um einen der Ihren kanonisieren zu lassen. Der Glanz, der von einem neuen Heiligen ausstrahlt, zieht Wallfahrer an und ermöglicht einer ganzen Region, sich selbst zu feiern.«

Er zuckte mit den Schultern.

»Es geht um viel Geld, und nicht alle Promotoren sind unbestechlich. Daher bemüht sich die Heilige Kongregation, geheim zu bleiben, um Pressionen und finanziellen Manövern keinen Angriffspunkt zu bieten. Niemand außer ihren Mitgliedern kennt ihre wahre Bestimmung. Nicht einmal ein Kardinal wie ich.«

Benedetto dachte, dass Rainerio, wenn er wirklich im Dienste eines Promotor iustitiae stand, wie er seiner Schwester gegenüber behauptet hatte, sich im Zentrum der Auseinandersetzungen befand, freilich auf der schändlichsten Seite.

»Wo hält die Kongregation ihre Sitzungen ab?«

»Die abschließenden Diskussionen finden im Lateranpalast statt, manchmal in Gegenwart des Papstes. Aber ich weiß, dass es untergeordnete Stellen im Kirchenstaat gibt, und sei es nur zur Registrierung der zahlreichen Anträge auf neue Heiligenbildnisse.«

Benedetto schob das wenige noch verbleibende Brennholz in

den Ofen. Er dachte, wie trübsinnig diese Sakristei war, die man aller heiligen Kultgegenstände, die bei der Messe verwendet wurden, beraubt hatte. Der Wandschrank für die Kerzen war leer, nur ein staubgraues Gefäß, das am Boden stand und eine ferne Ähnlichkeit mit einem Kelch hatte, war übrig geblieben. Auf einem Lesepult erblickte Benedetto das einzige Buch, das noch in Cecchillelis Besitz war: die von Papst Gregor dem Großen verfassten *Moralia in Job.*

Er fragte weiter: »Kennt Ihr noch jemand anderen, der darin einen Sitz haben und bei dem ich mich erkundigen könnte? Oder einen Promotor iustitiae?«

Cecchilleli dachte nach.

»Was die Kirchenanwälte angeht, so kenne ich nur einen, aber das ist der einflussreichste: Henrik Rasmussen, ein Flame, ehemals Erzbischof von Tournai. Ich weiß, dass er diese Funktion des Promotor iustitiae in der Kongregation sehr lange innehatte. Er hat sich viele Male wiederwählen lassen, denn es bereitete ihm unverkennbar Vergnügen, alle Hoffnungen auf Heiligsprechung zunichtezumachen!«

Er lächelte.

»Die Diener Gottes, deren Gegner Rasmussen war, haben ihr Kanonisierungsverfahren unweigerlich verloren. Es ist nicht ausgeschlossen, dass er immer noch im Dienst ist.«

»Und wo kann ich Henrik Rasmussen finden?«

»Er besitzt einen Palazzo in der Via Nomentana, einen der schönsten in der Stadt. Seine Schwester und er sind ungeheuer reich.«

Benedetto dankte ihm für seine Ausführungen.

»Ihr seid mir wie immer eine unvergleichliche Hilfe!«

»Lass dich bald wieder sehen«, warnte ihn Cecchilleli. »So alt, wie ich bin, wäre es unvorsichtig, die Besuche zu sehr auf die lange Bank zu schieben ...«

Der alte Mann begleitete seinen Freund hinaus. Sie umarmten sich, dann kehrte der Alte zu seinen Bettlern zurück, und Benedetto verließ die Kirche Sant'Elena.

Nicht weit davon entfernt betrat er eine Holz- und Kohlenhandlung und gab eine große Bestellung von Brennmaterial auf, das an Cecchilleli geliefert werden sollte. Er verlangte außerdem, dass die Sakristei mit einer zwei Fingerbreit dicken Strohschicht ausgelegt wurde.

Anschließend mietete er erneut eine Kutsche, um sich in die Via Nomentana zu begeben.

Unterwegs dachte Benedetto Gui über Zapettas Worte nach. Ihr zufolge hatte Rainerios Meister und Gönner, Otto Cosmas, an einem Buch über das Leben der Heiligen geschrieben, und nach dessen Tod hatte Rainerio das Werk vollendet. Die Kenntnisse über die Gaben und Eigenschaften der großen Heiligen, die er dabei offenbar erworben hatte, konnten der Heiligen Kongregation bei ihren Debatten ideale Dienste leisten. Das erklärte zweifellos seinen raschen Aufstieg im Lateran.

Benedetto sagte sich, dass er dringend mehr über dieses Buch erfahren musste ...

Die Piazza, die der Palazzo von Henrik Rasmussen beherrschte, war von einer dichten Menschenmenge belagert. Ein schwarzes Tuch bedeckte die Fassade. Die Gaffer bestaunten die unglaubliche Anzahl von kostbaren Equipagen, die vor dem Eingang des Gebäudes zum Stehen kamen.

Benedetto begriff, dass Henrik Rasmussen gestorben war und dass alle, die in Rom Rang und Namen hatten, gekommen waren, um seiner sterblichen Hülle die letzte Ehre zu erweisen. Er sah, wie die berühmtesten Kardinäle die Stufen der Vortreppe erklommen, aber auch große Herren, berühmte Damen, Mönche sowie zahlreiche Höflinge von niederem Rang, bedeutungslose Individuen, die nichtsdestotrotz immer und überall dabei sein mussten. Über dem Meer von Köpfen erkannte Benedetto eine Person mit beträchtlichem Bauchumfang, um die sich ein Freiraum gebildet hatte und die lächelnd die Hochrufe entgegennahm: Artemidore de Broca, der Kanzler des Laterans, der mächtigste Mann in der Stadt nach dem Papst.

Die Menschenmasse klatschte Beifall für diesen alten, fetten Mann, den man stützen musste, damit er gehen konnte.

Benedetto ließ sich durch die Menge treiben und hörte mal hierhin, mal dorthin; schließlich erkundigte er sich und erhielt als Antwort:

»Erzbischof Rasmussen erlitt einen Unfall.«

»Er wurde von einem Karren umgefahren.«

»Er ist seine große Marmortreppe hinabgestürzt.«

»Eine Fischgräte ist ihm im Hals stecken geblieben.«

»Er ist in seinem Bad erstickt.«

Er stellte die gleiche Frage einem Offizier unter den Soldaten, die die Kutschen bewachten, doch dieses Mal schob er ihm einen der drei Golddukaten von Maxime de Chênedollé zu, die er für die Aufklärung der Affäre Rainerio vorgesehen hatte.

Aus dem Mund dieses Offiziers erfuhr er, dass der Erzbischof Rasmussen keinen Unfall hatte, sondern vor fünf Tagen einem mächtigen Schwerthieb erlegen war, der seinen Nacken gespalten hatte.

Sein Tod, der erst am heutigen Tag bekannt gegeben worden war, fiel mit dem Tag des Verschwindens von Rainerio zusammen …

V

In Cantimpré hütete Pater Aba drei Tage lang das Bett. Seine Stimmung wechselte von Verzweiflung zu Auflehnung und von Auflehnung zu Hoffnungslosigkeit.

Seine Getreuen wunderten sich über diese Launenhaftigkeit, die sie nicht an ihm kannten. Sie machten seine Schmerzen und den Verlust seines linken Augenlichts dafür verantwortlich. Dank der Holzasche war diese Wunde vollständig abgetrocknet, verursachte ihm aber schreckliche Kopfschmerzen.

»Dieses Auge muss bald ganz entfernt werden«, verordnete Pasquier.

Die alte Ana fertigte eine schwarze Augenbinde für ihn an, die am Hinterkopf gebunden wurde, und bereitete ihm Kräuterumschläge und Heiltränke zu, die seine entsetzlichen Migräneanfälle linderten.

»Bis jetzt nannte man mich ›Pater Aba‹«, sagte er, »den Priester von Cantimpré; von nun an werde ich der ›einäugige Pfarrer‹ sein …«

Am dritten Tag kehrten zwei junge Schäfer aus Cantimpré ins Dorf zurück.

Kaum hatten Beaujeu und Jaufré, die beiden unerschrockenen jungen Männer, nach ihrer Befreiung aus der Kirche erfahren, was sich gleichzeitig im Pfarrhaus abgespielt hatte, hatten sie ihren Pferden die Sporen gegeben und waren der schwarz gekleideten Truppe gefolgt. Sie hatten gehofft, sie könnten an den Spuren ihrer Rösser im Schnee ablesen, welche Richtung diese eingeschlagen hatten.

Doch der finstere Zug schien sich in der winterlichen Landschaft aufgelöst zu haben. Beaujeu und Jaufré gelang es zunächst, ihn mehr als neun Meilen weit zu verfolgen. Hirten berichteten ihnen, sie hätten eine Schar Reiter vorbeifliegen sehen, die es so eilig hatten, dass man nicht sagen konnte, ob sie auf der Jagd waren oder selbst gejagt wurden.

»Doch kurz danach trafen wir auf eine Kreuzung dreier Straßen, von denen eine nach Paris, die andere in die Markgrafschaft Provence und die dritte ins Königreich Aragon führte … anders gesagt, überallhin!«

Die beiden hatten keine Möglichkeit mehr gesehen, wie sie die Spur der Männer in Schwarz weiter hätten verfolgen können.

Die gescheiterte Verfolgung brachte die Dorfbewohner zum Verzweifeln. Alle warteten nun auf die großen Entscheidungen, die Pater Aba treffen würde.

Dieser blieb mit Augustodunensis allein, um nach dem Bericht von Beaujeu und Jaufré über die Situation zu beratschlagen. Sie befanden sich in der Schlafkammer des Pfarrhauses, denn der Priester hatte sein Bett noch nicht verlassen.

Der Vikar fand, dass Pater Aba sich außerordentlich schnell von seinen Verletzungen erholte; allerdings fiel es ihm schwer, Entscheidungen zu fällen.

»Zweifellos ist es an der Zeit, Hilfe zu holen, Hochwürden«, schlug er vor. »Sollen wir den Vogt von Cahors informieren? Oder den Lehnsherrn, dessen Leute unsere Verteidigung sichern und genauere Erkundigungen über die Entführer einholen könnten?«

Aba schüttelte den Kopf.

»Zunächst einmal: Der Vogt verlässt Cahors niemals. Und was den Grafen von Chaumeil angeht, so steht er auf sehr schlechtem Fuße mit der Kirche: Er ist während der Feiertage auf seine Nachbarn losgegangen, und man wirft ihm vor, dass er in seinem Hause Juden beschäftigt. Wenn wir uns unter seinen Schutz begeben, dann würde das bedeuten, dass wir uns bei unseren Vorgesetzten in Misskredit bringen.«

»Dann also den Bischof?«, meinte Augustodunensis. »Monseigneur Beautrelet von Cahors muss uns helfen!«

Pater Aba schüttelte zweifelnd den Kopf.

»Nehmen wir einmal an, dass ein Abgesandter des Bischofs zu uns geschickt wird: Wir würden ihn nicht mehr loswerden. Wenn es ein Inquisitor ist, wird er versuchen zu beweisen, dass das Unglück von Cantimpré nicht von irgendwelchen Reitern kommt, derer man nicht habhaft wird, sondern in Cantimpré selbst seinen Ursprung hat! Ihm wird wenig daran gelegen sein, Perrot wiederzufinden oder Maurin zu rächen. Wir müssen alleine zurechtkommen.«

Mehr sagte er dem Vikar nicht.

Als Aba soweit wieder hergestellt war, dass er aufstehen konnte, bestellte er die Eltern der Kinder ins Pfarrhaus. Er schilderte ihnen die Ereignisse aus seiner Sicht und versuchte, ihren Schmerz durch Worte aus der Heiligen Schrift zu lindern.

Augustodunensis sah überrascht, dass er Perrots Mutter Esprit-Madeleine beiseite nahm; als er sie hinausbegleitete, versprach er ihr, ihr Kind zu finden und es wieder ins Dorf zurückzubringen!

Seit dem Überfall wechselten sich Augustodunensis und Ana am Krankenlager ab. Die alte Frau kümmerte sich tagsüber um ihn, und der Vikar hatte sich in der Stube des Pfarrhauses einen Schlafplatz eingerichtet, um nachts bei dem Priester zu wachen.

Am vierten Morgen wurde er durch leise Geräusche geweckt: Pater Aba war lange vor Morgengrauen wach geworden und hielt das Schwert in der Hand, das Maurin getötet hatte.

Der Vikar erkannte ihn nicht sogleich: Lag es an seiner schwarzen Binde, den Narben im Gesicht und am Hals, den Schatten, die die schwache Lampe warf? Abas »engelhaftes« Gesicht hatte seine ganze Anmut verloren und hatte etwas Beunruhigendes angenommen.

Der Priester fragte mit ernster Stimme: »Wer von unseren Schäflein hat außer Beaujeu und Jaufré das Dorf seit der Entführung von Perrot verlassen?«

Der Vikar erhob sich und antwortete: »Niemand, Hochwürden.«

»Bist du dessen sicher?«

»Vollkommen. Bei der Beerdigung des kleinen Maurin waren die Gemeindemitglieder vollzählig versammelt, mit Ausnahme von Ana, die über Euch wachte, und Esprit-Madeleine, die sich zu Hause eingeschlossen hatte. Als Beaujeu und Jaufré zurückkamen, stürzte ihnen das ganze Dorf entgegen, um sie auszufragen. Niemand fehlte.«

Aba antwortete nicht. Er hielt noch immer die Waffe in der Faust.

»Hast du mir nicht erzählt, dass einige Männer sich auf dem Plateau postiert haben, um die Umgebung zu beobachten?«

»Ja, Herr Pfarrer.«

»Wer?«

»Nun also, Martin, Orgas, Paulin und Denis der Jüngere. Aber im Augenblick müssten sie von hier aus noch zu sehen sein. Sie haben die Gegend nicht verlassen!«

Pater Aba trat auf Augustodunensis zu. Dieser sah, dass er ein Kruzifix in der linken Hand hielt. Der Priester streckte es ihm entgegen.

»Bring das zu Esprit-Madeleine.«

Das Kreuz war aus einem Walrossknochen geschnitzt und trug einen Christus aus Bergkristall.

»Sag ihr, sie soll für die sichere Heimkehr ihres kleinen Perrot beten.«

»Aber …?«

»Geh!«, befahl Aba.

Augustodunensis verzichtete darauf, weiter in seinen Herrn zu dringen. Trotz der frühen Stunde zog er sich an und trat hinaus.

Draußen war der Tag noch fern. Wie jede Nacht hatten die Dorfbewohner ein Feuer auf dem Hauptplatz entzündet und Fackeln an allen vier Ecken von Cantimpré aufgestellt. Über der schlafenden Gemeinde lag ein rotgoldener Lichtschein.

Der Vikar begab sich zum Haus von Jerric, dem Schreiner, und seiner Frau. Esprit-Madeleine schlief nicht; seit dem Verschwinden ihres Sohnes tat sie kein Auge mehr zu. Sie war eine sehr schöne Frau mit blauen Augen und blonden Haaren wie Perrot. Doch Tränen und mangelnder Schlaf hatten tiefe Spuren in ihrem weichen Gesicht hinterlassen. Sie nahm das Kruzifix aus den Händen des Vikars entgegen, ohne ein Wort über die taktvolle Anteilnahme des Priesters zu sagen.

»Wir werden für Perrots Rückkehr beten«, war das Einzige, was Augustodunensis noch einfiel.

Er kehrte ins Pfarrhaus zurück.

Die Stube war leer.

»Pater Aba?«

Er stieg nach oben. Der Priester war nicht da. Er ging wieder hinab.

Augustodunensis bemerkte, dass das Schwert Maurins verschwunden war. Der Schrank war verrückt worden; dahinter verbarg sich eine Nische, die direkt in den Fels getrieben war. Augustodunensis steckte die Hand hinein. Die Höhlung war leer.

Da bemerkte er Abas Notizbuch, das aufgeschlagen auf dem Tisch lag: Zwei Seiten waren herausgerissen worden.

Er stürzte wieder zur Tür hinaus.

Zwischen den Schatten und den Flammen der offenen Feuer war keine Spur von Pater Aba zu entdecken …

*

Das Dorf Cantimpré lag am Rande einer Schlucht, durch deren Grund ein Sturzbach floss, der mit Stromschnellen durchsetzt war. Die Hochebene von Gramat erstreckte sich etwa hundert Schritt oberhalb der Hütten. Dort hatten die vier Wachposten Stellung bezogen, die die Wege und die Umgebung beobachteten; sie hatten ein Horn in der Hand und waren bereit, bei der geringsten verdächtigen Bewegung Alarm zu schlagen.

Der junge Paulin stand am weitesten im Norden. Dick eingemummt und mit einem Hirtenstab in der Hand beobachtete er das erleuchtete Cantimpré und kämpfte dabei gegen den Schlaf an.

Es herrschte vollkommene Dunkelheit; Finsternis hüllte die Umrisse und Abhänge des Dorfes ein. Keine Stadt, keine Behausung zeichnete sich am Horizont ab.

Plötzlich hörte Paulin ein Knacken.

Er richtete sich auf und warf sich mit einer abrupten Bewegung nach hinten, um sein Horn zu ergreifen, doch dann vernahm er eine Stimme.

»Ich bin es nur.«

Im Schein einiger blassgelber Mondstrahlen tauchte Pater Aba auf. Er trug eine Houppelande, eine Jagdtasche und einen langen Beutel über der Schulter. Es war das erste Mal seit dem Überfall, dass Paulin ihn wiedersah: Seine schwarze Augenbinde flößte ihm zunächst Angst ein, bevor er als Zeichen seiner Erleichterung die Hand auf sein Herz legte.

Aba betrachtete ruhig die Aussicht auf Cantimpré.

»Das ist ein ausgezeichneter Beobachtungsposten«, bemerkte er.

Paulin fand, dass seine Stimme verändert war, die Halsverletzung machte sie tiefer und heiser.

Er sagte: »Denis der Jüngere, Martin und Orgas haben an anderen Stellen auf der Hochebene Stellung bezogen, so kann uns nichts entgehen.«

Pater Aba setzte sich auf den Fels, auf dem Paulin zuvor gerastet hatte. Er verharrte einen Augenblick lang schweigend und fragte dann: »Seit wann lebst du im Dorf, Paulin?«

»Äh ... bald werden es drei Jahre.«

»Du bist mit deiner Mutter hierhergekommen, die krank war, nicht wahr?«

»Wir hatten von den Wundern von Cantimpré gehört, und da die Ärzte von Bellac, wo wir wohnten, ihren nahen Tod voraussagten, haben wir die Reise hierher auf uns genommen.«

»Und sie wurde geheilt ...«

»Ja, dank Gottes Gnade! Einige Tage in Cantimpré genügten, um ihr die Gesundheit zurückzugeben!«

Aba zeigte auf das Dorf. »Es wäre wahrlich ein Jammer, wenn dieser kleine Paradiesflecken den Attacken von Männern zum Opfer fiele, die nichts von seinen Wundern wissen.«

»Aber das werden wir nicht zulassen, Herr Pfarrer. Niemals!«

Aba betrachtete Paulin: »Gewiss nicht.«

Er fügte nichts weiter hinzu. Paulin wusste sich keinen Reim auf Abas Anwesenheit und seine Fragen zu machen.

»Siehst du«, fuhr der Priester endlich fort, »ich kann die Ereignisse noch so oft vor meinem geistigen Auge vorbeiziehen lassen, es gibt da einen Punkt, der mir unbegreiflich bleibt.«

Er verschränkte die Arme.

»Cantimpré ist von der Welt abgeschnitten. In dieser Jahreszeit noch mehr als sonst. Seit Wochen hat niemand uns besucht, auch hat keiner von uns sich in eine Nachbargemeinde begeben ...«

Ohne die Augen von den Lichtern im Dorf abzuwenden, fuhr er fort: »Die zwölf schwarz gekleideten Männer suchten nach den Kindern, das ist offensichtlich; sie suchten nach Perrot, das ist gewiss, und sie wussten, wo sie ihn an diesem Morgen finden würden, das steht unabweisbar fest.«

Aba sah Paulin an.

»Woher hatten sie davon Kenntnis? Zumal ich erst seit Augustodunensis' Ankunft in der Gemeinde den Mittwochmorgen den Kindern widme. Ohne den Verrat eines der unseren in Cantimpré hätten Perrots Entführer ihr Ziel nicht so leicht erreichen können. Jemand hat sie eingeweiht.«

Paulin fuhr hoch.

»Das muss unser neuer Vikar gewesen sein!«, protestierte er. »Er lebt erst seit zwei Wochen bei uns. Man hat ihn zu uns geschickt, um uns auszuspionieren und den Überfall vorzubereiten!«

Aba schüttelte den Kopf.

»Daran habe ich auch gedacht. Indes lasse ich Augustodunensis seit seiner Ankunft unablässig überwachen, und er hatte keine Sekunde, in der er sein Wissen heimlich an Dritte hätte weitergeben können.«

Aba holte die zwei aus dem Notizbuch herausgerissenen Seiten aus seiner Jagdtasche hervor.

»Der einzige Dorfbewohner, der sich in letzter Zeit verdächtig verhalten hat«, fuhr er fort, »... bist du, Paulin.«

Der junge Mann versteifte sich.

»Ich?«

»Vor sechs Tagen bist du in den Wald gegangen, um Reisig zu sammeln.«

»Ja.«

»Das war dein gutes Recht. Eine Stunde später bist du zurückgekommen. Mit leeren Händen.«

Aba betrachtete den Horizont, an dem das erste fahle Licht des Morgens aufzog.

»Am nächsten Tag bist du wieder weggegangen, dieses Mal für

etwa zwei Stunden. Und du hast nur ein paar armselige Zweige ins Dorf zurückgebracht … Was soll ich davon halten?«

Paulin erstarrte zur Salzsäule. Er stammelte einige unverständliche Worte.

»Ich wusste, dass das eines Tages geschehen würde«, verkündete Aba, und sein Blick wanderte zu dem Jungen zurück. »Wer hat zu dir Kontakt aufgenommen, Paulin?«

»Aber ich … niemand … Ich verstehe nicht, was Ihr …«

»Verheimliche mir nichts, du würdest es bereuen. Ich bin nicht der nachsichtige Priester, als der ich mich in den letzten Jahren gegeben habe … Es gibt Dinge, die man nur schwer verzeiht. Das öffentliche Schuldbekenntnis kann nicht alles …«

Paulin schüttelte den Kopf.

»Ihr irrt Euch … Ihr irrt Euch … Ich …«

Plötzlich drehte der Junge sich um und wollte fliehen, doch binnen einer Sekunde war Aba über ihm und packte mit den Händen seinen Hals.

»Wer? Wer?«

»Erbarmen, mein Pater …«

»Antworte!«

»Niemand …«

Der Priester zog das Schwert, mit dem Maurin ermordet worden war, aus seinem Sack und richtete die Spitze auf Paulins Kehle.

»Wenn es sein muss, werde ich keinerlei Erbarmen zeigen, mein Junge! Sprich und ich verschone dich. Wer?«

»Aber … ich weiß es nicht, Hochwürden … Ich weiß es nicht! … Ich habe das Dorf verlassen, um Reisig zu sammeln, und stieß auf zwei Männer, die sich auf den Wegen der Hochebene verirrt hatten. Als ich ihnen erzählte, sie seien nicht weit von Cantimpré entfernt, bekamen sie Angst.«

»Angst?«

»Sie sagten mir, sie kämen aus Cahors, und in Cahors sei Cantimpré vom Bischof verdammt worden, und ich sollte noch vor den Vergeltungsmaßnahmen von dort fliehen.«

»Wie konntest du nur glauben, dass ich nichts davon gewusst hätte, wenn das wahr gewesen wäre? Du bist auf gemeine Lügenmärchen hereingefallen.«

»Aber ich habe ihnen ja eben nicht geglaubt! Deshalb haben sie mir gesagt, ich solle am folgenden Tag wiederkommen. Sie erschienen mit einem Erzdiakon aus Cahors. Dieser zeigte mir die Dokumente. Darin stand, dass Cantimpré von seinen bösen Geistern gereinigt werden müsse. Und damit meinten sie die Kinder. Diese Kinder, die in ihren Worten auf wenig natürliche Weise zur Welt gekommen waren!«

Aba verstärkte den Druck des Schwertes auf Paulin.

»Die Kinder? Warum hast du nicht mit mir darüber gesprochen?«

Paulin zitterte und schwitzte.

»Sie sagten, dass Ihr als Erster bestraft werden würdet, mein Pater! Dass Ihr etwas über die Kinder wüsstet, dass Ihr seit all diesen Jahren ein Geheimnis vor Euren Gläubigen verbergen würdet! Daraufhin habe ich ihnen erzählt, wie Euer Tagesablauf aussieht und wie viel Zeit Ihr mit den Kleinen verbringt ... Aber ich habe mir nichts Böses dabei gedacht!«

Aba, der den jungen Mann noch immer mit seiner Waffe bedrohte, wandte den Kopf ab und betrachtete erneut die Lichter von Cantimpré. Schließlich murmelte er traurig: »Du hast keine Ahnung, was du angerichtet hast, Paulin ...«

Niedergeschlagen richtete er sich auf. Der Junge blieb liegen, und die Schwertspitze schwebte über seinem Kopf.

»Ich brauche dich gar nicht zu töten für deinen Verrat. *Sie* werden das selbst erledigen.«

Der Priester zog das Schwert zurück und schüttelte den Kopf.

»Und dabei wurde deine Mutter hier gerettet ... Leb wohl, Paulin.«

Da sprang der Junge auf und rief: »Ich habe niemanden verraten. Im Dorf gab es schon vorher Gerede über das, was mir die zwei Unbekannten erzählten: Ihr verbergt etwas vor uns! Ihr verheimlicht uns Euer Wissen über die Wunder von Cantimpré! ... Nicht ich habe diese schwarze Truppe hierhergelockt! Ihr selbst wart es!«

Aba blieb abrupt stehen und ballte die Fäuste vor Wut über diese Anklage. Mit einem Satz stürzte er auf Paulin zu und enthauptete ihn mit einem mächtigen Schwerthieb.

Einen Augenblick lang verharrte er fassungslos über seine Tat und blickte auf den Leichnam, der zu seinen Füßen sein Blut verströmte.

Er hob den Blick, betrachtete den heraufdämmernden Tag und bekreuzigte sich viermal: auf der Stirn wegen seiner schwarzen Gedanken, auf dem Mund wegen seines Mangels an Reue, auf dem Herzen wegen des Rachedursts, der ihn seit dem Überfall auf das Dorf erfüllte, und schließlich auf dem ganzen Oberkörper wegen der unverzeihlichen Verbrechen, die in den kommenden Tagen seiner harrten.

Nachdem er seine Bekreuzigungen beendet hatte, schwor er sich, sein Schicksal nie wieder in Gottes Hände zu legen, weder durch Taten noch durch Worte.

Und er tauchte in die Einsamkeit der Hochebene von Gramat ein.

VI

Benedetto Gui begab sich in das Skriptorium von Salvestro Conti in der Via Bonagrazia, die etwa hundert Schritte vom Lateranpalast entfernt war und die größte Anzahl von Büchern im Kirchenstaat hervorbrachte.

Salvestro Conti glänzte zwar nicht durch sein schöpferisches Genie, er hatte jedoch ein gutes Händchen für Handel und Gewerbe. Seine Werkstatt war die größte in der Stadt, nicht weniger als siebzig Gesellen und Lehrlinge standen in seinen Diensten. Jede Parzelle des Gebäudes war für eine bestimmte Art von Verzierung und eine Gattung von Handwerkern bestimmt: die Graveure, die Buchbinder, die Koloratoren, die Lederbearbeiter, die Tintenschreiber, die Abbreviatoren und die Korrektoren. Alles, was die Werkstatt Salvestro Contis verließ, erfüllte hohe katholische Qualitätsanforderungen. Wenn man seine Dienste in Anspruch nahm, war man sicher, die *Sententiae* des Bischofs Petrus Lombardus oder die *Historia scholastica* von Petrus Comestor in einer überprüften Fassung und ohne den geringsten beschädigten Buchstaben zu erhalten.

Salvestro Conti kannte Benedetto Gui gut. Die zwei Männer arbeiteten häufig zusammen. Gui überprüfte beispielsweise die Echtheit eines Gedankens von Plotin in einer dubiosen Anthologie. Im Gegenzug gewährte Conti ihm Zugang zu seltenen und teuren Werken wie dem *Roman de Brut* oder *Pyramus und Thisbe.*

Es ging das Gerücht, dass Benedetto Gui mehr als ein Dutzend Hauptwerke der Antike auswendig kannte.

Salvestro Conti war etwa vierzig Jahre alt, ein großer, kühl und distanziert wirkender Mann mit hellwachem Gesichtsausdruck, ein bisschen barsch, aber sehr weltgewandt, der schnell redete, weil er schon ungeduldig geboren worden war. Gui war mit ihm bekannt, seitdem er sich in Rom niedergelassen hatte.

Als Benedetto an diesem Abend in sein Arbeitszimmer trat, einen großen Raum, dessen Wände die schönsten Bände schmückten, welche mit Gold und kostbaren Edelsteinen verziert waren, begann Conti sich wie bei jedem ihrer Zusammentreffen zu beklagen.

»Die Bestellungen gehen zurück, ich muss meine besten Handwerker entlassen. Bis vor Kurzem noch war das Buch ein Wertgegenstand, den man wie eine Reliquie in eine Schatulle legte und für das man ein Vermögen ausgab. Heute huldigt man der Sparsamkeit, um der Mode der Askese zu frönen, ein unheilvoller Sieg der Ketzerei. Keine Randeinfassung mehr, keine Verzierungen, keine Goldnägel, nichts, das dem Auge schmeichelt. Bittet man mich nicht sogar darum, die Kästchen für die Miniaturen und die Zierleisten leer zu lassen unter dem Vorwand, man würde sie zu einem günstigeren Zeitpunkt verschönern lassen!«

Benedetto stimmte ihm ohne Überzeugung zu, missbilligte die zur Schau gestellte Sparsamkeit mancher Leute, kam dann jedoch ohne weitere Umschweife zur Sache.

»Ich suche eine erst kürzlich verfasste Heiligenkunde«, sagte er. »Das Werk müsste vor etwa zwei Jahren dem Lateran übergeben worden sein. Eine offizielle Bestellung.«

Salvestro Conti zog die Augenbrauen hoch.

»Ein neues *Leben der Heiligen*? Es sind bereits zahlreiche und auch hervorragende Werke im Umlauf, aber sie alle sind älteren Datums.

Man berichtigt sie stellenweise, man fügt neue Motive der Heiligkeit hinzu, aber mehr nicht. Abgesehen von diesem Jacobus de Voragine und seinem angeblich anmaßenden Werk über das Heilige Kreuz ist mir in den letzten Jahren nie etwas von einer eigenen Bestellung des Laterans zu Ohren gekommen. Von wem soll es sein?«

»Einem gewissen Otto Cosmas aus dem Königreich Böhmen.«

Conti lachte laut auf.

»Ein Böhme! Nie gehört, diesen Namen. Wenn man überdies an diese Waldenser denkt, die von Rom verdammt wurden und in Mähren und Böhmen noch Widerstand leisten, dann kann ich mir kaum vorstellen, dass der Lateran ein so sensibles Werk wie das *Leben der Heiligen* ausgerechnet einem Mann anvertraut, der in diesem Ketzerland geboren wurde. Welchem Orden gehört er an?«

»Ich weiß es nicht. Er scheint mir kein Ordensmann zu sein. Er lebte alleine in Rom, hinter den Thermen des Diokletian.«

Salvestro Conti erbebte neuerdings.

»Ein Weltlicher? Das ist undenkbar. Kein Bischof würde ihn dulden. Wenn dem so wäre, dann hätte ich als Erster von ihm erfahren! Ich habe meine Informanten in allen *scriptoria* Italiens. Mein Wort darauf, dieser Otto Cosmas ist ein Betrüger, und sein Buch existiert wahrscheinlich überhaupt nicht, Benedetto! Wer hat dich auf diese falsche Spur gebracht?«

»Ein junger Mann aus dem Lateran ist verschwunden …«

Salvestro schüttelte den Kopf.

»Aus dem Lateran?«

Der Mann, der ständig nervös und voller Ticks war, setzte mit einem Schlag eine undurchdringliche, ernste Miene auf.

»Das ist kein guter Moment, um dem Lateran in die Quere zu kommen, mein Freund«, riet er.

»Wegen der Wahl des neuen Papstes?«, fragte Benedetto.

»Weshalb sonst? Dieses Mal heißt es, dass das Konklave aus einem noch nie dagewesenen Grund gespalten ist. Gewöhnlich liegt es am diplomatischen Druck des Kaisers und des Königs von Frankreich, die ihre jeweiligen Favoriten verteidigen, wenn die Kardinäle sich nicht auf einen Kandidaten einigen können. Heute jedoch soll es sich um einen Streit zwischen den Anhängern und den Gegnern des alten Artemidore de Broca handeln.«

»Immer noch der Kanzler!«

Salvestro Conti fügte mit verhaltener Stimme hinzu: »Solange Gott ihn nicht zu sich ruft (und man könnte glauben, dass Broca es versteht, vom Himmel vergessen zu werden), wird die Nervosität im Lateran immer weiter zunehmen. Einige Prälaten wollen sich dieser Wahl, zweifellos Artemidores letzter, bedienen, um den alten Kanzler vor aller Augen loszuwerden.«

Benedetto lächelte.

»Sind sie nicht schon wiederholt gescheitert? Die Entmachtung Artemidores ist der weiße Rabe der Kirche ...«

»Das ist wahr. Aber Artemidore wird schwächer. Man sagt, dass jeder Monat, der vergeht, auf seinem Gesicht Spuren wie ein ganzes Jahr hinterlässt. Der Löwe flößt seinen Widersachern weniger Furcht ein als früher. Sie verheimlichen nicht einmal mehr, dass sie sich gegen ihn verschwören! Das Ende einer Ära scheint angebrochen. Wie dem auch sei, wenn dein Junge aus dem Lateran in diese Auseinandersetzung verwickelt ist, dann halte dich so fern wie möglich von ihm! Du kannst dort nur Prügel beziehen.«

Benedetto nickte.

»Oh, ich will nur seine kleine Schwester beruhigen ...«

Salvestro Conti zuckte mit den Schultern.

»Die alten Meister haben schöne Sachen darüber geschrieben. Vergiss nicht die Geschichte von Baruch in der Bibel: Der arme Mann wollte nur Holz holen gehen für seine Familie, und dann landete er nach hundert Jahren voller Abenteuer und Kämpfe in der Hölle.«

Benedetto Gui lächelte.

»Aber die alten Helden lassen es immer schrecklich an Vorsicht fehlen. Selbst der listige Odysseus ließ sich hinters Licht führen! Bei mir besteht eine solche Gefahr nicht: Erstens habe ich nichts von einem Helden ... und zweitens interessieren sich die Götter nicht für mich.«

*

Erst nach Einbruch der Nacht kehrte Benedetto in seinen Laden zurück, nachdem er eine gute Mahlzeit mit seinem Freund Salvestro Conti eingenommen hatte. Sie hatten dabei über eine Übersetzung von Algazel gesprochen, Verse von Virgil deklamiert und sich mit ihrem Lieblingsspiel unterhalten: Einer begann ein Zitat, das der andere vollenden musste. Wie immer hatte Benedetto dabei Salvestro geschlagen. Sein Gedächtnis war unfehlbar.

Am Tag darauf, noch vor dem Morgengrauen, tat Gui das, was er am besten konnte: er dachte nach.

Er hatte die Füße auf die Holzböcke eines allmählich erlöschenden Kaminfeuers gestützt, hielt ein aufgeschlagenes Buch mit griechischen Tragödien in Händen und starrte ins Leere, während er seine Gedanken drehte und wendete.

Ein Schneesturm tobte über Rom. Wie es seine Gewohnheit war, hatte Benedetto eine alarmierende Anzahl von Kerzen entzündet, um das fehlende Tageslicht auszugleichen.

Viola, seine Haushälterin, die kurz zuvor vor Kälte klappernd und mit dicken Flocken auf den Schultern den Laden betreten hatte, konnte sich nicht enthalten, laut zu protestieren.

»Was für eine Verschwendung, diese Kerzen! Eines Tages wird eine davon auf Eure Bücher fallen, und Eure Pergamente werden sich in Rauch auflösen!«

Benedetto hob den Kopf. Er betrachtete seine Regalreihen und seine Fächer voller Bücher.

»Meine Schriften wären in Sicherheit, auch wenn sie verbrennen sollten«, antwortete er mit sanfter Stimme. Er zeigte mit dem Zeigefinger auf seinen Schädel. »Da drin!«

Die gute Alte schätzte die Tausende von Seiten ab, die hier und im Zimmer darunter aufgetürmt sein mochten.

»Alle?«, versetzte sie.

Angesichts dieser Möglichkeit – die bei Benedetto Gui in den Bereich des Wahrscheinlichen fiel – gab sich Viola geschlagen und griff nach Besen und Staubtuch.

Benedetto ließ sich zum wiederholten Male den Stand seiner Nachforschungen durch den Kopf gehen. In einem Vers von Euripides war er auf den Ausdruck »den Fuchs ausräuchern« gestoßen; so bezeichneten die Jäger die Methode, mit der sie das schlanke Tier aus seinem Bau heraustrieben. Diese seit alters her überlieferte Methode gab ihm sehr zu denken.

Rainerio hatte den Aussagen seiner Schwester zufolge dank seinem alten Mentor aus Böhmen ausgezeichnete Kenntnisse über das Leben der Heiligen; es war also nicht weiter verwunderlich, dass dieser Junge schließlich in die Dienste eines Advocatus Diaboli in der Heiligen Kongregation trat. Soweit passte alles zusammen.

»Abgesehen vom unerklärlichen Verschwinden Rainerios, das dessen Familie in tiefste Armut stößt, und dem gewaltsamen Tod des Erzbischofs Henrik Rasmussen am gleichen Tag. Und der Tatsache, dass das Buch von Otto Cosmas einem so gut unterrichteten Mann wie Salvestro Conti nicht bekannt ist.«

Die Heilige Kongregation.

Pater Cecchilleli hatte sich unmissverständlich zu diesem Thema geäußert: Das war eine uneinnehmbare Festung.

Benedetto Gui wusste, dass es ihm nicht gelingen würde, sich Zutritt zu diesem geheimen Organ der Kirche zu verschaffen, wenn er nicht über sehr viel Zeit verfügte und unendlich viele Mühen investierte. Im Übrigen war er Roms Polizei wohlbekannt: Wenn Gui zu hartnäckig bohrte, würde er bloßgestellt und außer Gefecht gesetzt werden, bevor er etwas erfahren hatte.

»Folglich gilt es, Mittel und Wege zu finden, um den ›Fuchs auszuräuchern‹ ...«

Er wandte sich an seine Hausangestellte Viola.

»Viola, dir kommt doch unfehlbar jedes Gerücht zu Ohren ... hast du nicht zufällig von einem Wunder gehört, das vor Kurzem geschehen sein soll?«

Viola zuckte mit den Schultern.

»Ein Wunder? Wie soll ein Wunder noch möglich sein, wenn Leute wie Ihr alles in Zweifel ziehen? Zum Beispiel diesen braven Pilger aus Ovieda, der mit einem Mondstein mein Rheuma kurieren wollte?«

»Ein Lügner.«

»Und der aus Padua, der behauptete, er könne mich verjüngen, indem er mir die Hände im Nacken auflegte?«

»Ein Scharlatan.«

»Und der Priester Gideon, der untreue Ehefrauen exorziert?«

»Ein Betrüger.«

Aufgebracht rief die Frau: »Und was sonst noch? Christus hat es gesagt: Die kleinen Leute, die leichtgläubig sind wie ich, werden besser im Paradies empfangen werden als Gebildete wie Ihr, die in Einzelteile zerlegen, was perfekt zusammengehört, systematisch beweisen, was schon längst klar ist, und schließlich lauter Dinge lehren, die der Welt herzlich gleichgültig sind!«

Benedetto applaudierte der Vorstellung mit den Fingerspitzen.

Viola freute sich, dass sie ihren Standpunkt verteidigt und dem Mann den Mund verschlossen hatte, der auf alles eine Antwort hatte.

»Du würdest einen bemerkenswerten Gelehrten der Scholastik

abgeben«, fuhr er lächelnd fort, »du bist schon von der Manie befallen, deine Ausführungen in drei Punkte zu gliedern. Aber kommen wir zu meiner Frage zurück. Ein neues Wunder?«

Die Haushälterin überlegte.

»Es gibt da natürlich das Blut des heiligen Thomas, das sich an Allerheiligen verflüssigt. Oder die Statue der Heiligen Jungfrau, die an Maria Himmelfahrt lächelt. Das Neueste ist das Moos, das auf dem Grab von Pater Goulon gewachsen ist und vermischt mit Wein seit Kurzem die Lahmen heilt. Dann wäre da noch das Dorf Spalatro, in dem vor einigen Jahren meine Schwester und ihr Mann lebten.«

»Nun, und was hat es mit Spalatro auf sich?«

»Im Augenblick nichts Besonderes, aber das wird nicht mehr lange dauern. Vor zehn Jahren wurde der Leichnam eines Geistlichen dort begraben. Leute, die sich auskennen, behaupten, dass alles auf baldige Wunder von ihm hinweist.«

Benedetto schüttelte den Kopf.

»Leute, die sich auskennen, sagen das?«

»Ja. Jedenfalls meine Schwester und ihr Mann.«

Benedetto verharrte einen Moment schweigend. Sodann erhob er sich und öffnete die Tür seines Sekretärs neben dem Bett. Er holte einen ein Pfund schweren rötlichen Stein und eine Tüte mit einem weißen Pulver daraus hervor. Daraufhin zählte er die Münzen in einer Börse, fügte die zwei noch verbliebenen Golddukaten von Chênedollé hinzu und verstaute alles in einem kleinen Säckchen. Zufrieden kehrte er an sein Feuer zurück.

»Danke, Viola. Ich werde mich an das bemooste Grab Goulons, das Dorf Spalatro und das Blut des heiligen Thomas erinnern.«

Mit diesen Worten vertiefte er sich wieder in die Werke von Euripides.

Sie hingegen wandte sich achselzuckend ihrer Hausarbeit zu.

Als die Glocke einer nahen Kirche die Terz schlug, erhob sich

Benedetto, um auszugehen. Während er seinen schwarzen Mantel anzog, fragte ihn Viola: »Werdet Ihr zum Mittagessen zurückkehren? Soll ich Euch eine Mahlzeit zubereiten?«

»Nein. Ein langer Tag wartet auf mich.«

Sie fragte ihn, ob sie heute seinen Schreibkasten polieren dürfe.

»Nein, rühr bitte nichts an.«

Sie unterbrach ihn ein letztes Mal, um ihn zu fragen, ob sie auch die Texte, die in seinem Büro am Boden lagen, nicht verschieben dürfe.

Benedetto wunderte sich: Er kannte diesen Einband aus Kalbsleder mit den breiten Riemen nicht. Er stellte fest, dass es sich um einen der Texte handelte, die Maxime de Chênedollé am Vortag mitgebracht hatte. Der reiche Kaufmann musste ihn vergessen haben. Es handelte sich nur um einen weiteren Geschäftsvertrag mit seinem venezianischen Lieferanten. Aus Pflichtbewusstsein vergewisserte sich Benedetto, ob sich darin nicht noch weitere mit dem Geheimcode verschlüsselte Zeilen befanden, doch dem war nicht so. Er überflog nur ermüdend langweilige Zeilen mit Beschreibungen von Stoffen und seltenen Steinen.

Benedetto erboste sich innerlich bei der Vorstellung, dass dieser Chênedollé kommen würde, um diese Verträge zu holen. Er legte das Dokument in der Nähe der Tür ab, sagte zu Viola, man würde es vielleicht abholen, und verließ das Haus.

Auch an diesem Morgen musste er den dicken Porticcio umschiffen, der seine heiratsfähige Jüngste im Schlepptau hatte.

»Ein Mann wie du darf nicht so leben, wie du es tust, Benedetto«, protestierte er. »Du brauchst eine Frau! Eine Frau und Kinder. Oder nimm die Kutte und Schwamm darüber! Du kannst doch nicht weiterhin deine Tage nur mit Nachdenken vergeuden! Das ist nicht gesund, Benedetto!«

Gui antwortete ihm lächelnd: »Ich werde darüber nachdenken.«

»Über meine Tochter?«
»Über die Kutte.«

Zu Fuß begab er sich zur Piazza Segne.

Fünf Jahre zuvor hatten die Johanniter dort eine Militärkaserne in eine Herberge für die Pilger verwandelt, die auf der Durchreise in Rom waren. Die Wanderer Gottes, ob auf dem Weg ins Heilige Land oder auf dem Rückweg, wurden dort für einige Stunden oder Tage aufgenommen, während sie auf einen Konvoi warteten.

Das Hospiz war überfüllt. Römerinnen kamen und boten den Wanderern ihre gebrauchten Kleider an, ein Dominikaner führte eine öffentliche Beichte durch, manche Pilger rezitierten Psalmen, während andere Knöchelchen warfen. Es war eine betende und grölende, in sich gekehrte und bewegte Menschenmenge.

Doch den Mittelpunkt des Hospizes bildete die Abfütterung.

Ein gewaltiges Refektorium stand für die Büßer zur Verfügung. Man konnte darin elf Sprachen hören, und Christen aus aller Herren Länder strömten dort an gigantischen Tafeln zusammen.

Benedetto wanderte auf der Suche nach einer bestimmten Person zwischen den Bänken umher. Er erkannte einen Mann, der ebenfalls durch die Pilgerschar ging. Er war mit einem weiten Mantel bekleidet, aus dem er ein Sammelsurium von Gegenständen und Heilmitteln zog und feilbot, die für die erfolgreiche Durchführung einer Pilgerreise »unverzichtbar« waren: Flakons mit Jordanwasser, Kreuze aus Olivenholz, einen Balsam, der Blasen und Entzündungen heilte, ein Bildnis aus Chaldäa, das den Hunger lindern sollte, lokale Münzen, Schwefelzündhölzer und so weiter.

Dieser Straßenverkäufer aus Guyenne hieß Saverdun Brown. Er war ein braver und guter älterer Mann, der von den Pilgern geliebt wurde und sein Leben im Hospiz verbrachte. Er sprach von der Levante, als hätte er dort gelebt, dabei hatte er die Gestade des Tibers schon lange nicht mehr verlassen.

Benedetto eilte zu ihm.

»Ich suche einen Jungen namens Tomaso di Fregi, der hier arbeitet oder gearbeitet hat«, wandte er sich an ihn, indem er Zapettas Hinweise wiederholte. »Kannst du mir helfen, ihn zu finden?«

»Es gibt einen Tomaso hier«, antwortete Saverdun Brown, der das Hospiz wie seine Westentasche kannte, »er arbeitet in der Küche.«

Benedetto folgte ihm ins Untergeschoß, wo er zahlreiche Öfen, dampfende Kessel, Berge von Dinkel- und Gewürzkörnern, einen Stall mit küchenfertigem Geflügel und Bottiche für Blutwurst entdeckte: genug, um Hunderte von Männern täglich zu ernähren.

Tomaso musste in Rainerios Alter sein. Er hatte schwarzes Haar, eine dunkle Hautfarbe, einen Stiernacken und stammte zweifellos aus dem Süden. Sein Gesichtsausdruck war spöttisch.

Der Junge wunderte sich, dass jemand nach ihm suchte. Besucher waren hier unten eine Seltenheit; die anderen Köche und Küchenjungen beobachteten Gui.

»Es geht um Rainerio«, erklärte ihm Benedetto. »Seine Familie macht sich Sorgen; er ist seit sechs Tagen verschwunden. Weißt du etwas darüber?«

Der Junge wischte sich leicht verlegen mit dem Ärmel über die Stirn.

»Rainerio?«

Er warf einen Blick um sich und sah, dass aller Augen auf sie gerichtet waren.

»Wir können hier nicht reden.«

Saverdun Brown verließ sie, und der junge Mann begleitete Benedetto durch das Schlachthaus für Schweine bis zu einer Vorratskammer, in der kleine Ölfässer aufbewahrt wurden.

»Wer seid Ihr?«, fragte der Junge, als sie allein waren.

»Rainerios Schwester Zapetta hat mich aufgesucht«, erklärte ihm Benedetto. »Wenn ich sie recht verstanden habe, bist du der einzige Mensch, der mir etwas über ihren Bruder erzählen kann.«

»Hm,hm! Wir sind zusammen aufgewachsen. Aber seit einiger Zeit haben wir kaum noch miteinander zu tun. Vor zwei oder drei Wochen kam er im Hospiz vorbei. Er unterhielt sich mit unserem Oberen. Wir haben ein paar Worte miteinander gewechselt. Ich fand, dass er mitgenommen aussah. Und verloren.«

»Verloren?«

Tomaso nickte bestätigend.

»Er murmelte mir ein paar unverständliche Dinge zu; ich habe nur begriffen, dass das Leben im Lateran in dieser Zeit des Interregnums schwierig, ja gefährlich sei, je nachdem, welchem Lager man angehörte. Das war nicht mehr der glückliche und ruhige Rainerio, den ich gekannt hatte.«

»Hast du ihn ausgefragt?«

»Dafür hatte ich keine Zeit! Er verschwand sofort wieder.«

Ein Mann trat in die Vorratskammer, ergriff ein Ölfässchen und verschwand hastig wieder, nicht ohne Tomaso zu befehlen, er solle aufhören, seine Zeit mit Palavern zu vergeuden.

Als der Junge wieder mit Gui allein war, fuhr er fort: »Ihr sucht einen Mann, dem es zur zweiten Natur geworden ist, sein Leben zu verbergen. Ich bezweifle, dass Ihr ihn finden könnt.«

Benedetto fragte verwundert: »War er so geheimnistuerisch wegen seiner Aufgaben im Lateran?«

»Nein, das liegt schon länger zurück. Es begann an dem Tag, an dem sein verrückter Nachbar sich für ihn interessierte.«

»Otto Cosmas? Der Böhme?«

»Ja. Ein seltsamer Kerl. Er verließ nie sein Haus, er sprach schlecht, fluchte in seiner Sprache, verkehrte nur mit seinesgleichen, und trotzdem vergötterte ihn Rainerio.«

»Zapetta sagte mir, er habe ihn Lesen und Schreiben gelehrt.«

Der junge Mann zuckte die Schultern.

»Keineswegs aus Herzensgüte. Otto Cosmas wurde allmählich blind, und die Vorstellung, nicht mehr schreiben zu können, entsetzte ihn zutiefst. Sobald Rainerio fähig war, einen Griffel zu halten, machte er ihn zu seinem Sklaven. Rainerio wollte, dass ich mich mit ihm anfreundete, aber daraus wurde nichts. Je mehr er in die Geheimnisse des Alten eindrang, umso weniger wollte er mit anderen darüber sprechen.«

Benedetto nickte verständnisvoll: Durch Otto Cosmas war die Beziehung zwischen den beiden jungen Männern abgekühlt. Und dann war es zum Zerwürfnis gekommen, als Rainerio sich weigerte, mehr über seinen neuen Lehrer zu sagen.

»Wir haben erst nach dem Tod des Böhmen wieder miteinander gesprochen«, fuhr Tomaso fort. »Ich wusste, dass der Alte krank war; ich habe versucht, noch mal mit Rainerio Kontakt aufzunehmen, aber er hatte sich zu sehr verändert. Auf eigenartige Weise war er zu Otto Cosmas' Ebenbild geworden: Er hatte nicht nur die Abfassung seiner Schrift übernommen, sondern auch seine Schrullen. Auch er verließ kaum noch das Arbeitszimmer, das Cosmas ihm überlassen hatte, er traf sich mit niemandem mehr, verweigerte sich sozusagen der Welt. Als Mann wie als Kind war Rainerio immer ein freundlicher Junge gewesen, naiv und großherzig, aber leicht beeinflussbar. Der alte Cosmas hat ihn mit seinen Ideen und Büchern vollgestopft. Ich hatte gedacht, er wäre wenigstens glücklich im Lateran. Es erstaunte mich, ihn so bedrückt und sorgenvoll zu sehen.«

Benedetto fragte sich, ob Zapetta ihm absichtlich die Niedergeschlagenheit ihres Bruders verschwiegen hatte oder ob sie nichts davon wusste.

»Hatte er andere Freunde außer dir?«

»Nein. Die einzigen Menschen, mit denen er verkehrte, waren Böhmen und Mähren aus dem Umkreis von Cosmas.«

Der junge Mann öffnete die Tür.

»Ich muss jetzt an die Arbeit zurück.«

Benedetto Gui war noch nicht zufrieden und folgte ihm.

»War am Ableben von Otto Cosmas etwas Verdächtiges?«

»Ein Verbrechen? Nicht dass ich wüsste. Er litt seit langer Zeit an Durchfall. Er spuckte Blut. Es ist eher ein Wunder, dass er überhaupt so lange gelebt hat …«

Tomaso kehrte zu seinen Öfen zurück. Er nahm sich noch Zeit für ein paar letzte Worte über Rainerio.

»Als er mich bei unserem letzten Zusammentreffen verließ, sagte ich zu ihm, ich hoffte, ihn wiederzusehen. Er antwortete mir, wenn ich das nächste Mal von ihm hören würde, dann könnte ich die Hoffnung begraben, ihn lebend wiederzusehen.«

Tomaso schüttelte den Kopf.

»Vielleicht seid Ihr in gewisser Weise der Botschafter …«

VII

Pater Aba wusste, dass er acht Meilen am Tag zurücklegen konnte, je nachdem, ob die Straßen bergauf oder bergab führten. Doch die Kälte, der Schnee und seine Kopfschmerzen ließen ihn langsamer vorankommen. Er legte einen ersten Zwischenhalt in Mordac ein, dann einen weiteren in Sambuse und schlug dabei immer dort sein Quartier auf, wo die Nacht ihn gerade überraschte. Überall erregten seine schwarze Augenbinde und seine Narben Misstrauen. Der Priester, dem bis vor Kurzem noch die Menschen entgegengeeilt waren, weil sein Engelsgesicht sie anzog, wurde nun wie ein Vagabund behandelt, denn man zweifelte daran, dass seine Franziskanerkutte echt war.

Nach vier Tagen Fußmarsch erreichte er die Straßenkreuzung, von der die Schäfer Beaujeu und Jaufré nach ihrer Rückkehr nach Cantimpré berichtet hatten, die Stelle, an der sie die Spur der Männer in Schwarz verloren hatten.

Wenn er ein Römer der Antike gewesen wäre, so dachte Pater Aba jetzt, dann hätte er eine Feder in den Wind geworfen und die Richtung eingeschlagen, die das Schicksal ihm gewiesen hätte. Doch er verließ sich lieber auf seinen gesunden Menschenverstand: Unter den derzeitigen Bedingungen konnten auch die besten Pferde nicht mehr als fünfzehn Meilen in drei oder vier Stunden zurücklegen; jede zusätzliche Meile würde sie überfordern. Er wusste, dass in Richtung Toulouse drei Meilen von hier entfernt das kleine Dorf Disard lag. Wenn die schwarz gekleideten Männer am Morgen aus Cantimpré aufgebrochen waren, dann konnten sie nicht gehofft haben, weiter als bis Disard zu kommen.

Also machte er sich auf den Weg dorthin.

*

Nichts prädestinierte die Pfarrgemeinde Disard für besondere Gunstbeweise der Geschichte, ausgenommen vielleicht die Tatsache, dass vor über siebzig Jahren ein Trupp Simon IV. von Montforts die gesamte Bevölkerung, die vom Ungeziefer der katharischen Häresie befallen war, massakriert und innerhalb eines Tages durch gute und glaubensfeste Katholiken ersetzt hatte. Seitdem wurde Disard von unerbittlichen Priestern regiert. Das ganze Dorfleben war davon geprägt: Der Besitzer der einzigen Herberge *Das Florett* durfte keinen Wein ausschenken, denn dieser war für die Eucharistie reserviert; er durfte kein Lamm servieren, denn jenes war für Ostern bestimmt; den Frauen war der Einlass verwehrt, damit sie niemanden zum Ehebruch verführten, und die Betten waren hart und kratzig, damit niemand vergaß, dass das Leben kein Spaziergang war.

Pater Aba begab sich zur Herberge. Er war erschöpft von seinem Marsch, und sein verstümmeltes Auge verursachte ihm schreckliche Kopfschmerzen.

Die Herberge verfügte über ungefähr fünfzehn Betten, das Gebäude war solide, und das Stroh wurde oft erneuert.

Als er an diesem Abend eintrat, war der Schankraum voller Menschen, und niemand zollte ihm die geringste Beachtung – durchaus ungewöhnlich, wenn ein Unbekannter in eine von Stammgästen bevölkerte Taverne trat.

Die Gespräche waren hitzig.

Aba bahnte sich einen Weg bis zum Schanktresen. Er ließ seinen Umhang verschlossen und gab sich als Pilger aus, der das Hospiz von Roncevaux erreichen wollte, bevor er sich nach Rom und Jerusalem aufmachte. Seine noch frischen Wunden erklärte er mit einem Überfall von Räubern an den Ufern des Tarn.

Man führte ihn in ein leeres Zimmer, in dem man ihm ein Matratzenlager für vier zuteilte. Kaum dass er alleine war, reinigte er seine Narben mit einem in Essig getränkten Tuch. Er nahm seine Binde ab und wusch sie.

Er war gezwungen, geradeaus zu schauen, denn bei jeder Bewegung seines gesunden Auges folgte das verletzte und verursachte ihm unerträgliche Schmerzen.

Aba legte Anas Binden auf, um seine Migräne und seine Wundschmerzen zu lindern.

Bei Einbruch der Nacht kehrte er in die Schänke zurück, um eine Erbsensuppe zu sich zu nehmen. Er setzte sich ans Ende eines Tisches, wo die Gäste besonders heftig aufeinander einredeten.

Alsbald begriff er die Gründe des Skandals, der *Das Florett* erschütterte, und sah seine Vermutungen über die schwarz gekleideten Männer bestätigt: Die Pferde, die dunkle Kleidung, die Kapuzen, die Waffen, alles fügte sich zusammen, sie waren wirklich durch Disard gekommen. Sie hatten sich Zugang zur Herberge verschafft und die Vorratskammer geleert, bevor sie mitten in der Nacht wieder aufbrachen, nachdem sie ihren Aufenthalt mit silbernen Gros tournois bezahlt hatten. Der Gastwirt musste sich zum Markt von Bèze begeben, um seine Vorräte wieder aufzufüllen.

Am meisten aber zerrissen sich die Gäste das Maul über die Tatsache, dass sich eine Frau unter der Truppe verborgen und die Nacht mit Männern zusammen verbracht hatte!

Sie konnte unmöglich unbemerkt bleiben, denn sie hatte sehr langes Haar. Rotes Haar. Leuchtend rotes Haar.

Es hieß, sie sei die Anführerin gewesen.

»Eine Frau?«, empörte sich Aba innerlich. »Wie kann eine Frau in diese Gräueltaten verwickelt sein? Über Kinder herfallen?«

Die Rolle dieser Frau hatte auch den Zorn des Pfarrers von Disard entfacht. Er hatte heute verkündet, die Herberge sei Stein für Stein niederzureißen und weiter weg, von ihren Sünden reingewaschen, wieder aufzubauen. Er wollte die Gelegenheit nutzen, um den Namen *Florett*, der allzu sehr nach Rittertum schmeckte, gegen *Herberge des Heils* zu tauschen.

Aba fragte daraufhin in beiläufigem Tonfall: »War auch ein Kind bei der Truppe?«

Seine Nachbarn hatten keinen kleinen Jungen gesehen.

Als die Reiter Disard verließen, hatten sie ihre Kapuzen und ihre schwarze Kleidung zurückgelassen. Einem der Augenzeugen zufolge sahen sie aus wie Räuber und Wegelagerer.

Alle rühmten indes die Kraft und Schönheit ihrer Pferde.

Aba zügelte mühsam seine Neugierde; er durfte seine Nachbarn nicht weiter ausfragen, denn dadurch wäre er aufgefallen.

In seinem Kopf jedoch hatte sich ein Plan herauskristallisiert.

Er wollte sich diese silbernen Tournois genauer ansehen, die die Truppe zurückgelassen hatte.

Am frühen Morgen stand er als Erster auf.

Meister Lordenois, der Wirt, war inzwischen aus Bèze zurückgekehrt.

Die beiden Männer unterhielten sich am Schanktresen, der Raum war leer; der Wirt räumte seine Brote ein und hängte die Wurst auf.

Nach einigen Floskeln über Pilgerreisen, die Beschwerlichkeit der Straße und die Gefahren des Alleinreisens servierte der Wirt Aba eine Brettjause und eine Brühe.

Sie setzten sich an einen Tisch.

Schließlich fragte Aba ihn unumwunden: »Wie viel ist Eurer Ansicht nach ein silberner Gros tournois wert?«

Meister Lordenois war so erstaunt, dass der Gast seine Frage wiederholen musste.

»Ein silberner Gros tournois?«

»Nun ja«, antwortete der Wirt, »nach dem offiziellen Kurs ist er einen Sou, also zwölf Denare wert. Aber nach dem Marktwert würde ich elf Denare meinen, vielleicht mit einem Obol obendrauf.«

Pater Aba holte seine Börse hervor. Es waren die Ersparnisse der letzten zwölf Jahre, die er in seinem Pfarrhaus hinter dem Schrank versteckt hatte.

Er zählte achtundvierzig Denare ab und legte sie vor Meister Lordenois.

»Ich tausche Euch einen Gros tournois gegen diese achtundvierzig Denare.«

Der Mann runzelte die Brauen.

»Den vierfachen Wert? Warum solltet Ihr ein so erbärmliches Geschäft machen?«

»Ich möchte, dass Ihr mir eine der Münzen überlasst, mit denen die schwarz gekleideten Männer, die bei Euch waren, Euch bezahlt haben.«

Der Wirt zuckte mit den Schultern. Er erhob sich und ging den betreffenden Gros tournois holen, doch bevor er ihn übergab, überprüfte er die Anzahl und das Gewicht von Abas Denaren.

»Abgemacht«, sagte er. »Pech für Euch!«

Er reichte ihm die Münze.

»Hier.«

Pater Aba musterte sie eingehend. Sie war neu. Keine Kratzer oder Einkerbungen, keine Schlagspuren am Rand, keinerlei Schmutz in den Vertiefungen der Prägungen. Die Münze war auf einem Unterstempel mit dem Monogramm Gregors IX. geprägt, einem Papst, der vor mehr als vierzig Jahren verstorben war.

»Das bedeutet, dass sie jemandem gehört hat, der so reich ist, dass er einen Schatz besitzt und die Münzen jahrzehntelang liegen lassen konnte, ohne dass er sich ihrer bedienen musste.«

»Haben sie Euch hauptsächlich solche wie diese überlassen?«, fragte er.

Der Wirt nickte stumm.

»Man sieht sonst nie solche in Disard!«, sagte er. »Ich besitze jetzt zwei weitere davon.«

Aba musterte prüfend die Rückseite der Münze; sie lieferte weder einen Hinweis auf die Münzstätte noch einen auf die Identität des Münzherren, des Adligen, der das Privileg hatte, Münzen zu schlagen.

»Diese Münze wurde zu Zeiten des Pontifikats von Gregor IX. geschlagen, aber unter einem Ausnahmepatent, das nur kurze Zeit Gültigkeit hatte. Man ließ eine festgelegte Summe prägen, und dann hörte man auf ...«

Aba dankte dem Wirt.

Er wollte die Herberge verlassen, ohne seine Mahlzeit zu beenden, doch bevor er ging, fragte er noch: »Ihr habt kein Kind bei dieser Truppe gesehen? Oder bei der Frau?«

»Ein Kind? Nein.«

»Ist Euch nichts aufgefallen? Ihre Anzahl, ihr Verhalten? Habt Ihr Euch keine Gedanken über sie gemacht?«

»Aber sicher doch.«

Der Mann wog das Geld in der Hand.

»Ich habe viel Gutes über sie gedacht ...!«

Draußen verbarg Pater Aba die Münze im Leder eines seiner Schuhe und machte sich wieder auf den Weg. Noch immer herrschte eine schneidende Kälte, aber der Himmel war hell geworden.

Drei Meilen weiter fand er die Kreuzung wieder, deren Wege in die Provence, nach Paris und nach Aragon führten.

Er traf auf einen Maultiertreiber, der nach Carcassonne unterwegs war.

»Ich gehe nach Narbonne«, sagte Aba zu ihm.

»Steigt auf! Ich setze Euch in Rodès ab. Die letzten sechs Meilen müsst Ihr zu Fuß gehen.«

Auf diese Weise brauchte Aba drei Tage, um in die Stadt zu gelangen.

VIII

Nach seiner Unterredung mit Tomaso di Fregi im Pilgerhospiz kehrte Benedetto Gui nach Hause zurück.

Zu seiner großen Überraschung stellte er fest, dass er bereits erwartet wurde. Von ferne erkannte er das Gespann von Maxime de Chênedollé, das die Via dei Giudei vor seinem Laden versperrte. Nichts hätte ihm mehr missfallen können als das erneute Erscheinen dieses reichen Kaufmanns.

Zu allem Überfluss hatten die Träger sich gewaltsam Zutritt verschafft, nachdem sie festgestellt hatten, dass Gui nicht anwesend war!

Argwöhnisch trat Benedetto ein.

Auf der Schwelle erkannte er den Diener.

Sein Blick wanderte zu dem Stuhl vor dem Schreibkasten, doch dort erblickte er nicht Chênedollés Gestalt, vielmehr kehrte ihm eine Frau den Rücken zu. An ihrem geraden Nacken und den Haaren, auf denen eine schmale, spitze Haube saß, über der sich ein Schleier auftürmte, erkannte er eine adlige Dame.

Benedetto Gui nahm ihr gegenüber Platz, jetzt noch wachsamer als zuvor.

»Ich bin die Gattin von Maxime de Chênedollé.«

Sie musste etwa sechzig Jahre alt sein. Eigenwillige Gesichtszüge, eine im Alter erstarrte Schönheit, sehr blasse blaue Augen.

»Mein Mann ist tot«, hob sie an. »Maxime wurde heute Morgen aufgefunden, sein Leichnam lag eingegossen in eine Zementplatte auf der Baustelle unseres neuen Hauses in Rom.«

Ihre Stimme verriet keinerlei Gefühlsregung. Weder Kummer noch Zorn. Nur die Nasenflügel und die gespitzten Lippen deuteten auf ihre innere Anspannung hin.

Nachdem Benedetto seine erste Überraschung überwunden hatte, konnte er sich leicht ausmalen, was geschehen war, nachdem der Kaufmann bei ihm aufgetaucht war: Dieser hatte wohl nichts Besseres zu tun gehabt, als zu Hause einen Skandal vom Zaun zu brechen. Benedetto dachte bei sich, dass diese Ehefrau mit ihrem herrischen Gebaren durchaus einen Vorarbeiter verführt und kaltblütig die Vergiftung ihres Mannes beschlossen haben konnte, wie es die Enthüllungen des venezianischen Geheimcodes nahelegten.

Bestimmt hatte sie wegen des drohenden Skandals, der sie kompromittieren würde, mit ihrem Komplizen sein Hinscheiden beschleunigt.

»Und nun«, setzte sie hinzu und hob dabei das Kinn, »werdet Ihr mir sagen, Benedetto Gui, was mein Mann Euch anvertraut hat.«

Benedetto nickte. Seine ersten Worte lauteten: »Euer Gemahl kam zu mir, um mir geschäftliche Dokumente zu zeigen, die ihn mit einem venezianischen Lieferanten verbinden.«

»Das weiß ich! Ich habe vor meinem Kommen Einsicht in sie genommen.«

Benedetto sah zu dem Diener: Offenbar hatte dieser die Unterredung mit Chênedollé bereits in allen Einzelheiten ausgeplaudert.

Die Witwe legte ihre Hände flach auf die Schenkel.

»Das Problem ist, dass mein Mann nie mit wem auch immer in Venedig geschäftlich zu tun hatte. Dieser Händler existiert nicht einmal dort! Ich kenne die Unternehmungen meines Gemahls; sie haben nirgendwo mit Importen aus dem Orient zu tun.«

Benedetto runzelte die Stirn.

»Was sagt Ihr da?«

Sie fuhr fort:

»Hat er Euch auch weisgemacht, er habe Mätressen, besitze zahlreiche Kinder und schreibe Gedichte? Das alles ist ebenso falsch. Maxime war ein zurückhaltender und treuer Mann, leider ohne Erben. Er sollte Gedichte reimen? Er war unfähig, zwei Verse korrekt aneinanderzureihen. Und schließlich, trotz der chiffrierten Dokumente, die er Euch vorgelegt hat – und deren Motiv ich mir nicht erklären kann –, glaubt mir, dass ich keinerlei Grund hatte, meinen Mann mit Bilsenkraut zu vergiften und dass ich mich niemals auch nur im Geringsten zu seinem Vorarbeiter Quentino hingezogen fühlte!«

Ihre Stimme war schneidend geworden.

Benedetto musste zugeben, dass er ihr aufs Wort zu glauben bereit war, dennoch fragte er weiter: »Was also von den Angaben Eures Gatten entspricht überhaupt der Wahrheit?«

Die Frau zögerte. Gui spürte ihren Zorn darüber, dass sie sich diesem Unbekannten gegenüber zu Erklärungen genötigt sah.

Bedächtig erklärte sie, während ihre Augen Gui fixierten: »Maxime Chênedollé war ein sehr vermögender Händler und Geldgeber. Viele Male lieh er hohen Herren, die für den Papst Partei ergriffen hatten, sowie der Kanzlei des Laterans beträchtliche Summen. Mein Mann hatte nie Grund zur Klage über seine Schuldner. Bis zu den letzten Monaten. Maxime war beunruhigt über die lange Zeit, die die Wahl des neuen Papstes erforderte, und äußerte der Kanzlei gegenüber die Absicht, er wolle alte, nicht eingelöste Wechsel geltend machen. Ich weiß nicht, welche Antwort er erhielt, aber es war nicht die, die er erhofft hatte: Sein Vertrauen in seine Verbündeten in der Kurie schwand dahin. Mein Gatte wurde zu einem sorgenvollen, misstrauischen, gejagten Mann, der sich sogar vor seinen engsten Mitarbeitern fürchtete. Das ging so weit, dass er Rom und den Kirchenstaat verlassen wollte. Unser beider geheime Abreise stand unmittelbar bevor. Dann freilich suchte er Euch auf, um Euren Rat einzuholen, und in der folgenden Nacht kam er ums Leben. Daher frage ich Euch noch einmal: Was wollte er?«

Benedetto hörte sich fassungslos diese Enthüllungen von Chênedollés Witwe an. Ihre Direktheit war entwaffnend; er wusste nicht, was er von ihr halten sollte. Er dachte einen Augenblick nach, bevor er antwortete: »Signora, ich empfange hier alle erdenklichen Arten von Menschen. Oftmals hoffen sie, dass ich peinliche Angelegenheiten für sie aus der Welt schaffe, die sie vor ihren Geschäftspartnern oder ihren Familien verheimlichen. Dabei genieße ich nicht von vorneherein ihr Vertrauen, vielmehr stellen sie mich zunächst auf die Probe. Ich weiß nicht, weshalb Euer Gatte über sein Familienleben gelogen hat und weshalb er mir diese verschlüsselten Texte gegeben hat. Vielleicht wollte er meine Talente erproben? Wollte er sich vergewissern, dass ich der Mann war, den man ihm empfohlen hatte, bevor er sich ernsthafter mir gegenüber öffnen konnte?«

So sehr Chênedollés Frau auch in ihn drang und zu verschiedenen Dingen befragte, Benedetto wollte ihr nicht mehr verraten.

»Ich weiß nichts.«

Er beobachtete den Diener, der auch dieses Mal unbeweglich und stumm blieb.

Enttäuscht erhob sich die Witwe.

»Es kommt nicht mehr in Frage, dass ich Rom verlasse«, erklärte sie. »Ich will herausfinden, wer für das schändliche Ende meines Gemahls verantwortlich ist. Wir werden uns wiedersehen.«

Sie gab dem Diener ein Zeichen. Dieser legte ein paar Münzen vor Gui auf den Tisch.

»Für den Schaden an Eurer Tür«, stieß die Frau verächtlich hervor.

Sie trat in die Kälte hinaus und verschwand mit ihrem Gefährt.

Sogleich machte Benedetto sich auf die Suche nach dem Schriftstück, das Chênedollé unter seinem Schreibkasten vergessen hatte und dessen Erwähnung er vor wenigen Minuten tunlichst unterlassen hatte.

Er setzte sich an seinen Arbeitstisch und öffnete es.

Er überflog die ersten Seiten, ohne etwas Auffälliges zu bemerken; er sah nichts weiter als Listen von Waren, die dem Kaufmann von einem Venezianer gesandt worden waren, der Chênedollés Witwe zufolge nicht existierte, im Rahmen eines Geschäfts, das ebenfalls ihr zufolge nie zustande gekommen war.

Mit einem Mal begriff Gui den Trick.

Er versah sich mit einem Rechenschieber, auf dem arabische Ziffern und positive und negative Zahlenwerte geschrieben standen.

Mehr als fünf Stunden versenkte er sich in diese Seiten, beinahe ohne je den Blick davon zu lösen. So verging der Tag bis zum Abend, er zündete seine Kerzen an und ignorierte alle, die an seine Tür klopften.

Am Ende stieß er einen langen, bewundernden Pfiff aus.

So lächerlich chiffriert die ersten von Chênedollé vorgelegten Dokumente waren, die von einer kindlichen Beherrschung der Geheimcodes zeugten, welche *absichtlich* ins Auge sprangen, in diesem wurde eine vielschichtige Verschlüsselungstechnik von außergewöhnlicher Komplexität benutzt, deren Handhabung uneingeschränkte Bewunderung verdiente.

Offenbar hatten die ersten Dokumente allein den Zweck gehabt, ihn auf die richtige Spur zu bringen, und dieses geschickt unter seinem Schreibkasten vergessene Dossier sollte der Wachsamkeit des Dieners entgehen, der den Kaufmann begleitete.

Erstens ließ Chênedollé Benedetto Gui damit wissen, dass er sich verfolgt und überwacht fühlte und um sein Leben fürchtete und dass er keine andere Möglichkeit sah, sich an ihn zu wenden.

»Immer der Diener«, dachte Gui.

Zweitens bekräftigte er in diesem verschlüsselten Text seinen Wunsch, aus der Stadt zu fliehen und nichts mehr zu unternehmen, das sein Leben oder das seiner Frau in Gefahr bringen konnte.

»Die Witwe hat nicht gelogen.«

Drittens erwähnte er das Ableben der Kardinäle Portal von Borgo, Philonenko, Othon von Biel und Benoît Fillastre im Dezember. Er gab zu verstehen, dass ihr Tod weder ein Unfall war noch mit der Wahl des Papstes in Zusammenhang stand, wie manche glauben machen wollten. Zu dieser Liste mit vier Namen fügte er die von Henrik Rasmussen und Rainerio hinzu!

Benedetto musste sich den Text mehrmals vornehmen, bevor er sicher war, dass er richtig dekodiert hatte: »Haltet die Augen offen und folgt der Spur Rainerios …«

Verblüfft ließ Benedetto sich in seinem Stuhl nach hinten sinken und umschloss sein Kinn mit Zeigefinger und Daumen.

»Was hat Rainerio mit dem Fall Chênedollé und seiner Ermordung zu tun? Wozu diese verrückten Vorsichtsmaßnahmen?«

Er sprang auf und rief einen Jungen aus dem Viertel herbei, den jungen Matteo, Violas Großneffen, dem er Lesen und Schreiben beigebracht hatte. Er gab ihm die Münzen, die Chênedollés Frau hinterlassen hatte. Weniger als eine Stunde später stand Zapetta, obwohl es bereits Nacht war, wieder vor Gui, glücklich und beunruhigt zugleich darüber, dass sie so bald einbestellt wurde.

»Woher hast du von mir erfahren?«, fragte Benedetto sie. »Kannte dein Bruder meinen Namen? Hat er dir irgendwann von mir erzählt?«

»Nein, nie.«

»Wer dann? Du hast mir erzählt, man hätte dir gesagt, ich könnte jedes Problem lösen, und du wärst bis nach Viterbo gegangen, um mich aufzusuchen?«

»Es war ein Mann. Ein Mann, der sich in der Nähe unseres

Hauses aufhielt. Ich habe ihn zwei Tage nach dem Verschwinden meines Bruders bemerkt. Ich kannte ihn nicht. Er sah mir an, wie verzweifelt ich war. Ich erzählte ihm von meinem Unglück, und da riet er mir, Euch aufzusuchen.«

Sie beschrieb ihm diesen Mann.

Kein Zweifel: Es handelte sich um Maxime de Chênedollé.

»Haltet die Augen auf und folgt der Spur Rainerios ...«

»Ihr wollt die Nachforschungen doch nicht etwa einstellen?«, fragte Zapetta beunruhigt.

Benedetto berichtete ihr von Tomasos Enthüllungen über Rainerios Niedergeschlagenheit.

»Das ist unmöglich!«, rief das Mädchen zu dieser Behauptung aus. »Rainerio war nicht unglücklich. Im Gegenteil. Er versprach uns, dass er bald befördert werden würde, sowie er sein Gelübde abgelegt hätte, und dass wir dann mit unseren Eltern in ein besseres Haus umziehen könnten!«

Benedetto dachte, dass Rainerio wohl seinen Kummer vor seiner Familie verheimlicht hatte.

»Ich brauche mehr Zeit«, sagte er zu dem jungen Mädchen. »Wir sollten noch keine Schlussfolgerungen ziehen. Ich werde der Sache schon noch auf den Grund gehen ...«

Er begleitete das Mädchen auf die Straße hinaus.

Sie entfernte sich. Er spürte, dass sie von Sorgen gequält wurde.

Benedetto blieb allein zurück und dachte an Rainerio, Otto Cosmas, Henrik Rasmussen, Maxime de Chênedollé, Tomaso di Fregi, den Tod der vier Bischöfe, an die Witwe und an den Diener ...

Eine Windbö ließ das Schild über seinem Laden knarzen.

Er hob den Kopf.

BENEDETTO GUI HAT AUF ALLES EINE ANTWORT

Er zuckte die Schultern und trat ein.

IX

Sieben Tage nach seinem Aufbruch aus Cantimpré und zwölf Tage nach der Entführung Perrots betrat Pater Aba Narbonne.

Seit vier Jahren hatte er keinen Fuß mehr in diese Stadt gesetzt, dennoch fand er ohne Umwege sein Ziel: Er durchquerte das Studentenviertel, passierte die Vortreppe der hebräischen Schule und schlug sodann die Richtung zum Dominikanerkonvent ein. Schließlich gelangte er zu einem Eckhaus, an dem eine Straße und eine Gasse aufeinandertrafen und das früher einmal eine baufällige Hütte gewesen war. Inzwischen hatten die Dominikaner alle benachbarten Häuser aufgekauft und ihre bescheidene Unterkunft in einen regelrechten Palast verwandelt.

Aba durchquerte einen renovierten Kreuzgang und begab sich in die Etage des Priors. Dort traf er auf einen Laienbruder, der ihm den Zutritt ins Arbeitszimmer des Oberen verwehrte.

»Pater Aba, was für eine Freude, Euch wiederzusehen!«, rief der junge Bruder aus und erhob sich. Dann blieb er abrupt stehen, erschrocken über die Narben des Priesters.

»Was ist Euch ...«

»Ist Bruder Tagliaferro zu sprechen?«, unterbrach ihn Aba.

»Im Augenblick nicht. Jorge Aja, der neue Erzbischof von Narbonne, ist bei ihm. Aber sowie diese Unterredung beendet ist, wird

Euch Bruder Tagliaferro unverzüglich empfangen. Fühlt Ihr Euch wohl? Wünscht Ihr, dass ich Bruder Janvier rufen lasse? Er hat sich lange mit Medizin beschäftigt, bevor er sein Leben Gott weihte. Er könnte Eure Wunden untersuchen.«

»Nein, danke. Im Augenblick nicht.«

Aba wollte nichts unternehmen, bevor er nicht Tagliaferro das Ziel seiner Reise erklärt hatte.

Der junge Bruder sah, dass die Hosen des Priesters schlammbespritzt und sein Umhang mit Staub und getrockneter Erde befleckt waren: Er war nicht nur entstellt, sondern zudem erschöpft vom Marschieren und gepeinigt von seinen Kopfschmerzen. Der Laienbruder geleitete ihn in die Gemächer des Oberen, zu denen Aba jedes Mal Einlass gewährt wurde, wenn er seinen Freund Tagliaferro besuchte. Dieser war ein enger Vertrauter von Guillem Abas Familie und hatte acht Jahre zuvor seinen Einfluss geltend gemacht, damit Aba nach seinem Fortgang aus Paris die Pfarrei von Cantimpré zugesprochen wurde.

Der Pfarrer von Cantimpré konnte essen, was ihm beliebte, und seine Kleider wechseln. Doch er tat all das hastig und nervös.

Wie vereinbart wurde er zu Jacopone Tagliaferro gerufen, sobald dieser seinen Verpflichtungen gegenüber dem Erzbischof nachgekommen war. Der Dominikaner war etwa sechzig Jahre alt. Er war noch kräftig für sein Alter und hatte kein überflüssiges Fett am Leibe, sein Hals war stämmig, und er trug das weiße Gewand und das schwarze Skapulier seines Ordens, diese Uniform der Inquisitoren, die alle Christen erzittern ließ, welche mit den Lehren der Kirche in Widerstreit lagen.

Sein Arbeitszimmer bestand aus einem langen Tisch, auf dem sich Codices, Rollen und Pergamente stapelten. In seiner Reichweite befanden sich ein Sandstreuer zum Trocknen der Tinte, heißes Wachs für die Siegel sowie Stempel und Kerzen, von denen das Harz tropfte. Der Prior saß an einem Ende des Tisches, und sein Blick ruhte auf den letzten Neuigkeiten, die seine Predigerbrüder ihm zugetragen hatten.

Tagliaferro fuhr hoch, als er das Gesicht Pater Abas erblickte. Dieser war sofort nach seinem Eintreten auf ihn zugestürzt, um die Kordel seiner Kutte zu küssen.

Aba sah aus wie der gemarterte Jesus.

»Oh Gott!«, rief der Dominikaner aus.

Er bat ihn, Platz zu nehmen.

»Lass mich dich ansehen.«

Er hob die Binde des Priesters hoch und wich unwillkürlich zurück, als er sah, wie furchtbar das Auge durch die getrocknete Wunde entstellt wurde.

»So kannst du nicht bleiben«, urteilte er. »Deine Wunde muss versorgt werden. Was ist dir widerfahren?«

Pater Aba erzählte ihm, was sich an jenem tausendfach verfluchten Morgen in Cantimpré zugetragen hatte.

Tagliaferros Gesicht verfinsterte sich.

»Ich habe befürchtet, dass in dieser Pfarrei eines Tages ein Unglück geschehen würde! All diese unerklärlichen Wunder …«

Tagliaferro blieb taub für die Einwände des Priesters und ließ auf der Stelle nach Bruder Janvier schicken.

Pater Aba fand sich in den Händen dieses ehemaligen Kolonisten aus der Levante wieder, einem beleibten, überaus umgänglichen kleinen Mann, der die ärztliche Kunst von einem Araber gelernt hatte, an dessen Seite er den christlichen Armeen gefolgt war. Niemals hatte ein Chirurgenlehrling so viele Leichen zur Auswahl gehabt, die er in aller Ruhe sezieren konnte!

Bruder Janvier befand, dass der Bader von Cantimpré ordentliche Arbeit geleistet hatte.

»Jetzt muss man das tote Auge unverzüglich entfernen«, sagte er. »Im knöchernen Hintergrund der Augenhöhle verdichten sich Abszesse. Es ist ein Wunder, dass Ihr Euch bei einem solchen

Wundschmerz noch auf den Beinen haltet und nicht vor Schmerzen auf dem Boden wälzt.«

»Ich habe Cantimpré verlassen, bevor Pasquier seine Behandlung beenden konnte.«

Noch am selben Tag entfernte Bruder Janvier auf Anordnung seines Vorgesetzten, wenn auch unter Verletzung der Vorschriften, die das Konzil von Tours gegen die Chirurgie erlassen hatte, Guillem Abas Auge.

Seine Schreie waren bis auf die Straßen von Narbonne zu hören.

Drei Tage später suchte Tagliaferro ihn in seinem Zimmer auf. Er zeigte sich befriedigt über Abas Allgemeinzustand. Aba hatte sich erholt, seine Züge waren gelöster, und sein Gesicht hatte wieder ein wenig Farbe gewonnen.

Der junge Priester musste zugeben, dass seine schrecklichen Kopfschmerzen endlich aufgehört hatten.

Sein Zimmer bei den Dominikanern war verschwenderisch geschmückt. Das Knistern eines dicken Holzscheits im Kamin tröstete ihn über den Blick auf die Straßen der Stadt hinweg, den das Steinkreuzfenster vom Bett aus gewährte: Es schneite, und die Luft war eiskalt, der Himmel schwarz.

»Ich habe mich erkundigt«, begann Tagliaferro. »Die zwölf schwarz gekleideten Söldner, die dich angegriffen und Perrot entführt haben, wurden in letzter Zeit nirgendwo sonst in der Region gesehen. Die Beschreibung, die du mir gegeben hast, erinnert nur an den Fall der Ermordung eines Bischofs in Draguan. Mehr wissen wir nicht darüber.«

Pater Aba wies auf die Gros tournois hin, die Silbermünzen, die sie in der Herberge von Disard hinterlassen hatten.

»Sie können im Sold jedes x-beliebigen Herrn stehen! Ihr glaubt nicht, dass die Kirche insgeheim die Hand im Spiel hat?«, fragte er den Dominikaner.

Der Prior schüttelte den Kopf.

»Die Kirche? Nein. In dieser Gegend geschieht nichts ohne unser Wissen. Und außerdem ist über den Fall deines Dorfes noch immer nicht entschieden worden. Warum also sollte man es auf Cantimpré abgesehen haben?«

Schon nach den ersten Wundern vor acht Jahren hatte Monseigneur Beautrelet, der Bischof von Cahors, sich höchstpersönlich und in Begleitung eines zahlreichen und hochrangigen Gefolges in die Pfarrei begeben. Er hatte Cantimpré zu seiner guten »Gesundheit« beglückwünscht, ohne sich weiter über die Wunder auszulassen. In seinen Augen gab es keinerlei Teufelei, keinen verdächtigen Götzen, weder Fruchtbarkeitsriten noch Beschwörungs- oder Verzauberungsrituale. In einem vorläufigen Dekret hatte das Bistum verkündet, die Bewohner würden einfach dafür belohnt, dass sie dank Pater Evermacher nie für die Verderbnis bringenden Verlockungen der Ketzer empfänglich gewesen seien.

Das war indes unverkennbar nur ein Mittel, um Zeit zu gewinnen; die Führung in Rom wusste nicht, wie sie die Ereignisse in Cantimpré deuten sollte.

»Ein Kindesraub«, murmelte Tagliaferro. »Dergleichen kommt leider allzu häufig vor. Manche Unglückliche werden ihren Eltern entrissen, damit sie zur Prostitution oder zum Diebstahl abgerichtet werden, andere werden in schwarzen Messen geopfert, die Asche ihres Körpers wird für satanische Hostien verwendet, ihre Zunge wird mit Wiedehopfblut vermischt, und die Nabelschnüre werden zu Glücksbringern. Es gibt einen teuflischen Handel mit Kindern beiderlei Geschlechts, die vor der Taufe gestorben sind. Unfruchtbare Frauen vornehmer Herkunft lassen Säuglinge rauben und geben sie als die ihren aus, damit sie nicht länger Gefahr laufen, verstoßen zu werden. Andere Mütter, deren Kinder früh verstorben sind, lassen fremde Kinder entführen, die den ihren täuschend ähnlich sind, um so ihre Ehemänner hinters Licht zu führen und ihren Einfluss zu wahren.«

»Aber die Kinder von Cantimpré sind nicht wie die anderen Kinder der Region«, wandte Pater Aba ein, der bei dieser Aufzählung von Schreckensgeschichten erbleicht war. »Sie werden durch ein Wunder geboren.«

»Das hat vielleicht erst recht die Aufmerksamkeit einiger furchtbarer Missetäter erregt. Was gedenkst du zu tun?«

»Ich möchte Zugang zu Euren Archiven erhalten.«

Tagliaferro zog die Augenbrauen hoch.

»Du bist Franziskaner, Guillem. Unsere Orden sind nicht mehr wirklich miteinander verbündet. Ich hätte Mühe, eine solche Gunst zu erwirken.«

»Es muss sein. Mir zuliebe!«

Ursprünglich war es die Bestimmung des Dominikanerordens gewesen, zu predigen, Gottes Lob zu verkünden und Segen zu erteilen. Inzwischen aber wirkten die Dominikaner als Vermittler bei Zwistigkeiten zwischen Adligen, überwachten die Umsetzung der apostolischen Breves, ersetzten die Autorität der Bischöfe, archivierten die Protokolle der peinlichen Befragungen, sammelten Denunziationen und spürten die Ketzer auf, ganz zu schweigen davon, dass sie über das vorschriftsmäßige Verhalten ihrer Mitbrüder wachten. Ihre Rolle als Inquisitoren machte sie bei den Gläubigen verhasst, die sich über nichts so sehr freuten, als wenn ein Dominikaner von den Bischöfen bestraft wurde. Von eben jenen Bischöfen, die sie gestern noch verachtet hatten!

Die Archive des Dominikanerkonvents von Narbonne füllten siebzehn Säle und drei Keller. Die an das ursprüngliche Haus angrenzenden Gebäude waren von dem Bettelorden aufgekauft worden, damit darin diese Kathedrale aus Papier Platz fand, die jedes Jahr unter seiner Herrschaft weiterwuchs. Hier wurde alles aufbewahrt: vom Geständnis der unrechtmäßigen Steuereinziehung des Grafen von Toulouse bei den Katharern bis zur beschämenden Anprangerung der Sitten einer Bäckersfrau, die ihren Ehemann gehörnt hatte; die kleinste Aussage, die Zusammenfassung einer Untersuchung oder die Misshandlungen eines Verdächtigen wurden in diesen Regalreihen festgehalten.

Selbst zu Zeiten des römischen Kaiserreichs war es niemandem gelungen, eine so ungeheure Fülle von Besonderheiten über die Bevölkerung zusammenzutragen; niemand zuvor hatte ein Instrument der Beeinflussung bis zu einem solchen Grad an Effektivität entwickelt.

Die Archive wurden von Wachen beschützt, die sich im Labyrinth der Gänge verteilten, sowie durch mächtige Eisenstangen, die an den Steinkreuzfenstern angebracht waren.

Schließlich gab Jacopone Tagliaferro der Bitte Pater Abas statt.

Der Priester von Cantimpré drang in dieses Labyrinth ein und traf dort nur auf sieben Personen: zwei Archivare im engeren Sinne, drei Kopisten und die zwei Bibliotheksgehilfen. Diese Bibliotheksgehilfen waren Frauen: Schwester Dominique und Schwester Sabine. Diese Wächterinnen mit ihren Argusaugen hatten ein einzigartiges Klassifikationsverfahren geschaffen und waren, wie es hieß, fast schon selbst zu den Archiven von Narbonne geworden.

Sie waren klein und weiß gekleidet und glichen sich wie Zwillinge. Trotz ihrer bleichen Gesichter, die nur selten die Sonne sahen, hatten beide scharfe und hellwache Augen. Pater Aba, der ihnen zum ersten Mal begegnete, konnte weder ihr Alter schätzen noch unterscheiden, welche Sabine und welche Dominique war.

Die Nonnen musterten gleichgültig seine Narben.

»Ich möchte alles nachschlagen, was mit Entführungen oder Entführungsversuchen von Kindern in dieser Gegend zu tun hat«, bat er.

»Welche Art von Entführung? Handel, Satanismus, Orgien? In welchem Zeitraum?«

»Alle. Die letzten zwei Jahre.«

Die Nonnen nickten und verschwanden zwischen den Regalwänden. In ihren Köpfen waren alle nur vorstellbaren Gräueltaten gespeichert, die in einer so weitläufigen Region wie dem Toulousain verübt worden waren, nichts konnte sie mehr erschüttern.

Die Mauern der Archive waren mit Regalen bestückt, und die Regale waren mit Dokumenten gefüllt, welche zwischen Lederdeckel gepresst waren. In den Gewölbekellern, die direkt in den Fels geschlagen worden und mit Eisentüren verschlossen waren, verbargen sich die brisantesten Schriften. Die zwei Frauen wirbelten mit staunenswerter Schnelligkeit und Präzision darin umher.

Zwanzig Minuten später lagen zwei dicke Bände vor Pater Aba.

Kaum hatte er zu lesen begonnen, stockte ihm der Atem.

»Vermisst in Gensac-sur-Tarn der Sohn des Gaudin Véra, welcher ein armer Mann ist und am Bettelstab geht.«

»Verschwunden in Martel die Tochter von Dubois, dem Scherenschleifer, die eines Tages am Azlou fischte und seitdem nicht mehr gesehen wurde.«

»Unauffindbar in Montauban Adélaïde de Montravel, Tochter des Vizegrafen von Carcassonne, Zeugen zufolge entführt von zwei Reitern auf der Straße von Albi.«

»Vermisst in Sabel-sur-Caux die Zwillinge des Juden Arthropode.«

»Verschwunden in Rocamadour der Sohn von Sylvain Tampis, seines Zeichens Arzt. Einigen Zeugen zufolge Ähnlichkeiten mit der Entführung von Mademoiselle Adélaïde de Montravel.«

»Entführt in Saint-Georges-la-Terrasse der Säugling von Fabienne Lepoeuvre, Messingschlägerin und Frau des Messerverkäufers Richard l'Âne.«

»Raub von Matou, Enkel von Robert Quercay, beim Verlassen der Messe in der Kirche Sainte-Françoise in Rochebrune.«

»Vermisst in Magrado die Tochter von Georget dem Bader, die aufgebrochen war, ihre Tante in Bèze zu besuchen, und seitdem nicht mehr gesehen ward.«

Et cetera.

Hier waren mehr als sechzig ungeklärte Fälle von Kindesraub und Verschwinden allein in der Provinz Toulouse aufgeführt. Beim Vergleich der Zeitpunkte wurde dem Priester bewusst, dass die Entführungen in den vergangenen zehn Monaten zugenommen hatten.

Aba segnete Bruder Janvier, ohne den er nicht imstande gewesen wäre, diese Aufzeichnungen zu lesen, weil ihn seine Kopfschmerzen niedergestreckt hätten.

Er kehrte zu Schwester Dominique und Schwester Sabine zurück, die in einer winzigen Zelle arbeiteten. Sie saßen hinter einem Tisch, auf dem sich Blätter und Pergamentrollen häuften. Die beiden Frauen bewegten ihre Arme beim Ordnen in höchster Geschwindigkeit hin und her und hielten auch nicht damit inne, um die Fragen von Pater Aba zu beantworten.

»Wurden hinsichtlich dieser verschiedenen Angelegenheiten Untersuchungen veranlasst?«

Sie bejahten, wenngleich mit Einschränkungen.

Eine von ihnen fügte hinzu: »Diese Liste enthält auch Fälle von Ausreißern, Familienstreitigkeiten und Falschaussagen.«

Aba fragte: »Gibt es Unterlagen über abgeschlossene Ermittlungen, in denen von einem regelrechten Handel mit Kindern die Rede ist? Über mehrere Entführungen, bei denen ein und dieselben Kindsräuber die Hand im Spiel hatten?«

Die Schwestern hörten mit dem Sortieren auf. Eine von ihnen ging die Tür der Zelle schließen. Ohne den Schein zweier schlanker Kanzleikerzen und eines Kaminfeuers, das mehr Wohligkeit als Wärme spendete, wäre der Raum völlig finster gewesen.

»Wir können mit Sicherheit bestätigen, dass das in den nunmehr neunzehn Jahren, die wir in den Archiven arbeiten, zweimal der Fall war.«

»Aber das waren immer heikle Angelegenheiten«, sagte die andere, »schließlich waren hohe Herren darin verwickelt.«

»Herren?«, rief Aba aus. »Wurden sie verhaftet?«

»Verhaftet, mit Rücksicht auf ihren Stand unter Ausschluss der Öffentlichkeit verurteilt und sodann auf den Scheiterhaufen befördert«, sagte die erste Ordensfrau.

»Der Seigneur de Farcy 1271 und der Graf von Bargaudeau 1280«, ergänzte die zweite. »Ungeheuer, welche die Kinder zu Tode quälten.«

Die Nonnen hoben in bewundernswertem Einvernehmen zu erzählen an, wobei die eine den Satz der anderen vollendete. Pater Aba kam es so vor, als spräche er nur mit einer einzigen Person.

»Wir haben gelernt, diese Art von teuflischen Persönlichkeiten zu erkennen.«

»Sie sind immer zuerst mit mehreren Frauen verheiratet, denn sie werden ihrer schnell überdrüssig.«

»Anfangs verstoßen sie sie, dann werden sie kühner und entschließen sich, sie durch Mord aus dem Weg zu räumen.«

»Wenn sie dann schließlich gewahr werden, dass ihnen die Frauen zur Befriedigung nicht länger genügen, wenden sie sich der Jugend zu.«

»Und dann den Kindern.«

»Diese Männer sind reich und mächtig genug, um Häscher fern ihrer eigenen Ländereien auszusenden.«

»Je weiter weg der Raub stattfindet, umso geringer schätzen sie ihr Risiko ein.«

»Wir bezeichnen diese Verirrten als ›Conomors‹.«

»Nach einem gewissen bretonischen König aus vergangenen Zeiten, der diese Neigungen auf unvergleichliche Weise auslebte.«

Pater Aba unterbrach sie.

»Wie konnte man eine Spur bis zu ihnen zurückverfolgen? Wie hat man sie erwischt?«

Die Nonnen machten eine Kopfbewegung, die bedeuten sollte: Halb mit Glück, halb durch Beharrlichkeit.

»Einige Kinder konnten fliehen und haben geredet, manche Familien wagten es, Klage zu erheben.«

»Ein Kumpan der Ausschweifungen des Seigneurs hat seine Sünden bereut. Ohne diese verschiedenen Hinweise ...«

»... wäre ein großer Herr auf ewig unantastbar.«

»Außer vor Gott!«

Aba war fassungslos. »Wisst Ihr, wie die Kinder ausgewählt werden«, erkundigte er sich schließlich.

»Manche werden zufällig entführt.«

»Andere müssen einer speziellen Laune des Herrn genügen.«

»Er wünscht vielleicht Opfer mit dieser oder jener Haar- oder Hautfarbe.«

»Kinder von Alten oder Zwillinge.«

»Der Graf von Bargaudeau zum Beispiel hatte eine Vorliebe für missgestaltete kleine Jungen.«

»Der Graf von Farcy zog ungetaufte Mädchen vor.«

»Ihre Helfershelfer schwärmen aus, forschen in allen Regionen nach, bringen die Leute zum Reden ...«

»... suchen sich Komplizen, treiben ihre Beute in die Enge ...«

»Und stürzen sich dann auf sie!«

Zutiefst aufgewühlt bat Aba, fünf Tage in den Archiven verbringen zu dürfen. Er las sämtliche Aufzeichnungen und Untersuchungsdokumente und notierte jedes noch so winzige Detail, das ihm sonderbar erschien. Er schlief inmitten der dominikanischen Register, verließ die Bücherregale nicht mehr und kannte allmählich manche Gänge auswendig.

Aba hatte sich in den Kellergewölben eingerichtet und konnte

Tag und Nacht kaum noch unterscheiden. Die Nonnen kümmerten sich um ihn wie um ein Kind.

Er hatte sich mit einer Karte der Region versehen und markierte darauf systematisch jeden Ort, an dem ein Kind verschwunden war.

»Ich werde mich zu jedem dieser Punkte begeben und Nachforschungen anstellen«, erklärte er schließlich Tagliaferro, als er glaubte, genug gelesen und gesammelt zu haben. »Ich verwette mein Seelenheil, dass Perrots Entführung kein Einzelfall ist.«

Der Dominikanerprior schien beunruhigt und erwiderte: »Die Gefahr ist groß, dass du enttäuscht wirst. Wenn Perrot zum blutigen Vergnügen eines Adelsherrn entführt worden ist, dann solltest du auf dein Vorhaben verzichten. Alleine bist du ihm nicht gewachsen. Selbst wir, die Inquisitoren, haben größte Mühe, gegen die Mächtigen vorzugehen. Bestimmte Adlige wie bestimmte Prälaten sind unbesiegbar. Ich verzichte manchmal darauf, meine Brüder auf gewisse Spuren hinzuweisen, weil ich fürchte, ich könnte die Entdeckungen bedauern, die sie womöglich machen ...«

»Aber das ist es ja eben, ich bin zu klein«, wandte Aba ein. »In ihrer grenzenlosen Vorsicht sind Perrots Entführer auf alle möglichen Angriffe und Gegner eingestellt, nicht aber auf den unbedeutenden Priester von Cantimpré ...«

Alles am Gesichtsausdruck von Guillem Aba drückte aus, dass er von seinem einmal gefassten Entschluss nicht mehr abrücken würde.

»Ich weiß, dass ein übervorsichtiger Mann nichts wert ist«, sagte der Dominikaner, »aber als alter Haudegen, der ich bin, rate ich dir jedenfalls, auf dieses Kind zu verzichten. Kehre nach Cantimpré zurück und nimm dein normales Leben wieder auf. Lass den Willen des Herrn geschehen.«

Pater Aba versteifte sich.

»Nein, mein Vater. Das werde ich niemals können.«

X

An Monseigneur Beautrelet, Bischof von Cahors,
vom neuen Vikar der Pfarrgemeinde von Cantimpré,
Augustodunensis aus Troyes.

Monseigneur, ich sehe mich gezwungen, Euch diesen Bericht über die letzten Stunden zu übermitteln, die ich in meiner Gemeinde erlebt habe. Ich schreibe ihn nieder, um Euch die zwingenden Gründe zu erläutern, die mich zu dieser äußersten Maßnahme getrieben haben:

Ich habe die Gemeinschaft der Gläubigen von Cantimpré mit dem Kirchenbann belegt.

Augustodunensis saß alleine am großen Tisch des Pfarrhauses. Er schrieb dicht gedrängte, zittrige Buchstaben auf das helle Velinpapier. Die Hälfte seines Gesichts trug frische Brandwunden. Er litt solche Schmerzen, dass er sich jedes Wort mühsam abringen musste.

*

Seit dem Fortgang von Pater Aba hatte das Schicksal dem Vikar von Cantimpré übel mitgespielt.

Das unerklärliche Verschwinden des Priesters und die Ermordung Paulins auf der Hochebene hatten die Bevölkerung empört und in Angst und Schrecken versetzt.

Anschließend hatte eine der schwangeren Frauen im Dorf, verstört durch die Ereignisse, ihr Kind verfrüht zur Welt gebracht.

Am Tag ihrer Niederkunft stand auf allen Gesichtern, die sie umringten, Besorgnis geschrieben. Augustodunensis spürte eine noch fieberhaftere Erregung als am Tag der Beerdigung des kleinen Maurin. Es schien, als hinge die ganze Existenz der Dorfbewohner vom Ausgang dieser Wehen ab, und es hätte nichts weiter gebraucht, als dass das Neugeborene mit einer Glückshaube, missgebildet, zu behaart oder von der Nabelschnur erwürgt geboren wurde, damit sich ringsum Panik ausbreitete.

Würde die Geburt unter einem schlechten Stern stehen, so wäre dies ein Zeichen dafür, dass der Kreislauf der Wunder von Cantimpré beendet war ...

Die Antwort auf ihre Befürchtungen war schlimmer als alles, was sie sich ausgemalt hatten: Die Frau erlitt eine Totgeburt.

Unartikuliertes Schreien und Heulen stieg zum Himmel, Entsetzen überall ...

Angesichts dieser vielen plötzlichen Schicksalsschläge suchten die Dorfbewohner nach einer Erklärung. Nach vielem Hin- und Herschwanken und wiederholten Rückziehern befanden sie schließlich, dass die Anwesenheit von Augustodunensis in Cantimpré die alleinige Wurzel allen Übels sei!

Die Katastrophen, die über das Dorf hereingebrochen waren, konnten nur von diesem unbekannten Vikar herrühren, der aus dem Norden gekommen war und überall, wohin er ging, Kummer und Tod verbreitete.

Vor seiner Ankunft, so argumentierten sie, sei Cantimpré glücklich und frei von allem Bösen gewesen: Augustodunensis hatte »den Zauber gebrochen«!

Das Volk errichtete einen Scheiterhaufen, um den Verantwortlichen darauf zu richten. Man machte Jagd auf den Vikar. Die Männer schlugen mit glühenden Ästen auf ihn ein, um ihn in die Knie zu zwingen und auf den Gluthaufen zu schleppen.

Nur wenige wagten dazwischenzugehen. Darunter war Esprit-Madeleine, die Mutter Perrots.

Kurz bevor er den Flammen übergeben werden sollte, gelang es Augustodunensis, seine Brust zu entblößen und ein herrliches Pektorale dem Himmel entgegenzurecken. Es zeigte einen silbernen Christus mit eingelegten Edelsteinen. Augustodunensis trug es heimlich als Talisman am Leibe.

Mit hocherhobenen Armen donnerte er: »*Sacris interdicere, diris devovere, execrari!*«

Das war die Formel der Exkommunikation. »*Latae sententiae.*« Die schwerste von allen.

Selbst einfache Dorfbewohner wie die von Cantimpré begriffen die Tragweite dieses Fluches.

Zu seinem äußersten Glück oder dank einer besonderen Gnade wagte angesichts dieser Drohung niemand mehr, weiter auf den Vikar einzudringen.

Augustodunensis raste vor Zorn, rannte in die Kirche, warf eine Fackel zu Boden, trat sie mit Füßen, riss den Ornat herunter und schmetterte das große Kreuz zu Boden.

Er schrie: »Ihr werdet aus dem Schoß der Kirche ausgeschlossen, weil ihr Hand an einen Gesandten Gottes gelegt habt! Keiner von euch wird in die geweihte Erde des Friedhofs gebettet werden! Ihr habt vor Christus gefehlt!«

Seine Angreifer fielen wie vom Blitz getroffen auf die Knie, als ihnen der Wahnsinn ihrer Taten bewusst wurde; Frauen verloren die Besinnung, andere flehten ihn an, sein Urteil zurückzunehmen. Doch Augustodunensis jagte die Geächteten von dannen und vernagelte die Tür, damit niemand mehr eintreten konnte.

Seit diesem Tag habe ich mich im Pfarrhaus von Pater Aba verbarrikadiert und halte mich bereit für den Fall, dass die Dorfbewohner sich neuerlich gegen mich erheben.

In seinem Brief an die Oberen in Cahors verlangte Augustodunensis Hilfe: Eine stattliche Truppe sei unerlässlich, um diese Gläubigen wieder auf den rechten Weg zu bringen.

Doch während der Vikar überlegte, wie er seine Nachricht Bischof Beautrelet am besten zukommen lassen konnte, hörte er, wie an die Tür des Pfarrhauses geklopft wurde.

Mit einer Hand griff er nach seinem Kreuz. Mit der anderen packte er ein langes Messer. Die erlittenen Brandwunden und Schläge hatten ihn in einen Zustand permanenten Fiebers versetzt, zugleich nährte das Gefühl, alleine inmitten einer verrückt gewordenen Gemeinde zu sein, seine Angst.

Vorsichtig öffnete er die Tür einen Spalt breit.

Auf der Schwelle wartete eine Frau: Esprit-Madeleine. Perrots Mutter.

Wie ihr einziger Sohn so hatte auch sie tiefblaue Augen und blonde Haare. Esprit-Madeleine war schön, gesund und kräftig, doch ein Geburtsfehler ließ sie hinken.

Sie bat um Einlass.

Augustodunensis ließ seinen Blick misstrauisch umherwandern, um zu sehen, ob Esprit-Madeleine in Begleitung war oder ob jemand sich hinter ihr verborgen hielt. Doch die Straßen von Cantimpré waren menschenleer.

Der Vikar wich zur Seite und ließ die Frau vorbeigehen.

Einen langen Moment verharrte sie schweigend, aufrecht und

bewegungslos, mit verschränkten Händen stand Esprit-Madeleine vor Augustodunensis.

Schmerz und Schlafmangel hatten ihrer Schönheit kaum Abbruch getan, sie hatte sich eine Anmut bewahrt, die auf der vollkommenen Harmonie ihrer Gesichtszüge beruhte. Der Vikar stellte fest, dass seit dem Tag kurz vor Abas Verschwinden, als er sie zuletzt gesehen hatte, wieder ein Lebensfunken in ihre Augen zurückgekehrt war.

Sie blickte ihn mit der Autorität einer Mutter an, ruhig, aber entschlossen.

Er rief sich ins Gedächtnis, dass sie in keiner Weise an der mörderischen Hetzjagd auf ihn teilgenommen hatte.

»Ihr müsst die Exkommunikation wieder aufheben«, sagte sie mit sanfter Stimme zu ihm. »Ihr handelt, ohne zu wissen, Bruder Augustodunensis. Ihr seid erst zu kurze Zeit unter uns.«

»Genug, wie mir scheint, um zum Scheiterhaufen verurteilt zu werden!«

Esprit-Madeleine ließ ihren Blick über das Kreuz und das Messer wandern, die der Mann in Händen hielt. Verlegen ließ dieser die Waffe auf den Tisch sinken.

»Ihr müsst mir zuhören«, fuhr die Frau fort. »Doch zuerst versprecht mir, dass Ihr Euren Bann überdenkt, sobald Ihr die Wahrheit über Cantimpré kennt. Die Gläubigen unseres Dorfes verdienen es nicht, ihres Gottes und ihrer Kirche beraubt zu werden. Sie sind unglücklich, ihre Gemüter sind von Kummer und Angst verzehrt. Ich flehe Euch an, hört mich offenen Herzens an. Versprecht Ihr das?«

»Redet«, antwortete Augustodunensis.

»Versprecht Ihr es?«, beharrte die Frau. »Was ich mich Euch zu sagen anschicke, ist ein Geheimnis, das ich für immer zu bewahren schwor, und sei es um den Preis meines Lebens. Wenn ich heute mein Wort brechen muss, dann soll es wenigstens die armen

Seelen von Cantimpré retten. Wenn Ihr es nicht versprecht, werde ich meinen Eid nicht brechen.«

In ihrer Stimme lagen weder Drohung noch Ungeduld, sondern vielmehr eine Schlichtheit und Gelassenheit, die höchste Forderungen rechtfertigten.

»Ich verspreche es«, hörte sich Augustodunensis sagen, bezwungen von der Frau, die sich in seinem Beisein weit gewählter ausdrückte als den Dorfbewohnern gegenüber.

Esprit-Madeleine setzte sich an den großen Tisch des Pfarrhauses und begann ihre Erzählung.

»Die Furcht vor inzestuösen Ehen in kleinen, abgeschiedenen Dörfern zwingt die Männer dazu, aufzubrechen und fern ihrer Heimat nach einer Ehefrau zu suchen. So erging es auch meinem Mann Jerric vor acht Jahren. Da er ein unansehnlicher Mann ohne große Fähigkeiten oder Vermögen ist, musste er weiter nach Norden ziehen als die anderen. Keine Frau wollte etwas von ihm wissen. In Limoges begegnete er mir, ich hatte Paris verlassen und war auf der Reise nach Périgueux. Jerric war trotz meiner Armut und ungeachtet meiner Missbildung sehr gut zu mir. Er kümmerte sich nicht um den Spott, der mir im Vorübergehen entgegenschallte, und hatte die Güte, mich unter seinem Dach aufzunehmen und mich zu lieben. Als mich jedoch die Bewohner von Cantimpré erblickten, wollten auch sie mich davonjagen, denn es brachte sie auf, eine Missgebildete unter sich zu haben. Nur war ich damals schwanger ... Perrot wurde geboren, und er war die erste wundersame Geburt von Cantimpré. Danach mehrten sich dank ihm die Wunder im Dorf ...«

Augustodunensis runzelte die Stirn.

»Dank Perrot?«

Esprit-Madeleine bejahte mit einer langsamen Bewegung des Kopfes.

»Ihr seid erst zu kurze Zeit im Dorf, um dessen gewahr zu werden, aber Perrot ist kein Junge wie die anderen. Er *heilt.*«

Nun setzte sich auch Augustodunensis nieder. Er verstand nicht.

»Er heilt?«

»Tatsächlich«, fuhr Esprit-Madeleine fort, »war ich die Erste, die von seiner Gabe Nutzen zog. Ich stand sofort und ohne Schmerzen von meinem Wochenbett auf, und ich hinkte weniger als früher. Alle Kranken, die sich Perrot näherten, wurden wieder gesund. Die Skrofulösen, das Mädchen, das pfeifend atmete ... Sie alle wurden gerettet. Pater Aba wurde dessen schließlich gewahr, doch er befahl mir, mit niemandem darüber zu sprechen. Er tat alles, um die Dorfbewohner glauben zu machen, dass ihnen die Wunder durch das große Wohlwollen des Himmels gegenüber Cantimpré und durch Evermachers Seele widerfuhren.«

Augustodunensis sah im Geiste das verstörte Gesicht des Priesters vor sich, als Ana ihm berichtet hatte, dass die schwarz gekleideten Männer den Jungen entführt hatten. Er erinnerte sich auch an dessen Zwiegespräch mit Esprit-Madeleine, an dessen Ende er ihr versprochen hatte, Perrot ins Dorf zurückzubringen!

»Ist Pater Aba aus diesem Grund verschwunden? Hat er sich auf die Suche nach ihm gemacht? Glaubt er, dass das Schicksal von Cantimpré mit diesem Jungen verbunden ist?«

Augustodunensis hatte endlich das Gefühl, dass er verstand.

Doch Esprit-Madeleine belehrte ihn eines Besseren.

Mit schwacher Stimme hob sie erneut an: »Als Jerric mich in Limoges entdeckte, war ich bereits schwanger ...«

*

Pater Aba hatte Esprit-Madeleine in Paris kennen gelernt, während sie in einem Hospiz für kranke Frauen wohnte, in dem der junge Franziskaner die Almosen verteilte, die er gesammelt hatte. Sobald er sie gesehen hatte, war er ihrer Schönheit verfallen. Monatelang trafen sie sich in größter Heimlichkeit; sie lehrte ihn, das Leben zu lieben, und er lehrte sie, die Bücher zu lieben.

Als sie feststellte, dass sie schwanger war, bekam Esprit-Madeleine Angst und beschloss, Paris zu verlassen, um Abas glänzende Karriere an der Universität und in der Kirche nicht zu gefährden.

Sie floh, ohne ein Wort zu ihm zu sagen; er war verzweifelt, als es ihm einige Wochen später gelang, aus dem Mund einer ihrer Freundinnen den Grund ihres Verschwindens zu erfahren.

Die Idee, Vater zu werden, war ihm nie in den Sinn gekommen. Es war eine heilsame Erschütterung für ihn, in Liebe zu einer Frau zu entbrennen. Während sein Kopf vollgestopft war mit den Kategorien des Aristoteles und er sich für nichts anderes interessierte als die sieben freien Künste, wurde ihm mit einem Male klar, dass er eher dazu bestimmt war, eine Frau zu lieben und ihre Kinder heranwachsen zu sehen, als ohne Unterlass über Universalien oder über den *homo faber* zu diskutieren. So fasste er den Entschluss, Paris zu verlassen, um Esprit-Madeleine wiederzufinden und mit ihr zusammenzuleben. Er weihte niemanden in seine Pläne ein und verschleierte sein Fortgehen unter dem Vorwand, er wolle im Sinne des heiligen Franziskus wieder den Armen predigen.

Geduldig verfolgte er die Spur der Hinkenden bis Limoges und weiter bis Cantimpré.

Dort konnte er sich dank der Vermittlung seines Freundes Jacopone Tagliaferro, der nichts von seiner Leidenschaft ahnte, zum Nachfolger von Pater Evermacher wählen lassen.

»Doch bei seiner Ankunft«, fuhr Esprit-Madeleine fort, »war ich bereits mit Jerric, dem Schreiner, verheiratet. Und genau wie dieser dachte alle Welt, das Kind, das ich in mir trug, sei von ihm. Ich lehnte es ab, dass Pater Aba unser Geheimnis offenbarte oder dass er auf sein Priesteramt verzichtete, um mit mir zusammenzuleben. Niemand hat je davon erfahren ...«

Der junge Vikar war wie betäubt. Er betrachtete ihre sanfte Schönheit. Er verstand, dass Aba von ihr verzaubert worden war: ihr Blick, ihr Lächeln, ihre Stimme ... Sie gehörte zu jenen

Frauen, die beruhigen, besänftigen und über alles hinwegtrösten können …

»Und dennoch, trotz all unserer Vorsichtsmaßnahmen, damit nichts von den Gaben der Natur, die unser Sohn besaß, ruchbar wurde«, fuhr Esprit-Madeleine fort, »müssen die, die ihn entführt haben, sie gekannt haben. Sie haben Perrot nicht zufällig ausgewählt!«

Dem Ernst ihrer Erzählung und dem Leid, das sie bei der Erwähnung ihres Kindes empfand, zum Trotz, gelang es ihr, den Hauch eines Lächelns auf ihr Gesicht zu zaubern.

»Was sie allerdings nicht ahnen konnten, war, wer der Mann war, der sich auf die Jagd nach ihnen machte … Pater Aba ist nicht einfach ein schlichter Priester auf der Suche nach einem verschwundenen Schäflein, er ist ein Vater, der seinen Sohn retten will! Wenn es nötig ist, wird er die Beschlüsse der göttlichen Gerechtigkeit selbst in die Hand nehmen. Ich weiß, dass nichts ihn aufhalten wird. Perrot wird mir zurückgegeben werden!«

*

Wieder alleine im Pfarrhaus setzte Augustodunensis sein Schreiben an den Bischof von Cahors fort und fügte die Enthüllungen Esprit-Madeleines hinzu.

Er schloss seinen Brief mit einer verzweifelten Frage: *Was tun?*

Zweiter Teil

I

Eine Hand entfernte den Leinensack, der über den Kopf des Kindes gestülpt war.

Perrot fand sich in einem reich geschmückten Zimmer wieder; die behauenen Natursteine, eine gerundete Dachschräge sowie ein halb geöffnetes Steinkreuzfenster, das auf den Wehrgang einer Festungsmauer hinausging, bewiesen, dass er sich im obersten Stockwerk eines Burgturms befand. In der Mitte des Raums thronte ein massives Holzbett, das von einem blauen Samtvorhang umgeben war. Der Junge betrachtete die Wandteppiche, die gleichermaßen als Wandschmuck wie zur Eindämmung der Zugluft dienten.

Neben ihm stand eine Frau. Sie hatte ihre schwarze Kleidung abgelegt und gegen ein graues Gewand und eine Spitzhaube mit zwei Hörnern getauscht, von der weiße Fransen herabhingen. Er erkannte ihre Augen, ihre blasse Gesichtsfarbe und ihre anmutige Schlankheit wieder, vor allem jedoch ihre langen roten Haare, die in einem breiten, schweren Zopf auf ihre Schultern fielen.

»Ich bin Até de Brayac«, sagte sie zu ihm. »Fürchte dich nicht, bei mir droht dir keine Gefahr.«

Seit seinem Aufbruch aus Cantimpré hatte er viele Stunden in einem Sack, auf der Kruppe eines Pferdes liegend, zugebracht.

Die Frau hatte ihn bei jeder Rast zu sich geholt, doch es war das erste Mal, dass sie das Wort an ihn richtete. Der Junge war immer noch starr vor Entsetzen. Die Bilder seines Freundes Maurin, der im Pfarrhaus aufgespießt worden war, seine gewaltsame Entführung und der wahnwitzige Ritt, der darauf folgte, ließen ihn nicht los …

Das achtjährige Kind war bleich, und seine Augen waren von Tränen und Erschöpfung gerötet.

Ein Bischof und ein Erzbischof im Zimmer beobachteten ihn. Sie waren mit pelzgefütterten Gewändern in Purpurrot und Weiß bekleidet, die bis auf den Boden reichten, und hielten sich von ihm fern, als fürchteten sie seine Nähe. Auf Perrot wirkten sie kalt und düster wie Raben, die auf einem Kreuz hockten.

»Wie habt Ihr ihn genannt?«, erkundigte sich der Erzbischof, der an seinem weißen Pallium über der Schulter zu erkennen war.

»Sein Name ist Perrot«, antwortete Até.

Der Bischof verzog das Gesicht. »Das trifft sich nicht besonders gut.«

Die junge Frau zuckte die Schultern. »Was spielt das für eine Rolle?«

Sie wandte sich zu dem Jungen und zeigte ihm ein Silbertablett, das auf einem Tisch neben dem Bett stand.

»Du musst Hunger haben?«, fragte sie ihn. »Dort findest du etwas, damit du wieder zu Kräften kommst.«

Der Junge gehorchte stumm und ging langsam zu dem Tisch. Er trug die Holzpantinen aus Cantimpré an den Füßen, die auf dem Parkett klapperten. Auf einem Schemel erblickte er Atés nachlässig hingeworfene schwarze Kleider sowie ihr Schwert, das gleiche wie jenes, mit dem sein Gefährte Maurin getötet worden war.

Er spürte die auf ihn gerichteten Blicke der drei Erwachsenen in seinem Rücken. Das Silbertablett war mit Speisen und Leckereien beladen. Niemals hätte der Kleine aus der Provinz Quercy sich vorstellen können, dass es eine solche Vielfalt von Gewürzbroten und eingemachten Früchten geben könnte. Mit zitternden Händen ergriff er eine kandierte Birne.

»Er sieht ziemlich verängstigt aus«, bemerkte der Erzbischof.

»Weiß er, weshalb er hier ist?«, fragte der Bischof. »Ahnt er, was mit ihm geschieht? Liest er in der Zukunft? Hört er Stimmen, die ihm etwas verraten?«

»Was stellt Ihr Euch vor?«, hielt die Frau ihm entgegen. »Die Kinder sind nicht alle mit den gleichen Fähigkeiten begabt. Perrot ist nicht wie der, an den Ihr denkt!«

»Seid Ihr sicher, dass Ihr Euch dieses Mal nicht geirrt habt?«, murrte der Erzbischof.

»Falls dem so wäre, dann würden wir es in Kürze wissen.«

»Die Zeit drängt.«

»Das weiß ich!«

Até hatte in schneidendem Ton geantwortet. Die zwei Kirchenfürsten widersprachen nicht. Diese junge Frau war die Tochter des Kanzlers Artemidore de Broca, was ihr unausgesprochen eine gewisse Macht selbst über einen Erzbischof verlieh.

Das Gepolter von Fuhrwerken auf den Pflastersteinen drang durch das Fenster ein.

Ein Gefangenenkarren mit vier Pferden, der von bischöflichen Wachen umringt war, überquerte die Zugbrücke, um in den Wagenhof des Schlosses zwischen der Festungsmauer und dem Burgturm einzufahren.

»Befördert man so nicht gewöhnlich die zum Galgen Verurteilten?«, fragte der Bischof, nachdem er einen Blick aus dem Fenster geworfen hatte. »Hängt das mit unserer Angelegenheit zusammen?«

Até schüttelte den Kopf.

»Wie könnte ein Gefangener uns von Nutzen sein?«

Unten im Hof brach ein Aufruhr los. Frauen schrien, und man hörte, wie sie in wilder Flucht auseinanderstoben.

Kurze Zeit später öffnete sich die Zimmertür, und ein klein gewachsener Mann mit furchtsamen Zügen erschien; er war gekleidet wie ein hoher Herr und trug einen ungepflegten Bart, der einer Halskrause glich. Er warf Perrot einen schnellen und besorgten Blick zu und machte dann eine Kopfbewegung zu Até.

Diese sagte zu den Würdenträgern: »Es ist besser, wenn Ihr hier auf uns wartet.«

Sie blickte den Adligen an: »Das gilt auch für Euch, Montmorency.«

Dann wandte sie sich an alle drei: »Es wird sicher nicht lange dauern.«

Sie ging zu Perrot.

»Folge mir«, sagte sie.

Wieder gehorchte Perrot ihr angstvoll und wortlos, wenn auch mit unverhohlenem Widerwillen.

Gefolgt von zwei Wachen, die gekleidet und bewaffnet waren wie die Männer, die in Cantimpré aufgetaucht waren, stiegen sie eine Wendeltreppe hinab, die in eine Mauer hineingeschlagen war. Durch die zahlreichen länglichen Schlitze der Schießscharten drang die Kälte in den Turm.

Até führte Perrot in einen abgelegenen Teil der Burg auf Höhe des Burggrabens hinab. Hier war es nicht nur eisig kalt und feucht, es herrschte auch Finsternis, die nur von den Fackeln der Wachen zerrissen wurde. Perrot entdeckte Verliese, in denen früher wohl die Verurteilten der herrschaftlichen Gerichtsbarkeit untergebracht worden waren. Die mit Salpeterflecken gesprenkelten Wände, die Zellentüren aus verrostetem Eisen und die lose auf der gestampften Erde liegenden Ketten beeindruckten ihn tief. Er malte sich aus, er würde geschlagen und anschließend allein hier in der Finsternis liegen gelassen. Seine Beine gaben nach. Até musste ihn am Kragen packen, damit er ihr weiter folgte.

Alle Zellen waren leer.

Bis auf eine.

Perrot erkannte einen Strohstuhl, eine nervöse Nonne dicht neben einer Kerze, die in einer Schale steckte, und einen Mann, der auf einem Lager hingestreckt war. Até befahl den Wachen, die Fackeln auf Ständern zu verteilen, die an den Wänden angebracht waren.

Die düstere Szene erhellte sich.

Das Bett des Mannes war eine einzigartige Konstruktion: Unter der Matratze befand sich eine Metallplatte, auf der Glutstücke verteilt waren. Nur wenige Hospitäler verfügten über diese Art von Bettgestellen, die es ermöglichten, die Kranken trotz eisiger Kälte zu transportieren.

Der Mann keuchte. Halb nackt, wie er war, war seine Hässlichkeit kaum zu ertragen: Sein Körper war eine einzige abstoßende Wunde, zerfressen von Geschwüren und Geschwülsten, die Haut war trocken und schuppig. Fingernägel, Haare und Augenbrauen waren verschwunden. Seine Achselhöhlen waren schwarz, eine geschwollene Drüse am Hals war so groß wie eine Walnussschale.

Die Schwester, die an seinem Bett wachte, war eine Klosterfrau aus dem Orden vom Heiligen Geist, einer Nonnenkongregation, die sich der Krankenpflege verschrieben hatte.

Sowie sie sah, dass Até sich näherte, machte sie ihrer Verärgerung Luft.

»Ich bin die Krankenträgerin des Hospitals von Montauban. Dieser Mann kann jeden Moment sterben. Wozu ihn unter solchen Qualen transportieren? Das ist unwürdig.«

»Wie heißt das Übel, von dem er befallen ist?«, fragte Até, ohne sich um die Vorwürfe der Nonne zu kümmern.

Diese antwortete: »Woher sollen wir das wissen? Pest, heiliges

Feuer, Skrofeln, Lepra, Elephantiasis … Vielleicht alles auf einmal! Kein Arzt konnte eine eindeutige Meinung dazu äußern!«

Até schien das nicht ungern zu vernehmen.

»Hört er, dass wir bei ihm sind?«, fragte sie.

»Nein. Seit acht Tagen hat die Krankheit ihn seiner Sinne beraubt. Und trotzdem lebt er noch. Allein die Pest hätte ihr Opfer bereits in weniger als vier Tagen dahingerafft. Bei ihm ist das nicht der Fall. Dieser Kranke, ein Dieb und obendrein ein Mörder, verkörpert für unseren Orden auf beispiellose Weise die Sünde. Sein Anblick hat bereits an die zwanzig Ketzer dazu gebracht, sich zu bekehren! Er muss so schnell wie möglich nach Montauban zurückbefördert werden!«

»Ihr habt recht, meine Schwester. Zweifellos. Und nun lasst uns allein.«

»Mein Prior hat mir befohlen, ihn nie aus den Augen zu lassen.«

Até schüttelte den Kopf und sagte: »Entweder Ihr zieht Euch zurück, meine Schwester, oder ich lasse Euch an den Haaren hinauszerren wie die letzte Dirne.«

Sie hatte jede Silbe ihrer Drohung mit Nachdruck betont.

Die Nonne bekreuzigte sich und verließ, von Wachen begleitet, empört den Raum.

Até wandte sich zu Perrot.

»Wie viel Zeit brauchst du?«

Der Junge blickte sie an. Er begriff, was sie von ihm erwartete.

Ohne ein Wort setzte er sich auf den Strohstuhl. Er begann mit den Füßen hin und her zu schaukeln und sah zu, wie sie von dem Holzgestell wieder zurückfederten. Er achtete auf nichts und niemanden mehr, wie ein Kind, das so in sein Spiel vertieft ist, dass es die Erwachsenen in seiner Nähe vollkommen vergisst.

Besorgt musterte Até den Sterbenden. Sie wusste nicht, was sie tun, worauf sie warten sollte. Sie hoffte nur mit aller Kraft, dass etwas geschehen würde. Draußen beklagte sich die Klosterfrau noch immer bei den Wachen, die jedoch ungerührt in stoischem Schweigen verharrten.

Einige Minuten verstrichen, die ihr wie Stunden vorkamen. Perrot ließ seine Schuhe nicht aus den Augen, und der Todkranke stöhnte.

Er schluckte. Galle vermischt mit Blut rann über seine ausgetrockneten Lippen.

Endlose Augenblicke lang nahm Até nichts als das Spiel des Kindes, den Atem des Kranken und das Knistern der Fackeln wahr. Die Nonne wurde im Gang festgehalten und hatte ihre Jammertiraden eingestellt.

Eine Beule in der Nähe des Adamsapfels sprang auf, und Eiter quoll hervor. Fast im gleichen Augenblick platzten auch andere Taschen voller Körperflüssigkeiten. Darunter auch die riesige Ausbuchtung am Hals.

Die Ergüsse waren dick und gelblich und grauenhaft anzusehen.

Bald wurde der Geruch unerträglich. Entsetzt wich Até zurück. Sie traute ihren Augen nicht: Die gesamte Fleischmasse, die durch die Krankheit wie gelähmt gewesen war, geriet plötzlich in Bewegung.

Aus einer aufgeplatzten Flechte an der linken Schulter rann plötzlich Wasser.

Reines Wasser.

Die Flüssigkeit spülte die Infektion aus und schwemmte die Reste abgestorbener Haut mit sich davon. Ein anderes Geschwür tat es ihr gleich.

Überall schwollen die Geschwüre an und rissen alsdann auf, und Eiter und Blut flossen ab und lösten sich in diesem ausnahmslos klaren Wasser auf.

Sowie die Tropfen den Boden oder die Glut berührten, verschwanden sie, ohne dass die Geschwülste stoffliche Reste hinterließen.

Der Körper wurde überschwemmt, als würde ein Regen aus Weihwasser auf ihn niedergehen. Nur dass dieser Regen in den Poren der Haut seinen Ursprung hatte.

Fassungslos sah Até, wie sich an manchen Stellen Parzellen gesunder Haut bildeten.

Sie betrachtete Perrot. Seine Haltung hatte sich nicht verändert. Er nahm nicht wahr, was sich wenige Schritte von ihm entfernt zutrug; sie glaubte nur zu bemerken, dass er erschauerte.

Die schwarzen Flecken auf dem Arm des Todgeweihten aus dem Hospital von Montauban verblassten. Seine Lippen gewannen einen Anflug von Farbe zurück. Er schnaubte, seine Lebenskräfte kehrten zurück. Er hob den Nacken, öffnete die Augen, versuchte zu begreifen, wo er sich befand, verlor die Besinnung und brach zusammen.

Abgesehen von den Haaren, den Nägeln und seinem Unterleib war von seiner Krankheit fast nichts mehr zu sehen. Er war von seinen Krämpfen befreit, seine Stirn hatte sich geglättet. Até erkannte, dass er eingeschlafen war.

Sie hörte die Wachen, die über das Geschehene ebenso schockiert waren wie sie, hinter ihrem Rücken murmeln. Die Nonne protestierte noch heftiger, weil sie sie daran hinderten, näher zu treten.

»Mein Gott …«, hauchte Até.

Perrot hob den Kopf.

»Ja?«

II

In Rom stand der alte Artemidore de Broca hinter seinem Marmorschreibtisch in seinem Kabinett in der Kanzlei des Laterans. Eine erstickende Hitze herrschte, denn im Kamin war ein Feuer entzündet worden, um Dokumente zu vernichten. Artemidore verlangte, dass alle brisanten Pergamentrollen der päpstlichen Kurie vor seinen Augen zerstört wurden, denn er traute niemandem mehr. In der Feuerstelle glommen noch geheime Briefe und Entwürfe für Dekrete des Interregnums vor sich hin.

Artemidore blickte einen kleinen Mann an, der vor ihm stand. Es war ein zerbrechlicher und knochiger Abt mit weißen Haaren, dessen Schultern in einer für ihn zu weiten Kutte verschwanden.

Der Kanzler wischte über seine schweißgebadete Stirn.

»Nun, Profuturus, sind wir so weit?«, fragte er.

Der Abt nickte bejahend und trat einen Schritt auf seinen Herrn zu.

»Eure Tochter muss noch ein Kind ausfindig machen, dann sind wir bereit.«

»Gut. Wir haben alle Eure Ratschläge befolgt, Abt!«

Er reichte ihm eine Rolle mit Texten, die Domenico Profuturus eilig ergriff.

»Alles steht darin«, sagte der Kanzler.

Er fixierte den Abt mit vorwurfsvollem Blick.

»Seid Ihr Euch darüber im Klaren, dass Ihr uns durch diese Operation den größten Gefahren aussetzt, Profuturus? Mit allen Folgen, die das nach sich ziehen kann?«

Artemidore ergriff ein Dokument und ließ seine Vergrößerungslinse darüber gleiten.

»Ich sehe, dass in den vergangenen neun Monaten an die hundertzwanzig Kinder gefangen genommen wurden?«

»Das ist richtig, Monsignore.«

Der Kanzler schüttelte den Kopf.

»Ihr mögt aus meinen Worten schließen, was Euch beliebt, aber ich denke, dass in dieses Unternehmen zu viele Personen verwickelt sind, die an zu viele Fronten geschickt wurden. Einige von ihnen machten Fehler, es gab undichte Stellen, die schwer einzudämmen waren. Bis in unsere eigenen Reihen! Ihr habt es bei Eurer Ankunft in Rom erfahren: Einige unserer Verbündeten, die zu beunruhigt über den Umfang unserer Pläne waren, mussten uns verlassen ...«

Er reichte ihm ein zweites Blatt.

»Hier sind die Namen derer, die an die Stelle von Portal von Borgo, Philonenko, Henrik Rasmussen, Benoît Fillastre und Othon von Biel treten werden.«

Profuturus nahm das Blatt entgegen.

»Und nun?«, herrschte Artemidore ihn an. »Wie lange noch?«

»Ein paar Wochen, Monsignore, mehr nicht. Wie ich Euch gesagt habe, warte ich auf die letzten Kinder. Ich bin von der Richtigkeit der bisherigen Auswahl überzeugt. Das Experiment wird beweiskräftig sein.«

Der Kanzler gab ein unbestimmtes Knurren von sich.

»Ein paar Wochen ...? Hm ...«

Er zuckte seine massigen Schultern.

»Ich kann die Wahl des Papstes noch ein wenig hinauszögern.

Wenn Ihr recht habt und diese Kinder das bewirken können, was Ihr behauptet, dann will ich Euch wohl noch ein wenig zusätzliche Zeit zugestehen.«

Der Abt Profuturus beugte den Kopf.

»Ihr werdet nicht enttäuscht sein, Monsignore ...«

Die Meinung des Abtes schien Artemidore nicht zu überzeugen.

»Die Gefahren, denen wir ausgesetzt sind, sind bereits ein Grund zur Enttäuschung für mich, Profuturus. Geht nun und kehrt an Eure Arbeit zurück!«

Der Abt verabschiedete sich, er war beunruhigt über die Verärgerung seines Herrn und fürchtete, bald in Ungnade zu fallen.

Nachdem er die Tür zum Kabinett des Kanzlers geschlossen hatte, befand er sich in einem weitläufigen, leeren Saal, der mit Marmorplatten ausgelegt und dank großer, verglaster Steinkreuzfenster lichtdurchflutet war.

Rechts neben der Tür stand ein kleiner Schreibtisch.

Hier residierte der Sekretär Fauvel de Bazan.

»Der Kanzler scheint in Sorge um die Sicherheit unseres Unternehmens zu sein«, klagte Profuturus. »Sind seine Befürchtungen begründet?«

Fauvel wischte dieses Problem mit einer Handbewegung beiseite.

»Die Sicherheit ist meine Angelegenheit. Nur sehr wenige Personen stören noch die Kreise unserer Interessen. Und sie wissen nicht das Geringste über unsere Ziele. Ich werde sie aufhalten. Ihr habt nichts zu befürchten, Profuturus.«

Der Abt entrollte das Pergament, das Artemidore ihm übergeben hatte.

Darin las er, dass zwischen dem vergangenen August und Oktober die gläsernen Reliquiare dreier Kirchen in Bologna, Bamberg und Évora heimlich von Männern im Dienste des Kanzlers geraubt worden waren und dass einige Tropfen des ursprünglichen

Blutes von zwei Heiligen und einer Heiligen aus dem 7. und 11. Jahrhundert daraus entnommen worden waren. Außerdem wurde die Schändung zweier Heiligengräber in Lucca und Aire-sur-l'Adour im Dezember vermeldet: Aus dem einen hatte man ein Stück unverwesliches Fleisch gestohlen, aus dem anderen ein Knochenfragment des Oberarms entnommen. In der Pergamentrolle stand weiterhin, dass drei Wochen zuvor eine Wunderhostie aus Agens, die sich während einer Eucharistiefeier im Jahre 1244 in ein blutendes menschliches Gewebe verwandelt hatte, von Artemidore de Brocas Mannen geraubt und durch eine Nachahmung ersetzt worden war. Schließlich las Profuturus, dass das Schiff *Der heilige Linus* in Bälde mit mehr als vierhundert neu übersetzten arabischen Werken an Bord, darunter auch eine neue Abhandlung über die wahren Namen der Dämonen, das Goldene Horn verlassen würde.

»Zufrieden?«, fragte Fauvel de Bazan. »Da habt Ihr alles, was Ihr von uns verlangt habt.«

Der Abt schloss seine Rolle und lächelte.

»Wenn alles zusammen ist, ja, dann bin ich zufrieden …«

III

Der verzweifelte Brief, den Augustodunensis an den Bischof von Cahors geschrieben hatte, verließ Cantimpré am 21. Januar. Von Pasquier übermittelt, traf er am 25. Januar in Saint-Corcq ein. Von dort folgte ein Bote auf dem Tarn dem Flusslauf bis Cahors, und am 31. Januar 1289 vor Komplet lagen die Enthüllungen des Vikars über Pater Aba und seinen Sohn Perrot auf dem Tisch des Bischofs. Diesem allerdings kamen der Raub des Kindes und die Vaterschaft eines Priesters seiner Diözese höchst ungelegen, und so entschied er sich, den Fall an die Dominikaner weiterzureichen, die für die Beurteilung solcher Angelegenheiten besser geeignet waren.

Der Brief aus Cantimpré war gegen sechs Uhr abends eingetroffen, und es war neun Uhr am nächsten Morgen, als er auf die Reise Richtung Narbonne ging, wo Jacopone Tagliaferro, der Prior der päpstlichen Inquisitoren, residierte.

Dieser sollte jedoch Augustodunensis' Nachricht nie zu Gesicht bekommen. Sie wurde von Jorge Aja, dem neuen Erzbischof von Narbonne, abgefangen. Er las sie, verbrannte sie und setzte eine verschlüsselte Botschaft auf, die er nach Rom, zu treuen Händen des Kanzlers Artemidore de Broca sandte …

*

Pater Aba hatte unterdessen Narbonne drei Tagen zuvor verlassen. Er hatte Lumpen angezogen, die er von armen Teufeln eingetauscht hatte, welche den Winter im Hospiz der Stadt verbrachten. So war er nun mit einem schlecht geflickten Bliaud, alten Schuhen, einem mottenzerfressenen Mantel, Wollhandschuhen und einer Mütze angetan, die seine Tonsur und seine Zugehörigkeit zum dritten Stand verbarg. Diese Aufmachung, ergänzt durch ein unförmiges Brustkreuz und einen Stab aus Eichenholz, sollte ihm das Aussehen eines Pilgers verleihen. Er behielt seine Jagdtasche und seinen Umhängebeutel, in denen er die wenigen Beweisstücke seiner Nachforschungen aufbewahrte. Unter seinem Mantel hatte er die Liste mit den Namen der Kinder verborgen, die er in den Archiven kopiert hatte, sowie die Karte, auf der die Orte ihres Verschwindens eingetragen waren.

Bruder Janvier hatte ihn nicht nur von seinem erblindeten Auge befreit und die vom Bader von Cantimpré fixierten Fäden gezogen, sondern ihm auch mehrere Binden aus schwarzem Stoff zum Wechseln mitgegeben mit der Ermahnung, er solle seine Augenhöhle nie der Luft aussetzen. Pater Aba sollte ein paar Wochen abwarten, bis die Wunde vernarbt war, bevor Janvier überprüfen konnte, ob es möglich wäre, ein Glasauge für ihn blasen zu lassen. Tagliaferro seinerseits überließ ihm eine kräftige schwarze Mauleselin für seine einsame Reise und schwor, seine Geheimnisse niemandem gegenüber zu verraten und über seine Anwesenheit in den Archiven Stillschweigen zu bewahren. Die zwei Schwestern Sabine und Dominique schworen ihm, auf alles zu achten, was auch nur im Entferntesten mit neuen Kindsentführungen oder mit einem erneuten Auftauchen der schwarz gekleideten Truppe zu tun haben konnte.

Dennoch verließ Pater Aba Narbonne, ohne seine Freunde über die Strategie in Kenntnis zu setzen, die er ersonnen hatte, um Perrots Spur zu finden.

*

Er begab sich zuerst in ein Dorf neun Meilen in Richtung Toulouse, das weder auf seiner Karte noch in den konsultierten Verzeichnissen der Dominikaner auftauchte: Aude-sur-Pont. Diese Gemeinde der Diözese Montpezat war noch abgelegener als Cantimpré. Und noch ärmer dazu, denn sie war sowohl von den Ketzern als auch von den darauf folgenden katholischen Vergeltungsmaßnahmen nicht verschont geblieben. Das Dorf bestand aus etwa dreißig Häusern, manche davon waren verlassen.

Kaum war er angekommen, da stürzten trotz seiner Augenbinde, seines schmutzigen Bartes und seines jämmerlichen Aussehens mehrere Dorfbewohner auf ihn zu, die ihn bei sich aufnehmen wollten. In Aude-sur-Pont gab es keine Herberge, und so wurden die seltenen Reisenden von den Bewohnern bedrängt, damit sie sich zum Preis einer Herbergsübernachtung bei ihnen einquartierten.

Pater Aba wies ihr Anerbieten ab. Er klopfte an die Tür eines bescheidenen Hauses, das am weitesten von der hölzernen Kirche entfernt war und in dem eine gewisse Meffraye hauste.

Jeder im weiten Umkreis kannte diesen Namen. Sie war eine Hexe. Je nach Region nannte man sie die Meffraye, die Malvenue oder die Thessalierin. In den Legenden, die sich um sie woben, hieß es, sie verberge sich in Gestalt eines weißen Skorpions oder eines Salamanders in den Ruinen eines westgotischen Turms in der Nähe von Martel. In Wirklichkeit hieß sie Jeanne Quimpoix und lebte friedlich in Aude-sur-Pont, wo sie ohne irgendeine Zauberei Heiltränke für die Kranken braute.

Pater Aba hatte sie schon einmal aufgesucht, sieben Jahre zuvor. Er hatte Perrot zu ihr gebracht.

Das Verhalten des Neugeborenen war von Geburt an unnatürlich gewesen. Er aß nicht wie die anderen, verweigerte seine Milch an Fastentagen und schlief wenig, ohne je zu weinen. Seine Mutter hatte sich schnell von der Geburt erholt, doch es ging ihr schlecht, sobald sie sich von ihrem Sohn entfernte. Pater Aba selbst fühlte sich in seiner Gegenwart wie neugeboren. Als er ihn taufte, tauchte er ihn in das kühle Wasser des Taufbeckens, das bei der Berührung mit dem kleinen Körper warm und silbrig wurde …

Überzeugt, dass es sich um einen Zauber handeln musste, und sei es um einen guten, hatte Pater Aba sich Sorgen gemacht und Esprit-Madeleine eingeschärft, niemandem, nicht einmal ihrem Mann Jerric, etwas von diesen Seltsamkeiten zu erzählen, bevor er sich über das Phänomen im Klaren war.

Er wusste nicht, an wen er sich wenden sollte, um herauszufinden, was mit seinem Sohn los war.

Da hörte er von der Meffraye reden.

Mit Esprit-Madeleines Einverständnis brachte er Perrot – der noch kein Jahr alt war – unter dem Vorwand, er wolle seinen Fersenknochen untersuchen lassen, da dieser missgebildet sein könnte wie der seiner Mutter, nach Aude-sur-Pont.

Er zeigte das Kind Jeanne Quimpoix.

Mit undurchdringlicher Miene legte diese, nachdem sie in einer Sammlung astrologischer Abhandlungen nachgeschlagen hatte, ein getrocknetes Mispelblatt in die rechte Handfläche des Kindes. Einige Augenblicke später ergriff sie die Pflanze und presste zwischen ihren Fingern deren Saft aus. Sie roch an seinem Duft und fuhr hoch.

»Wer weiß von den Gaben dieses Kleinen?«, fragte sie Pater Aba.

»Niemand, ausgenommen seine Mutter und ich.«

»So soll es bleiben!«, rief sie aus.

»Was hat er denn?«, fragte Aba beunruhigt.

»Wenn Ihr seine Heilkräfte preisgebt, dann werden vornehme Herren ihn Euch wegnehmen und für ihre eigenen Zwecke benutzen wollen oder ihn an den Königshöfen zur Schau stellen. Wenn die Kirche davon erfährt, wird sie ihn dem Henker überantworten. In ihren Augen sind nur die Heiligen berechtigt, Wunder zu wirken. Man muss ihm Zeit lassen, damit er vor den bösen Geistern geschützt heranwachsen kann. Wer weiß, welche anderen Fähigkeiten noch auf ihn warten. Beschützt ihn!«

»Es steckt also nichts Dämonisches in ihm?«

Die Zauberin hatte gelächelt.

»Ich wette, dass die Dämonen mehr von Perrot zu befürchten haben als Perrot von den Dämonen. Die wahre Gefahr für diesen Jungen sind die Menschen! Sie dürfen nicht von seiner Existenz erfahren, bevor er alt genug ist, um sich selbst zu verteidigen.«

Pater Aba hatte diesen Rat gewissenhaft befolgt. Bei seiner Rückkehr ins Dorf erfuhr er, dass während der dreitägigen Abwesenheit Perrots eine ganze Reihe von Unglücksschlägen das Dorf getroffen hatte.

Aba berichtete Esprit-Madeleine von den Empfehlungen der Meffraye. Er wollte Cantimpré mit Perrot und ihr verlassen und ein einsames Dasein fern aller misstrauischen Blicke führen. Doch die Frau weigerte sich: In ihrer Frömmigkeit glaubte sie, dass sie sich Gottes Willen beugen sollten, der sie trotz aller Wechselfälle seit ihrer Begegnung in Paris hierhergeführt hatte. Pater Aba gab schließlich nach. Damals beschloss er, um die Aufmerksamkeit von Perrot abzulenken, dem Wunsch seiner Schäflein nachzugeben und seinen Vorgänger Evermacher mit den Wundern in Verbindung zu bringen, mit denen Cantimpré gesegnet war ...

Acht Jahre lang hatte diese Taktik perfekt funktioniert. Wenn Esprit-Madeleine und der Geistliche Perrot nach seinen Gaben fragten, antwortete er ein ums andere Mal das Gleiche: »Das bin ich nicht. Ich mache nichts. Ich entscheide nichts.«

Das Geheimnis schien gut gewahrt.

Jetzt öffnete Jeanne Quimpoix dem Pater ihre Tür und drängte ihn zum Eintreten, damit die Kälte sich nicht in ihrem Häuschen ausbreitete. Der Besucher schüttelte seinen durchnässten Mantel ab und gehorchte.

Wieder stellte er überrascht fest, wie reinlich es im Innern war und dass weder ein Zauberbuch noch ein Schmelztiegel, weder getrocknete Pflanzen noch sonst etwas zu sehen war, das an den Schlupfwinkel einer Zauberin erinnerte. Er erinnerte sich auch an sein Erstaunen, als er vor sieben Jahren bemerkt hatte, dass die Meffraye erst an die dreißig Jahre alt und recht hübsch anzusehen war, während er eine hässliche Fratze erwartet hatte, wie sie angeblich ihrem Stand entsprach. Sie hatte kurz geschnittenes blondes Haar, eine schmale Taille und weiße Haut. Sie trug ein helles Obergewand, das von einem Hanfseil zusammengehalten wurde und ihr das Aussehen einer jungen Frau verlieh, die verheiratet werden sollte.

»Ich heiße Jeanne Quimpoix«, hatte sie ihm verkündet, »so wie meine Mutter vor mir und ihre Mutter vor ihr und so weiter bis in die Zeit von Fredelon de Rouergue im 9. Jahrhundert zurück.«

Im Wechsel der Generationen zogen die Meffraye durch die Grafschaft Toulouse. Ihr größtes Vergehen? Dass sie nie einen Mann zum Gatten nahmen. Jede Jeanne Quimpoix verschwand irgendwann für einige Wochen von ihrem Wohnort und kam geschwängert zurück, um eine Tochter zu gebären …

Die Frau lud Pater Aba ein, sich am Feuer aufzuwärmen, und erbot sich, ihm einen Stärkungstrunk zuzubereiten. Sie öffnete eine der Truhen, in denen sie ihre Mineralien, Flüssigkeiten und Kräuter verstaut hatte. Sie nahm Antimon und Quecksilber zur Hand und vermischte sie mit ein paar Tropfen Öl und heißem Wasser.

»Trinkt das«, sagte sie zu ihm, nachdem er sich ans Feuer gesetzt hatte, auf dem zwei Kessel standen. »Ich werde nachsehen, was ich Euch zu essen anbieten kann. Seit wann seid Ihr unterwegs?«

»Nicht so lange, wie man aus meinem Äußeren schließen könnte …«

»Ihr habt nur ein Auge, Pilger, aber dieses ist beredt. Euch quält ein Leiden. Und der Zorn. Hat Euch ein Mann verraten? Oder vielleicht eine Frau? Oder schleppt Ihr eine Last von Gewissensbissen mit Euch? Habt Ihr gesündigt im Heiligen Land? Hat man Euch nicht von all Euren Sünden freigesprochen?«

Ein trauriges Lächeln erschien auf Pater Abas Gesicht.

Er dachte, dass die Zauberin recht hatte. Seit Perrots Entführung aus Cantimpré war keine Stunde vergangen, ohne dass er daran gedacht und darunter gelitten hatte.

Jeanne Quimpoix kam näher und sagte bedauernd: »Ich habe nur noch zähes Fleisch und Linsen, die gekeimt haben. Ihr Geschmack mag zweifelhaft sein, zumindest aber sind sie heiß und kräftigend.«

»Ich habe nicht so viel erwartet. Nochmals danke.«

Er trank das Gebräu der Zauberin. Sogleich spürte er, wie seine Fingerspitzen und Füße warm wurden.

Kurze Zeit später verschlang er am Tisch die Mahlzeit. Seit Jahren hatte er sich nicht mehr mit solchem Heißhunger auf ein Gericht gestürzt. Nach seinem sesshaften Leben in Paris und seinem sesshaften Leben in Cantimpré besaß Pater Aba nicht mehr die Konstitution, tagelang auf dem Rücken einer Mauleselin über Hügel und durch Täler zu ziehen. Der Trank der Zauberin linderte rasch seine Rückenschmerzen.

Während er seine Mahlzeit beendete, ging die Zauberin hinaus, um sein Tier zu versorgen. Sie führte es in einen Stall, der ebenso groß war wie die kleine Stube ihrer Behausung.

»Eure Mauleselin hat eine Verletzung am rechten Vorderfuß«, sagte sie bei ihrer Rückkehr. »Ich werde sie heilen, bevor Ihr Eure Reise fortsetzt.«

Sie stellte einen mit Öl gefüllten steinernen Tiegel ab. Dann entzündete sie die Flüssigkeit, und blaue und rote Flammen züngelten hoch. Darauf näherte sie ihre rechte Hand: Ihre Nägel waren lang und bemalt. Sie beobachtete die Lichtreflexe des kleinen Feuers an ihren Fingerspitzen.

»Ah, Ihr habt mich schon einmal aufgesucht ...«, rief die Flammenleserin.

Pater Aba erzählte ihr von seinem Aufenthalt vor sieben Jahren mit Perrot, damals noch ein Säugling, und rief ihr die Umstände seines Besuchs und die Empfehlungen in Erinnerung, die sie ihm damals mitgegeben hatte.

»Ich erinnere mich an den freundlichen Perrot. Ein ganz erstaunliches Werk der Natur. Vor allem für sein zartes Alter ...«

Aba schilderte, was sich in Cantimpré zugetragen hatte.

»Ich habe Eure Ratschläge befolgt«, erklärte er. »Ich habe alles getan, um Perrots Fähigkeiten zu verbergen. Offenbar waren diese Vorsichtsmaßnahmen jedoch nicht ausreichend.«

Er erzählte ihr, mit welcher Grausamkeit, Schnelligkeit und Präzision der Angriff auf sein Pfarrhaus durchgeführt worden war.

»Wenn Ihr auf mich zählt, um dieses Kind wiederzufinden, dann überschätzt Ihr meine Magie«, erklärte Jeanne Quimpoix.

»Das ist nicht der Grund meines Kommens.«

Er öffnete sein Untergewand aus grobem Leinen und holte die Karte und die aus den Archiven von Narbonne mitgebrachten Dokumente hervor.

»Die Dominikaner der Grafschaft Toulouse haben die Vermisstenfälle von Kindern in der Region aufgezeichnet.«

Er entrollte die Karte vor Jeanne Quimpoix.

Er führte aus: »Als mir vor sieben Jahren Perrots Begabung bewusst wurde, fragte ich mich, an wen ich mich um Rat wenden könnte. Und schließlich habe ich Euch gefunden.«

Er legte seine Hand auf die Karte.

»Ich bin überzeugt, dass andere Eltern, deren Kinder ähnliche Besonderheiten zeigten, nicht anders gehandelt hätten als ich. Seht her: An die dreißig Punkte sind auf dieser Karte eingezeichnet. Jeder steht für ein verschwundenes Kind. Ich möchte, dass Ihr mir sagt, ob sich dahinter Jungen oder Mädchen verbergen, die erstaunliche übernatürliche Fähigkeiten besitzen, Kinder, die man Euch gezeigt oder über die man Euch befragt hat. Wie bei Perrot!«

Er hielt die Karte Jeanne Quimpoix entgegen. Diese warf einen schnellen Blick darauf, bevor sie den Kopf schüttelte.

»Das mag zutreffen oder nicht, ich kann diese Frage nicht beantworten. Wer sagt mir, dass Ihr nicht im Dienste dieser Truppe schwarz gekleideter Männer steht und dass Ihr nicht mit meiner Hilfe versucht, weiteren Kindern auf die Spur zu kommen, um sie zu entführen? Seht Euch an. Ihr seid ein Priester, aber Ihr verbergt Euch unter alten Lumpen. Ihr seid bewaffnet, Ihr behauptet, Euer Auge verloren zu haben, als Ihr die Kinder in Eurem Pfarrhaus verteidigt habt. Wer beweist mir das?«

Aba richtete sich auf und löste seine Binde, um seine grausige leere Augenhöhle vorzuführen. Er griff nach seiner Umhängetasche und holte daraus das Schwert und den Gros tournois hervor, den er auf den Tisch legte.

»Das hier ist die Waffe, mit der der kleine Maurin getötet wurde. Und das hier ist die Münze, mit der die schwarz gekleideten Räuber für ihre Unterkunft in der Herberge von Disard bezahlt haben.«

Er nahm seine Notizen aus Narbonne zur Hand und las:

»*Verschwunden der junge Maubert in Saint-Aignan am zweiten Dienstag im Mai vergangenen Jahres. Verschwunden die kleine Anne und ihr Bruder Colin in Pouillanges. Verschwunden Philippin, Sohn von Jules dem Kalten, in Messapien kurz vor dem letzten Osterfest!*«

Er breitete die Blätter vor Jeanne Quimpoix aus.

»Ich bin überzeugt, dass ich auch andere Kinder rette, indem ich Perrot zu Hilfe eile. Diese schwarz gekleideten Männer und diese rothaarige Frau sind nicht einfach bloße Söldner!«

Ein langes Schweigen trat ein. Jeanne Quimpoix sah ihn direkt an, dann ergriff sie ein blaues Korn und warf es in ihre Feuerschale. Sogleich schlugen die Flammen hoch und färbten sich grün. Die Zauberin betrachtete ihre Fingernägel und nickte dann mit dem Kopf.

»Bedeckt Euer Auge«, sagte sie mit sanfter Stimme.

Der Priester gehorchte und setzte sich langsam wieder hin.

»Ich kenne den Fall eines gewissen Jehan, eines Kindes aus dem Dorf Ponzac, sechs Meilen nördlich von Montauban.«

Der Geistliche forschte auf der Karte von Narbonne nach. Doch dieser Ort war nicht in den Archiven der Dominikaner verzeichnet.

»Er besaß eine ebenso merkwürdige Gabe wie Perrot«, fuhr die Frau fort. »Dieser Junge fiel ohne Grund und in jeder beliebigen Situation in Schlaf. Seine Eltern fürchteten, es handle sich um einen Wechselbalg, ein von einem Dämon besessenes Kind. Sie brachten ihn zu mir, damit ich ihn heile, doch mein mangelhaftes Wissen und sein sehr junges Alter machten es mir unmöglich, das Übel zu bestimmen. Erst ein wenig später, als er zu sprechen lernte, begann man zu begreifen, was ihm widerfuhr. Sobald das Kind in Schlaf fiel, wurde es von wundersamen Visionen heimgesucht. Man musste es dann nur zu einem beliebigen Thema, das völlig außerhalb seiner Reichweite lag, befragen, damit es nach wenigen Minuten im Schlaf die richtige Antwort gab. Das Kind wurde berühmt in der Region. Alle wollten sich seine Gabe zunutze machen.«

Die Hexe seufzte.

»Am Tag seines sechsten Geburtstages tauchte wie bei Euch in Cantimpré eine bewaffnete Schar in Ponzac auf, um ihn zu rauben.«

Jeanne Quimpoix nahm eine Bleimine zur Hand und ergriff Pater Abas Karte. Schweigend trug sie weitere Kreuze ein.

Vierzehn Kreuze.

Acht davon befanden sich in Dörfern, die Pater Aba nicht in Narbonne entdeckt hatte.

»Hier seht Ihr weitere Dörfer, in denen im Laufe der letzten Jahre Wunderkinder geboren wurden.«

Pater Aba war wie betäubt.

»Wie ist es vorstellbar, dass in ein und derselben Gegend so viele Erscheinungen dieser Art zusammentreffen?«

Jeanne schüttelte den Kopf.

»Mir scheint, dass das ein weiteres unter den vielen Rätseln ist, die Ihr noch zu lösen habt.«

Wieder griff sie nach ihrer Bleimine und zeichnete einen Kreis, der alle Dörfer umschloss, die sie eingezeichnet hatte.

Cantimpré lag genau in seinem Zentrum.

»Der Schlüssel liegt zweifellos dort …«

IV

Até zog Perrots Kleidung aus, ließ ihn waschen und schrubben und kleidete ihn sodann in weißes Leinen. Das Kind war in eine kleine Kammer eingesperrt worden, die direkt in die Umfriedungsmauer eingelassen war, welche den Burgturm umgab. Einzig Até sowie ein Augustinermönch, der mit einem Pergamentheft und Bleiminen versehen war und ein genaues Porträt von ihm zeichnete, durften sich ihm nähern.

Der durch ein Wunder gerettete Todkranke in den Kellergewölben fand die Kraft wieder, aufzustehen und zu sprechen. Als Até von seinem ermutigenden Zustand erfuhr, erteilte sie den Befehl, ihn zu töten. In Anwesenheit Perrots wurde er in den zentralen Hof der Burg geführt und gehängt.

Sein Todeskampf dauerte nicht wie üblich einige Minuten, sondern fünfmal so lange. Der Unglückliche verkrampfte sich und fuchtelte herum, ohne je das Bewusstsein zu verlieren. Eigentlich bevorzugten die weltlichen Obrigkeiten den Tod durch den Strick, weil er schnell und ohne Blutbad kam, in diesem Fall jedoch entleerte sich der Missetäter buchstäblich durch Augen, Nase, Ohren und Mund. Sein Gesicht lief violett an, es wurde beinahe schwarz. Dieser grauenhafte Blutstau nahm erst mit seinem Hinscheiden ein Ende.

»Schön«, begnügte sich Até zu sagen. »Sehr schön.«

Sie musterte Perrot, der zusammengekrümmt auf dem Boden lag. Sie wusste, dass seine Gabe in den Todeskampf des Erhängten eingegriffen und dessen Tod hinausgezögert hatte. Wie im Pfarrhaus in Cantimpré, wo sie einem ihrer Männer bedeutet hatte, ein Kind vollständig zu durchbohren und auch dieses nicht auf der Stelle gestorben war …

Die Krankenträgerin von Montauban hatte den Verstand verloren, als sie ihren Kranken wieder wohlauf vorgefunden hatte. Sie rief alle Engel zu Hilfe, behauptete, der Körper des durch ein Wunder Geheilten sei vom Teufel besessen, und vollführte während des Todeskampfes des Gehängten unglaubliche Freudentänze.

Até hatte genug von ihr und ließ sie durch die Garotte hinrichten.

Am nächsten Tag machten Perrot, Até und ihre Truppe sich wieder auf den Weg. Dieses Mal wurde der Junge nicht in einem gewöhnlichen Sack versteckt, sondern in einem Karren mit einer Plane transportiert, der so eng war, dass vier Personen, deren Füße mit einer Kette gefesselt waren, sich nicht darauf hätten setzen können.

Wenn das Kind an den schwarz gekleideten Männern vorbeiging, wurden diese unruhig. Manch einer hatte die wundersame Heilung in den Kellergewölben des Schlosses nicht verkraftet.

In dem Fuhrwerk musste Perrot sich an den Tragestangen der Plane festklammern, so schnell holperte der Karren über unwegsame Straßen dahin, als wollte er es mit der Begleittruppe an Schnelligkeit aufnehmen. Jeden Abend befahl Até eine Rast in einer Abtei, einer Herberge oder einem Schloss. Bei jedem Halt wurden sämtliche Pferde für Unsummen Geldes ausgewechselt.

Seit seiner Entführung wurde Perrot von zwei Gefühlen beherrscht: Angst und Kummer. Angst, er könnte von Até aus einer

Laune heraus ermordet werden, und Kummer über den Verlust der Orte und Menschen, derer er beraubt war.

Er hatte dieses Unglück vorausgeahnt; am Morgen der Entführung war er unruhig und niedergeschlagen gewesen, er hatte gespürt, dass eine Gefahr heraufdämmerte, ohne sie bestimmen zu können. In der Nacht davor hatte er nicht geschlafen.

Nun fehlte ihm alles: seine Eltern, seine Freunde, die Unterrichtsstunden mit Pater Aba, seine Spiele auf der Hochebene, die heitere Stimmung im Dorf.

Mit seinen Freunden hatte er sich jeden Tag bei den Spielen seines Alters vergnügt – Ballspiele, Kreisel, Schneeballschlachten, Eier, die durchs Dorf gerollt wurden, und Beschäftigungen der Erwachsenen, die sie nachahmten: die Jagd, das Leben der Schäfer, die Ernte, das Waschhaus.

Die Einwohnerzahl Cantimprés war gestiegen. Es gab nun mehr Kinder als Erwachsene im Dorf.

Außer in der Familie des kleinen Perrot.

Esprit-Madeleine und ihr Mann Jerric hatten kein zweites Kind bekommen können. Perrot schlief alleine in seinem Bett und nicht in Gesellschaft von fünf oder sechs Brüdern und Schwestern wie überall sonst. Die Bewohner von Cantimpré hatten seine natürliche Zurückhaltung und seine Melancholie auf diesen Umstand zurückgeführt.

Doch das war nicht der Grund. Perrot spürte, dass er anders war als seine Spielgefährten.

Als er sich eines Tages die Zeit damit vertrieben hatte, in den Wolkenhaufen, die über Cantimpré dahinzogen, Tiere zu erkennen, hatte einer seiner Freunde einen Stock ergriffen und den Wolken befohlen, ihre Richtung zu ändern. Einige andere ahmten ihn lachend nach. Als Perrot an der Reihe war, gab auch er Befehle mit dem Stock: die Wolken gehorchten ihm. Er wiederholte das dreimal, immer mit Erfolg. Die anderen Kinder waren zunächst verdutzt, hielten es dann aber für Zufallstreffer; bald waren sie der Sache überdrüssig und wandten sich einem anderen Spiel zu.

Manchmal gab er einem Impuls nach und veränderte den üblichen Ablauf eines Spiels, und diese Veränderung hatte ungeahnte Konsequenzen: An Johanni tanzten die Kinder immer um eine verknöcherte Eiche, die als die älteste auf der ganzen Hochebene von Gramat galt. Als Perrot das erste Mal dorthin kam, ging er ein wenig weiter und forderte alle auf, eine zarte kleine Eiche zu umringen, die kaum größer war als er. Im Jahr darauf war die alte Eiche tot, und ihr zarter Nachbar strotzte vor Kraft. Der Baum wurde zum neuen Symbol von Cantimpré, das ihnen Jahrzehnte des Glücks verhieß.

Perrot hatte vor nichts Angst, weder vor der Nacht noch vor der Leere noch vor der Dunkelheit. Er war das ideale Kind, um die engen Brunnen von Cantimpré zu scheuern. Alle waren von seinem Mut begeistert.

An einem Wintermorgen stürzte ein kleines Mädchen von einem Dach und brach sich den Knöchel. Perrot rannte los, als er die Schreie hörte. Sowie er bei ihr war, überlief ein seltsamer Schauer machtvoll und unbeirrbar seinen Körper; in diesem Moment begriff er auf unbestimmbare Weise, dass der Bruch des Kindes im Begriff war zu verheilen, dass es *dank ihm* gesund wurde. Er nahm in aller Schärfe wahr, was ihm widerfuhr: Nicht er selbst bewirkte dieses Erschauern oder diese Heilung, vielmehr bediente sich ein mysteriöser Einfluss seiner Person, um durch ihn zu handeln.

Freilich erfuhr er an diesem Morgen nicht nur diese Wahrheit über sich selbst: Nachdem das Mädchen unverletzt wieder aufgestanden war, beschuldigte es ihn, er habe es vom Dach gestoßen. Perrot schrie auf und erklärte, das Mädchen lüge, um nicht von seinen Eltern getadelt zu werden, doch niemand glaubte ihm. Man schimpfte ihn aus, und er wurde von seinem Vater Jerric gezüchtigt.

So hatte er an dem Tag, an dem er die Existenz seiner besonderen Gabe entdeckt hatte, zugleich mit der menschlichen Niedertracht Bekanntschaft gemacht.

Damals war er vier Jahre alt gewesen.

Perrot kauerte in seinem Karren, als er spürte, dass der Konvoi zum Stehen kam. Sogleich bemerkte er, dass Até und die Männer geschäftig hin und her liefen, sie mussten in einem neuen Dorf angekommen sein. Perrot konnte nicht sehen, was draußen vor sich ging. Er lauschte. Bald schon waren Frauenstimmen zu vernehmen. Sie klangen zuerst leise, dann fragend, verwandelten sich jedoch alsbald in Schreie. Begleitet vom Geheul der Kinder, von Schwertkämpfen und dem Ächzen verwundeter Männer.

Perrot begriff, dass die Truppe ein Dorf angriff, wie sie es einige Tage zuvor in Cantimpré getan hatte.

Er erkannte Atés Stimme, die ihren Männern Befehle zurief. Hütten wurden in Brand gesteckt. Der Qualm erfüllte die Luft und drang auch unter die Abdeckung des Karrens.

Der Überfall zog sich in die Länge.

Aufrufe zum Widerstand waren zu hören, lange Scharmützel wurden ausgefochten, dann sammelten sich die schwarzen Räuber, als sie entdeckten, dass einer der ihren getötet worden war.

Perrot erinnerte sich, dass die Männer in Cantimpré nur wenige Minuten geblieben waren …!

Hier dauerten die Kämpfe länger und wurden immer blutiger.

Plötzlich teilte sich die Plane am hinteren Ende des Karrens ein Stück weit. Er sah, wie die hohen Flammen die Häuser verschlangen und zu den Kronen der Bäume hochzüngelten. Mitten in dem Chaos erblickte der Gefangene das angsterfüllte Gesicht eines Dorfbewohners, der einen Hieb auf den Schädel bekommen hatte und blutüberströmt war. Dächer stürzten ein und sandten Funkensäulen zum Himmel, Bauern kämpften mit Mistgabeln, Spießen und Stöcken gegen die Räuber.

Gegürtet in ihre schwarze Uniform, erschien Até unter Perrots Plane. Ihre rechte Schulter war verletzt, Blut troff aus einer Platzwunde und befleckte das Leder ihres Ärmels. Sie hielt ein junges Mädchen am Kragen gepackt und stieß es ins Innere des Karrens. Die Kleine war starr vor Entsetzen. Até band sie an eine Kette und hieb sodann mit dem flachen Schwert auf die Seitenwand des Karrens – der Befehl zum Aufbruch.

Der Wagen setzte sich in Bewegung und ließ die Kämpfe hinter sich.

Einige Minuten später hielt er mitten auf dem Land an und wartete, bis die schwarz gekleideten Männer mit den Dorfbewohnern fertig waren.

Perrot betrachtete das Mädchen. Sie musste etwa fünfzehn Jahre alt sein. Sie weinte herzzerreißend. Doch als ihr Blick dem des Jungen begegnete, schien ihr Kummer zu verfliegen. Sie näherte sich und kauerte sich an ihn.

Die Reiter kehrten zurück.

Die Abdeckung öffnete sich.

Até, die nun die Kapuze abgenommen hatte, musterte das junge Mädchen, das bei dem kleinen, achtjährigen Jungen Schutz gesucht hatte.

Ihr Blick wanderte von einem zum anderen, während sie immer nur ein einziges Wort wiederholte: »Gut! Gut! Gut!«

Dann rief sie: »Und jetzt fahren wir nach Rom!«

V

Benedetto Gui sagte sich, dass keine drei Tage vergehen würden, bis er von den Häschern des Laterans verhaftet wurde.

Wenn das Geheimnis von Rainerios Verschwinden mit dieser Heiligen Kongregation in Zusammenhang stand, die Heilige erschuf und vernichtete, wenn der Junge, wie Chênedollé in seinem letzten Text hatte anklingen lassen, im Dienste des verstorbenen Kardinal Rasmussen gestanden hatte, dann sah Benedetto das Ende seiner Nachforschungen bereits vor sich: Sobald er den Interessen der Mächtigen zu nahe trat, würde er von ihnen ins Visier genommen werden, noch bevor er überhaupt genügend Fragen stellen konnte, um zum Kern der Affäre vorzudringen.

»Drei Tage«, wiederholte er.

Das hinderte ihn nicht daran, seinen Laden an der Via dei Giudei zu verlassen; er war entschlossen, das Schicksal dieses Rainerio in die Hand zu nehmen und seiner Schwester eine Erklärung zu liefern. Die Neugier und der Sinn für die Gerechtigkeit gewannen die Oberhand über seine Bedenken.

Seine erste Idee war, zum Palazzo von Kardinal Henrik Rasmussen zurückzukehren.

Vom Aufmarsch der Würdenträger, die sich auf der Via Nomentana versammelt hatten, um über den sterblichen Überresten des

Prälaten seiner zu gedenken, war nichts mehr zu sehen, doch der Volksauflauf hatte sich nicht aufgelöst: Ein Teil der Menge wurde nun Zuschauer eines neuen Spektakels. Der schwarze Behang des Gebäudes, der die Fassade bedeckte, wurde abgenommen, zahllose Gestalten gingen geschäftig ein und aus, vor allem aber war eine große Anzahl von Wagen in den Hof des Palazzos gefahren, und an jedem wichtigen Punkt des Gebäudes hatten Wachen Aufstellung genommen; kurzum, man sah das Gegenteil eines Trauerhauses.

Benedetto erriet alsbald die Funktion dieser zahlreichen Karren: Bedienstete aus dem Palazzo luden Möbel, Kleiderständer, Vorhänge, aber auch Truhen voll Geschirr und Zierrat darauf auf.

Der Umzug war so umfangreich, dass manche Fuhrwerke nicht in den Hof des Palazzos einfahren konnten und auf dem Platz halten mussten, wo sie von Bediensteten bis zur Decke vollgestopft wurden.

Das gemeine Volk, in dessen Mitte Benedetto unauffällig stand, pfiff bewundernd oder ließ einen Hagel von Schimpfwörtern los, je nachdem, ob unter den Decken ein großes Möbelstück aus kostbarem Holz hervorlugte oder ein prächtiges Kruzifix. Der Überfluss mochte dem Herrn zustehen, aber dem Herrn allein. Der Reichtum der Prälaten empörte die einfachen Römer.

Als Benedetto Gui sich umhörte, erfuhr er, dass Rasmussen nur eine einzige Familienangehörige hatte, nämlich seine Schwester Karen Rasmussen. Sowie ihr Bruder verstorben war, hatte sie verkündet, dass er in ihre Heimat, die Grafschaft Flandern, überführt werde, wo er seine letzte Ruhe finden sollte. Sie hatte sich heftig gegen die Kardinäle gewehrt, die den Leichnam in Rom behalten wollten. Zusammen mit den sterblichen Überresten ließ sie alle Reichtümer des Palazzos, alle Möbel bis zum winzigsten Wertgegenstand fortbringen. Man murmelte, dass der Konvoi sich schon morgen vor Mittag in Bewegung setzen und alles dann verschwinden würde.

Das machte Benedetto Guis Lage auch nicht besser.

Mit jeder Stunde wurde das Gerücht, Rasmussen sei ermordet worden, lauter. Ebenso hitzig aber wurden auch die Fragen erörtert, wer den Palazzo nach den Rasmussens beziehen würde, oder ob die alte Karen die Kirche bestahl, indem sie alle Besitztümer ihres verschiedenen Bruders an sich raffte.

Auf dem Dach des Palazzos bemerkte Benedetto zwei Kamine, die Rauchschwaden ausspuckten. Sie verwandelten sich in Wolken, welche die nächtliche Brise langsam auflöste. Allein an den Farben und der Menge von Partikeln konnte er bereits erkennen, dass man dort Bücher, Pergamente und sogar Papier verbrannte. Wenn man die Kosten dieser Materialien bedachte, dann musste man schon einen sehr gewichtigen Grund haben, um sie den Flammen zum Fraß vorzuwerfen.

Er beschloss, sich unweit des Hauptportals zu postieren, damit ihm nichts von den Vorgängen im Palazzo entging.

Er war nicht der Einzige, der das tat: Ein anderer Mann beobachtete *ihn*. Es handelte sich um Marco del Miro, den Polizeichef von Rom. Er war um die fünfzig Jahre alt, ein ehemaliger Galeerensträfling, der allein auf offenem Meer vor Agrigento einen Aufstand seiner Schicksalsgenossen niedergeschlagen hatte und seitdem unaufhaltsam in der Sicherheitshierarchie Roms und des Laterans nach oben kletterte. Er kannte Benedetto Gui gut. Die beiden Männer schätzten einander: Marco del Miro hatte mehr als einmal bei gemeinen Mordfällen von Benedettos Erkenntnissen profitiert, und Benedetto schätzte seine Offenheit und seine geistige Unabhängigkeit, die bei einem Mann seines Rangs selten waren.

»Du begegnest mir nie zufällig, Benedetto«, begrüßte ihn Marco del Miro. »Warum treibst du dich hier herum?«

»Ich frage mich bestimmte Dinge …«

Der Polizeichef schüttelte den Kopf. »Erzähl mir keine Geschichten, ich weiß, weshalb du hier bist. Bist du nicht kürzlich in die Kaserne gekommen, um dich nach einem gewissen Rainerio zu erkundigen? Es ist mir nicht unbekannt, dass dieser Junge verschwunden ist. Und er war der erste Gehilfe von Rasmussen …« Marco del Miro blickte zum Palazzo und machte eine Kopfbewegung in diese Richtung. »Das ist kein Ort für dich, Benedetto. Befolge meinen Rat, kehre zu deinen Geschäften in der Via dei Giudei zurück, das wäre klüger …«

»Es geht das Gerücht, dass Rasmussen ermordet wurde.«

»Die öffentliche Meinung irrt sich! Der Kardinal ist einem Unfall in seinem Bad zum Opfer gefallen. Zu deinem eigenen Besten, glaub mir aufs Wort! Die bloße Tatsache, dass man in diesen Zeiten des Konklaves und der Wahl eines Papstes über den Tod eines Kardinals spekuliert, sollte dir bereits eine Ahnung von der Wichtigkeit der Leute vermitteln, die darin verwickelt sind. Leute, gegen die weder du noch ich das Geringste ausrichten können. Bleib nicht hier …«

»Danke für den Rat, ich hatte nicht vor, noch lange zu verweilen.«

Marco del Miro schenkte ihm ein zustimmendes Lächeln.

»Sei auf der Hut.«

Mit diesem Rat entfernte sich der Polizeichef.

Benedetto Gui nahm nun zwei Männer genauer ins Visier, die offenbar die Umzugsvorbereitungen dirigierten. Sie traten auf die Straße, um die Beladung der Karren zu überwachen, riefen Befehle, damit die einen oder anderen Möbelstücke nicht getrennt wurden, und fluchten über die Diener, die herumtrödelten.

Dabei tat sich einer der beiden durch seine besondere Willkür hervor; es war indes nicht seine üble Laune, die Benedetto Guis Aufmerksamkeit erregte.

Kaum war der Mann im Palazzo verschwunden, da wurde der Rauch aus den Kaminen stärker. Ganz offensichtlich war dieses Individuum an der Verbrennung der Bücher und der schriftlichen Dokumente beteiligt.

Die unzufriedenen Bediensteten spotteten über ihn, sobald er ihnen den Rücken zukehrte, und so erfuhr Benedetto, dass er Marteen hieß und ein Flame niederer Herkunft war, der vor zehn Jahren in Rom in den Dienst der Rasmussens getreten war.

Er war klein, hatte spärliche graue Haare und ein schmales Gesicht, und sein Kopf schien direkt auf den hängenden Schultern zu sitzen. Sein Ober- und sein Unterkörper standen in einem solchen Missverhältnis zueinander, dass er wie ein etwas groß geratener Zwerg aussah. Man spürte, dass er von Natur aus gereizt und unzufrieden war.

»Sich wieder in Flandern zu begraben, nachdem man in Rom gelebt hat!«, schimpfte er. »Eine neunmonatige Reise an der Seite dieser alten Scharteke von Schwester! Im tiefsten Winter!«

Benedetto näherte sich und hörte, wie er sich noch weiter bei seinem Gefährten beklagte.

Er würde die Bankette im Lateran vermissen, die Vielfalt der Nahrungsmittel, die in Ostia eintrafen, die sanften Ufer des Tibers, die Klarheit der römischen Luft im Frühling, aber auch gewisse Mädchen aus den übel beleumdeten Vierteln, die ihm ein Vergnügen zu verschaffen wussten wie niemand sonst, sowie allerlei Tavernen mit bekannten Weinen.

Benedetto schätzte, dass dieser Marteen in seiner Niedergeschlagenheit und Erregung bestimmt beabsichtigte, sich in dieser Nacht von der Ewigen Stadt zu verabschieden, bevor er aufbrach.

Kurz darauf wurde im Palazzo ein herrlicher Sarg aus Mahagoni mit vergoldeten Bändern abgeliefert. Ein respektvolles Schweigen empfing diese lange Totenkiste, in der Rasmussen zu seiner letzten Ruhestätte in Tournai reisen sollte, doch es hielt nicht lange an. Die Römer zerrissen sich erst recht das Maul über die Ausgaben für einen solchen Sarg, die vollkommen nutzlos verschwendet waren, um nichts weiter als einen Haufen Knochen und Würmer zu beherbergen, die sich in nichts von denen eines gewöhnlichen Sterblichen unterschieden. Sofern Henrik Rasmussen nicht einer jener Toten war, deren Körper nicht verweste und den süßen Duft der Heiligkeit verströmte, was aber niemand für wahrscheinlich hielt.

Benedetto machte sich auf, um die Umgebung zu erkunden …

VI

Pater Aba blieb nur wenige Stunden in Jeanne Quimpoixs Dorf. Er nahm die Karte der Region mit seinen Anmerkungen an sich und machte sich auf seiner Mauleselin, der die Zauberin einen Verband angelegt hatte, auf den Weg nach Toulouse.

Drei Tage später traf er vor den Toren der großen Stadt ein und schaffte es gerade noch, die Stadtmauern vor deren Schließung zu passieren. So musste er nicht die Nacht in einer jener Hütten verbringen, die zu Füßen der Stadt aus dem Boden geschossen waren. Er kannte Toulouse, die von Kriegen geschundene Stadt, die seit der Kapitulation ihrer Grafen unter der Oberherrschaft des Königs von Frankreich stand, nur aus Erzählungen. Er fand sich inmitten eines brodelnden Lebens wieder, das er so nur in Paris vermutet hätte. Auf den Straßen wimmelte es trotz der Dunkelheit vor Menschen. Der Mantel aus Schnee hatte sich in Schlamm verwandelt, und während er durch die Straßen wanderte, musste er riesige Pfützen umgehen, die die Straßen aufweichten.

Nachdem er sich nach dem Weg erkundigt hatte, gelangte er in die Rue des Auberges-du-Pont, an der sich die meisten der vierzig Gasthäuser der Stadt befanden. An jeder Fassade schwankten Schilder mit vielsagenden Namen und gedämpften Farben. Pater Aba entschied sich für *L'Image Notre-Dame*. Das Wirtsehepaar, das ihn aufnahm, quartierte ihn in einer geziemend sauberen, kleinen Kammer mit einem Fenster ein, dessen Laden schlecht schloss. Dafür verfügte sie über ein dickes Federbett, auf das die Wirtsleute mit brennenden, eingerollten Handtüchern eindroschen, um die Wanzen zu töten. Im *L'Image Notre-Dame* konnten die Gäste Fleisch und Geflügel für sich kaufen, mussten es jedoch selbst am Spieß braten.

Pater Aba richtete sich in seiner Kammer im oberen Stockwerk ein und stieg sodann hinab, um sich eine Mahlzeit aus Bohnen und Hafergrütze zuzubereiten. Anschließend fragte er den Gastwirt, wo sich das größte Waisenhaus für Findelkinder sowie die beste Waffenschmiede befänden.

Der gute Mann antwortete ihm: »Rue du Guet und Rue des Acacias.«

Nach dem Abendessen ging er, todmüde von seiner Reise, nach oben, um sich auszuruhen.

Am nächsten Morgen begab er sich zum Waisenhaus *Johannes der Täufer* für Findelkinder, das als das größte der Grafschaft galt.

Das Gebäude stand unter der Leitung der Chorherren des Prämonstratenserordens und bezog seine Einkünfte aus Spenden und aus der Bewirtschaftung landwirtschaftlicher Güter am Stadtrand von Toulouse. Es handelte sich um ein prunkvolles Haus, den ehemaligen Wohnsitz einer reichen Adligen, die mit den Vizegrafen von Carcassonne verschwägert war und es in ihren letzten Stunden den Chorherren vermacht hatte. Das Giebeldreieck war ebenso reich verziert wie das Tympanon einer Kirche.

Pater Aba bat den Bruder an der Pforte darum, die kleinen Findelkinder besuchen zu dürfen, indem er vorgab, in seiner Gemeinde sei ein Kind verschwunden. Man gewährte ihm Einsicht in das Aufnahmeverzeichnis des Waisenhauses. Doch der Priester fand darin nur wertlose Angaben über das Datum der Aufnahme sowie die Größe und das Gewicht der Kinder. Einigermaßen überrascht stellte er indessen fest, dass man hier mit Waisen auch die Verrückten und die Dirnen zusammenpferchte und dass erst ein Erlass aus jüngster Zeit die fünfzehn Leprakranken, die vormals hier dahinsiechten, aus den Mauern der Stadt verbannt hatte.

Ein Chorherr führte ihn in den überdachten Klosterhof, in dem die Findelkinder lebten.

»Die Säuglinge, die auf dem Vorplatz unseres Heims abgelegt werden, bleiben nur kurze Zeit bei uns«, erklärte er. »Wir geben die Jungen an die Abtei von Cuissy weiter, wo sie zu guten Prämonstratensern erzogen werden, und die Mädchen an den Klarissenorden, wo sie unter dem Schutz des Kreuzes heranwachsen. Für die älteren Waisen versuchen wir, Lehrstellen in der Stadt oder bei wandernden Handwerksgesellen zu finden. Wenn uns das nicht gelingt und wenn den Kindern ein klösterliches Leben zu sehr widerstrebt, nun, mein Gott, dann setzen wir sie wieder auf die Straße; danach kümmert sich der Teufel um sie …«

Er begleitete Pater Aba in einen Saal, in dem sich an die sechzig Kinder aller Altersklassen und beiderlei Geschlechts zusammendrängten. Der Klosterhof hatte früher für fürstliche Bankette gedient; die getünchten Bögen und die kunstvoll gemeißelten Pfeiler kontrastierten scharf mit dem Elend, das nun dort herrschte. Das Tageslicht drang durch Spitzbogenfenster mit massiven Fensterkreuzen ein, die höher als die Kinder waren.

»Möget Ihr dem einen oder anderen dieser Entrechteten einen Namen und eine Familie zurückgeben«, sagte der Chorherr.

Die Kinder verstummten und wandten ihre Blicke dem Neuankömmling zu. Seine schwarze Augenbinde und seine Narben beeindruckten sie. Doch dieser Moment des Stillhaltens dauerte nicht lange: Gleich darauf rannten sie los, klammerten sich an seine Kleider, redeten auf ihn ein und flehten ihn an, er möge sie mit sich nehmen. Einige nutzten das Durcheinander, um seinen Gürtel oder seine Jagdtasche zu durchsuchen. Der Chorherr musste eine Gerte schwingen, um die entfesselte kleine Bande zurückzudrängen.

Gerührt und erschüttert von so viel Not dachte Pater Aba an seine Kinder in Cantimpré, denen er kleine Lebensweisheiten beigebracht hatte.

Ihm war, als wäre diese schmerzliche Erinnerung bereits tausend Jahre alt …

Nachdem wieder Ruhe eingekehrt war, holte er seine in Narbonne kopierte Liste mit den Namen der Verschwundenen hervor und begann sie aufzurufen.

Jedes Mal reklamierten alle Jungen und alle Mädchen unweigerlich den vorgelesenen Namen für sich. Mitten in das allgemeine: »Ich! Ich!« hinein fragte Aba regelmäßig: »Aus welchem Dorf kommt dieses Kind?«

Schweigen.

Pater Aba fand keinen einzigen Vermissten. Dabei hatte er doch vermutet, dass unter den zahlreichen verschwundenen Kindern, auf die die Schwestern Dominique und Sabine ihn hingewiesen hatten, einige sich auch nur verirrt hatten oder ausgerissen waren und am Ende auf dem einen oder anderen Umweg schließlich in der am dichtesten bevölkerten Stadt der Grafschaft gestrandet sein mussten.

Niedergeschlagen verließ er den Klosterhof.

Doch als er sich auf dem Weg zum Ausgang des Waisenheims bereits dem Portal näherte, blieb er plötzlich stehen und machte kehrt.

Wieder wandte er sich an den Bruder in der Pförtnerloge und bat ihn, die Register einsehen zu dürfen. Er wollte die Liste der Kinder einsehen, die von ihren Familien wiedergefunden und legal aus dem Heim genommen worden waren.

Der Chorherr, der ihn in den Klosterhof begleitet hatte, ging die Unterlagen über diese Fälle aus den vergangenen zwei Jahren holen. Kurz darauf vertiefte Pater Aba sich in das Studium dieser Blätter.

Onkel, Muhmen, Mütter oder Patenonkel hatten hier glücklich ihre Kleinen wiedergefunden. Manche waren auf den Straßen verloren gegangen, andere auf den Feldern, wieder andere waren entführt worden oder davongelaufen. Junge Ausreißer wurden von ihren herrischen Vätern im Waisenhaus von Toulouse wieder eingefangen.

Aba erkannte vier Namen wieder, die er in den Archiven von Narbonne notiert hatte, doch sie stimmten nicht mit den Wunderkindern überein, die Jeanne Quimpoix ihm genannt hatte.

Er ging mit akribischer Sorgfalt die Eintragungen mehrerer Monate durch, bis er auf einen Fall stieß, der seine Neugier weckte.

Concha Hermandad.

Sie gehörte nicht zu den wiedergefundenen Kindern, sondern zu den im Heim eingesperrten Irren und wurde die »wundersame Jungfrau aus Aragon« genannt.

Aba befragte den Chorherrn über sie und erfuhr, dass es sich um eine junge Nonne handelte, die in einem Konvoi aus dem Königreich Aragon gekommen war. In der Nähe von Roncevaux wurde der Zug von Räubern hingemetzelt. Sie entkam als Einzige dem schrecklichen Überfall und flüchtete sich auf die Straße.

Dann wurde die Unglückliche zur Zielscheibe aller ehrlosen Männer, die ihren Weg kreuzten. Mehr als ein dutzend Mal wurde sie entführt, gefangen gehalten, geschlagen und schließlich vergewaltigt. Nur dass jeder Mann, und das war es, was Pater Abas Neugierde erweckte, sobald er sie entblößte und sich anschickte, ihre Jungfräulichkeit zu rauben, noch im selben Augenblick tot daniedersank!

Bei jedem Vergewaltigungsversuch schützte eine höhere Macht die Unschuld von Concha Hermandad. Ihre Vergewaltiger traf der

Zorn des Himmels. Doch der Preis dafür war der Verstand des jungen Mädchens; diese kräftigen Körper, die zwischen ihren Beinen ihr Leben aushauchten, verstörten sie zutiefst ... Sie wurde im Waisenhaus von Toulouse aufgenommen, wo sie sich hinter ihrem Schweigen verschanzte und nur behauptete, sie werde von Horden von Wiedergängern verfolgt, die ihre Jungfräulichkeit rauben wollten.

Angesichts der unglaublichen Tragweite dieses Wunders ordnete der Hospizvorsteher eine Untersuchung an: Und wirklich bestätigten drei Männer, die Augenzeugen einer Vergewaltigung geworden waren, Conchas außergewöhnliche Aussagen.

Kurze Zeit später begann sich die Geschichte der »wundersamen Jungfrau von Aragon« herumzusprechen.

Eines Tages kamen die Offiziere eines hohen Herrn und verlangten, dass Schwester Hermandad ihnen übergeben werde. Der Stiftsvorsteher, der Concha ins Herz geschlossen hatte und um ihre seelische Labilität wusste, widersetzte sich den Forderungen des Herrn.

Zwei Monate später forderte ein ausdrücklicher Befehl des Rektors der Basilika und des Erzbischofs von Ancona den Vorsteher auf, die Jungfrau einer Delegation von Geistlichen zu übergeben, die eigens deshalb bis nach Toulouse gereist war.

»Der Befehl war ausdrücklich«, erklärte der Chorherr Aba. »Gegengezeichnet vom Bischof von Toulouse. Concha musste sich zur Behandlung in ein Kloster in der Diözese Ancona begeben. Unser Prior konnte sich dem nicht widersetzen. Er überließ ihnen das Mädchen.«

»Wie sahen die Männer aus, die sie abholen kamen?«

»Ordensleute aus Italien. Es waren viele, und es fehlte ihnen nicht an Prunk.«

»Ein Kloster bei Ancona?«

Aba fragte, ob der Bruder sich an einen anderen Fall im Hospiz erinnerte, bei dem wie bei Concha Wunder, besondere Gaben oder Mirakel eine Rolle gespielt hatten. Fälle von Kindern vielleicht?

Der Bruder verneinte.

»Nie ist uns etwas so Seltsames wie die Geschichte dieses jungen Mädchens begegnet!«

»Habt Ihr seit ihrem Fortgang von ihr gehört?«

»Nichts.«

Pater Aba dankte dem Mönch für seine Zeit und Mühe und verließ das Heim.

Nachdenklich kehrte er in seine Herberge zurück.

Es gibt keine erkennbare Verbindung zwischen dieser Concha Hermandad und Perrot und den anderen Kindern, sagte er sich, und doch ... Weshalb ereigneten sich in dieser Region seit einiger Zeit so viele Wunder?

Er hatte Jeanne Quimpoixs Satz nicht vergessen: »Das ist eines unter den vielen Rätseln, die Ihr noch zu lösen habt.«

VII

Nach Einbruch der Nacht verließ Marteen, bekleidet mit einem Mantel und einer Kapuze, die ihn von Kopf bis Fuß verhüllten, Rasmussens Palazzo an der Via Nomentana.

Vor seiner Abreise am folgenden Tag wollte er noch einmal die Orte aufsuchen, an denen sich die römischen Nachtschwärmer und Wüstlinge mit Vorliebe tummelten.

Er begann seine Abschiedsrunde in der *Violetten Puppe*, einer Spelunke, in der der Wein umsonst war für alle, die für die Gunst zweier Dirnen bezahlten. Der Ort gehörte zu den verrufensten Plätzen der Stadt. Nie konnte man sich irgendwohin setzen oder stehen bleiben, ohne dass man von Trunkenbolden oder von Frauen mit entblößten Brustwarzen angerempelt wurde.

Im Keller befanden sich die Bottiche der Badestube und die eisigen Bäder, in denen beide Geschlechter sich abschrubben ließen, bevor sie grüppchenweise in die Betten sanken. Die »Dienerinnen« des Hauses waren an ihren langen, gelösten Haaren zu erkennen, die kokett auf die Schultern herabfielen. Diese Dirnen hausten in Kammern, deren Betten mit einer Füllung aus Schilfrohr gepolstert waren. Was allerdings manch lüsternen Kunden, den es wenig störte, sich in der Öffentlichkeit zu verlustieren, nicht daran hinderte, hinter einem Vorhang oder auf einer Tischkante über eine Dalmatierin oder eine Mährin herzufallen. Der Herr des Hauses, der sich damit brüstete, dass dieses Freudenhaus seit dem Ende des Römischen Reichs im Besitz seiner Familie war, hatte immerhin eine empfindliche Nase: An die Mauern waren Holzkreuze genagelt, damit die Betrunkenen nicht dagegen urinierten.

Marteen war Stammgast in der Spelunke; kaum angekommen, begrüßte er mehrere Tischrunden, ließ sich zu Getränken einladen und betete unablässig die Leier herunter, die er angestimmt hatte, seitdem Karen Rasmussen ihre Rückkehr nach Flandern verkündet hatte: »Ich muss fortgehen ... Komme nie mehr nach Rom zurück ... Kummer ... Schmerz ...«

Offensichtlich ging er mit seinem Gejammer über das drohende Exil allen auf die Nerven. Der umgängliche dicke Zwerg war einerseits ein gern gesehener Gast in der Taverne, zugleich aber herrschte Erleichterung darüber, dass er bald außer Landes wäre. Vor allem bei den Mädchen. Er befleißigte sich ihnen gegenüber der gleichen Umgangsweise, die er im Palazzo an den Tag legte: Er war dumm und unbeherrscht.

In dieser Nacht allerdings war Marteens Börse üppiger gefüllt als gewöhnlich, und sowie er den Wirt aufgefordert hatte, eine Runde Gewürzwein auszuschenken, beweinten alle ausgiebig seine Abreise. Manche klopften ihm zum Dank für einen Becher freundschaftlich auf den Rücken, andere versprachen ihm, um ihn wieder aufzurichten, hier in Rom, geduldig auf seine Rückkehr zu warten, wieder andere taten sich gerührt zusammen, um ihm ein letztes Mädchen zu bezahlen. Gewiss, ihre Wahl fiel auf das älteste und billigste des Hauses, doch Marteen wusste diese Geste treuer Kumpane durchaus zu schätzen.

Er verscherzte sich allerdings die Sympathie seiner Zechgenossen, als er sich darauf verstieg, Flandern zu beschreiben und ein Porträt dieses Grafen Gui de Dampierre zu zeichnen, von dem niemand in Rom je ein Wort gehört hatte und der, wie es schien, vom König von Frankreich geschröpft wurde.

Marteen, der wie alle unangenehmen Zeitgenossen nie bemerkte, dass man ihn in Wahrheit verabscheute, beschloss, dass er nun genug von seiner Zeit diesem Ort geopfert hatte.

Er war bereits betrunken, als er die Taverne verließ und sich anschickte, auf der menschenleeren, dunklen Straße in friedlicher Stimmung an eine Mauer zu pinkeln. Er warf einen Blick um sich, zog seine Kapuze und seinen Mantel zurecht und nahm seinen Marsch durch die kalte Nacht wieder auf.

Dann steuerte er eine weitere Taverne an, *Die Hand der schönen Catherine*, eine Spielhölle. Hier forderte man sich zum Becherspiel, zum Würfeln, Karten- oder Knöchelchenspiel heraus, hier wettete man auf den Ausgang von Hahnenkämpfen, die Beinlänge des englischen Königs, die Ordinalzahl des nächsten Papstes oder auf die Menge an Litern Wein, die man in einem Zug schlucken konnte, bevor man seine Mahlzeit über die Stiefel erbrach.

Eine Stunde später stimmte er im Chor mit anderen Trunkenbolden Gesänge an, die den Kaiser des Heiligen Römischen Reiches deutscher Nation verspotteten, sich über die Mohammedaner und Byzantiner lustig machten, sich in Obszönitäten über die Tempelritter ergingen und unter donnernden Fausthieben dazu aufforderten, alle Ketzer zu verbrennen, indem man sie in einem Weidenkorb aneinanderfesselte.

Kurz vor dem Läuten der Matutin verabschiedete sich Marteen mit Tränen in den Augen und trat auf die Straße hinaus, um sich zu Rasmussens Palazzo zu begeben.

Er schwankte heftig und pfiff dabei Bruchstücke von Liedern, die der Alkohol unverständlich machte. Die Schatten, die sich in einer Türleibung verborgen hatten und ihm nun folgten, nahm er nicht wahr.

An einer Straßenecke blieb er stehen, hob den Kopf, um einen Blick zum Himmel zu werfen und sich zu fragen, ob es in Tournoi nicht nur halb so viele Sterne zu bewundern gäbe; schließlich war allgemein anerkannt, dass das Firmament dort oben weiter von der Erde entfernt war als in Rom. Er wollte seine Frage gerade betrübt bejahen, als vier Räuber über ihn herfielen.

Marteens Kopf wurde in einen Sack gesteckt, er selbst wurde auf dem Rücken eines der Männer verschleppt. Betrunken und betäubt wie er war, schrie er nicht, ja, er gab kein Wort von sich: Nur ein langes, ersticktes Ächzen entrang sich seiner Kehle.

Er wurde durch die Stadt getragen.

Er spürte erst wieder Boden unter den Füßen, als er schwer auf einen Holzplanken fiel, der hohl klang. Marteen wurde von einem Schwindel gepackt und glaubte, die Welt würde unter seinen Füßen nachgeben, bis sein Kopf befreit wurde und er im fahlen Mondlicht entdeckte, dass er sich auf einer in der Nähe des Tiberufers schwimmenden Anlegebrücke befand, einem vertäuten Kahn, der zum Beladen der Boote diente.

Er lag unter einer Brücke, nicht weit von der Tiberinsel entfernt, einer Nachahmung des legendären Pons Sublicius, auf dem der Held Horatius Cocles sechs Jahrhunderte vor Jesus Christus alleine eine ganze etruskische Armee in die Flucht geschlagen hatte. Heute befand sich hier das Arsenal, in dem die beschädigten Flussschiffe der Stadt von den Kalfaterern repariert wurden. In dieser Jahreszeit waren die meisten davon ans Ufer geschleppt und auf die Böschung gekippt worden, wo eines sich nun ans andere drängte. Die Mondstrahlen tauchten sie in ein gespenstisches Licht, ihre Rümpfe glichen riesigen, ruhenden Schildkröten.

Der Ort war menschenleer.

Marteen erblickte vier Männer, die ihn umringten und musterten, wobei ein jeder von ihnen überlegte, um was er ihn erleichtern würde. Sie begannen damit, dass sie ihm seinen Mantel und seine

Schuhe raubten. Marteen konnte flehen, soviel er wollte, er erhielt nur Ohrfeigen und Spucke zur Antwort.

Plötzlich erschien ihm die Aussicht, Rom zu verlassen und nach Flandern zu reisen, als die beneidenswerteste Sache der Welt; wenn es ihm nur gelänge, die Sonne des morgigen Tages noch zu sehen!

Jetzt entdeckte der Anführer der Bande auch noch seine Geldbörse. Obschon ihr Inhalt durch seine abendlichen Ausschweifungen empfindlich geschmolzen war, enthielt sie noch immer genug, um die Diebe zu erfreuen. Es folgte ein heftiger Streit zwischen diesen, in dessen Verlauf jeder behauptete, er habe Marteen als Erster gesehen und besäße damit weitergehende Ansprüche bei der Teilung der Beute.

Die Beschimpfungen wurden wüster. Der Flame kauerte sich auf dem schwimmenden Schiff zusammen. Der Gewaltausbruch der Räuber versetzte ihn in Schrecken. Er war wie gelähmt. Plötzlich hörte er einen Gegenstand über sich pfeifen, dann ein dumpfes Geräusch; ein Mann, dem sogleich ein zweiter folgte, fiel ins Wasser. Marteen wandte den Kopf um. Im Schutz der tiefen Dunkelheit unter der Brücke näherte sich eine Gestalt auf der Böschung.

Die zwei Diebe auf dem Kahn holten ihre Messer hervor und versuchten, mit einer Hand ihre Kumpane aus den eisigen Fluten zu ziehen.

Marteen, der sich unbeobachtet fühlte, nahm all seinen Mut zusammen und nutzte den Moment, um aufzustehen und die Beine in die Hand zu nehmen.

Barfuß sprang er ans Ufer, rannte unter die Brücke und schlängelte sich in der Überzeugung, er könnte entkommen, wenn er nur nicht langsamer wurde, durch die umgekippten Schiffe, ohne dem Mann, der nicht weit von ihm entfernt war, auch nur einen Blick zu schenken. Er wusste, dass er seine letzte Nacht in Rom so schnell nicht vergessen würde!

Doch seine Flucht endete in einer Sackgasse. Der Kai wurde von einer schrägen Steinmauer versperrt, und die Brücke war zu hoch, um sich daranzuhängen. Marteen saß in der Falle und konnte nirgendwohin fliehen.

Er hörte die Schreie der Männer, die sich versammelt und zu seiner Verfolgung aufgemacht hatten. Er wollte sich in der Dunkelheit hinhocken und zusammenkauern, aber da hörte er, wie über seinem Kopf etwas gemurmelt wurde.

»Hierher!«

Ein Mann streckte ihm vom ersten Holzpfeiler des Pons Sublicius die Hand entgegen. Marteen zauderte einen Augenblick, denn er kannte diese Person nicht.

»Es gibt keinen anderen Weg. Kommt oder Ihr werdet gefangen!«

»Wer seid Ihr?«

»Zu spät!«

Dieser Schrei aus tiefster Seele trieb Marteen dazu, die ausgestreckte Hand genau in dem Augenblick zu ergreifen, als die Diebe ihn eingeholt hatten. Er entkam ihnen gerade noch. Die vier Männer machten kehrt.

»Beeilen wir uns«, sagte der Mann zu Marteen. »Sie werden um die Böschung herumrennen und uns wieder nachsetzen.«

Er führte Marteen auf die Holzbrücke über den Tiber. Wie er vorhergesehen hatte, tauchten die vier Männer hinter ihnen auf; Marteen, dessen Füße starr vor Kälte waren, hatte große Mühe zu folgen. Auf halbem Weg fiel er zu Boden. Doch zu seiner großen Überraschung verzichteten seine Angreifer darauf, ihn weiter zu verfolgen, und machten kehrt.

»Was haben sie?«, fragte er beunruhigt.

»Diese Taugenichtse gehören zu einer Stadtviertelbande. Indem wir die Brücke überschreiten, dringen wir in ein neues Revier ein, das von einer anderen Gruppe von Übeltätern beherrscht wird. Unsere Verfolger würden unter keinen Umständen riskieren, dass man sie auf einem Territorium entdeckt, das nicht das ihre ist.«

In diesem Moment erkannte Marteen das Gesicht seines Retters wieder: Es handelte sich um einen der Männer, die ihm in der *Violetten Puppe* zur Feier seiner Abreise aus Rom das Freudenmädchen angeboten hatten!

»Wie habt Ihr mich gefunden?«

»Steht auf«, befahl ihm Benedetto Gui. »Wir reden später darüber.«

Er zog den Flamen auf die andere Flussseite in das Gassenlabyrinth von Trastevere und lotste ihn zu einer großen Glasbläserwerkstatt, die über dem Tiber lag. Durch eine geöffnete Fensterluke unter dem Dach drangen sie ein.

Das Gute an diesen Werkstätten war, dass das Feuer ihrer Brennöfen nie erlosch, denn man brauchte mehr Holz, um es morgens neu zu entfachen, als es auf geringer Flamme die Nacht über brennen zu lassen. Im Winter herrschte hier eine wohlige Wärme.

Die zwei Männer drängten sich hinter die Sand- und Bleivorräte und suchten sich eine Stelle aus, an der sie miteinander sprechen konnten, ohne dass der Lehrling sie bemerkte, der von Zeit zu Zeit kam, um die Öfen zu überwachen.

Marteen versuchte, seine Hände und Füße aufzuwärmen, indem er sie rieb.

»Wie habt Ihr mich gefunden?«, wiederholte er leise. Benedetto lächelte und sagte: »Ich habe *Die Hand der schönen Catherine* kurz nach Euch verlassen. Die vier Räuber hatten wohl in der Schänke die Börse gesehen, die Ihr mit einer gewissen Sorglosigkeit geschwenkt habt. Sie haben den passenden Moment und einen günstigen Ort abgepasst, um über Euch herzufallen. Danach habe ich nur mit Hilfe einer Schleuder ihre Aufmerksamkeit abgelenkt.«

Er zeigte ihm seine beeindruckende normannische Waffe.

»Ihr habt selbst den wichtigsten Beitrag geleistet, indem Ihr den Schneid hattet, zu fliehen.«

»Gott segne Euch, mein Freund! Ich will es Euch vergelten, so ich kann. Ich verlasse Rom morgen, wie kann ich Euch die gute Tat lohnen? Wer seid Ihr?«

Gui schüttelte den Kopf.

»Sagen wir, dass ich einer jener Männer bin, die sich ihren Lebensunterhalt damit verdienen, dass sie die Neugierde gewisser Leute befriedigen ...«

Marteen lächelte.

»Ich verstehe. Ein Spitzel. Ich kenne Leute Eurer Art ... Rom wäre nichts ohne sein Netz aus Spionen und Zuträgern, das kann ich aus berufenem Munde bestätigen. Fragt, ich werde antworten, so gut ich kann, wenn Ihr damit Euer Glück macht.«

Benedetto stimmte dem Handel zu.

»Ich habe gehört, wie Ihr Euch darüber beklagt habt, dass Ihr in die Grafschaft Flandern zu Karen Rasmussen zurückkehren müsst. Ist ihr Bruder, der Kardinal, einem Unfall zum Opfer gefallen, wie die Polizei behauptet? Oder wurde er ermordet, wie es auf den Straßen heißt?«

Marteen zögerte kurz, sagte sich dann jedoch, dass an diesen Fragen nichts Außergewöhnliches war, weil die ganze Stadt seit zwei Tagen darüber sprach.

»Er wurde wirklich und wahrhaftig durch einen Schwerthieb getötet«, räumte er ein. »Das ist im Übrigen höchst erstaunlich, denn meines Wissens gab es in ganz Rom keinen Menschen, der sich mehr Sorgen um seine Sicherheit machte, als meinen Herrn Rasmussen. Nicht einmal der Papst. Der Kardinal wusste, dass er von Feinden umringt war, die zu allem bereit waren, um sich seiner zu entledigen. Weder Gift noch Eisen konnten ihm etwas anhaben. Und dennoch ... Bevor er starb, hatte er noch die

Kraft, seinen Angreifer zu verletzen: einen schwarz gekleideten Söldner, den man neben seiner Leiche hingestreckt fand.«

»Hat man eine Ahnung, wer der Auftraggeber ist?«

Marteen runzelte die Stirn.

»Als ich die Prozession hoher Würdenträger sah, die zum Palazzo kamen, um ihm die letzte Ehre zu erweisen, war ich überzeugt, dass einer von ihnen für seinen Tod verantwortlich ist. Die Intrigen des Laterans sind abscheulich ...«

Er hob einen Zeigefinger, um seine Worte zu unterstreichen.

»Rasmussens Schwester ist auch davon überzeugt. Daher die Eile, mit der sie unsere Abreise betreibt: Sie will vor Rom und seinen Komplotten fliehen!«

Benedetto wartete, bis der Ofenschürer wieder gegangen war, der unterdessen eingetreten war, und murmelte dann: »Warum hat Rasmussen so viele Feinde? Was bewog ihn dazu, so viele Schutzmaßnahmen zu ergreifen?«

Marteen seufzte.

»Zunächst einmal war Henrik Rasmussen ein erbitterter Feind des Kanzlers Artemidore de Broca. Es ist allgemein bekannt, dass ein jeder, der sich Brocas Macht entgegenstellt, mit allem rechnen muss, einschließlich des Todes. Trotzdem hatte Rasmussen einen Sitz in der Heiligen Kongregation, einem geheimen Kollegium, das über die Gesuche um Heiligsprechung neuer Heiliger entscheidet. Stellt Euch vor, dass er in dreißig Jahren wohl mehr als zweihundert Kandidaturen von Dienern Gottes zum Scheitern gebracht hat!«

»Das dürfte nicht allen gefallen haben ...«

Marteen pflichtete ihm bei.

»Diese Bewerbungen wurden von Kirchenfürsten, Prinzen, ganzen Städten und Dörfern vorgebracht! Rasmussen erhielt Einschüchterungsbriefe. Intrigen wurden gesponnen, um seinen Ruf zu ruinieren, man versuchte ihn zu bestechen. Vergeblich. Also blieb nur noch übrig, ihn zu beseitigen ...«

Benedetto war nicht überrascht. Die Auskünfte, die Pater Cecchilleli ihm über Rasmussen gegeben hatte, zeichneten das Porträt eines unerbittlichen Mannes, der beharrlich an seinem Posten als Advocatus Diaboli festhielt.

Daraufhin brachte er das Gespräch auf einen Jungen namens Rainerio, der seiner Vermutung nach in Rasmussens Diensten gestanden hatte und anscheinend verschwunden war. Er behauptete, man würde ihm ein hübsches Sümmchen zahlen, wenn er etwas über diesen Jungen in Erfahrung brächte.

Marteens Gesicht erhellte sich, er war hocherfreut über diesen glücklichen Zufall, der es ihm erlaubte, seine Schuld gegenüber seinem Retter abzutragen. Ja, er kannte diesen Rainerio!

»Er ist seit zwei Jahren bei Monsignore Rasmussen«, sagte er. »Ich weiß nicht, wie ein solcher Junge es geschafft hat, der Gehilfe eines so großen Mannes zu werden! Er hat weder eine Familie, die seine Karriere fördert, noch irgendeine Unterstützung in Rom. Er half Rasmussen bei der Ausarbeitung der Plädoyers, die in der Kongregation vorgetragen wurden.«

»Haben Rasmussen und Rainerio in letzter Zeit zusammengearbeitet? Seit fast einem Jahr haben wir keinen Papst. Nur der Pontifex Maximus kann eine Heiligsprechung genehmigen; wie könnte also jetzt ein Kanonisierungsverfahren stattfinden?«

Marteen zuckte die Schultern.

»Jeder neue Papst beeilt sich sogleich nach seiner Wahl, eine Vielzahl Glücklicher heiligzusprechen, um durch diese Wahl den Beginn seines Pontifikats zu markieren. Das ist eine hochpolitische Angelegenheit. Rasmussen bereitete sich auf die zahlreichen Verfahren vor, die bald verhandelt werden würden. Allerdings ließ Rainerio sich seit einiger Zeit nur selten noch sehen, seine Arbeit widerstrebte ihm, und er kam immer weniger in den Palazzo. Rasmussen beklagte sich darüber.«

Benedetto dachte wieder an die Enthüllungen von Tomaso, Rainerios Freund, der von einer niedergeschlagenen, ja furchtsamen Stimmung gesprochen hatte. »Wenn du das nächste Mal von mir hörst, dann kannst du die Hoffnung begraben, mich lebend wiederzusehen.«

Der Flame fuhr fort: »Das ging so weit, dass ich letzte Woche zwei Männer schicken musste, um ihn abzuholen.«

Benedetto fuhr hoch.

»Die zwei Männer, die ihn zu Hause abholten, handelten in Rasmussens Auftrag?«, fragte er.

Marteen bejahte.

»Wer waren sie?«

»Zwei Agenten des Laterans, die zur Sicherheit der Kongregation abgestellt sind. Das war an Rasmussens Todestag. Rainerio ist nie im Palazzo aufgetaucht. Bestimmt hat ihn das Polizeiaufgebot beeindruckt, das die Örtlichkeiten besetzte. Seit diesem Tag habe ich nichts mehr von ihm gehört.«

»Und die zwei Wachen? Was sagen sie?«

»In ihrem Bericht behaupten sie, dass sie ihren Auftrag vollständig ausgeführt hätten: Rainerio wurde angeblich in den Palazzo von Henrik Rasmussen gebracht.«

Benedetto schwieg einen Moment. Das war ein Umstand von zentraler Bedeutung. Noch schwierig einzuschätzen, aber bestimmt entscheidend.

Marteen hatte sich inzwischen aufgewärmt und von den Aufregungen erholt, noch immer ohne Mantel und Schuhe saß er an die Sandsäcke gelehnt da.

Benedetto fragte weiter: »Könntet Ihr mir sagen, an welchen Fällen von Heiligsprechungen Rasmussen und Rainerio gearbeitet haben?«

Der Flame schüttelte den Kopf.

»Um diese Dinge habe ich mich nicht gekümmert ... Ich weiß

nur, dass sie sich in letzter Zeit mit einem Problem befassten, das mit einem Dorf namens Cantimpré zu tun hatte.«

»Cantimpré?«

»Ja, das Dorf der Wunder.«

Wie viele andere in Rom hatte auch Benedetto von diesem kleinen Dorf im Quercy reden gehört, von dem man vor fünf oder sechs Jahren gesagt hatte, dass sich dort eine Vielzahl unerklärlicher Ereignisse zutrügen. Doch der Berg hatte gekreißt und eine Maus geboren: Kein Mensch verlor mehr ein Wort darüber.

»Im Übrigen«, setzte Marteen hinzu, »habe ich auf Anweisung seiner Schwester Karen alle Unterlagen von Henrik Rasmussen verbrannt. Sie sind bis zum letzten Dokument zu Asche zerfallen. Niemand wird je etwas darüber erfahren. Nie mehr.«

»Wie würde ich es am besten anstellen, wenn ich mehr über die Arbeiten der Heiligen Kongregation in Erfahrung bringen wollte?«, fragte Gui.

Marteen lächelte.

»Hört auf zu träumen. Wisst Ihr überhaupt, was dieses Kollegium verkörpert? Die Wahl eines Heiligen ist keine Kleinigkeit! Stellt Euch vor, die Heilige Kongregation fiele in die Hände der Feinde des Papsttums ... Deshalb ist sie so geheim. Ihre Mitglieder wechseln oft, sie versammeln sich an verschiedenen Orten, und ihre Debatten werden nie schriftlich festgehalten. Ich habe die letzten zehn Jahre meines Lebens bei Rasmussen verbracht, und dennoch ist kein Hinweis, keine Tatsache zu mir durchgesickert.«

»Und Karen Rasmussen?«

Marteen zuckte die Schultern.

»Oh, sie denkt an nichts anderes als zu fliehen und ihren Bruder in Tournai zu begraben. Sie hat Rom immer verabscheut. Der Mord und vor allem die Besessenheit, mit der die Kurie in der Stadt glauben machen will, dass es sich um einen Unfall handelt, haben ihren Widerwillen nur noch mehr angestachelt. Und stellt Euch vor, dass sie mich mitnehmen will!«

Benedetto erkannte, dass der Flame wieder seine Litanei anstimmen wollte. Nachdem er sie im Verlauf der Nacht achtmal ertragen hatte, fand er es nun an der Zeit, sich von dem Mann zu trennen. Er empfahl ihm, einen Umweg über den Süden der Stadt bis zur nächsten Brücke zu machen, um zu vermeiden, dass er noch einmal in die Hände seiner Angreifer fiel. Er selbst nahm wieder den Pons Sublicius, der sie gerettet hatte.

Als er auf der anderen Seite des Tibers angekommen war, winkte er seinen Freunden auf der Böschung zum Dank zu.

Die Wäscher hatten sich hervorragend um den armen Marteen gekümmert …

VIII

In Toulouse begab sich Pater Aba in die Rue des Acacias, in die Werkstatt eines gewissen Souletin, eines berühmten Zeug- und Waffenschmieds, der ein Vermögen gemacht hatte, indem er die Katharer *und* die Katholiken mit Waffen versorgte.

Pater Aba trug das Schwert bei sich, mit dem der kleine Maurin getötet worden war. Wenn dieses Kurzschwert in einem Verzeichnis erfasst ist, wenn es für ein Regiment oder die Garde eines Herrn geschmiedet wurde, sagte er sich, dann müsste ich hier etwas darüber in Erfahrung bringen.

Die Schmiede befand sich im ehemaligen Lager eines Steinmetzes. Aba musste eine Stunde zwischen den Öfen warten, im Getöse der Handwerker, die unablässig auf die Ambosse eindroschen. Er erblickte Trauben von Kindern, die mit Holz und Strohbündeln beladen hin und her liefen, um die Flammen zu nähren. Andere standen aufrecht auf riesigen Blasebalgen, die sie mit ihrem Gewicht in Gang setzten. Der Priester vermutete, dass manche von ihnen wohl vom Waisenhaus für Findelkinder in der Rue du Guet als Lehrlinge hier untergebracht worden waren.

Endlich wurde er in das Büro des Besitzers geführt. Meister Souletin war ein kleiner Mann von etwa sechzig Jahren, dessen Hände und Gesicht mit Brandnarben übersät waren. Sein Samtmantel und seine Silberkette kündeten vom Ausmaß seines Erfolgs. Die Mauern seiner Schreibstube waren mit Schwertern, Säbeln, Lanzen und Kampfbeilen dekoriert, aber auch mit Schneidwerkzeugen für die Feldarbeit.

Pater Aba zeigte ihm seine Waffe.

Souletin ergriff sie und bemerkte überrascht, wie leicht sie war.

»Sie ist leichtgängig, liegt ausgezeichnet in der Hand, die Klinge ist etwas kurz, aber die Parierstange ist gerade, und das Heft ist umwickelt, wie es sich gehört.«

Er nahm das Schwert genauer in Augenschein.

»Gleichwohl ist die Klinge unregelmäßig und rostig. Das Metall muss unrein sein; die Lagen, die die Schneide des Schwertes bilden, entsprechen nicht den Regeln der Schwertschmiedekunst, die uns die Normannen hinterlassen haben.«

Er zuckte mit den Schultern.

»Aus diesem Schwert werde ich nicht klug. Ich neige zu der Annahme, dass es sich um Ausschussware handelt. Es missachtet alle Vorschriften, zweifellos aus Zeitdruck und Unkenntnis. Erlaubt Ihr?«

Er legte das Schwert hin, sodass sein Ende auf einer Stütze ruhte, und versetzte ihm einen kräftigen Schlag mit der flachen Hand. Er erwartete, dass es sich bog, doch die Klinge gab keinen Millimeter nach. Er wiederholte seinen Schlag. Nichts.

Überrascht und peinlich berührt von seiner falschen Prognose rief Souletin aus: »Es ist ja so steif wie ein Sattelbaum!«

»Was soll man daraus schließen?«, fragte Aba.

Der Waffenschmied inspizierte den Knauf und die Basis der Klinge am Eintritt in die Parierstange.

»Es hat keinen Prägestempel. Folglich handelt es sich nicht um eine Waffe, die in einer berühmten Werkstatt geschmiedet wurde …«

Wieder hob er das zierliche Schwert in die Höhe. Pater Aba spürte, wie seine Bewunderung immer weiter zunahm.

»Man braucht neuartige Kenntnisse und viel Geld, um eine solche Leichtigkeit mit einer derartigen Härte zu vermählen«, fuhr er fort. »In unserem Beruf erfindet man nicht zu einem Spottpreis. Ich würde viel dafür geben, den Schöpfer dieses Meisterwerks kennen zu lernen! Wie seid Ihr zu der Waffe gekommen?«

»Sie stammt aus den Händen einer Söldnerbande.«

Souletin runzelte die Stirn.

»Mich dünkt, dass diese Kerle nicht im Dienste eines x-Beliebigen stehen. Eher schon eines hohen Herrn, eines Königs oder sogar der Kirche.«

»Der Kirche?«

»Seit zwei Jahrhunderten, seitdem die Kirche die ketzerischen Aufrührer jagt, verdanken wir ihr einige kostbare Neuheiten. Wenn ein Lehnsherr ihr den Beistand seiner Soldaten verweigert, dann ist sie gezwungen, Söldnertrupps anzuwerben und zu bewaffnen, da sie keine eigene rechtmäßige Armee besitzt.«

Souletin ließ drei seiner Arbeiter rufen, um ihre Meinung über das Schwert einzuholen. Alle waren bass erstaunt über die Waffe. Einer von ihnen sprach gar von einem Wunder. Doch keiner konnte etwas über ihre Herkunft sagen.

»Diktiert mir Euren Preis«, rief Souletin Pater Aba zu, denn er gedachte dieses Modell zu behalten, um es zu untersuchen. »Ich kann es Euch eintauschen gegen seltene Stücke aus meiner Werkstatt, die Ihr in Toulouse teuer verkaufen könnt!«

Doch Pater Aba lehnte das Angebot ab.

»Sie muss mir noch einen Dienst leisten.«

Souletin beharrte darauf, wollte ihm zu essen und zu trinken servieren, lud ihn zu sich ein, doch nichts half.

»Ich habe nur Euren Rat eingeholt, um die Herkunft dieser Waffe zu erfahren«, antwortete ihm Pater Aba.

Souletin schüttelte den Kopf.

»Ich verfüge hier über die besten Nachbildungen von Schwertern, die in den blutigen Kriegen gegen die Albigenser zum Einsatz kamen. Ich besitze die Exemplare der Klingen, die im Orient nach der Rückeroberung des Heiligen Landes entdeckt wurden, und ich glaube, dass mir kein Erzeugnis der Schmieden von Brindisi bis Paris, von Paris bis Aachen und von Aachen bis Cádiz unbekannt ist. Dieses Schwert ist nirgendwo unter meinen Werken zu finden. Ich bitte Euch um ein Vorkaufsrecht, falls Ihr es je verkauft!«

»Ich werde daran denken, Meister Souletin. Danke.«

Und damit verließ Pater Aba die Werkstatt.

Nachdenklich kehrte er zu seiner Herberge zurück.

Als er *L'Image Notre-Dame* erreichte, hatte er bereits den Entschluss gefasst, auf der Stelle aufzubrechen. In seiner Kammer hatte sich ein weiterer Gast einquartiert. Dieser murrte, als er feststellte, dass er nicht alleine war, beruhigte sich jedoch, sobald Aba ihn über seine baldige Abreise in Kenntnis setzte. Er zählte das Geld, das ihm noch blieb, um die Mauleselin, die Jacopone Tagliaferro ihm in Narbonne geschenkt hatte, gegen ein besseres Pferd zu tauschen. Doch noch während er seine Sachen packte, hörte er aus dem Stockwerk darunter wüstes Geschrei.

Männer waren in die Herberge eingedrungen und verlangten nach dem »Einäugigen«.

Er erstarrte.

Auf der Treppe hallten heranstürmende Schritte wider. Aba sah mit gehetzten Blicken um sich, spähte durch den Türspalt und erblickte mehrere Männer in Waffen, die sich in Begleitung des Gastwirts seinem Zimmer näherten.

Ohne seine Chancen abzuwägen, sprang er zur Verblüffung seines Bettnachbarn aus dem Fenster, dessen Laden schlecht schloss; schmerzhaft prallte er auf dem Boden auf und wäre dabei beinahe von einem Zaunpfahl aufgespießt worden. Mit schmerzendem Knöchel raffte er sich auf, um zu fliehen, und entschied sich für eine dunkle Gasse voller Unrat, die von der Rückseite der Herberge abging.

Er hörte, wie im Zimmer Alarm geschlagen wurde; sein Zimmergefährte hatte geredet.

Während er an der Hausecke versuchte, sich unter die Menge zu mischen, entdeckten ihn zwei kräftige Kerle und riefen, sowie sie ihn entdeckt hatten, ihre Spießgesellen herbei.

Binnen weniger Sekunden wurde Pater Aba, ohne sich losreißen zu können, von einer Bande dreckiger, stinkender Räuber mit gewissenlosen Mienen gefesselt.

Sie schleppten ihn auf einen kleinen Platz, der sich sofort nach ihrer Ankunft leerte.

»Ist er es denn nun?«, knurrte einer von ihnen.

Ein junger Mann näherte sich. Sie machten ihm Platz, damit er zu Aba treten konnte. Der Priester erkannte ihn sogleich: Es war einer der drei Arbeiter, die Souletin gerufen hatte, um sein Schwert in Augenschein zu nehmen, der, welcher von einem Wunder gesprochen hatte.

Der Mann bejahte mit einer schnellen Kopfbewegung.

»Er ist es«, bestätigte er. »Kein Irrtum möglich.«

IX

Perrot befand sich alleine in einem Zelt mitten im Wald in Begleitung Atés und ihrer schwarzen Truppe. Es war Nacht. Die wenigen Geräusche, die zu ihm drangen, stammten von den Pferden, die im Stehen schliefen, und vom Knistern des Feuers.

Plötzlich hörte er: »Hierher ...«

»Es besteht keinerlei Gefahr ...«

»Folgt uns ...«

Männer sprachen leise.

»Macht keinen Lärm ...«

»Es ist für alles gesorgt ...«

»Wir sind da ...«

Perrot richtete sich auf: Die Stimmen waren näher gekommen! Seine Beine waren in Ketten gelegt, und er konnte nicht fliehen. Eine Bahn der Zeltwand öffnete sich. Ein Lichtstrahl fiel herein, und eine dicke, behandschuhte Hand streckte sich ihm entgegen.

»Komm her!«

Verängstigt gehorchte der Junge.

Er steckte den Kopf hinaus und stand zweien der schwarz gekleideten Männer aus Atés Truppe gegenüber, in deren Begleitung sich ein dritter Mann in einem weiten Samtmantel und zwei

Frauen befanden, die sich unter hermelinverbrämten Umhängen verbargen.

»Er ist es!«, rief eine Frau.

Die Wachen forderten sie auf, leise zu sprechen.

Die drei hochrangigen Persönlichkeiten starrten fasziniert auf Perrot.

»Seid Ihr sicher, dass er mir zum Gebären von Kindern verhilft?«, fragte eine der Frauen.

»Und er kann wirklich Abszesse heilen?«, wunderte sich der Mann.

»Wird er meinem Mann den Tod bringen?«, fragte die zweite Frau.

»Bezahlt uns, dann werdet Ihr es sehen«, antwortete ein Wachposten.

»Dieser Junge kann alles«, versicherte der andere.

Der Mann mit dem weiten Samtmantel gab nach und holte eine Börse voller Zechinen hervor, die er ihnen reichte.

»Morgen führt Ihr ihn in mein Schloss«, sagte er, »und wenn Ihr die Wahrheit sagt, dann werdet Ihr reicher, als Ihr Euch je erträumt hättet!«

Die Wachen grinsten vor Freude.

Eine der Frauen näherte sich Perrot und hob die Hand, um seine Wange zu streicheln, doch das Kind wich instinktiv zurück wie ein Hund, der zu oft geschlagen wurde.

»Hab keine Angst, Kleiner …«

Sie fuhr mit den Fingern durch seine blonden Haare.

Danach geschah alles blitzschnell.

Die Frau lächelte Perrot zu, doch ihre Lippen erstarrten, und ein roter Blutstrahl quoll daraus hervor. Eine Schwertspitze erschien zwischen ihren Brüsten und durchbohrte sie von hinten bis vorne!

Binnen weniger Sekunden waren die zwei Wachen und ihre drei Besucher von dem Schwert durchbohrt.

Até de Brayac hatte den Handel entdeckt.

»Alle Mann in den Sattel!«, brüllte sie außer sich vor Zorn.

Sie ließ die ganze Truppe um sich Aufstellung nehmen.

»Niemand kommt mehr in die Nähe dieses Jungen. Ich werde jeden von euch, der nicht gehorcht, eigenhändig töten.«

Sie nahm den Jungen mit sich, als wäre er das Wichtigste in ihrem Leben.

X

Benedetto Gui fuhr jäh aus dem Schlaf hoch.

Draußen war bereits heller Tag. Durch zwei schmale Steinkreuzfenster, von denen eines mit einem Fensterladen verschlossen und das andere durch eine Büchersäule verstellt war, fiel Licht in das Zimmer.

Sein Kopf war schwer gewesen, weil er sich die Nacht nicht nur mit der Verfolgung Marteens durch die Tavernen um die Ohren geschlagen hatte, sondern anschließend zu Hause auch noch die Unterlagen studierte, die er über das von dem Flamen erwähnte Dorf Cantimpré besaß. So hatte er weit länger als gewöhnlich geschlafen. Doch es waren weder die dem Alkohol geschuldeten Kopfschmerzen noch die späte Stunde, die ihn von seinem Bett hatten hochschrecken lassen, sondern vielmehr die ungewohnten Geräusche auf der Straße.

Benedetto Gui hatte ein geschultes Ohr und hörte sofort, dass dies nicht die üblichen Geräusche der Passanten oder Händler waren: Dies waren Soldaten, die mit ihren Eisen klirrten.

Und die Truppe kam nicht weit von seiner Tür zum Stehen.

Er stürzte aus dem Bett und schlich zu dem Fenster, das hinter dem Bücherturm verborgen war. Er schob ein paar Codices beiseite, um die Straße zu beobachten. Etwa fünfzehn Soldaten hatten sich vor seiner Tür postiert. Unter ihnen befand sich auch Marco del Miro.

»Ich werde alt«, dachte Benedetto. »Und ich dachte noch, sie würden drei Tage brauchen, bis sie mich verhaften ... Ein einziger hat ihnen genügt!«

Hastig zog er seine Kleider an, ergriff die Geldbörse, in der er seine Ersparnisse und die zwei noch verbliebenen Golddukaten von Maxime de Chênedollé aufbewahrte. Den rötlichen Stein und das Säckchen mit weißem Pulver, das er beiseite gelegt hatte, ließ er in der Innenseite seines Gürtels verschwinden.

Ein erster gewaltsamer Schlag traf die Tür unten.

Ohne darauf zu achten, zog er seinen schwarzen Mantel an.

Der Chef der Wache befahl ihm, die Tür zu öffnen, und drohte damit, sie bei der nächsten Aufforderung aufzubrechen.

Benedetto eilte vor ein Bücherregal. Er zog die Mauer mit dem Regal zu sich heran, sodass sie sich in den Angeln drehte und eine Öffnung sich auftat; dann glitt er in den geheimen Ausgang, der sich dahinter verbarg, und zog die Mauer wieder hinter sich zu. Er ging einen schmalen, lichtlosen Gang entlang, bis er eine Falltreppe erreichte, die auf die Dächer führte. Er kletterte auf einen zu diesem Zweck dort abgestellten Schemel und gelangte einigermaßen mühsam ins Freie, indem er sich an dreckigen alten Ziegeln festklammerte. Dann ging er ein paar Schritte auf ein Flachdach zu, auf welchem eine Holzleiter stand, die ihn auf eine quer zu seinem Laden verlaufende Straße führen sollte.

Benedetto blieb abrupt stehen: Die Leiter war verschwunden!

In diesem Augenblick ertönte hinter ihm eine Stimme, und er spürte, wie sich eine Schwertspitze zwischen seine Schulterblätter bohrte.

»Benedetto Gui, von einem Mann mit deinen Fähigkeiten hätte ich mehr erwartet!«

Benedetto drehte langsam den Kopf und brauchte eine gewisse

Zeit, bis er den Mann erkannte, der ihn ansprach, so unmöglich schien es ihm, ihn hier auf diesem Dach vorzufinden: Fauvel de Bazan, die Kreatur Artemidore de Brocas, eingerahmt von vier Soldaten.

Benedetto erbleichte. Fauvel de Bazan verkörperte die Korruption, die Straflosigkeit und die Ruchlosigkeit der gesamten Kurie. Das Volk von Rom hatte sich noch einen Rest von Nachsicht für seinen alten Herrn Artemidore bewahrt, auf Fauvel de Bazan aber konzentrierte es all seinen Ingrimm.

»Wir kannten diesen Fluchtweg lange, bevor du dich in Rom niedergelassen hast!«, erklärte ihm Fauvel. »Er diente schon den ehemaligen Besitzern des Ladens bei ihrem fragwürdigen Handel.«

Er ließ Benedetto mit Gewalt ins Haus zurückbringen. Dort hatte Marco del Miro die Tür aufbrechen lassen und seinen Männern befohlen, einzudringen.

Alle trafen im Wohnraum unten wieder zusammen.

Als Benedetto den Blick Marco del Miros auffing, machte dieser ihm ein diskretes Zeichen, als wollte er sagen: Habe ich dir nicht gesagt, du sollst dich von dieser Geschichte fernhalten?

Benedetto war über das für seine Verhaftung mobilisierte Aufgebot beunruhigt. Bazan musterte die Regalreihen mit den Büchern und Dokumenten, fuhr mit seinen weiß behandschuhten Händen über eine Büste des Empedokles und schloss den Bleideckel des Tintenhorns auf dem Schreibpult, alles mit zur Schau getragener Lässigkeit.

»Auf diesen Tag warte ich seit langem«, murmelte er. »Ich habe nie die Leichtfertigkeit gebilligt, mit der die Polizei und die Richter dieser Stadt dich ungestraft den guten Samariter spielen ließen und duldeten, dass du die Mächtigen angreifst und die Gerichtssäle mit deinen Logikersermonen belästigst!«

Benedetto war nicht unbekannt, dass sein Eintreten für die Entrechteten bei den Behörden höchst unbeliebt war.

»Jemand muss sich doch darum kümmern«, wagte er einzuwenden. »Rom ist nicht von Ungerechtigkeiten verschont, und viele Arme haben niemanden, an den sie sich wenden könnten.«

Fauvel de Bazan zuckte die Achseln. »Sie haben die Priester und die Bischöfe. Die Gerechtigkeit liegt ganz und gar in den Händen von Gottes Stellvertretern.«

»Was aber bleibt ihnen, wenn es eben genau diese Bischöfe sind, die das Recht brechen und ...«

Benedetto konnte seinen Satz nicht vollenden, denn Fauvel de Bazan hatte sich auf ihn gestürzt und schlug ihn grün und blau. Zwei Wachen hielten Gui fest, der sich unter den Schlägen des Kanzlersekretärs krümmte. Das Blut lief ihm aus der Nase in den Bart.

»Siehst du«, fuhr Fauvel de Bazan außer Atem fort, »genau das habe ich immer wieder all denen vorgehalten, die meinten, du wärest ein braver Kerl, ein notwendiges Übel, um den Pöbel bei Laune zu halten: Du bist ein Gottloser, Benedetto Gui! Meine Agenten haben es bestätigt: Du wohnst keiner Predigt bei, du verkündest Ideen, die das kirchliche Dogma in Zweifel ziehen, du verheimlichst dein Leben wie diese Ketzer, die sich unaussprechlichen Gedanken und Handlungen hingeben, du trägst einen Bart wie der vom Glauben Abgefallene. In Wahrheit verachtest du die Kirche!«

Er packte ihn an den Haaren und zerrte seinen Kopf hoch.

»Wenn man auf mich gehört hätte, wärst du schon längst nur noch ein Häuflein Asche.«

Guis Gesicht war vor Schmerz verzerrt. »Was werft Ihr mir vor?«, brachte er schließlich hervor.

Fauvel de Bazan lächelte. Er trat zwei Schritte zurück und fuhr leichthin, als sei nichts gewesen, fort: »Man steht eines Tages auf, ein unschuldiges junges Mädchen taucht auf und bittet einen um Hilfe bei der Suche nach ihrem verschwundenen Bruder, und, wie soll ich sagen? ... Schon ist es um die eigene Ruhe geschehen. Weiß man je, welche Kleinigkeit unseren Sturz bewirkt?«

»Zapetta?«, fragte Benedetto. »Ich versuche herauszufinden, was aus ihrem Bruder geworden ist. Habe ich damit in Gottes Augen eine verabscheuenswerte Tat begangen?«

Fauvel de Bazan schüttelte den Kopf.

»Verschone mich mit deiner Rhetorik. Du hast zumindest ein echtes Talent, Benedetto: die Voraussicht. Du verstehst es, einem Übel aus dem Weg zu gehen oder besser noch, seine Folgen zu mildern, wenn es dich doch ereilt. Ich kann deine Verdienste beurteilen, denn du und ich, wir sind aus dem gleichen Holz geschnitzt. Nur dass dem methodischen Willen eines kühlen und berechnenden Geistes nichts besser Widerstand leistet ...« – er lächelte – »als ein anderer kalter, methodischer und berechnender Geist!«

Er machte ein Handzeichen, und Marco del Miro trat näher.

Er hielt einen Sack aus schwarzem Tuch, den er Fauvel de Bazan überreichte. Dieser löste den Knoten des Seils, das die Öffnung verschnürte, und kippte den Inhalt auf Benedetto Guis Schreibpult.

Ein Männerkopf rollte heraus.

Es war der des Flamen Marteen. Sein Gesicht war fleckig, die Lippen waren schwarz und der Hals mit einem sauberen Schlag durchtrennt. Benedetto erkannte entsetzt die Gesichtszüge des Mannes, den er vor fünfzehn Stunden verlassen hatte.

Bazan lächelte, zufrieden über die grausige Wirkung.

»Du bist der Letzte, der diese Person lebend gesehen hat. Für Marco del Miro und die römische Justiz bist du folglich der Hauptverdächtige. Und du wirst problemlos dieses abscheulichen Verbrechens für schuldig befunden werden. Deine Freunde, die Wäscher, wissen, wie mühelos ich dafür sorgen kann, dass sie dem Haufen stinkender Leichen Gesellschaft leisten, die sie an den Ufern des Tibers fleddern. Sie werden gegen dich aussagen und bezeugen, dass du einen Scheinangriff gegen diesen Mann Rasmussens inszeniert hast. Und dieses Mal wird der Arm der irdischen Gerechtigkeit, ohne zu zögern, auf Benedetto Gui herabsausen.«

Benedetto war den Wäschern nicht böse ob ihres Verrats. Er kannte die Einschüchterungsmethoden, die Bazan und seine Kanzlei einsetzen konnten.

Artemidore de Brocas Sekretär betrachtete noch einmal die Bücherregale in Guis Laden und sagte zu seinen Männern: »Nehmt alles mit in den Lateran. Ich will auch das winzigste Pergament und die kleinste Notiz genauestens untersuchen.«

Und zu Benedetto: »Was dich angeht, so wirst du in das Gefängnis von Matteoli Flo überstellt, wo man dich befragen wird.«

Verkommene Kerkerlöcher am Tiberufer, das waren die Zellen von Matteoli Flo, einem Henker aus Sizilien, der seine schreckliche Kunst auf Reisen in Asien vervollkommnet hatte. Benedetto kannte ihn, denn er beförderte seine zerstückelten Leichen durch einen Kanalschacht in den Fluss, und die Wäscher fischten sie heraus, um sie an neugierige Anatomen zu verkaufen, die von der Kirche verfolgt wurden.

Die Wachen fesselten seine Handgelenke.

In diesem Augenblick erinnerte er sich an die Warnungen seines Freundes Salvestro Conti bezüglich der Streitigkeiten des Laterans. Was konnte Fauvel de Bazan dazu treiben, höchstpersönlich auf diese Weise einzugreifen? Wenn die Kanzlei für den Mord an Rasmussen verantwortlich war, galt dies dann auch für Rainerios Verschwinden am selben Tag?

Marco del Miro beobachtete ihn mit einer Spur freundschaftlicher Betrübnis.

Benedetto blickte zu Artemidore de Brocas Sekretär auf und sagte mit ruhiger Stimme zu ihm: »Ihr irrt Euch. Nicht um meine Ruhe war es geschehen an dem Morgen, an dem Zapetta in meinen Laden getreten ist, sondern um *Eure*...«

Fauvel de Bazan zuckte mit den Schultern und befahl, ihn wegzubringen.

Draußen hatte sich eine Menschenmenge vor Benedettos Laden zusammengerottet. Kinder liefen von Straße zu Straße und von Tür zu Tür, um seine Verhaftung zu verkünden. Die Männer und Frauen wichen auseinander, um die bewaffnete Truppe mit dem Gefangenen passieren zu lassen.

Niemandem entging, dass man Benedetto Gewalt angetan hatte.

Fauvel murmelte dem Polizeichef ins Ohr: »Haltet die Augen offen.«

Die einfachen Leute eskortierten langsam und schweigend den Zug. Die Menge schwoll an.

Benedetto erkannte zahlreiche ihm freundlich gesinnte Menschen unter den Zuschauern, Männer, denen er geholfen hatte, alte Frauen, die ihn verehrten, Violas Großneffen Matteo, Porticcio, der verzweifelt versucht hatte, ihn mit seiner Tochter zu verheiraten, einen ehemaligen Kreuzritter, mit dem er über die Lehre der Mohammedaner diskutiert hatte.

Fauvel de Bazan beobachtete voller Verachtung diese Menschen, deren Gesichter einen bedrückten oder fragenden Ausdruck trugen.

Umringt von Soldaten, die die Römer am Näherkommen hinderten, schritt Benedetto voran. Männer und Frauen begannen ihm von ferne zu danken, manche schrien sogar aus dem Fenster, um ihm ihre Dankbarkeit zu bekunden. Kinder, die zwischen den Beinen ihrer Eltern standen, grüßten ihn.

Fauvel gefielen diese Sympathiebekundungen gar nicht. Auch die Gelassenheit und Schicksalsergebenheit, mit denen Gui sich jetzt abführen ließ, weckten sein Misstrauen. Seit dem Verlassen des Ladens hatte die Truppe nur etwa fünfzig Meter zurückgelegt.

In diesem Augenblick kippte dem Soldatenzug von der Ladefläche eines Karrens, der gerade um die Kurve der ersten Nebenstraße bog, eine Fuhre Holzspäne vor die Füße. Sogleich brach ein großes Gezeter und Geschrei aus, alles rannte durcheinander. Marco del Miro, den die Menschenmenge auf der Straße beunruhigte, befahl seinen fünfzehn Männern, ihre Kampfbeile zu schwingen. Auf Fauvels Befehl hin kamen einige von ihnen dem Kutscher zu Hilfe, damit die Holzspäne schneller beseitigt wurden.

Plötzlich aber wurde aus einem Fenster im obersten Stockwerk eines alten Hauses ein langes Tau hinabgeworfen und fiel Benedetto vor die Füße. Im gleichen Augenblick sprangen ein Dutzend Männer aus der Menge hervor und drangen auf Marco del Miros Miliz ein. Fauvel de Bazan wurde zu Boden geworfen. Benedetto packte das Tau mit den Händen und lief zur Fassade des Hauses, um sich mit den Füßen dagegen zu stemmen. Das Seil schwang hin und her, während er in die Höhe gehievt wurde, es sah aus, als würde er über das Haus laufen wie ein übernatürliches Wesen, bevor er hinter dem Steinkreuzfenster verschwand!

Der Polizeichef und seine Wachleute wurden fassungslose Zeugen dieser rasanten Flucht. Ein gewaltiges Hurra begleitete Guis Entkommen. Die Jubelrufe aus der Via dei Giudei hallten im ganzen Viertel wider.

»Fangt ihn ein!«, brüllte Fauvel de Bazan, während seine Soldaten auf das Volk einschlugen.

Sie drangen in das Haus ein.

Doch als Fauvel in dem Zimmer ankam, das für Guis Flucht benutzt worden war, fand er darin keine Menschenseele und keinerlei Hinweis auf die Richtung, die der Flüchtige und seine Komplizen genommen hatten.

Benedetto war dank eines genialen Mechanismus aus Seilrollen und Gewichten in die Lüfte gehoben worden.

Ein Gewicht von hundertzwanzig Pfund, ein Hanfseil, acht

Doppelrollen und vier leerlaufende Rollen waren zum Einsatz gekommen, ihn von der Straße zu befördern.

Fauvel de Bazan schüttelte den Kopf.

»Es war zu befürchten, dass das Volk ihm zu Hilfe kommt. Gui hat alles vorhergesehen. Ich garantiere euch, hätten wir uns beim Verlassen des Ladens für einen anderen Weg entschieden, dann wären wir auf andere Vorkehrungen getroffen. Er wusste, dass er eines Tages verhaftet werden würde ...«

Er trat ans Fenster und beobachtete die Menge, die sich zerstreute, um Vergeltungsmaßnahmen zu entgehen.

»Gott weiß, wo und wann er wieder auftaucht ...«

*

Oben auf dem Gebäude angelangt, war Benedetto sofort auf das Nachbarhaus gesprungen, von wo er mit Hilfe einer Leiter auf die Straße hinunterkletterte.

Dort warteten vier Männer auf ihn; sie trugen den gleichen schwarzen Mantel wie er und hatten sich im Viertel verstreut, um seine Verfolger in die Irre zu führen.

Benedetto verkroch sich in einem Karren mit Stroh und wechselte, vier Straßen weiter, in eine Fuhre mit alten Steinen. Noch bevor Fauvel de Bazan Alarm schlagen konnte und die Schließung der Stadttore befahl, hatte der Verfolgte Rom bereits verlassen.

Darauf bat er einen seiner Anhänger, in die Stadt zurückzukehren und den kleinen Matteo loszuschicken, damit er sich nach der Sicherheit Zapettas und ihrer Eltern erkundigte. Wenn er sie fände, sollte er sie dazu bringen, dass sie bei seinem Freund Salvestro Conti Zuflucht suchten, ohne irgendjemanden davon zu verständigen!

»Matteo weiß, wo er mich finden kann.«

Daraufhin verschwand er allein in den Wäldern, die die Via Flaminia nicht weit von den Ufern des Tibers säumten ...

XI

In Toulouse wurde Pater Aba von seinen Entführern in eines der verrufensten Viertel der Stadt auf der anderen Seite der Garonne verschleppt. Kein einziger Passant machte die geringsten Anstalten, ihm zu Hilfe zu kommen, selbst die bewaffnete Patrouille wandte den Blick ab, als ob nichts wäre, und zerlumpte Kinder folgten ihm kreischend.

Der Priester war überzeugt, dass der Waffenschmied Souletin es auf ihn abgesehen hatte, nachdem er ihm sein geheimnisvolles Schwert nicht hatte abschwatzen können.

Die Häscher brachten ihn bis zu einem Gefängnis, das an ein ehemaliges Schloss der Grafen von Toulouse grenzte, welches mittlerweile in Ruinen lag.

Durch eine absurde Wendung des Schicksals war dieses weitläufige Gefängnis zum Hauptquartier der gefährlichsten Räuberbande im ganzen Land geworden. Die Verbrecher hausten nun in denselben Zellen, die sie gestern noch ihrer Freiheit berauben sollten.

Als Pater Aba dort eintrat, bot sich der Abschaum von Toulouse seinen Blicken dar: ehemalige Sträflinge, Verräter, Dirnen, alte Ritter, Wahrsagerinnen, Halsabschneider, Flüchtlinge, Geächtete .... der ganze Bodensatz des Menschengeschlechts. Er entdeckte sogar Kinder, die mit einem Messer im Gürtel mit ausgehungerten Hunden spielten.

Dieses Pandämonium war in das gelbe Licht zahlreicher fünf Fuß hoher Kerzen getaucht, die man aus den Kathedralen gestohlen hatte. Die Mauern waren voller Ausblühungen, und es herrschten eine schreckliche Kälte und ein abstoßender Gestank. Man hatte die Kerkerwände teilweise eingerissen, um den Raum zu vergrößern und das Durchkommen zu erleichtern.

Pater Aba wurde in die geräumigste Zelle gestoßen und zu Boden geworfen. Sie war erlesen geschmückt und hatte nichts mit dem Rest des Gefängnisses gemein: Man sah Wandbespannungen und Vorhänge, kostbare Holzmöbel, Truhen voller Diebesgut, goldene Kerzenständer und parfümierte Öle in Perlmuttschalen. Ein Sultan wäre bereit gewesen, in diesem Kerker zu wohnen.

Aba erblickte einen Mann, der in einem Brustharnisch aus Metall vor ihm stand. Er war riesig, ziemlich jung, sein Bart war zu zwei dünnen Zöpfen geflochten, die zu beiden Seiten des Kinns herabfielen, und sein volles Haar war über die Stirn nach hinten gestrichen. Eine klaffende Narbe entstellte sein Gesicht. An seiner linken Hand fehlte ein Finger, und seine Schneidezähne waren herausgerissen: Aba begriff, dass der Mann Opfer von Folterungen gewesen war.

Erst eine kaum wahrnehmbare Bewegung im Hintergrund des Raumes machte dem Verschleppten die Anwesenheit einer weiteren Person bewusst: eines sehr alten Mannes mit schlohweißen Haaren und pockennarbiger Haut, in dicke Decken gehüllt. An seiner ausdruckslosen Miene erkannte Aba, dass er blind war.

Der andere hielt das Kurzschwert aus Cantimpré in seinen Händen und betrachtete es mit strengem Blick. Aba entdeckte seine Reisetasche, die ihm nach seiner Flucht aus der Herberge geraubt worden war und offen auf einem Hocker lag.

Er sagte sich, dass Souletins Mann, der ihn verraten hatte, und diese Räuber sich kannten.

»Wer bist du? Wie bist du zu dieser Waffe gekommen?«, fragte der Mann im Harnisch. Die Stimme passte zu seiner Erscheinung: Sie war tief, scharf und schneidend.

»Ich bin Pater Guillem Aba, Franziskanermönch aus einer kleinen Gemeinde im Quercy namens Cantimpré. Ein Kind aus meinem Dorf wurde von einer Truppe schwarz gekleideter Männer entführt. Einer von ihnen hat dieses Schwert zurückgelassen. Seitdem versuche ich herauszufinden, woher es stammt und was aus den Entführern geworden ist. Ich will meinen Jungen wiederfinden. Sonst nichts ...«

Bei diesen Worten hatte der Fremde die Stirn gerunzelt, und der Alte im Hintergrund hatte sich aufgerichtet.

Mit der Schwertspitze fegte der Mann die Wollmütze davon, die Pater Abas Kopf bedeckte. Seine Tonsur war noch auf dem Schädel sichtbar.

»Sollte das wahr sein?«, murmelte der Mann. »Du ähnelst mehr einem Taugenichts aus meiner Truppe oder einem einäugigen Bettler als einem Franziskaner. Weißt du, wer ich bin?«

»Nein«, antwortete Aba.

»Isarn.«

Der Priester erbleichte.

Isarns Bande war in der Region berühmt für ihre Raubzüge, Vergewaltigungen und Angriffe auf hohe Herren und Bischöfe. Man nannte ihren Anführer auch den »Hammer der ehrbaren Leute«; andere bezeichneten ihn weniger blumig als den »Metzger«.

Schurkenbanden wie die seine beriefen sich stolz auf eine lange Geschichte: Als die Kirche, wie die großen Lehnsherren, gegen die heimliche Rebellion der Albigenser zu Felde zog, musste sie sich mit Söldnerhorden verbünden, die in ihrem Namen Krieg gegen die Katharer führten. Dieses Gesindel wurde für vierzig Tage rekrutiert, und all seine Schandtaten wurden ihm von den Bischöfen vergeben. Manch einer behauptete, dass der Himmel nie zuvor so wohlfeil zu haben gewesen sei.

Isarns Männer waren die direkten Erben dieser Söldner. Man verfluchte sie, aber für die Umsetzung der kirchlichen Politik waren sie unverzichtbar.

Isarn setzte sich auf einen erhöhten Bischofsstuhl.

»Viele Menschen würden etwas dafür geben, wenn sie mich tot sähen«, sagte er. »Vor allem die Adligen. Der König selbst hat ein Kopfgeld auf mich ausgesetzt. Ich muss mich mit treuen Männern umgeben und unentwegt verstecken. Das gleiche gilt für meine Familie. Meine Frau und meine Tochter sind ein leichtes Ziel für meine Gegner, daher leben sie in einem abgelegenen Dorf bei Toulouse, heimlich und vor allen Blicken geschützt.«

Das Gesicht des Briganten fiel in sich zusammen.

»Doch vor sechs Tagen hat eine Bande schwarz gekleideter Männer mein Kind geraubt. Einer meiner Gefolgsleute konnte einen der Angreifer aufspießen und brachte mir sein Schwert.«

Er zog ein zweites Schwert an der Armlehne seines Sessels entlang und zeigte es dem Pfarrer. Aba richtete sich auf. Fasziniert musterte er das Schwert, dessen Klinge das Licht der an den Mauern befestigten Kandelaber reflektierte. Kein Zweifel: Es war von der gleichen Art wie die Waffe aus Cantimpré.

Isarn fuhr fort:

»Mag sein, dass es sich um die Rache einer rivalisierenden Bande oder eines Prinzen handelt, dessen Truhen ich geplündert habe. Wenn du an deinem Leben hängst, Priester, dann sag mir alles, was du weißt, damit ich sie finde.«

Pater Aba dachte nach.

»Vor drei Tagen, sagt Ihr? Wo liegt dieses Dorf? Wie heißt es?«

Isarn blickte zu dem Alten. Dieser bedeutete ihm, dass er antworten solle.

»Meine Familie hatte in Castelginaux Zuflucht gefunden.«

Pater Aba bat um die Erlaubnis, die Dokumente hervorzuholen, die er in seiner Umhängetasche aufbewahrte. Isarn ließ ihn gewähren, und der Priester entrollte seine Karte der Region. Castelginaux lag acht Meilen südlich von Montauban; es wurde weder in den Archiven von Narbonne noch in den Hinweisen von Jeanne Quimpoix erwähnt.

»Seid Ihr sicher, dass es sich um einen Racheakt gegen Euch handelt? Bei Eurer Tochter?«, fragte Aba und trat einen Schritt nach vorne. »Welche *Gabe* hatte sie?«

Isarn erbleichte. Zornentbrannt wollte er sich auf Aba stürzen, aber der Alte hinderte ihn mit einem Wort daran.

»Genug!«

Der Befehl genügte, um dem Anführer der Räuber Einhalt zu gebieten. Er setzte sich wieder.

»Tritt näher«, sagte der alte Mann zu Pater Aba.

Der Geistliche gehorchte. Er erblickte das faltige Gesicht, die bleiche und gleichzeitig gerötete Haut der seltsamen Gestalt, ihre milchigen Augen und die spitzen Ohren voller Haarbüschel. Auch dieser Mann hatte Narben von Kämpfen oder Folterungen davongetragen. Er war in dicke Decken mit orientalischen Mustern eingehüllt. Aba wagte nicht zu fragen, wer er sei.

»Sag uns, was du weißt«, murmelte der Blinde in seine Richtung.

»Ich werde Euch gar nichts enthüllen, solange Ihr mich nicht nach Castelginaux führt. Jemand könnte dort den Jungen gesehen haben, den ich suche. Wenn die Männer in Schwarz erst vor drei Tagen zugeschlagen haben, dann sind sie vielleicht noch in unserer Reichweite!«

Diese Antwort erzürnte den Blinden. »Mein Name ist Althoras«, erklärte er. »Isarn ist mein erklärter Nachfolger. Wenn du dich weigerst zu sprechen, werden wir dich erbarmungsloser foltern als die Dominikaner, damit du gestehst, was du weißt!«

Es war nicht die Drohung, die Pater Aba Angst einflößte, sondern der Name des Blinden. Er hatte schon mehrere Male seit seiner Ankunft in Cantimpré über die Person des Althoras sprechen hören. Ihm eilte der Ruf voraus, dass er ein furchtbarer Räuber und Alchemist sei, der die Reichtümer des Adels ebenso an sich raffte wie die Formeln bestimmter Geisterbeschwörer. Niemand wusste, ob er noch am Leben war; dreizehn Mal hatte man ihn zum Tod durch Verbrennen verurteilt, und jedes Mal war er von seinen Anhängern befreit worden. Angeblich war er so reich wie der König von Frankreich, und es hieß, es sei ihm gelungen, an sich selbst eine Mixtur zu erproben, die ihn unsterblich gemacht habe.

»Wenn ich mit Euch spreche«, wandte Aba ein, »dann habt Ihr keinen Grund mehr, Euer Wissen mit mir zu teilen. Ich habe alles aufgegeben, um dieses Kind wiederzufinden. Ich habe vor niemandem mehr Angst. Helft mir, so helfe ich Euch ...«

Aba wurde in eine Zelle geworfen.

Stundenlang überprüften Althoras und Isarn seine Aussagen, studierten seine Karte und seine Aufzeichnungen aus Narbonne und zogen bei ihren Männern, die das eine oder andere Dorf kannten, Erkundigungen ein.

Als feststand, dass Aba wirklich der Pfarrer von Cantimpré war und kein Spion, gab Althoras nach.

»Einverstanden.«

*

Der Aufbruch aus dem Gefängnis von Toulouse nach Castelginaux glich dem einer Karawanserei. Isarn und Althoras reisten nie ohne das Gros ihrer Streitmacht, gefolgt von leichten Mädchen und kleinen Taugenichtsen, die hofften, nach dem Durchzug der Räuber durch die Dörfer noch etwas zum Plündern zu finden. Die Bande bildete eine Schlange, die sich über die Straßen wand. Die

Räuber waren schwer beladen, denn sie pflegten immer ihre gesamte Habe mit sich zu nehmen.

Verblüfft sah Aba den Tumult und die Menschenmassen, die an der Expedition teilnahmen, und verstand, weshalb diese Bande bei den Verteidigern von Recht und Ordnung als unbesiegbar galt: Sie war größer und besser ausgerüstet als die Wachen der Stadt.

Voller Furcht vor der Autorität ihrer beiden Anführer marschierte die Truppe geordnet voran. Althoras ließ sich während der Reise in einer geschlossenen Sänfte tragen. Pater Aba folgte auf einem Esel.

Am übernächsten Tag trafen sie zur Sext in Castelginaux ein. Ein blauer Winterhimmel wölbte sich über ihnen, und ein unerbittlicher Wind ließ Tiere und Menschen vor Kälte erstarren. Das Dorf war nicht so verfallen wie Cantimpré oder Aude-sur-Pont. Eine zwei Klafter breite Straße verband das Dorf mit der Welt und sicherte zu allen Jahreszeiten seine Versorgung. Die Häuser ruhten auf einem Fundament aus Steinmauern, die Dächer wirkten solide, und die Bewohner kleideten sich wie Städter.

Doch fünf Häuser waren niedergebrannt, und überall waren Spuren erbitterter Kämpfe zu sehen. Die Behausung, in der Isarns Familie Zuflucht gefunden hatte, war nur noch ein Aschehaufen; die Frau war in den Flammen umgekommen, danach hatte man ihr das Kind entrissen.

Der Riese stieg vom Pferd. Lange Minuten blieb er unbeweglich stehen, und stumme Tränen rannen über seine Wangen.

Das ganze Dorf lief zusammen, um die Räuber zu begrüßen, seine Wut hinauszuschreien und Isarn um Hilfe zu bitten. Die Einwohner schilderten, wie gewaltsam der Überfall verlaufen war: Die Männer in Schwarz waren am helllichten Tag mit der Waffe in der Hand aufgetaucht. Sie hatten geglaubt, sie könnten den Dorfbewohnern mühelos ihren Willen aufzwingen, doch Isarns Gefolgsleute in Castelginaux hatten sich gewehrt, und die Bevölkerung hatte sich ihnen angeschlossen. Eine Zeitlang hatte Verwirrung im Lager der Entführer geherrscht. Einer von ihnen war sogar getötet worden. Doch die Rache der schwarz gekleideten Männer hatte nicht lange auf sich warten lassen: Sie waren kampferprobter als die Bauern. Sie hatten die Oberhand gewonnen, neun Dorfbewohner ermordet, das Mädchen mitgenommen und mehrere Häuser in Brand gesteckt, um das Dorf niederzubrennen. Dann waren sie im Schutz der schwarzen Qualmwolken so schnell verschwunden, wie sie gekommen waren, und hatten den Leichnam ihres Kumpans zurückgelassen.

Althoras verlangte, dass der Mann, der den schwarzen Söldner getötet hatte, Pater Aba vorgeführt werde. Er hieß Leto Pomponio und war ein gnadenloser Lombarde, der seit Jahren zu Isarns Bande gehörte. Er hatte den Mann in Schwarz massakriert, um die Tochter seines Herrn zu retten und dessen Schwert nach Toulouse bringen lassen. Leto Pomponio hatte außerdem die dunkle Lederbekleidung, die Stiefel, Koppel und Sporen des Toten aufbewahrt in der Hoffnung, er könnte sie auf einem Markt zu Geld machen, bevor die Dorfbewohner über die Leiche herfielen und sie in Stücke rissen.

Er zog die Montur aus einem eingerollten Bündel, das hinten am Sattel seines Pferdes befestigt war, und zeigte sie Aba. Dieser erkannte das Material, die tiefe Kapuze und den Gürtel der Männer wieder, die in sein kleines Pfarrhaus eingedrungen waren.

»Es sind dieselben«, murmelte er. »Dieselben wie in Cantimpré …«

Er rechnete nach, dass die Truppe acht Tage nach ihrem Erscheinen in seiner Gemeinde nach Castelginaux gekommen war. Mehr als vierunddreißig Meilen lagen zwischen diesen beiden Punkten: Wo hatten sie während dieses in Windeseile zurückgelegten Ritts übernachtet?

Er befragte jeden Dorfbewohner. Hatten sie einen kleinen Jungen bei der schwarzen Truppe gesehen?

»Ja«, bestätigte endlich einer von ihnen, der eine breite Narbe auf der Stirn trug. »Die Entführer besaßen einen Karren.«

Er beschrieb in groben Zügen den Jungen, der sich allein in dessen Innern befand. Sieben oder acht Jahre alt, blonde Haare.

Aba wusste, dass es sich um Perrot handelte.

»Welche Richtung haben sie eingeschlagen?«

Niemand konnte auf diese Frage antworten.

Nach diesen Enthüllungen, die Aba neue Hoffnung verliehen, verlangten Althoras und Isarn mit ihm zu sprechen.

Sie zogen sich in eine Reisesänfte zurück. Darin lagen Kissen und dicke Decken umher, die Plane aus grobem Tuch war hinter Vorhängen aus Atlasseide verborgen. Ein Feuer knisterte zwischen Ziegelsteinen unter einem Rauchabzug.

»Wir haben dich hierher gebracht wie vereinbart. Der Junge, nach dem du suchst, war in Begleitung der schwarzen Truppe. Unsere Geschichten hängen zusammen. Und jetzt rede. Warum hast du von einer *Gabe* gesprochen?«

Pater Aba musste sein Versprechen halten und erklärte, wer das gesuchte Kind war. Er gestand sogar seine Vaterschaft ein.

»Perrot ist ein Heiler. Ich weiß nicht, wie weit seine Kräfte reichen. Seit seiner Geburt haben sich in meiner Gemeinde eine Reihe von Wundern ereignet.«

»Ich habe von Cantimpré und seinen Mirakeln gehört«, sagte Althoras.

»Ich habe alles getan, damit keines dieser Wunder mit meinem Sohn in Verbindung gebracht wird, um ihn vor der Kirche zu schützen. Ich habe sie alle auf die Gemeinde und auf die gute Seele eines Pfarrers geschoben, der vor mir lange Zeit in Cantimpré gewirkt hat.«

»Ich kannte Pater Evermacher«, versetzte der alte Blinde.

Aba fuhr fort und ballte dabei die Fäuste.

»Offensichtlich waren meine Vorsichtsmaßnahmen nicht ausreichend. Ich bin überzeugt, dass Perrot seiner Gabe wegen geraubt wurde. Wie andere Wunderkinder in mehreren Dörfern in der Umgebung!«

Althoras sagte, dass er mit Isarn die entsprechenden Dokumente studiert habe.

»Es handelt sich in Castelginaux nicht um eine Entführung, die gegen Isarn oder Eure Räuberbande gerichtet war«, entgegnete Aba. »Die Sache ist komplizierter.«

Er wandte sich nun an Isarn, der bisher noch kein Wort gesagt hatte, vielmehr bewegungslos und mit zusammengebissenen Kiefern dastand.

»Wer ist dieses Mädchen, das verschwunden ist, wirklich?«

In einer ungeheuren Willensanstrengung antwortete Isarn. »Ihr Name ist Agnès«, sagte er mit tonloser Stimme. »Seit dem Winter ihres siebten Lebensjahrs begannen ihr seltsame Dinge zuzustoßen. Jeden Freitag beklagte sie sich über Kopfschmerzen. Kleine rote Punkte erschienen auf ihrer Stirn. Blutstropfen. Mit der Zeit wurde es immer schlimmer, und nach einem Jahr floss das Blut in Strömen herab.«

»Die Stigmata der Dornenkrone!«, rief Aba aus.

Althoras stimmte zu.

»Ja. Doch abgesehen von diesem Wunder hat uns ein anderes Mirakel am meisten beeindruckt: Auf den Tüchern, mit denen ihre Mutter diesen rätselhaften Blutfluss abwischte, entdeckten wir danach lesbare Sinnsprüche! Das Blut hinterließ nicht etwa formlose Schmutzflecken, sondern es bildete Wörter, und diese Wörter bildeten Sätze. Und zwar egal, aus welchem Stoff die Tücher waren und mit welcher Bewegung man ihre Stirn säuberte!«

Pater Aba war sprachlos.

Althoras öffnete eine Kassette und holte daraus Leinenbinden hervor, die er dem Priester zeigte. Dieser rollte eine davon auf. Isarn wandte den Blick ab, um sie nicht zu sehen.

Was der Alte gesagt hatte, erwies sich als zutreffend: Das Blut, das unterdessen schwarz war, bildete vollkommen lesbare Buchstaben. Auf Lateinisch.

Aba las:

Denkt nicht, ich sei gekommen, um das Gesetz und die Propheten aufzuheben, sondern um sie zu erfüllen.

Und auf zwei Tüchern verteilt:

Steh auf, denn Finsternis bedeckt die Erde und Dunkel die Völker; doch über dir geht leuchtend der Herr auf, seine Herrlichkeit erscheint über dir.

Der Priester untersuchte die Leinen fasziniert und mit unendlicher Sorgfalt.

»Ist es möglich, dass es sich um eine Täuschung handelt?«, fragte er.

»Wer hätte sie fabrizieren können?«, antwortete Isarn. »Niemand in Castelginaux spricht Latein, und ihre Mutter ganz bestimmt nicht.«

»Gibt es noch mehr davon?«

Althoras zuckte mit den Schultern.

»Wir haben über hundert aufbewahrt! Ich habe sie übersetzen lassen: Es sind allesamt Verse aus der Bibel. Dennoch ist es unmöglich, eine Verbindung zwischen ihnen herzustellen oder einen verborgenen Sinn hinter diesen Botschaften zu entdecken.«

Pater Aba dachte bei sich, dass niemand von diesen Räubern die Bildung hatte, um das Geheimnis zusammenhangsloser Bibelfragmente zu entschlüsseln.

»Wo werden diese Leinen aufbewahrt?«, fragte er.

»An einem sicheren Ort. Wie Ihr bei Perrot, so wollten auch wir Agnès' Geheimnis bewahren, weil wir fürchteten, der Klerus könnte eine Teufelei darin sehen und sie dafür bestrafen. Aber wie bei Perrot war unser Misstrauen nicht groß genug ...«

»Könnte ich Zugang zu diesen Leinen erhalten?«, fragte Aba hastig.

»Wenn sich herausstellt, dass das unsere einzige Spur ist, dann können wir sie Euch ohne Schwierigkeiten besorgen.«

»Hatte Agnès noch andere Fähigkeiten? Hellseherische Träume?«

Der Greis schüttelte den Kopf.

»Die Arme litt nur unter den Schmerzen. Und sah in ihren Wundmalen einen schrecklichen Fluch, von dem sie sich befreien wollte.«

Aba legte die Binden in ihre Kiste zurück.

»Ich hätte es vorgezogen zu erfahren, dass meine Tochter von unseren Feinden entführt wurde«, gestand Isarn. »Wenigstens hätte sie dann durch Lösegeld gerettet werden können. Jetzt aber ...«

»Wir haben zu wenig Spuren«, versetzte Althoras. »Die Truppe hat sich da draußen in der Natur gleichsam in Nichts aufgelöst. Innerhalb einer Woche können sie jeden beliebigen Weg im Königreich eingeschlagen haben. Unsere Männer überwachen die Wegezollposten in der Region, haben aber niemand Auffälligen gesehen. Bestimmt durchqueren die Entführer Ländereien von Lehnsherren oder Klöstern, die ihnen freundlich gesinnt sind.«

Pater Aba zog seinen rechten Schuh aus und holte den silbernen Gros tournois hervor, den er seit seinem Aufenthalt in Disard verborgen hatte.

»Ich habe in Erfahrung gebracht«, sagte er, »dass die Truppe nach Cantimpré in einer Herberge in Disard genächtigt und dort mit dieser Münze bezahlt hat.«

Er wollte die Münze Isarn reichen, damit dieser sie sehen konnte, doch Isarn wies ihn an, er solle sie lieber dem Blinden geben. Das tat Aba denn auch mit leiser Verwunderung.

Althoras ließ sie zwischen seinen Fingern hin und her wandern.

Seine knochigen, von der Gicht gepeinigten Hände bewegten sich wie Insektenbeine.

»Die Münze ist neu«, urteilte er, »ihre Vorderseite trägt das Monogramm von Papst Gregor IX.« Er streichelte sie. »Weder Prägestempel noch Münzherr.«

Aba war überrascht, wie zutreffend seine Bemerkungen waren. »Das ist ja unglaublich.« Althoras lächelte nur.

»Vor dreißig Jahren verlor ich mein Augenlicht, seitdem lernte ich, nie das Gewicht eines Pergaments oder eines Schmuckstücks oder die Konturen einer seltenen Münze zu vergessen.« Kurz darauf spannte sich das Gesicht des Alten an. Er dachte intensiv nach.

Er läutete eine Glocke, und ein junger Mann hob die Bespannung über der Plane an und trat ein.

»Job Carpiquet, bring mir meine Weingeistsäure.«

Wenig später hielt Althoras eine Pipette mit einer weißen Flüssigkeit über das Geldstück und ließ einen Tropfen darauffallen. Das Silber des Gros tournois begann zu schäumen und zu knistern. Der Blinde wischte die Lösung mit einem Tuch ab und prüfte die Münze mit den Fingerspitzen. Aba bemerkte, dass sich ihre Farbe verändert hatte.

»Das ist eine Fälschung«, stellte Althoras fest.

Er reichte das Geldstück dem Geistlichen. Das Silber hatte sich aufgelöst und eine Prägung auf der Vorderseite sichtbar gemacht, die dem Alten zu neuen Erkenntnissen verhalf.

Pater Aba war starr vor Staunen.

Althoras rief Isarn zu: »Hue de Montmorency!«

Der Riese runzelte die Brauen, nickte dann und verließ wortlos die Sänfte.

Der Priester konnte seine Ungeduld nicht mehr zügeln.

»Hue de Montmorency? Wer ist das?«

»Vor drei Jahren haben wir eine Warenlieferung für diesen hohen Herrn überfallen. Meiner Erinnerung nach war dies das erste und einzige Mal, das ich vergleichbare falsche Münzen, die mit dem Antlitz eines Papstes geschlagen wurden, in Händen hielt.«

»Und wo finden wir diesen Montmorency?«

»Er residiert im Schloss von Mollecravel, in der Nähe von Couiza im Razès. Es kursieren Gerüchte, wonach er in Italien verschwunden sein soll ... Ich weiß nicht, ob er noch am Leben ist. Wir müssen der Sache nachgehen.«

Draußen trommelte Isarn bereits seine Männer zusammen.

XII

In Umbrien, etwa dreißig Meilen nördlich von Rom, erstreckte sich eine baumlose, abgelegene Hochebene, von der man über drei kurze Täler blickte. Sie war windgepeitscht und schneebedeckt. Immer wieder hatten sich in der Vergangenheit Armeen oder römische Senatoren dorthin zurückgezogen, die aus der Hauptstadt geflohen waren und sichergehen wollten, dass man ihnen nicht folgte. Der Horizont war so weit und flach, dass es Verfolgern unmöglich war, sich zu verbergen.

An diesem Tag zogen zweiundzwanzig überdachte Wagen, eskortiert von etwa zwanzig bewaffneten Männern zu Fuß und einem Dutzend zu Pferde, über diese umbrische Hochebene. Sie kamen nur mühsam voran in dieser weißen Wüste.

Plötzlich hob der Kutscher des ersten Fuhrwerks, des prächtigsten von allen, den Arm, und der Konvoi kam zum Stillstand. Die Männer waren überrascht, ja beunruhigt und fragten sich, warum diese ungelegene Pause mitten im Nirgendwo und weniger als eine Stunde vor Tagesende angeordnet worden war.

Der Vorhang der Kutsche öffnete sich, und eine Frau erschien. Es war Karen Rasmussen. Sie war sehr alt, ihr Gesicht war eingerahmt von einer schwarzen Spitzhaube aus grobem Tuch, die sie vor der Kälte schützte.

Sie murmelte dem Kutscher etwas zu, und dieser rief einen berittenen Soldaten zu sich, der eilig an seine Seite kam.

»Es ist Zeit«, sagte Karen Rasmussen, bevor sie im Innern des Wagens verschwand, wo zwei junge Nonnen ihr Gesellschaft leisteten.

Der berittene Soldat, ein Mann um die fünfzig mit starrem Blick, langem, ordentlich gekämmtem Bart und dem stolzen Blick, den man bei ehemaligen Kreuzrittern findet, ließ sein Reittier zurückfallen, damit der Rest des Zuges ihn sehen konnte, dann hob er sein Schwert.

Sogleich stürzten sich die anderen zehn Reiter auf ihre Begleiter zu Fuß, um sie zu ermorden. Es war ein grausames, schnelles und blutiges Gemetzel; die Männer, alle Kutscher, sowie einige Einheimische, die sich vor der Kälte schützten, wurden abgestochen oder durchbohrt. Die Flüchtenden wurden gefangen genommen und auf dem schneebedeckten Boden enthauptet.

Auf das Massaker folgte ein tiefes Schweigen. Der Wind pfiff und bedeckte die Leichen mit Graupeln.

Die Abdeckung des Wagens an der Spitze hob sich, und Karen Rasmussen stieg aus in Begleitung ihrer zwei Dienerinnen, die ihr beim Gehen im Schnee halfen.

Sie betrachtete das Blutbad, ohne mit der Wimper zu zucken.

Langsam schritt die alte Frau den Konvoi entlang, bis sie das Gespann in der Mitte erreichte. Die Reiter waren näher gekommen und hatten sich hinter ihrem Anführer gesammelt. Man öffnete die Abdeckung, die den Wagen verschloss: In seinem Innern thronte ein Sarg aus Mahagoniholz.

Karen Rasmussen gab den Klosterfrauen ein Zeichen, die daraufhin an den Sarg traten, zwei Schrauben lösten und den Deckel hoben.

Gekleidet in sein prachtvolles Totenhemd, das Gesicht noch voll weißer Flecken von der Farbe, die man auf seine Haut aufgetragen hatte, um seinen Tod glaubhaft zu machen, richtete Kardinal Henrik Rasmussen sich auf.

Rasmussen war ein Koloss mit grauen Haaren und grauem Bart, hellen Augen und einem viereckigen Gesicht, dessen Ausdruck immer leicht hochmütig wirkte. Er sprang aus dem Sarkophag und riss sich den bestickten Umhang mit Schleppe und den samtenen Surcot vom Leib, die ihm die Luft raubten.

»Ich habe alles ausgeführt, wie Ihr es mich geheißen habt, mein Bruder«, sagte Karen zu ihm. »Niemand hat etwas bemerkt. Weder in Rom noch hier; alle, die nicht zu unseren Leuten gehören, wurden ausgemerzt.«

»Sehr gut.«

Er trat heraus und atmete tief ein, als kehrte er wahrhaftig von den Toten zurück. Dann musterte er den Wagenzug.

»Und nun müssen wir unsere Ladung verschwinden lassen und alles anzünden.«

»Wie?«, schrie seine Schwester auf. »Aber darin befinden sich unsere ganzen Möbel und unsere Reichtümer aus dem Palast, die ich aus Rom mitgenommen habe! Behalten wir denn gar nichts?«

»Nichts, Karen. Alles muss an einen Überfall von Räubern auf dieser Hochebene glauben lassen, der ein schlimmes Ende für uns genommen hat. Man wird meine Leiche unter der Asche und den Trümmern nicht finden.«

Kardinal Rasmussens Getreue gehorchten, und alsbald ging die Karawane in Flammen auf.

Bestürzt betrachtete Karen Rasmussen das Schauspiel. Bis alles in Brand gesteckt war, war die Nacht hereingebrochen. Der Widerschein der Flammen im Schnee erhellte die Finsternis.

»Und nun«, verkündete Henrik Rasmussen, »ist es an der Zeit, Artemidore de Broca zu vernichten.«

Ganz Rom wusste, dass Rasmussen der Hauptfeind des Kanzlers war. Er war überzeugt, dass dieser den Auftrag zu seiner Ermordung gegeben hatte, so wie er seit vergangenem Dezember bereits vier andere Prälaten auslöschen hatte lassen, die seiner Politik im Wege standen.

Nur dass Kardinal Rasmussen so von seiner Sicherheit besessen und durch verschiedene Mordversuche gewitzt war, dass er einen unüberwindbaren Sicherheitsgürtel um sich herum geschaffen hatte. Der schwarz gekleidete Mann, den Broca geschickt hatte, um ihn zu ermorden, war schon lange, bevor er sein Schwert in Rasmussens Körper hatte pflanzen können, im Palazzo an der Via Nomentana entdeckt worden. Rasmussen hatte daraufhin beschlossen, Artemidore de Broca mit Hilfe seiner Schwester und einiger enger Vertrauter zu täuschen. Sein vermeintlicher Mörder wurde getötet, Rasmussen für tot erklärt. Man schminkte ihm eine klaffende Schwertwunde im Nacken, als hätte man ihn von hinten enthaupten wollen. Sein Leichnam wurde vor den römischen Würdenträgern zur Schau gestellt, um Artemidore de Broca in dem Glauben zu bestärken, dass sein Plan aufgegangen war.

Anschließend befolgte Karen die Anweisungen ihres Bruders: Die Dokumente des Kardinals aus neuerer Zeit wurden verbrannt, und sie leitete den sofortigen Aufbruch nach Flandern in die Wege. Rasmussen wurde in einem Sarg eingeschlossen, in dem er dank schmaler Öffnungen noch atmen konnte. Unterwegs stiegen Karen und die zwei Schwestern viermal am Tag in den Wagen, um »für den Verstorbenen zu beten«, aber eigentlich, um ihm zu essen und zu trinken zu reichen.

So ging es bis zur Hochebene, wo Kardinal Rasmussen geplant hatte, sich aus seinem Sarg zu erheben, weil er dort keine Spione fürchten musste, und wo alle Männer, die er der Verschwörung mit dem Kanzler verdächtigte, dem Schwert zum Opfer fallen sollten.

»Unsere Wege trennen sich nun«, verkündete der Kardinal seiner Schwester.

»Ich glaubte, wir würden gemeinsam nach Flandern zurückkehren? Ihr wollt doch verschwinden und nicht mehr nach Rom kommen?«

»So soll es geschehen«, antwortete er. »Wir sehen uns in Tournai wieder. Zuvor muss ich allerdings noch etwas erledigen.«

Vier Reiter nahmen Aufstellung um Karens Wagen, der von den Flammen verschont geblieben war, um bis zu ihrer Ankunft in ihrem Heimatland ihre Sicherheit zu gewährleisten.

Henrik Rasmussen sprang auf ein Pferd und ritt mit dem Rest seiner getreuen Gefährten schnurgerade nach Osten. Er nahm ein kostbares Buch mit sich, das er in seinem Sarg verborgen hatte.

XIII

Im Rom rannte ein Junge, der für seine dreizehn Jahre kräftig und groß und mit einer Bruche und einem dicken, wollenen Hemdkittel bekleidet war, im Laufschritt durch die Porta Flaminia und dann weiter zum tiefer gelegenen Ufer des Tibers.

Er sauste die Böschung hinab und erreichte einen Anlegeplatz. Dieser Pier mit zwei Molen diente der Versorgung der Stadt. Da er außerhalb der Stadtmauern lag, waren die Hafengebühren hier weit geringer als die in der Stadt erhobenen.

Geschwind schlängelte sich der Junge zwischen Heringsfässern und Kisten hindurch. Ein Zollaufseher entdeckte ihn und packte ihn am Kragen. Er schüttelte ihn so stark, dass er den Jungen beinahe erwürgte.

»Ich arbeite auf einem Schiff«, rief er zu seiner Verteidigung.

»Name?«

»Matteo.«

»Für wen arbeitest du?«

»Meister Giovanni Solio. Ich habe mich schon schrecklich verspätet!«

Der Zollaufseher zerrte den Jungen zu dem Abfahrtskai, wo eine Barke mit rundem Schiffsbauch und viereckigem Segel sich zum Auslaufen bereit machte. Das Schiff brachte in Ostia geladene Steine für die Erneuerung des Straßenpflasters nach Rom. Giovanni Solio war ein Hüne mit rundem Bauch, so groß und so schwer, dass es hieß, es genüge schon, wenn er sich auf der Brücke bewege, damit seine Barke zu krängen begann.

Das Schiff sollte leer nach Ostia zurücksegeln, beladen einzig mit zwei Schäften dorischer Säulen, deren Annahme wegen mangelhafter Ausführung verweigert worden war, sowie mit Kisten von Gemüsehändlern, die sich diese preiswertere Rückfahrt zunutze machten.

»Da bist du ja endlich, du Teufelsbraten!«, schrie Solio, kaum dass er den von der Wache aufgegriffenen Jungen erblickte.

Er versetzte ihm eine gewaltige Ohrfeige, die ihn gegen das Holz der Mole schleuderte.

»Danke, dass Ihr ihn mir zurückbringt«, sagte er zu dem Zollaufseher. »Ich habe nur noch auf ihn gewartet, um loszusegeln. Meine Ladung wurde bereits abgefertigt. Geh auf deinen Posten, du Schlafmütze!«

Kaum war der junge Matrose wieder auf den Beinen, verpasste er ihm mit dem Stiefel einen Tritt in den Hintern.

»Ist schon in Ordnung«, sagte der Zollaufseher und ging davon.

Kurz darauf legte das Boot vom Quai ab. Solio und der Junge waren allein an Bord, um diesen langen Kahn zu steuern. Der Schiffer weigerte sich, ohne Fracht zusätzliche Helfer einzustellen, und benutzte sein Segel nur, um flussaufwärts zu schippern, nicht um flussabwärts nach Ostia zurückzukehren.

Der Tiber war teilweise zugefroren. Große Eisblöcke trieben langsam mit der Strömung auf den Kahn zu, sie schoben sich zwar nicht übereinander, waren aber dennoch so gefährlich wie Widderköpfe.

Matteo setzte sich nach vorn und hüllte sich in eine dicke Wolldecke, um sich vor dem Wind zu schützen. Er beobachtete das Wasser, um seinen Herrn im Fall eines unerwarteten Hindernisses warnen zu können.

Solio wahrte lange Zeit zorniges Schweigen gegenüber seinem Gehilfen und sprach kein Wort zu ihm, bis die Strömung sie an dem Mons Gaudii, dem Berg des Jubels, vorbeigetrieben hatte und sie nach einer Biegung des Flusses nicht mehr im Blickfeld der Zöllner lagen.

»Geh!«, befahl er. »Du kannst jetzt loslegen.«

Matteo begab sich zu den in der Mitte des Kahns aufgereihten Säulenschäften. Die Säulen waren hohl. In eine von ihnen hatte sich ein Mann hineingezwängt, um seinen Verfolgern zu entkommen.

Mit Hilfe des Jungen befreite er sich aus seinem Versteck.

»Was bin ich froh, dich zu sehen, Kleiner!«

»Und ich erst, Meister Gui! Wir haben uns alle Sorgen um Euch gemacht.«

Benedetto Gui spannte seine Schultern an und streckte die Arme zu beiden Seiten aus.

»Eure Beschreibung wurde in allen Stadtvierteln verbreitet«, erzählte Matteo. »Es gibt keinen Wächter des Lateranpalastes, der Euch nicht auf den Fersen wäre, Meister Gui! Nach Eurer Flucht haben Fauvel de Bazans Männer die Via dei Giudei kurz und klein geschlagen und die anderen Vorkehrungen entdeckt, die Ihr für eine Flucht getroffen hattet.«

Matteo erzählte das lächelnd, als ob den Wachposten ein Streich gespielt worden wäre.

»Aber sie haben auch die Bewohner des Hauses, durch das Ihr verschwunden seid, verhaftet. Beinahe dreißig Personen wurden eingekerkert …«

Benedetto senkte den Kopf.

Matteo fügte hinzu: »Seid versichert, dass keiner von ihnen ein feindliches Wort über Euch fallen lassen wird!«

Gui lächelte.

»Ich vertraue ihnen. Verdanke ich meine Freiheit nicht ihrer Güte und ihrem Mut?«

»Nach Eurem Verschwinden wich die Menge nicht von der Stelle, um Euren Laden zu verteidigen, denn die Soldaten schickten sich an, Eure Bücher und Eure Schriften mitzunehmen. Da steckten die Bewohner sie lieber in Brand! So sehr die Soldaten auch mit dem Schwert dagegen vorgingen, es gelang ihnen nicht, irgendetwas zu retten!«

»Gott segne sie!«, rief Gui aus. »Sie haben das Bestmögliche getan!«

Er ließ sich nicht das geringste Bedauern anmerken über die Nachricht, dass die Arbeit der letzten Jahre in Rauch und Asche aufgegangen war.

Matteo fuhr fort: »Ich wollte Euer Ladenschild vor den Flammen retten, aber einer der Soldaten bemächtigte sich seiner vor mir und nahm es mit.«

Benedetto lächelte.

»Das macht nichts. Um die Wahrheit zu sagen: Ich mochte es nie. Sag mir lieber, ob du mit Zapetta und ihren Eltern Verbindung aufnehmen konntest ... Hast du sie gewarnt?«

»Ja, Meister. In dieser Hinsicht steht alles zum Besten: Ich habe sie zu Eurem Freund Salvestro Conti geführt, der sich bereit erklärt hat, sie im Wohngebäude seiner Lehrlinge unterzubringen. Dort sind sie in Sicherheit, und Zapetta erwartet Eure Anweisungen.«

Er setzte hinzu: »Was gedenkt Ihr nun zu tun, Meister Gui?«

»Verschwinden. Mich in Vergessenheit bringen.«

»Werdet Ihr nach Rom zurückkehren?«

»Das will ich hoffen. Eines Tages. Aber unter anderem Namen.«

Matteo senkte den Kopf.

»Wir dürfen die Hoffnung nicht aufgeben. Ich werde dieses Rätsel aufklären. Das schulde ich Zapetta wie auch denen, die sich für mich in der Via dei Giudei geopfert haben. Diese Angelegenheit ist nun die meine geworden.«

Matteo schüttelte traurig den Kopf.

Vor dem Schiff zeichneten sich allmählich die Brückenpfeiler der Ponte Molle ab. Giovanni Solio stieß einen Pfiff aus, und der Junge richtete sich auf.

»Hier muss ich Euch verlassen, Meister.«

Der Mann und der Junge umarmten sich lange.

»Der Herr möge gut über Euch wachen, Meister Gui!«

»Über dich auch, mein kleiner Freund. Bleib auf der Hut.«

Bevor der Kahn Giovanni Solios die Brücke passierte, erklomm Matteo einen Kistenstapel. Ein Seil entrollte sich im richtigen Augenblick und schwebte durch die Luft. Er packte es und zog sich schnell und geschmeidig wie ein kleiner Affe, nur durch Armeskraft, bis zur Brücke hoch.

Nachdem Benedetto unter der Brücke hindurchgefahren war, drehte er sich um und sah, wie Matteo ihm mit weit ausholenden Bewegungen zuwinkte.

Als Benedetto Gui dieses sanfte Gesicht allmählich im Rhythmus des Wassers verschwinden sah, verspürte er einen Stich im Herzen. Für einen Mann ohne Eltern und ohne alte Freunde wie ihn waren Matteo und seine Großtante Viola einem Familienersatz so nahegekommen wie schon lange nichts mehr vor ihnen.

*

Vier Stunden später traf er mit Solio in Ostia und am Kanal von Portus ein. Dieser Handelshafen hatte nichts mehr mit dem blühenden Wohlstand aus der Zeit des Kaisers Claudius gemein. Dennoch befanden sich dort noch riesige Speicher, und noch immer herrschte reges geschäftliches Treiben.

Benedetto Gui betrat festen Boden, ohne behelligt zu werden. Das Schiffsmanifest verzeichnete zwei Besatzungsmitglieder an Bord, alles schien seine Ordnung zu haben.

»Danke, Solio.«

Der massige Mann war glücklich, dass er Benedetto hatte helfen können. Im vergangenen Jahr hatte ihm ein reicher Kaufmann seine Schifffahrtserlaubnis streitig machen wollen, doch Benedetto hatte ihn vor Gericht vertreten und sein Geschäft gerettet.

»Ich hatte schon fast die Hoffnung aufgegeben, Euch je zu Diensten sein zu können«, meinte der Seemann.

Benedetto Gui verließ den Hafen und schritt auf die Kontore und die dicht bevölkerten Hafenkais der Händler zu. Dort fand er einen Verkaufsstand für Kleidung, der sich auf die Händler der Stadt spezialisiert hatte. Er erwarb eine Aufmachung, die ihn als wohlhabenden Kaufmann ausweisen sollte: weite Kniehosen, einen farbigen Surcot, einen langen Mantel mit Pelzrevers, protzige Ketten und Armreife und einen Hut mit verzierter Krempe. Diese Verwandlung verschlang einen der beiden verbliebenen Dukaten Maxime de Chênedollés.

Es war das erste Mal seit sechs Jahren, dass Benedetto seine Witwerkleidung ablegte. Er kaufte eine Umhängetasche aus Cordovanleder und machte sich dann auf den Weg zu den Werkstätten der Schiffswerften. Dort erwarb er einige feine Werkzeuge: einen Bohrer mit einem winzigen Durchmesser, einen Drillbohrer und einen Tiegel aus Granit, der zum Zermahlen der Pigmente diente, mit denen die Namen der Schiffe farbig gemalt wurden. Er versah sich außerdem mit Kerzen und Zunder.

Schließlich trat er bei einem Bader ein.

»Rasiert alles ab!«, befahl er.

Und Benedetto verlor seinen legendären Bart und seine langen Haare. Das war seine Art, sich zu verwandeln: Er verbarg sein Gesicht nicht, er entblößte es vielmehr.

Als er jedoch sein neues Spiegelbild ohne Trauerkleidung, kostümiert wie ein Weinhändler, erblickte und das Gesicht wiedersah, vor dem er seit so vielen Jahren geflohen war, erbleichte er so sehr, dass der Bader glaubte, er würde die Besinnung verlieren.

Benedetto Gui begab sich in das Viertel Mila, wo sich die antiken römischen Paläste der Handelsherren konzentrierten, die in den reichen Seehandelskorporationen der Vergangenheit zusammengeschlossen waren. Noch immer residierten auf diesem kleinen Hügel alle diejenigen, die den Handelsverkehr an der Tibermündung beherrschten.

Benedetto näherte sich einem der schönsten Gebäude. Er ging darum herum und gelangte zu einem überhängenden Garten, der durch Gitter versperrt war. Er kletterte über die Einfriedung und drang in das Privatgrundstück ein.

Er folgte einer von Blumenkübeln und Brunnen gesäumten Allee und erreichte einen zweiten, quadratischen Garten, in dem sich ein ehemaliger antiker Tempel erhob, der einst Ceres geweiht und nun in eine Kapelle umgewandelt worden war. Er durchquerte den Säulengang. Eine Treppe führte in ein Untergeschoss.

Am Fuß der Stufen entzündete Benedetto eine Kerze.

Er trat in eine Totengruft.

Die flackernde Kerze beleuchtete in den Fels eingelassene Gräber und Urnen. Benedetto wandelte zwischen den sterblichen Resten der Vorfahren der Familie Salutati umher, reicher Kaufleute, die noch immer den Palast von Mila bewohnten.

Obwohl er die Salutati seit zwei Jahren nicht mehr gesehen und auch nicht mit ihnen korrespondierte hatte, waren sie ihm noch immer eng verbunden.

Vor einem Sarkophag mit einer Inschrift auf rosafarbenem Marmor, die jünger war als die anderen, verharrte er schließlich.

Aurelia Gui.

Seine Frau.

Mit glitzernden Augen hielt er die Tränen zurück und sammelte sich, ohne zu beten, ohne Zwiesprache mit der Toten zu halten; wenigstens einmal war sein Geist vollkommen leer.

Benedetto sprach nie über seine Frau. Auch ertrug er es nicht, dass man in seiner Gegenwart die Erinnerung an sie aufleben ließ.

Nach ihrem grausamen Tod vor sechs Jahren war er zum Vagabunden geworden, hatte ohne Wohnsitz und Lebensziel gelebt, sich wahllos auf die Gesellschaft eines jeden Beliebigen eingelassen, sofern dieser nur bereit war, sich mit ihm zu betrinken.

Der junge Witwer war im Begriff gewesen, jämmerlich vor die Hunde zu gehen.

Die Salutati, Aurelias Eltern, hatten verzweifelt mitansehen müssen, wie er in Schwermut versank. Sie waren es, die ihn nach vier Jahren auf die Idee brachten, nach Rom zu ziehen, ein Geschäft zu eröffnen und die Leute von seinem logischen Talent und seinen Verstandesgaben profitieren zu lassen. Sie hatten ihm den Laden gekauft, seinen Umzug in die Wege geleitet und ihn angefleht, er möge wieder am Leben Geschmack finden.

Das hatte Benedetto auch getan.

Doch um den Preis der Erinnerung an Aurelia.

Er beschloss, dieses Kapitel seines Lebens auszulöschen sowie all denen aus dem Weg zu gehen, die als Akteure und Zeugen eine Rolle darin gespielt hatten. Einschließlich der Salutati. Sie waren einfühlsam genug, um darin kein Zeichen der Undankbarkeit zu sehen, sondern ein Mittel zum Überleben.

Er bewahrte aus dieser Zeit nichts als seine Trauerkleidung und den Schwur, niemals eine andere Frau als Aurelia zu lieben.

Oronte und Julia Salutati wären überrascht gewesen, wenn sie erfahren hätten, dass er in diesem Augenblick allein, mit einer Kerze in der Hand, in ihrer Gruft war und wie versteinert vor dem Namen seiner Frau stand.

Mit geschlossenen Augen strich Benedetto mit der rechten Handfläche über den eisigen Stein, unter dem sie ruhte. Er erkannte mit den Fingerspitzen den heiligen ägyptischen Skarabäus, der in eine Scheibe gemeißelt war.

»Nein, Benedetto Gui hat nicht auf alles eine Antwort …«

Das wichtigste Rätsel, mit dem er je konfrontiert gewesen war, hatte er nicht lösen können: Die Vergewaltigung und grausame Ermordung seiner jungen Ehefrau war bis auf den heutigen Tag unaufgeklärt geblieben.

Aurelia war nackt und mit abgetrenntem Kopf im Bibliothekssaal eines Klosters von Mantua aufgefunden worden. Es gab nicht die geringste Spur und keinen Zeugen; er wusste nicht einmal, aus welchem Grund Aurelia diesen Ort aufgesucht hatte!

Nach tausend Irrwegen hatte Benedetto schließlich aufgegeben. Daraufhin nahm er für Jahre das unstete Vagabundenleben auf, das am Ende seinen erstaunlichen Geist formte. Gerade sein Versagen bei der Aufklärung von Aurelias Ermordung hatte ihn gelehrt, bis zur Erschöpfung nachzudenken, und ihm beigebracht, ein Indiz hin und her zu wenden, sich unermüdlich endlose Abfolgen von Einzelheiten zu vergegenwärtigen und sich ein unfehlbares Gedächtnis anzueignen.

Die Enttäuschung über eine Wahrheit, derer er nicht habhaft wurde, hatte ihm seine Leidenschaft für Gerechtigkeit eingeflößt und ihn befähigt, unerbittlich die Wahrheit aus der Lüge herauszukristallisieren.

Die gleiche Enttäuschung aber quälte ihn jedes Mal wieder schrecklich, wenn er ein Rätsel gelöst hatte: Warum war er bei allen erfolgreich und beim wichtigsten von allen gescheitert?

Die Erinnerung an Aurelia war wie ein nagender Wurm. Er wusste, dass er bis zum Ende seiner Tage und Nächte in ihm bleiben würde …

Benedetto öffnete die Augen und küsste den steinernen Grabdeckel. Er bat um Verzeihung.

Nach diesem erstickten Wort kehrte er der Gruft der Salutati den Rücken.

*

Noch am selben Tag verließ er Ostia. In Fahrzeugen, die trotz der schlechten winterlichen Verhältnisse in der Umgebung von Rom Station machten, passierte er zuerst Dominia und machte anschließend Halt in Felico Compatti. In Traventino verzögerte sich seine Weiterreise um sechs Stunden, weil eine Reihe von Bäumen unter der Last des Schnees mitten auf den Weg gestürzt waren. In Varezzo stieg er in den Wagen eines jungen Adligen, der sich nach Ancona und anschließend nach Venedig begab, bevor er in den Orient aufbrechen wollte. Der Junge war weitschweifig und geschwätzig, wie man es in seinem Alter ist, wenn man meint, man hätte alle Bücher gelesen. Benedetto war gezwungen, ihn in vielen Bereichen zu korrigieren: Er rezitierte ganze Seiten gelehrter Kommentatoren des Aristoteles, erklärte ihm, wie es Eratosthenes drei Jahrhunderte vor Christus gelungen war, den Umfang der Erdscheibe zu messen, indem er sich mit dem Schatten eines Stocks und einer Pyramide behalf. Er pries leidenschaftlich seine Lehrmeister in Büchern, deren Größe seiner Ansicht nach die aller anderen überstieg: Robert Grosseteste, Hugues de Saint-Victor und vor allem dieser Roger Bacon, der in Oxford lehrte, dass die Mathematik die Grundlage aller Wissenschaft sei und dass sie uns eines Tages zum wahren Verständnis Gottes und des Universums führen würde.

»Manche behaupten, die Ordnung der Natur begreifen zu wollen, hieße den Schöpfer beleidigen. Ich selbst will glauben, dass Gott an dem Tag, an dem der Mensch mit seinen eigenen Mitteln an die Mysterien der Welt rührt, nicht über den langen Weg erzürnt sein wird, den seine Kinder zurückgelegt haben«, sagte Benedetto.

»Aber das Gebet genügt, um zu Gott zu gelangen!«, entrüstete sich der junge Adelsmann.

»In der Tat. Das Gebet erklärt indes weder, warum die Eichel zur Eiche wird, noch warum das Morgengrauen unfehlbar auf die Nacht folgt.«

Das Einzige, was wirklich die Aufmerksamkeit des jungen Aristokraten fesselte, war die Tatsache, dass man dem Schein nicht trauen durfte und dass Kaufleute aus Ostia ebenso gebildet sein konnten wie Universitätsgelehrte und ein ungeheures Gedächtnis ihr Eigen nennen konnten!

Die beiden Männer trennten sich am Eingang des Weilers Seronomia. Benedetto bezog alleine Quartier in einer menschenleeren Herberge und verspeiste dort einen Teller mit gerösteten Maroni und Schwarzbrot. Er schlief auf einem Bett ohne Bettvorhang in einem niedrigen Zimmer, das bis zu zehn Gästen Platz bieten konnte. Seine Kleidung eines reichen Kaufmanns ließ den Preis unweigerlich hochklettern, doch das kümmerte ihn nicht.

Am nächsten Tag traf er in Spalatro ein, jenem kleinen Dorf, von dem ihm einige Tage zuvor seine Hausangestellte Viola erzählt hatte.

Er begab sich zum Friedhof und irrte zwischen den verwitterten Grabsteinen umher, bis er ein Doppelgrab entdeckte, über dem eine Statue der heiligen Monika thronte.

Es war das Grab von Pater Evermacher, dem ehemaligen Pfarrer von Cantimpré.

In der Nacht, die seiner Verhaftung vorausging, hatte sich Benedetto nach den zahlreichen Enthüllungen von Marteen über Rainerio mit diesem Dorf Cantimpré befasst, das Kardinal Rasmussen und seine Helfer seit einiger Zeit beschäftigte. Er besaß in seinem Laden Abschriften der Berichte, in denen von sogenannten Wundern in diesem Dorf im Quercy die Rede war. Darin hatte er entdeckt, dass der ehemalige Pfarrer Evermacher in Spalatro beerdigt war.

Benedetto suchte seit einiger Zeit nach einem Mittel, um »den Fuchs auszuräuchern«.

Nun hatte er ihn gefunden.

XIV

Até brachte Perrot in eine reiche Zisterzienserabtei. Das weitläufige Gebäude mit seinen weißen Mauern und den lichtdurchfluteten Räumen raubte dem Kind den Atem.

Seit dem Zwischenfall im Waldlager war die Frau mit den roten Haaren nicht mehr von seiner Seite gewichen. Die schwarz gekleideten Männer, die sie begleiteten, waren ebenso wie das junge Mädchen aus dem brennenden Dorf allesamt verschwunden, und sie reisten gegenwärtig in einem prunkvollen Gespann mit solidem Verdeck und gepolsterten Sitzen. Até hatte ihre Söldnerkleidung abgelegt und zog nur noch ihren schönsten Staat an: weite, in Falten geraffte Roben, Mieder mit runden Halsausschnitten, Seidenhauben und lange, an den Handgelenken mit Perlen bestickte Handschuhe.

Bei jeder Etappe machten sie in Schlössern oder bedeutenden Klöstern halt. Perrot hörte, wie er einmal als Até de Brayacs eigener Sohn vorgestellt wurde. Diese wurde dank ihrer einflussreichen Abstammung überall mit großer Ehrerbietung aufgenommen.

An diesem Abend befand sich der Junge in einem Raum der Abtei, der für gewöhnlich dem Erzbischof vorbehalten war, wenn er auf der Durchreise war.

Er hätte sich nie vorstellen können, dass es eine so riesige Kaminabzugshaube geben könnte; das Bett war so breit wie die Stube in seinem Haus in Cantimpré, und eine Messingbadewanne war randvoll mit dampfendem Wasser gefüllt, das nach Lavendel roch.

Die Sonne ging unter; die ganze Abtei hallte wider von den Gesängen Hunderter von Mönchen, die die Vesper feierten.

Perrot saß auf einem Stuhl. Wie gewöhnlich ging Até geschäftig im Zimmer umher, während er unbeweglich und stumm blieb. Seit mehreren Tagen hatte er kein Wort mehr gesprochen.

Er konnte das Bild Atés, wie sie mit ihrem Schwert die Brust der Frau durchbohrt hatte, nicht aus seinen Gedanken vertreiben. Und die ungeheuren Entfernungen, die sie zurückgelegt hatten und die ihn jeden Tag weiter von Cantimpré entfernten, stürzten ihn in eine schreckliche Niedergeschlagenheit.

Die Frau verbrachte eine Stunde vor ihrem Bronzespiegel damit, ihre Haare zu glätten und zu einem schweren Zopf zu flechten. Sie war nur mit einem weißen Hemd bekleidet, das über den Boden schleifte. Sie erhob sich, um kochendes Wasser in ihr Bad zu schütten. Danach überprüfte sie, ob die Eichentür gut verriegelt war und die Fensterläden verschlossen waren.

Sie sah, wie Perrot ihre Bewegungen mit den Augen verfolgte.

»Vor einem Jahr kannte ich einmal ein Kind wie dich«, sagte sie, »es wollte lieber sterben und stürzte sich in den Abgrund, noch bevor es wusste, wohin ich es bringen wollte! Ich möchte nicht, dass sich das wiederholt.«

Mitsamt ihrem Hemd stieg sie in ihr Bad und hielt dabei mit einer Hand den Zopf hoch. Sie entblößte ihre rechte Schulter und musterte die Narbe des Schwerthiebs, der sie bei der Entführung des Mädchens getroffen hatte. Die Wunde war verschwunden.

»Großartig«, sagte sie. »Du hast ausgezeichnete Arbeit geleistet!«

»Ich kann nichts dafür«, murmelte Perrot.

Até fuhr hoch.

»Du redest? Zum Teufel, ich hatte die Hoffung schon aufgegeben, den Klang deiner Stimme zu hören …«

Perrot senkte den Kopf.

»Ich kann nichts dafür, was Eure Narbe angeht«, fuhr er fort. »Keine der Heilungen, die in meiner Gegenwart geschehen, ist von mir gewollt.« Er zuckte die Schultern. »Es passiert einfach, das ist alles.« Até lächelte. »Was für ein seltsamer kleiner Junge du bist!« Sie machte es sich in ihrem Bad bequem. »Ich wurde im Orient erzogen, fern von meinem Vater. Dort hätte ein Phänomen wie du die größten Gelehrten angezogen, man hätte dich untersucht, beschützt und begleitet. Hier dagegen muss man dich verstecken, muss lügen und darf deine Gaben nicht ruchbar werden lassen …! Du bist dir darüber noch nicht im Klaren, aber ich bin auch deswegen heute bei dir, Perrot, um dir das Leben zu retten …«

Der Junge hob den Kopf.

»Und Maurin?«

»Wer?«

»Maurin. Mein Freund aus Cantimpré, den Ihr mit einem Schwertstreich habt töten lassen. Ihm habt Ihr nicht das Leben gerettet …!«

Até dachte nach und erinnerte sich wieder an den massakrierten Jungen im Pfarrhaus.

»In der Tat«, versetzte sie. »Wie soll ich dir das erklären? Hat dieser Pater Aba euch nicht erzogen, indem er euch Sprichwörter beigebracht hat?«

»Ja. Das ist wahr. Woher wisst Ihr das?«

»Ich wusste schon lange, bevor ich dich holen kam, über dich Bescheid. Nun, dieser Pater Aba hätte euch diese alte Redensart beibringen sollen: *Wer die Mandel haben will, muss den Kern zerbrechen.* Der Tod deines Freundes war ein notwendiges Übel. Er bewies unsere Entschlossenheit, dich zu finden, und ließ uns als eine Bande blutrünstiger Ungeheuer erscheinen …«

Sie lächelte.

»Das erschwert denen, die uns finden wollen, erheblich die Aufgabe. Glaubst du, sie könnten sich uns beide hier vorstellen, wo wir aufgenommen werden wie eine Adlige, die mit ihrem Erben reist?«

Perrot verharrte einen Augenblick schweigend, bevor er fortfuhr: »Pater Aba hat uns jedenfalls gelehrt, welche Strafe dem droht, der einem anderen das Leben raubt. Ihr werdet für den Tod Maurins in die Hölle kommen!«

Até lachte schallend.

»Eines Tages wirst du alte Texte kennen lernen, in denen dir erklärt wird, dass Frauen keine Seele besitzen. Ja, Perrot, ich habe keine Seele, und ich gehöre zu den wenigen Frauen meiner Rasse, die darüber froh sind: Ich kann nicht verdammt werden für die Gräueltaten, die ich begehe! Hast du dich nie gefragt, weshalb die Frau so leicht als Hexe und Zauberin dargestellt wird? Eben weil der Teufel keine Macht über uns hat. Ich habe keine Seele, Perrot, mir ist alles erlaubt!«

Der Junge runzelte die Stirn.

»Das glaube ich nicht. Meine Mutter hat eine Seele, das weiß ich!«

Até zuckte die Schultern. »Wenn du es sagst ...« Belustigt sah sie die zornige Miene, die das Kind aufgesetzt hatte.

»Ich will zu meinen Eltern zurück«, sagte es plötzlich. »Ich will wieder nach Cantimpré!«

»Das hängt nicht von mir ab«, antwortete Até nun wieder ernst.

»Was wird mit mir geschehen? Wann kann ich meine Familie wiedersehen?«

»Auch darüber bin ich nicht zu entscheiden befugt. Ich weiß nur, dass ihr erwartet werdet, das Mädchen und du. Ich muss euch gewissen Personen übergeben. Danach sollen große Dinge geschehen!«

»Wer sind diese Personen?«, fragte der Junge.

Sein Gesicht war verschlossen und sein Blick starr.

Ihr missfiel der Ton, in dem er seit Kurzem mit ihr sprach.

»Wer?«, beharrte er.

Plötzlich stieß Até einen Schrei aus und richtete sich in ihrem Bad auf.

Sie strich mit der Hand über ihre rechte Schulter, an der sie soeben ein schreckliches Brennen verspürt hatte.

Entsetzt bemerkte sie, dass ihr Hemd rot vor Blut war; die Narbe war wieder aufgebrochen und blutete heftig!

Sie warf Perrot einen schreckensstarren Blick zu.

Dieser war selbst bleich geworden.

Er war bestürzt über das, was er in einem Anfall von Zorn bewirkt hatte …

XV

Pater Aba ritt auf einem Esel den Waldweg entlang, während Isarn zu seiner Rechten auf einem Pferd saß. Viele Tage schon zog der Priester inmitten der Räuberbande aus Toulouse durch die Grafschaft.

An diesem Tag hatten Aba und Isarn sich an die Spitze der Truppe gesetzt und an einem Waldrand, eine Viertelmeile vor dem befestigten Schloss von Mollecravel, haltgemacht.

Die ringförmige, gemauerte Umfriedung erhob sich auf einer Kuppe von etwa dreihundert Fuß Seitenlänge und war von einem Graben mit Brackwasser umgeben. Der Bergfried stand im Zentrum der Burg und überragte die Pechnasen; er maß hundertzwanzig Fuß Höhe, war aus gleichmäßigen Steinblöcken gefügt und hatte einen Vorsprung, der auf die Zugbrücke hinausragte, welcher wiederum von zwei Erkertürmen verteidigt wurde.

»Hier residiert Hue de Montmorency«, sagte Isarn, »ein Cousin mütterlicherseits der englischen Familie der Montforts. Dieses Schloss wurde ihm von der Kirche zum Geschenk gemacht, nachdem es von katharischen Aufrührern beschlagnahmt worden war.«

Die Burg lag mitten in der Wildnis; kein Haus, kein Nutzgebäude außerhalb war daran angeschlossen. Sie war von Wäldern umgeben.

»Dieser Platz wird nicht leicht einzunehmen sein«, stellte Isarn fest. »Die Klappe der Zugbrücke ist hochgezogen. Es gibt keinen anderen Weg, dort einzudringen …«

»Ihr habt vor, die Burg anzugreifen?«, fragte Pater Aba ungläubig.

Isarn und Althoras hatten ihren Plan noch nicht enthüllt.

Isarn nickte.

»Deine Zweifel sind berechtigt«, räumte er ein. »Ohne Wurfmaschinen oder einen Geschützturm werden wir hier nichts ausrichten können.«

»Wie wollt Ihr es also anstellen?«

Isarn lächelte.

»Es gibt nur einen Weg: Verrat. Wir haben drei unserer Männer bei Montmorency eingeschleust so wie an allen anderen wichtigen Punkten in der Region. Im vereinbarten Moment werden sie die Brücke für uns öffnen, und wir werden die Burg in einem Überraschungsangriff einnehmen. Aber wir müssen schnell zuschlagen, denn sobald die Burgbewohner merken, dass jemand sie angreift, werden sie ein großes Feuer auf der Spitze des Burgturms entfachen, einen Hilferuf, der von vier anderen Schlössern in der Umgebung zu sehen ist. Binnen kürzester Zeit wird Verstärkung eintreffen.«

Während ihrer Reise von Castelginaux nach Mollecravel hatten sich an die hundert Hungerleider der Räuberbande angeschlossen. Verbrecherclans, einzelne Banditen, Menschen aller Art, die in ihrem Schlepptau marschierten. Isarn befehligte mittlerweile eine kleine Armee.

Der Anführer der Bande befahl seinen Männern, sich in den Wäldern, die das Schloss umgaben, zu verteilen und an den Straßen Wachposten aufzustellen.

Pater Aba, der nicht schlecht über diese kriegerischen Gefechtsvorbereitungen und die Disziplin der Schurkenbande staunte, begab sich zu Althoras. Der alte Blinde schien von der Reise erschöpft. Nie verließ er seine geheizte Sänfte und seine dicken Decken. Diese Expedition mitten im Winter überforderte seinen ausgezehrten Körper. Aba musste unwillkürlich an die Legende denken, dass Althoras unsterblich sei. Doch Erschöpfung und Fieber hinderten den Alten nicht daran, die Neuigkeiten anzuhören, die seine Gefolgsleute in der Region von Mollecravel ihm über den Schlossherrn mitzuteilen hatten.

Aba ließ sich kein Wort entgehen.

Hue de Montmorency ging ein abscheulicher Ruf voraus. Der Mann war ein brutaler Haudegen, gewalttätig und aufbrausend. Jedermann in der Gegend wusste, dass er seine beiden ersten Frauen eigenhändig erwürgt hatte.

Sogleich dachte der Priester an diesen »Conomor«, von dem die beiden Dominikanerschwestern ihm in den Archiven von Narbonne erzählt hatten. Jener Typus von Ungeheuer, der zuerst seine Ehefrauen verschmähte und am Ende über Kinder herfiel, um seine Triebe zu befriedigen.

Eines Tages aber verschwand Hue. Ein Jahr lang ward er nicht mehr im Schloss gesehen. Es hieß, er sei auf ausdrücklichen Befehl der Kirche nach Italien gebracht worden. Tatsache war, dass dieser Mann nach seiner Rückkehr nach Mollecravel nicht mehr wiederzuerkennen war: Er war fromm, sanftmütig wie ein Lamm, hatte ein offenes Ohr für die Gedemütigten und wurde von herzzerreißendem Röcheln oder von Brechreiz gepackt, sobald man ihm die Schändlichkeiten der Vergangenheit in Erinnerung rief. Hue de Montmorency wurde zu einem Gegenstand der Verehrung in der Region, wie ein großer Büßer, der der Gnade teilhaftig geworden war.

Es hieß, seit seiner Läuterung vor sechs Jahren habe eine Vielzahl von Kirchenfürsten dem Schloss einen Besuch abgestattet. Diese Mauern, die die berühmtesten Dirnen der Grafschaft beherbergt hatten, waren gegenwärtig ein bevorzugter Aufenthaltsort für Bischöfe auf der Durchreise.

Die Zollposten der Region und die Spitzel der Räuber hatten nichts in Erfahrung gebracht. Eine Truppe schwarz gekleideter Männer war in der Umgebung unbekannt. Allerdings verließen gelegentlich berittene Männer nach Einbruch der Nacht das Schloss.

Auch von entführten Kindern hatte niemand etwas gehört.

Hingegen kannte jedermann in der Nähe von Mollecravel die Frau mit den langen roten Haaren. Sie war in der Bevölkerung hoch angesehen. Während ihrer regelmäßigen Anwesenheiten unterstützte sie die Bedürftigen, half den Kranken und verteilte im Auftrag Hue de Montmorencys Spenden an alle wohltätigen Einrichtungen der Domäne. Sie sei kurz nach der Läuterung des Herrn in Mollecravel aufgetaucht. Ihr Name war Até de Brayac.

Die Frau mit den roten Haaren, die gefälschte Münze aus Disard, Perrot, der durch Castelginaux gekommen war, ein anderes entführtes Wunderkind ... Zum ersten Mal spürte Aba, dass er seinem Sohn auf der Spur war.

Abgesehen von den Prozessionen an Ostern und Allerheiligen ließ sich Hue de Montmorency niemals in der Öffentlichkeit blicken. Seine Zugbrücke senkte sich nur herab, um Männer und Waren herein- und hinauszulassen. In den letzen Jahren hatte man die Verteidigungsanlagen erheblich ausgebaut. Obschon der Herr zu einer Art Heiligem geworden war, hatte er offenbar vor allem und jedem Angst.

»Wenn er meine Tochter gefangen hält«, knurrte Isarn, »dann hat er auch allen Grund zum Zittern.«

»Ist das nicht ein wenig zu tollkühn, eine Burg anzugreifen?«, fragte Aba.

Althoras lächelte.

»Unter all den Zuhältern, Falschspielern und gedungenen Mördern, die unsere Ränge füllen, findest du auch an die dreißig Kerle, die das Schwert im Orient geschwungen haben, um das Heilige Land zurückzuerobern. Man darf sich nicht von ihren Gesichtern irreführen lassen: Sie waren hervorragende Soldaten, manche von ihnen wurden in diesen fernen Ländern zu Prinzen geadelt. Warum sind sie heute bei uns gelandet? Das ist ihre Geschichte. Sie schließen sich nicht zuletzt deshalb uns an, weil wir einem Mann, der die Angst vor dem Sterben verloren hat, niemals Fragen stellen ... Wie dem auch sei, der Bergfried kann sie nicht erschüttern.«

Pater Aba betrachtete die hohen grauen Mauern der Burg und dachte, was sie wohl verbergen mochten.

Am nächsten Tag gelang es Isarn, einen Mann zusammen mit einigen Bewohnern aus dem Nachbardorf, die in der Kapelle des Adligen einer Messe beiwohnen sollten, in die Burg einzuschleusen. Dieser Mann verschaffte ihm einen Überblick über die Truppenstärke von Hue de Montmorency: etwa zwanzig Soldaten, Bogenschützen und mehrere auf dem Wachgang verteilte Verteidigungsanlagen. Am Hof verkehrten viele weltliche Geistliche. Gab es auch Bischöfe? Ja, zwei. Dazu eine Bruderschaft von drei Augustinermönchen. Zusammen mit Isarns Verbündeten im Schloss hatte der Mann einen Plan ausgeheckt, wie sie bei Einbruch der Nacht zum Angriff blasen konnten.

»Nichts, das unüberwindbar wäre«, schloss Isarn befriedigt.

Pater Aba bestand darauf, an dem Angriff teilzunehmen. Er hatte das Schwert aus Cantimpré wieder an sich genommen. Er fieberte der Attacke entgegen und zeigte keine Scheu, das erste Blut zu vergießen.

Er fand sich Seite an Seite mit Männern aller Couleur wieder, von denen die meisten unter das Niveau wilder Bestien gesunken waren. Die Grausamkeit in ihren Gesichtern beeindruckte ihn nicht mehr; er begann sich allmählich selbst äußerlich diesen Räubern anzugleichen.

Als es dunkel war, gab Isarn einen Befehl aus, der den Pater erstaunte: »Diejenigen, die religiöse Gefühle haben, mögen jetzt ihre Gebete sprechen, denn nicht alle werden die Kämpfe dieser Nacht überleben.«

Und Aba sah verblüfft, wie manche Räuber alle Gebete aus ihrer Kindheit vor sich hin murmelten.

Wie lange war es schon her, dass er, der Pfarrer von Cantimpré, zum letzten Mal das Bedürfnis verspürt hatte, sich an Gott zu wenden.

Man weiß von Mördern, die sich von ihrem Verbrecherleben losgesagt haben und gute Priester geworden sind, aber wie viele Priester haben ihr Priesteramt aufgegeben, um Mörder zu werden?

Unversehens sah er in Gedanken das Lächeln von Esprit-Madeleine und ihrem Sohn vor sich, das Glück in Cantimpré, ihre brennende Liebe in Paris …

Oft hatte er in Cantimpré seinen Gläubigen die Geschichte von Isaaks Opfer erzählt und die Schönheit von Abrahams Geste gepriesen.

Heute glaubte er nicht mehr daran.

Nicht einmal Gott würde er seinen Sohn opfern.

Es wurde Nacht. Die ersten Lichter in den schmalen Steinkreuzfenstern des Burgturms wurden nun sichtbar; sie bestätigten, dass eine große Zahl von Bewohnern sich dort aufhielt. Man hörte, wie das dünne Läuten einer Kapellenglocke die liturgischen Stunden schlug.

Nach mehreren Stunden des Wartens, die für Aba einer Folter gleichkamen, erloschen die Lichter an der Fassade allmählich; alle gingen schlafen. Endlich flog ein Pfeil mit brennender Spitze aus den Mauern der Burg in den Himmel und zeichnete eine Funkenparabel in die Dunkelheit.

»Freunde, es ist Zeit!«, rief Isarn aus.

Ohne Fackeln oder Kerzen rückten die Männer zu der Kuppe vor, auf der das Schloss thronte, und erklommen den Abhang bis zum Burggraben, wo sie sich zu beiden Seiten des Auflagers der Zugbrücke verteilten.

Pater Aba folgte ihnen. Er spürte die bis zum Zerreißen angespannten Nerven seiner Nachbarn und ihre verkrampften Muskeln, er sah, wie der Schatten der Burgmauer immer massiver aufragte, je näher er kam.

Der Schnee schimmerte im Widerschein eines halben Mondes. Aba hielt das Schwert von Cantimpré in seiner Rechten – weiß traten die Fingerknöchel hervor, so krampfhaft hielt er den Knauf. Die Männer um ihn herum trugen schwere Hämmer, Hackbeile, Armbrüste, Panzerhemden und Kettenharnisch.

Die Zugbrücke setzte sich durch die Maschinerie, die in die Hände von Isarns Männern gefallen war, in Gang und senkte sich, von zwei Ketten gehalten, langsam und geräuschlos herab.

Diese Männer sind wirklich und wahrhaftig unbesiegbar, dachte Aba, während er die bewegliche Brücke beobachtete, die den Briganten gehorchte. Ist der König von Frankreich wirklich Herrscher über ein Land, wenn marodierende Banden, die darin ihr Unwesen treiben, selbst solche Orte erobern können?

Die Brücke traf auf ihr Widerlager und überspannte jetzt den Graben, der voll mit schwarzem Wasser war.

Im Innern der Burgmauern erblickte Aba nur zwei brennende Fackeln, die ein mit großen Nagelköpfen geschmücktes Tor am Fuß des Burgturms einrahmten. Auf dem Platz zwischen dem Turm und dem Verteidigungswall war niemand zu sehen. Die von den Plünderern geschlagene Bresche hatte noch niemanden geweckt.

»Die Nachtwachen sind überwältigt. Vormarsch!«, befahl Isarn.

Die Kampftruppe vor Ort bestand aus zwei Gruppen von etwa

vierzig Männern. Die erste sollte die feindliche Abwehr durchbrechen und die zweite kurz darauf eingreifen, um die Besetzung siegreich abzuschließen.

Isarn, Leto Pomponio und vier andere Kämpfer saßen zu Pferde. Sie flogen über die Brücke, und Aba und seine Männer stürmten ihnen nach.

Als sie die Burgmauer passiert hatten, sah der Priester sich um. Der menschenleere Hof war angefüllt mit Holz- und Strohvorräten sowie umgekippten Schubkarren. Der Boden war gepflastert, die Hufe der Pferde hämmerten lärmend darauf. Und dennoch ging im Burgturm kein Licht an …

Aba bemerkte einen Brunnen und stellte fest, dass sich die Vorrichtung zum Hochziehen der Zugbrücke gegen alle Gewohnheit nicht auf ebenem Boden befand, sondern auf der Krone der Festungsmauer, was die Angreifer daran hinderte, sich nach dem Eindringen ihrer zu bemächtigen.

Isarn befahl, das Tor des Burgturms aufzubrechen. Sowie seine Männer den Weg mit Schlägen frei gemacht hatten, stieg er vom Pferd herab und drang in den Turm ein.

Plötzlich aber loderte die Spitze des Turms auf!

Ein gewaltiges Feuer sandte rings um den Bergfried sein Licht aus: Das war der von Isarn gefürchtete Hilferuf.

Im gleichen Augenblick pfiffen ihnen Pfeile um die Ohren.

Sie waren in eine Falle gelaufen!

Pater Aba rollte sich auf dem Boden, um den ersten Angriffen auszuweichen. Die Zugbrücke schloss sich wieder; zwei in der Luft schwebende Gewichte zogen sie mit ihrer ganzen Kraft nach oben.

Die Verräter von Hue de Montmorency hatten in Wirklichkeit Isarn verraten.

Es fehlte nicht viel, und der Geistliche wäre von einem Pferd zertrampelt worden, das an den Flanken und an der Brust von fünf Pfeilen getroffen war. Er sprang über Leichen und Verwundete, um sich hinter einem Wagen in Sicherheit zu bringen.

Die Banditen fielen einer nach dem anderen. Weiß gekleidete Soldaten traten aus drei in der Mauer eingelassenen Türen heraus. Ihre helle Kleidung schützte sie vor den Pfeilen der Bogenschützen.

Pater Aba focht mit dem Schwert gegen zwei Soldaten. Er tötete den ersten und hieb dem zweiten die rechte Hand ab, sodass dieser sich vor Schmerzen auf dem Boden krümmte.

Schreie und Schwerterklirren machten ihm klar, wo die Schlacht tobte: Isarn und seine Männer kämpften sich die Stockwerke hoch.

Aba spürte, wie ihm Blut über das Gesicht lief, ohne zu wissen, wem es gehörte. Er beschloss, dem Soldaten, den er getötet hatte, die weiße Uniform zu rauben und sie anzulegen, um der Aufmerksamkeit der Bogenschützen zu entgehen. Doch wieder wurde er angegriffen und entledigte sich seines Angreifers, indem er ihn mit dem Schwert von Cantimpré durchbohrte.

Zu seiner Rechten erkannte er die Kapelle, von der die Prim geläutet worden war. Er rannte los, rammte die Tür mit aller Kraft auf und drang ins Innere.

Ein Augustinerbruder, der aus seinem Versteck heraus das Massaker beobachtete, wurde durch die unvermittelt aufgerissene Tür auf den Boden gestoßen.

Zwei Lichtschalen, die an Dreifüßen aufgehängt waren, erhellten die Kapelle. Der Augustiner, dem wohl das nächtliche Läuten oblag, war bleich vor Angst.

»*Sanctuari!*«, schrie er mit erstickter Stimme.

Doch Aba schloss das Portal hinter sich und packte den Mönch am Kragen, dabei hielt er ihm seine Klinge unter das Kinn.

»Gibt es Kinder in diesem Schloss?«, fragte er.

Der Augustiner schüttelte verneinend den Kopf.

»Ich weiß nichts«, murmelte er.

»Wo befindet sich Até?«

»Das weiß ich nicht«, antwortete der Augustiner. »Ich kenne niemanden mit diesem Namen.«

Pater Aba glaubte an seiner Überheblichkeit zu spüren, dass der Mann log.

»Rede, oder ich schneide dir die Kehle durch!«

Der Mönch musterte ihn verächtlich.

»Ihr werdet meinen Einzug ins Paradies beschleunigen und Euch zur Hölle verdammen, mein Sohn …«

Aba hörte Lärm hinten in der Kapelle. Er sah einen zweiten, jüngeren Augustiner, der starr hinter einem Pfeiler stand und ihn entsetzt anblickte.

Aba hob den Kopf des Augustiners und schlitzte ihm die Kehle auf. Es war ein sauberer Schnitt; das Blut sprudelte hervor. Er sprang los, um den anderen Mönch zu packen.

»Antworte, oder du wirst das gleiche Schicksal erleiden!«

Der Junge wirkte schwach und hilflos. Pater Aba war überzeugt, dass er ihn zum Sprechen bringen konnte. Aber er hatte nur noch wenig Zeit; Isarns Truppe würde schon bald von den Wachen Hue de Montmorencys niedergeworfen werden.

»Gibt es Kinder, die man hierhergebracht hat?«, wiederholte er in drohendem Ton.

Der Augustiner mochte an die achtzehn Jahre alt sein und konnte den Blick nicht vom Schauspiel seines älteren Mitbruders abwenden, der auf dem Steinboden der Kapelle sein Blut verströmte.

»Gibt es Kinder hier?«, drängte Aba und hob das Schwert.

Der Augustiner duckte sich, als wollte er dem Streich ausweichen, und bejahte widerwillig.

Aba fühlte, wie sein Herz einen Sprung machte.

»Wo? Wo? Führe mich zu ihnen!«

Er zog den Mönch auf die Beine. Dieser versah sich zitternd mit einer Lichtschale.

»Wir müssen die Kapelle verlassen«, stammelte er.

»Gehen wir. Aber lass dir nicht einfallen, mich zu täuschen.«

Draußen loderte der Burgturm immer heller.

Isarn und drei seiner Leute hatten die Spitze erreicht. Ein Becken voll Öl nährte die Flammen des Alarmfeuers. Als der Anführer der Räuber seine dezimierte Truppe sah, beschloss er, es auszukippen, damit der Brand sich ausbreitete und unter den Soldaten Panik ausbrach: Seine drei Männer und er ergriffen dicke Planken, um das Becken umzuwerfen. Das brennende Öl ergoss sich über die Fassade des Burgturms und hüllte das Gebäude in Flammen, die wie Kerzenwachs hinabflossen und durch die Schießscharten ins Innere drangen.

Es war ein apokalyptischer Anblick.

Im ganzen Schloss brach Panik aus.

Isarn und seine Gefährten sprangen durch die Luft, um den Wachgang zu erreichen und den Kampf dort fortzusetzen.

Unterdessen war die Zugbrücke wieder herabgelassen worden!

Die Räuber der zweiten Gruppe rannten in die Burg, um ihren Kumpanen zu Hilfe zu kommen, doch während sie noch die Brücke überquerten, erhob sich diese wieder in die Luft, und gleichzeitig fiel an der Toröffnung ein Fallgitter herab! Unter Abas entsetzten Augen wurden manche Männer in das Wasser des Burggrabens geschleudert und von Bogenschützen getroffen, die in den beiden Erkertürmen auftauchten, während andere, Männer wie Pferde, zwischen der hochgeklappten Brücke und dem mit Eisenspitzen gespickten Fallgitter in die Zange genommen und zerquetscht wurden.

Der Augustiner war so gelähmt vor Entsetzen, dass er beinahe auf die Knie gefallen wäre. Er dirigierte Aba zu einer Geheimpforte hinter der Kapelle. Sie führte zu einer Treppe, die in die Mauer des Festungswalls eingelassen war.

Der Augustiner zögerte.

Pater Aba stieß ihn an, damit er seine Schritte beschleunigte.

Sie traten ein.

XVI

Nur sechs Meilen Luftlinie trennten Spalatro von Roms Norden. Doch trotz dieser Nähe erwartete niemand in dieser Jahreszeit einen Besucher. Die Ankunft Benedetto Guis löste beinahe einen Aufruhr aus; als die Einwohner erkannten, dass es sich um einen wohlhabenden Kaufmann handelte, gab es ein wildes Gerangel darum, wer ihn als Gast bei sich aufnehmen durfte.

Am Ende kehrte Benedetto glücklich bei einem gewissen Demetrios und seiner Frau Norma ein.

Ihr Haus war klein, aber gut gepflegt. Die Frau richtete ihm ein Zimmer ein, das neben der Ölpresse lag, in der ihr Mann arbeitete. Sie reichte ihm ein Paar Leintücher, Handtücher, zwei Kopfkissen und eine Nachthaube. Auf Guis Bitte hin brachte sie ihm für drei Sous zusätzlich einen zweiten Ofen.

Nachdem sie ihn allein gelassen hatte, entledigte sich Benedetto seines durchnässten Mantels und seiner von Schmutz und Schnee durchtränkten Schuhe. Er entzündete einen Ofen und ließ seine Kleider auf der Armlehne eines Stuhls vor sich hin dampfen. Er schob seine Tasche unter das Bett und musterte sodann das Fenster des Zimmers: Es ging auf den Hauptplatz von Spalatro hinaus. Nachdem er sich mit einem Krug Wasser, der am Kopfende seines Bettes stand, das Gesicht gewaschen hatte, suchte er seine Gastgeber auf.

»Was führt Euch in unser schönes Dorf?«, fragte Demetrios seinen Gast, der an einem von Norma gedeckten Tisch Platz genommen hatte.

Benedetto antwortete: »Ich heiße Pietro Mandez und bin ein Kaufmann, der dank Gottes Hilfe durch den Handel mit kostbarem Holz aus dem Orient ein Vermögen gemacht hat.«

Demetrios' Gesicht erhellte sich; das Wort »Vermögen« gefiel ihm. Er würde das auf den Preis seiner Gastfreundschaft aufschlagen.

»Für einen wohlhabenden Mann reist Ihr allerdings ohne Equipage und mit recht bescheidenem Gepäck«, bemerkte er indes.

Benedetto nickte.

»Ihr wisst, was die Priester verkünden: Ein Pilger muss ohne anderes Gepäck als seine Sünden wandern.«

Demetrios zog die Augenbrauen hoch.

»Ihr seid ein Wanderer Gottes?«

»So könnte man sagen.«

Die Frau brachte eine Schüssel mit Bohnen und Linsen sowie einen Krug Wein und trippelte an ihren Herd zurück.

»Um es Euch rundheraus zu sagen: Ich interessiere mich für das Dorf Cantimpré«, gestand Benedetto.

Das Lächeln auf Demetrios' Gesicht erlosch auf der Stelle. Er wechselte einen Blick mit seiner Frau, die sich beim bloßen Namen Cantimpré umgedreht hatte.

Benedetto tat so, als hätte er nichts bemerkt.

»Im vergangenen Sommer«, fuhr er fort, »erkrankte ich. Die Ärzte von Ostia prophezeiten mir furchtbare Schmerzen und einen baldigen Tod. Anstatt mich mit ihren teuren und wirkungslosen Heiltränken zu ruinieren, beschloss ich, mich lieber ins Heilige Land zu begeben, um für die Sünden Buße zu tun, denen ich diese schreckliche Krankheit verdankte. Da hörte ich von diesem

Wunderdorf Cantimpré, in dem es zahlreiche Heilungen gab und das für mich in meinem damals so geschwächten Zustand eine ratsamere Reise war als die nach Jerusalem. Ich begab mich also in diese Gemeinde im Quercy, und siehe da, das Wunder wurde gewirkt: Der Herr gewährte mir seine Gnade und schenkte mir die Gesundheit wieder! So wie ich vor Euch stehe, ist an mir ein Wunder vollbracht worden!«

Während der ganzen Erzählung Benedettos hielt Demetrios den Kopf über seine Schale Linsen gesenkt und klapperte vernehmlich mit dem Löffel. Benedetto überging diese Nervosität und beendete seine Geschichte.

»Die Bewohner von Cantimpré erklärten mir, dass sie diese Gnadenbeweise der Seele von Pater Evermacher verdanken, der so lange bei ihnen gelebt habe. Sie sagten mir, er sei in Spalatro begraben. So komme ich also heute hierher, um am Grab des Priesters, dem ich meine Wiederauferstehung zu verdanken habe, in mich zu gehen!«

Demetrios hob den Kopf.

»Ich verstehe«, sagte er und schenkte sich Wein ein. »Pater Evermacher ist in der Tat hier beerdigt. Nachdem er sein ganzes Erwachsenenleben in Cantimpré verbracht hat, äußerte er den Wunsch, in seinem Geburtsdorf bei seiner Mutter beerdigt zu werden.« Er runzelte die Stirn und erhob seine Stimme, deren Redefluss sich nun beschleunigte. »Was jedoch diese Mirakel von Cantimpré angeht, so ist hier nicht der rechte Ort, um darüber zu sprechen, mein Freund! Man hat uns zur Genüge mit diesen Narrheiten in den Ohren gelegen!«

»Narrheiten?«

»Falls Evermacher vom Himmel aus in seiner ehemaligen Pfarrei Wunder wirkt, so ist hier nichts davon zu merken!«

Er trank seinen Wein, ohne den Becher an die Lippen zu führen, und stellte ihn mit einem harten Stoß auf den Tisch zurück.

»Es gibt bei uns Leute, die sich an Evermacher erinnern. Er war ein braver Mann. Als seine Mutter starb, ließ er eine Statue der heiligen Monika auf ihrem Grab errichten und bezahlte die Renovierung unserer kleinen Kirche. Er war gewissenhaft und bestimmt ein fähiger Mann, aber alle Alten in Spalatro sind sich darin einig, dass er nicht aus dem Stoff war, aus dem man Heilige macht!«

Benedetto wollte zu einer Antwort ansetzen, doch Demetrios ließ sich nicht unterbrechen.

»Ich würde sogar sagen, dass unser Leben in Spalatro sich verschlechtert hat, seitdem die sterblichen Überreste dieses Priesters hier begraben sind! Ihr seid der erste Mensch, den ich in sechs Jahren hier gesehen habe, der sich rühmt, Zeuge eines Wunders in Cantimpré geworden zu sein. Ich will Eure Worte nicht in Frage stellen, Messer Pietro Mandez, aber wisst, dass viele von uns in dieser Gemeinde an diesen Geschichten zweifeln.«

Demetrios schenkte sich einen weiteren Becher Wein ein, den er in einem Zug hinunterstürzte, bevor er ausstieß: »Und falls Ihr nach Cantimpré zurückkehrt, so richtet ihnen aus, dass sie ihren Evermacher zurückhaben können!«

Norma stellte Kaninchenkeulen auf den Tisch und füllte den Weinkrug nach, den ihr Mann alleine geleert hatte. Sie schien sehr betroffen von dem Gespräch.

»Ich garantiere Euch«, erwiderte Benedetto Gui bedächtig, »dass ich der lebende Beweis der Segnungen von Cantimpré bin. Ich will seinem ehemaligen Pfarrer meinen Respekt erweisen, sonst nichts.«

Demetrios nickte mit einem angedeuteten Lächeln.

»Ich rate Euch, die Erinnerung an Evermacher in Spalatro nicht zu sehr aufleben zu lassen. Alle Welt hegte nach den ersten Nachrichten aus Cantimpré große Erwartungen, und Evermacher hat sie alle enttäuscht.«

Benedetto versprach, das zu beherzigen.

»Habt Ihr einen Pfarrer in Spalatro?«, fragte er.

»Wir sind zu nahe an der Diözese von Cardonna, daher kommt ein Diakon von dort zu uns, um unter der Woche die Messe abzuhalten.«

»Hält er sich gegenwärtig auch hier auf?«

»Ihr könnt ihn morgen früh sehen. Dann füllt er das Öl für die Altarlampen nach.«

Die Mahlzeit wurde mit allerlei Plaudereien fortgesetzt, die so wenig wie möglich mit Evermacher und Cantimpré zu tun hatten. Doch als es schließlich Zeit war, auseinanderzugehen, schnitt Demetrios das Thema ein letztes Mal an.

»An Eurer Stelle würde ich Eure Heilung in Cantimpré nicht einmal erwähnen. Ihr würdet nur wieder falsche Hoffnungen wecken ...«

Benedetto stimmte ihm zu und sagte dann, er wolle noch frische Luft schnappen.

Er schaute sich ein wenig in Spalatro um. Er machte die Bekanntschaft weiterer Dorfbewohner, denen gegenüber er nichts über Cantimpré verlauten ließ, und erfuhr Verschiedenes über das Dorf.

Die Pfarrei zählte an die fünfzig Seelen. Seitdem die Hauptstraße sie in weniger als zwei Stunden mit Rom verband, hatten alle aufgehört, auf den Feldern zu arbeiten. Ein Weber hatte sich im Ort niedergelassen und beschäftigte die Frauen, Demetrios presste die hier geernteten Oliven, die in der Stadt freilich als Importware aus Griechenland verkauft wurden.

Benedetto nahm sich Zeit, um die kleine Kirche zu besichtigen und auf den Friedhof zurückzukehren, wo er Evermachers Grab gründlich inspizierte.

Es war ein Doppelgrab, in dem er und seine Mutter ruhten. Benedetto entdeckte die von Demetrios erwähnte Statue der heiligen Monika. Sonst besaß das Grab keinen weiteren Schmuck, es war nichts als ein in die Erde gezeichnetes, schneebedecktes Rechteck von acht Fuß Seitenlänge.

Er kehrte in sein Zimmer zurück und schob eine Truhe vor die Tür, um sie zu versperren.

Als Erstes heizte er in einem der Öfen nach. Er öffnete das Fenster einen Spaltbreit und holte sodann aus seiner Ledertasche den roten Stein und das Säckchen mit Pulver hervor, die er eingesteckt hatte, bevor er aus seinem Laden in Rom floh, sowie den Granittiegel, den Bohrer und den Drillbohrer, die er in Ostia erstanden hatte.

Er entfernte den Rost auf dem Ofen und stellte eine Kupelle direkt auf die Glut. Sodann mühte er sich eine Stunde lang damit ab, seinen roten Stein in feine Splitter zu zerkleinern. Seine Hände brannten, seine Augen tränten, und bisweilen bekam er in dem beißenden Qualm keine Luft mehr.

Er bat Demetrios' Frau um Wasser. Sie sagte ihm, dass er auf dem Dorfplatz einen Brunnen fände. Benedetto fragte sie, ob er das Olivenöl kosten dürfe, das ihr Mann herstellte. Norma brachte ihm etwas davon in einem Fläschchen.

Dann sagte sie: »Ihr dürft nichts auf Demetrios' Bemerkungen geben, er ärgert sich über Evermacher. Ich mochte ihn gern, diesen alten Priester.« Sie warf einen prüfenden Blick um sich, ob ihr Mann in der Nähe war, und fragte dann hastig mit leiser Stimme: »Ist es wahr, dass die schwangeren Frauen in Cantimpré ihre Kinder gebären, ohne Wehen zu spüren?«

Benedetto bejahte, was die Frau offenbar mit stiller Freude erfüllte.

Bevor er wieder in sein Zimmer zurückkehrte, vergewisserte er sich, dass sich neben der Eingangstür wie in allen ordentlichen Häusern mehrere Harzfackeln befanden für den Fall, dass sich in der Nacht etwas Unvorhergesehenes ereignete.

Dann setzte er seine Arbeit am Ofen fort. Er hatte Norma nur deshalb um einen zweiten Herd gebeten, damit er über eine zusätzliche Holzreserve verfügte. Zwei Stunden lang bearbeitete er über dem Feuer die glühenden Reste seines Steins. Endlich begannen winzige verkohlte Rückstände an der Oberfläche einer silbrigen Flüssigkeit zu schwimmen. Dieser Stein war Zinnober, und er hatte soeben ein paar Gramm Quecksilber daraus extrahiert. Befriedigt deponierte Gui dieses in einer Schale und stellte sie auf das verschneite Fensterbrett.

Die nun folgende Prozedur dauerte nicht so lange. Er gab ein wenig von dem weißen Pulver aus seinem Säckchen, das Schwefel war, auf das Quecksilber, bis es sublimierte.

»Das wäre geschafft.«

Er ruhte sich zwei Stunden aus und vergewisserte sich, dass seine Gastgeber tief und fest schliefen, bevor er den Fensterladen vor seinem Fenster öffnete. Er beobachtete den Dorfplatz und lauschte auf das geringste Geräusch und die winzigste Bewegung.

Mit gedämpften Schritten verließ er sein Zimmer, schlich aus der Tür von Demetrios' und Normas Behausung und trat hinaus auf die Straße.

Draußen war alles ruhig und eiskalt. Der Mond drang durch die Wolken, und einige Tiere strichen durch den Wald. Benedetto sah, wie ein Dachs vor ihm das Weite suchte, und hörte den Schrei eines Nachtvogels.

Er fürchtete nicht, die Dorfbewohner könnten ihn um diese Uhrzeit überraschen, denn er wusste, welche Scheu die Nacht den Menschen vom Land einflößte, besonders, wenn die Wälder so nahe an die Behausungen heranreichten.

Er marschierte zum Friedhof und gelangte schließlich an Evermachers Grabstätte. Er näherte sich der Statue der heiligen Monika. Nun holte er den Bohrer und den Drillbohrer hervor und begann an jedem Unterlid der Heiligen einen Gang hineinzutreiben, wobei er den Steinstaub sorgsam einsammelte.

Nur der Mond spendete ihm Licht, und so musste Benedetto sich konzentrieren, als er den Drillbohrer in das Quecksilber tauchte und es portionsweise in die beiden Löcher tropfen ließ.

Daraufhin ergriff er den Zinnober, der aus der Sublimation von Quecksilber und Schwefel hervorgegangen war. Er war von einem leuchtenden Rot. Vermischt mit ein wenig Öl von Demetrios führte er ihn in kleinen Tupfern mit der Spitze des Bohrers ein, und am Ende verschloss er die Öffnungen mit dem Staub.

Er packte einen Stein und bearbeitete damit die Erde, um die Fußspuren einzuebnen, die er unter der Statue hinterlassen hatte.

Erschöpft kehrte er in sein Zimmer zurück.

*

Noch vor Tagesanbruch verließ er Demetrios' Haus ein zweites Mal, versah sich mit einer der neben der Haustür hängenden Harzfackeln und begab sich zur Kapelle von Spalatro.

In dem engen, schmucklosen Bauwerk waren sechs Bankreihen vor dem Altar aufgestellt, der von zwei schwachen Öllampen eingerahmt wurde; in dem fahlen Licht sah Benedetto ein hölzernes Kruzifix und eine Ikone der Madonna mit dem Jesuskind.

An der Flamme der Öllampe entzündete er seine Fackel; das Harz knisterte, während die Kapelle von Licht überflutet wurde. Am Ende der Apsis entdeckte er eine glitzernde Monstranz.

Er kniete nieder und nahm eine Gebetshaltung ein.

Das kam ihm sonst nie in den Sinn.

Fauvel de Bazan hatte zu Recht seine mangelnde Begeisterung für die Messe gerügt. Benedetto Gui hatte seine Jugend in Gesellschaft einer Bande von *Goliarden* verbracht, vagabundierenden Studenten und Geistlichen, die als wandernde Musiker und Dichter große Ideen verkündeten und sich allerlei Ausschweifungen hingaben. Der Umgang mit ihnen hatte in ihm ein gewisses Misstrauen gegenüber den Dogmen hinterlassen, und er kannte die Widersprüche in den heiligen Schriften zu gut, um die banalen Reden der Pfarrer zu ertragen. Er mied Gottesdienste, die er mit kannibalischen Riten verglich. Der Mann, zu dem er – vor allem seit dem Tod seiner Frau – geworden war, fand mehr Trost bei Cicero und Seneca als in der erdrückenden Schuldhaftigkeit der Kirchenväter.

An diesem Morgen aber bewirkten Einsamkeit, Stille und Erschöpfung, dass ihm ein Psalm aus Kindertagen wieder in den Sinn kam:

Würdest du, Herr, unsere Sünden beachten,
wer könnte bestehen?

Tief in seiner Seele spürte er, dass das Schweigen, das ihm heute antwortete, das gleiche war, das vor langer Zeit den Schäfern in Judäa unter der Herrschaft von König David geantwortet hatte …

Kurz darauf betrat der Diakon von Cardonna die Kapelle. Er war so alt wie Benedetto, groß und mager und trug eine geflickte Kutte unter einem alten Mantel. In den Händen hielt er eine kleine Kanne mit Öl, die zum Auffüllen der Trichter für die Altarlampen diente.

Beim Anblick des Fremden zuckte er zusammen.

Benedetto erhob sich.

Der Diakon protestierte hastig.

»Ich würde es mir nicht verzeihen, wenn ich Eure Zwiesprache mit dem Himmel stören würde, mein Sohn.«

Gui lächelte.

»Wir haben uns bereits alles gesagt.«

Er stellte sich unter seinem angenommenen Namen Pietro Mandez vor und wiederholte die Geschichte des Kaufmanns, an dem in Cantimpré ein Wunder gewirkt worden und der nach

Spalatro gekommen war, um sich an Pater Evermachers Grab zu sammeln.

Benedetto holte den letzten von Maxime de Chênedollés Golddukaten hervor und zeigte ihn dem Diakon, wobei er seine Absicht verkündete, Spalatro mit zahlreichen Spenden zu bedenken.

Der Diakon sah verdattert auf dieses kleine Vermögen, das ihm plötzlich in die Hände fiel.

»Ich muss unseren Bischof darüber in Kenntnis setzen!«, rief er. »Eure schöne Mildtätigkeit wird ihn sehr bewegen, mein Sohn.«

»Ich tue nur meine Christenpflicht. Freilich …«

»Ja?«

»Freilich verwundert es mich, dass Evermacher so würdelos bestattet ist.«

Der Diakon riss die Augen auf.

»Ich hatte erwartet, ihn inmitten dieser Kapelle zu finden, unter dem Kreuz, in einem schön behauenen Sarkophag!«

Diese Bemerkung traf den Diakon ins Herz.

»Was sagt Ihr da? Evermacher und seine Mutter erhielten die schönste Grabstätte in unserem Friedhof!«

Benedetto vertrat indes die Ansicht, dass das nicht ausreiche.

»Ist er nicht derjenige, der die Wunder in Cantimpré wirkt?«, bemerkte er.

Der Diakon setzte eine verlegene Miene auf.

»Mein Sohn, seit Jahren schon warten die Gläubigen von Spalatro auf ein Zeichen, ein Wunder von ihm, doch seine Seele bleibt taub für ihre Gebete. Was er in Cantimpré zu vollbringen geruhte, das verweigert er hier. Zu uns kamen Gelehrte, die besessen nach Zeichen der Heiligkeit suchten, es hat nichts geholfen. Die Bevölkerung ist verbittert, und niemandem hier käme es in den Sinn, sein Grab zu schmücken. Ihr könnt es mit Gold überziehen, auch das würde aus ihm nicht den Heiligen machen, den man erwartete. Die Gläubigen haben den Glauben an Evermacher verloren.«

Benedetto antwortete schroff: »Ich meine wohl, dass sie sich irren. Ist Cantimpré nicht Wirklichkeit? Bin ich nicht der lebende Beweis dafür? Fühlt sich Evermachers Seele nicht zu Recht verletzt durch die Behandlung, die man seinen sterblichen Überresten angedeihen lässt? Und will sie daher nicht zu Recht stumm bleiben?«

Benedetto begab sich mit dem Diakon auf den Friedhof, um ihm seine Ideen zur Verschönerung zu erläutern, die die verletzte Seele Evermachers besänftigen könnte. »Es wäre ihm mehr daran gelegen, sich zu manifestieren, wenn seine Grabstätte schöner gestaltet wäre«, sagte er.

Mit diesen Worten näherte er seine Fackel der Statue der heiligen Monika.

Durch die Einwirkung der Hitze dehnte sich das unter den Augenlidern eingeflößte Quecksilber aus und floss auf die Wangen der Heiligen herab, dabei vermischte es sich mit der roten Farbe des mit Öl vermengten Zinnobers.

Die heilige Monika weinte Bluttränen!

Der Diakon, der dies als Erster bemerkte, bekreuzigte sich und zeigte dann mit dem Finger auf die Statue, damit auch Benedetto die Tränen sähe.

»Jesus Maria!«, schrie Gui und fiel auf die Knie.

Der Geistliche war weniger gottesfürchtig: Kreischend wie ein Wahnsinniger machte er sich aus dem Staub.

Er rief seine Schäfchen zu sich, trommelte an die Türen und brüllte durch die Fenster. Dann kehrte er in die Kapelle zurück und begann nach Leibeskräften die Glocke zu läuten.

Das ganze Dorf versammelte sich auf dem Friedhof vor Evermachers Grab und der Wunderstatue. Der Diakon erklärte, was geschehen war. Die Menge kniete nieder, und man feierte eine Ruhmesmesse!

Benedetto hörte, wie die Dorfbewohner riefen, sie hätten dieses Wunder erwartet und nie den Glauben an den guten Pfarrer von Cantimpré verloren! Demetrios selbst, der sich gestern noch so abfällig über Evermacher geäußert hatte, behauptete nun, er sei sein eifrigster Verteidiger gewesen!

Die Begeisterung schwoll unter jedem beliebigen Vorwand immer weiter an.

Eine Alte behauptete, sie habe keine Rückenschmerzen mehr.

»Ein Wunder!«

Der Himmel wurde hell, und ein Strahl der aufgehenden Sonne traf Spalatro.

»Ein Mirakel!«

Unter dem Schnee, der Evermachers Grab bedeckte, spross ein zartes grünes Pflänzchen hervor.

»Ein Mirakel!«

Manche behaupteten, sie könnten aus den Spuren der rötlichen Tränen, die unter den Augen der weißen Statue getrocknet waren, Botschaften herauslesen.

»Ein Mirakel!«

Die entfesselte Begeisterung des Volkes, die von dem überschäumenden Diakon noch angefacht wurde, brauchte nicht lange, um dieses Wunder zu erklären: Evermachers Seele hatte all die Jahre auf die Ankunft eines durch ein Wunder geretteten Pilgers wie Pietro Mandez gewartet, um sich endlich zu offenbaren! Und wenn die heilige Monika weinte, so deshalb, weil die Gläubigen ihr Grab zu lange vernachlässigt hatten …!

Benedetto Gui verfolgte das Spektakel und bemühte sich dabei, seine Bestürzung zu verbergen. Er dachte bei sich, dass er, wenn er auch nicht Zeuge eines Wunders wurde, zumindest einer verblüffenden Illusion beiwohnte, einem Wahnsinn, dessen Realität umso unumstößlicher erschien, je mehr die Gemeindemitglieder darüber sprachen.

Der Diakon beschloss, seinen Vorgesetzten im Nachbarort Cardonna zu benachrichtigen.

»In Spalatro bricht ein neues Zeitalter an!«

Jedes Wort von ihm, und war es noch so unbedeutend, wurde von der Menge mit Hochrufen aufgenommen.

Benedetto erbot sich, ihn zu begleiten.

Der alte Pater Viviani empfing die zwei Männer in seinem Pfarrhaus in Cardonna. Der Diakon gab ihm eine wortreiche Schilderung der Ereignisse. Schon zwei Stunden nach dem Wunder schmückte er die beobachteten Phänomene aus.

»Man muss sich bei den Kirchenoberen für Evermacher einsetzen!«, rief der Pater aus. »Eine Untersuchungskommission über das Wunder fordern und beim Papst um eine Bulle zur Eröffnung eines Verfahrens zur Heiligsprechung ersuchen!«

Er malte sich die zahlreichen Vorteile aus, die er aus einer Heiligenstatue ziehen konnte, die blutige Tränen weinte. Alle Gläubigen im weiten Umkreis kämen in seine Gemeinde, um das Wunder zu betrachten und Schenkungen zu machen.

»Mit Eurer Erlaubnis«, schlug Benedetto vor, »lasst mich als Postulator den Fall Evermacher in Eurem Namen vertreten. Als reicher Bittsteller würde ich unserem Gesuch allen notwendigen Glanz verleihen. Überdies bin ich die unmaßgebliche Ursache, die heute Morgen die Offenbarung des Pfarrers von Cantimpré bewirkt hat. Als durch ein Wunder Erretteter könnte ich gute Argumente für Spalatros Verteidigung vorbringen. War es nicht die Vorsehung selbst, die mich auf Evermachers Spur geleitet hat?«

Der Diakon präsentierte den von Benedetto gestifteten Golddukaten. Pater Viviani ließ ihn unverzüglich in seinem Gürtel verschwinden und willigte in Guis Vorschlag ein, denn das befreite ihn von den Ausgaben, die mit den ersten Verwaltungsschritten verbunden waren.

»Welche Verfahrensweisen gilt es zu beachten?«, fragte Benedetto.

In Wahrheit hatte er, wie er Pater Cecchilleli gesagt hatte, bereits an öffentlichen Prozessen teilgenommen. Er wusste, dass man, um die Anerkennung eines Wunders zu betreiben, die schriftliche Unterstützung des Pfarrers der Gemeinde und des Bischofs der Diözese benötigte sowie eine ausführliche Schilderung des Wunders durch mehr als acht Augenzeugen.

Nachdem Pater Viviani die Statue gesehen hatte, verfasste er den Beglaubigungsbrief, in dem er die Wahrhaftigkeit des Wunders bestätigte, und versah ihn mit seinem Siegel.

Benedetto Gui nahm ihn mit gesenktem Kopf entgegen, ganz ergriffen vom heiligen Charakter der Mission, mit der er soeben betraut worden war.

Ein wichtiger Schritt war getan auf dem Weg, der ihn direkt zur Heiligen Kongregation des Laterans führen sollte. Auf dem Friedhof von Spalatro musste man die Gläubigen davon abhalten, dass sie Evermachers Leichnam ausgruben; sie wollten sich vergewissern, ob seine sterblichen Überreste noch unversehrt waren, was ein unumstößliches Zeichen für Heiligkeit gewesen wäre ...

Benedetto gelang es, von allen Dorfbewohnern, die die Bluttränen der heiligen Monika gesehen hatten, eine zweifelsfreie Bestätigung zu erhalten. Auch der Lehnsherr der Region sagte seine leidenschaftliche Unterstützung zu.

Man organisierte eine Hochmesse, in der die Stadtväter der Diözese sich um Evermachers Grab versammelten.

Benedetto wurde beauftragt, sich unverzüglich in die Abtei von Pozzo zu begeben, die auf halbem Weg zwischen Rom und den Pontinischen Sümpfen lag. Dort wurden die Meldungen über wundersame Erscheinungen registriert, die im Kirchenstaat beobachtet oder von den Episkopaten Frankreichs oder Spaniens unterbreitet worden waren.

Dem offiziellen Antrag musste eine vorläufige Untersuchung vorausgehen. Benedetto sollte darin die Glaubhaftigkeit der Zeugenaussagen überprüfen lassen und anschließend nach Spalatro zurückkehren. Dort würde der Bischof über das weitere Vorgehen, das heißt die Erwirkung einer päpstlichen Bulle, entscheiden.

Durch einen Schneesturm wurde Benedetto Gui einige Tage lang im Dorf festgehalten: Für gewöhnlich hätte man darin ein schlechtes Vorzeichen gesehen, doch in diesem Fall redeten sich die Dorfbewohner infolge des Mirakels ein, dass dieser Sturm Gutes verhieß.

Gui wartete bei Demetrios. Er nutzte die Zeit, um der Reihe nach seine Entdeckungen bezüglich Rainerio durchzugehen: Zapetta, das Verschwinden des jungen Assistenten von Kardinal Rasmussen, die Ermordung Maxime Chênedollés und seine rätselhaften, verschlüsselten Texte, Tomaso, Chênedollés Witwe und ihre Enthüllungen, Rasmussens Tod, der enthauptete Marteen, diese Heilige Kongregation, die die Diener Gottes heiligsprach, und schließlich Fauvel de Bazan, der auftauchte, um ihn zu verhaften und seinen Nachforschungen einen Riegel vorzuschieben.

Sowie das Wetter milder wurde, machte Benedetto sich auf den Weg. Der Bischof von Cardonna schenkte ihm einen Esel und die Bevölkerung Unmengen von Lebensmitteln. Abgesehen von den wertvollen Dokumenten nahm er eine Phiole mit dem aufgefangenen Blut der Heiligen mit.

Unter den Beifallsrufen des Dorfes verließ er Spalatro.

XVII

Während die Kämpfe zwischen Isarns und Hue de Montmorencys Anhängern nach dem Brand des Burgturms mit neuer Heftigkeit entflammten, folgte Pater Aba auf der Suche nach den Kindern dem Augustinermönch und drang immer tiefer in die Kellergewölbe des Schlosses von Mollecravel vor.

Die in die Burgmauer eingelassene Treppe endete an einem Gitter, das den Zugang zu einer weiteren, noch steileren Treppe freigab, die in die Finsternis hinabtauchte.

Während Pater Aba immer neue Stufen hinunterstieg, wurde ihm bewusst, dass der Hügel, auf dem sich der Burgturm erhob, hohl war und in seinem Innern mehrere Stockwerke bewohnbar gemacht worden waren.

Sein Fuß trat auf dicke Teppiche in einem Korridor, dessen Wände ebenfalls mit Teppichen behangen waren. Es gab weder ein Fenster noch ein Luftloch.

Der junge Augustiner entzündete eine Fackel, die mehr Licht verbreitete als Abas Lämpchen, und führte Aba in ein Zimmer, in dem mehrere Betten standen.

»Hier wohnen die Kinder«, sagte er. »Meine Aufgabe ist es, ihnen zu essen und zu trinken zu bringen.«

»Wo sind sie jetzt?«, fragte Aba enttäuscht und beunruhigt.

»Die Letzten, die hier beherbergt wurden, waren drei Mädchen und vier Jungen. Vor zwölf Tagen brachen sie Hals über Kopf auf. Sie entsprachen nicht den Anforderungen. Sie wurden zurückgebracht.«

»Anforderungen? Welche Anforderungen?«, rief der Priester aus. »Was habt Ihr ihnen angetan?«

»Ich bin erst seit vier Monaten als Gehilfe für Abbé Simon auf dem Schloss. Er hätte Euch mehr erzählen können, aber … Ihr habt ihn in der Kapelle getötet.«

Pater Aba bestand darauf, dass der Augustiner ihm die Jungen beschrieb. Von den ersten dreien entsprach keiner Perrots Erscheinungsbild.

»Das vierte Kind ist erst später eingetroffen, und niemand hatte das Recht, sich ihm zu nähern«, sagte der Mönch. »Ich weiß nicht, wie es aussieht.«

Aufgewühlt von der Vorstellung, er befinde sich an einem Ort, an dem womöglich sein Sohn verweilt hatte, musterte Aba alles, hob die Betten hoch und öffnete die Truhen. Er trat in ein Arbeitszimmer in der Nähe der Schlafkammer, in dem sich Regale voller Bücher sowie ein Schreibkasten befanden. Er schob die Bücher beiseite und entdeckte eine gesondert aufbewahrte Hülle mit Pergamenten.

Darin entdeckte er mit Bleiminen angefertigte Skizzen, die Kinderporträts darstellten. Fieberhaft blätterte er jede Seite um. Er zählte Dutzende. Mädchen und Jungen jeden Alters. Kein Name, kein Datum, keine Ortsangabe.

»Das ist die Arbeit von Bruder Ravallo, dem dritten Mitglied unserer kleinen Gemeinschaft in Mollecravel«, erklärte der Augustiner. »Im Auftrag von Dame Até fertigte er Porträts der Kinder an. Ihr seht hier seine Skizzenblätter. Wenn die Arbeiten vollendet sind, lässt Dame Até sie nach Rom schicken …«

Plötzlich erkannte Pater Aba ohne jeden Hauch eines Zweifels Perrots Gesicht!

Er zeigte dem Mönch das Porträt.

»Kennst du ihn? Hast du ihn gesehen?«

»Ich schwöre Euch, nein ...«

Aba klammerte sich an eine Stuhllehne, um nicht zu Boden zu sinken, und starrte bewegungslos auf das Bild. Sein Sohn trug andere Kleider als die, die er an seinem letzten Morgen in Cantimpré angezogen hatte.

»Glaubt mir«, sagte der Augustiner, der nicht wusste, wie er die Verstörung seines Angreifers deuten sollte, »die Kinder werden sehr rücksichtsvoll behandelt, besser als die hochwohlgeborenen Gäste Hue de Montmorencys. Abgesehen von ein wenig Kummer bei ihrer Ankunft gefällt es ihnen hier, das habe ich deutlich gemerkt. Sie sind umgeben von Menschen, die sie verstehen und ihnen helfen können.«

Pater Aba explodierte vor Wut. »Was sagst du da? Welche Menschen? Von welcher Hilfe redest du?« Er packte den Augustiner am Kragen und schleuderte ihn an die Wand.

»Soweit ich gehört habe«, presste der junge Mann mit erstickter Stimme hervor, »haben diese Kinder sich allesamt eine bestimmte ›Krankheit‹ zugezogen oder weisen ähnliche Symptome auf, und man bringt sie hierher, um ihre Anomalien zu untersuchen. Aber damit habe ich nichts zu tun ...«

Aba drückte die Kehle des jungen Mannes noch ein wenig mehr zu.

»Was für Symptome?«

Der Augustiner fügte sich.

»Hue de Montmorency liegt dieses Unternehmen sehr am Herzen, vor allem, da er selbst von seinen Übeln geheilt wurde!«

Pater Aba erinnerte sich an Althoras Schilderung von Montmorency: sein grausames Wesen, sein plötzliches Verschwinden und seine unerklärliche Läuterung nach seiner Rückkehr. Der Wolf, der sich in ein Schaf verwandelte.

»Waren Geistliche bei den Kindern? Suchte Até sie oft auf?«

»Manchmal Bischöfe ... Dame Até hatte immer die Zügel in der Hand bei den Kindern ... Sie war diejenige, die die Befehle erteilte ...«

»Wer ist sie?«

»Ich weiß nur, dass sie die Tochter eines Mächtigen ist ... Sie wird gefürchtet und respektiert ...«

»Wo sind die Kinder jetzt? Wohin werden sie von Mollecravel aus gebracht?«

»Bestimmt sind sie fortgegangen, um sich einer Behandlung zu unterziehen ... Hier werden sie begutachtet, und danach ... gelangen sie in eine bessere Einrichtung ... wo sie endgültig geheilt werden.«

Pater Aba kochte.

»Wo ist das?«

Er gab den Hals des Augustiners frei, damit dieser antworten konnte, denn inzwischen war er einer Ohnmacht nahe.

»Vielleicht an dem Ort, wo auch unserem guten Herrn Hue de Montmorency die Behandlung zuteil wurde, die ihn zu dem gottgefälligen Mann gemacht hat, der er heute ist ... Ich glaube, dass es sich um ein Kloster im Kirchenstaat handelt ...«

»In Italien?«

»Mehr weiß ich nicht ...«

Der Priester ließ den jungen Mann los. Er fürchtete, in einer Sackgasse angelangt zu sein. Vermutlich war er zu spät gekommen. Verzweifelt blickte er um sich.

Da trat der Augustiner einen Schritt zu den Codices vor und ergriff ein Werk, das einer Bibel mit kostbarem Einband glich.

»In diesem Buch schlägt Dame Até oft nach«, sagte er. »Ich glaube, dass es unter dem Privileg jenes Klosters geschrieben wurde, von dem unser Herr Hue de Montmorency zurückkehrte ...«

Er schlug es vor Pater Aba auf.

Es handelte sich mitnichten um eine Bibel, sondern um ein *Leben der Heiligen.*

Aba erkannte auf dem Vorsatzblatt das offizielle Siegel des kirchlichen Privilegs, das dem Kloster Alberto il Grande in der Nähe von Ancona auf dessen Kosten für seine Abfassung und Ausschmückung gewährt worden war.

Guillem Aba gefror das Blut in den Adern: Ancona! Das Kloster … Die Erinnerungen an Toulouse brachen über ihn herein: Das Waisenhaus der Findelkinder, die unglückliche Concha Hermandad, die »wundersame Jungfrau von Aragon«, die auf Befehl des Erzbischofs von Ancona fortgebracht worden war, um sich einer Behandlung zu unterziehen.

»Sagt mir«, fügte der Augustiner mit ruhiger Stimme hinzu, »habt Ihr unser Schloss nur mit dem einzigen Ziel angegriffen, diese Kinder wiederzufinden?«

Aba runzelte die Stirn. »Mein Sohn ist unter ihnen«, brüllte er.

Der Augustiner schüttelte den Kopf.

»Nun denn, was für ein Unglück wünscht Ihr ihm? Gewiss habt Ihr bemerkt, dass er nicht wie die anderen ist … Ihr tätet gut daran, ihn in Dame Atés Obhut zu lassen. Ganz offenkundig wisst Ihr nicht, was Ihr tut …«

Aba sah in Gedanken wieder den Körper des kleinen Maurin vor sich, der an den Balken seines Pfarrhauses gespießt war und sein Blut verströmte, und widerstand der Versuchung, den jungen Augustiner zu töten. Er riss das Blatt aus dem Buch.

»Führe mich in den Hof zurück.«

Der Augustiner eilte einen anderen Gang mit Zimmern entlang. Schließlich blieb er vor einer eisenbeschlagenen Pforte stehen und öffnete sie mit einem kleinen Schlüssel, den er um den Hals trug.

»Soweit ich weiß, hielt sich das vierte Kind hier auf.«

Pater Aba trat an ein Bett heran, auf dem Kleidungsstücke verstreut lagen. Er erkannte die graugrüne Kleidung, die Perrot am

Tag seiner Entführung getragen hatte. Er ergriff sie und drückte sie an sein Gesicht. Er schloss die Augen, und sein ganzer Körper erzitterte beim Geruch seines Sohnes.

»Danke«, sagte er und steckte dabei Perrots Sachen unter sein Hemd.

Der Augustiner führte ihn zu einer Geheimtür, die von der Seite der Burgmauer, die der Kapelle gegenüberlag, auf den Innenhof führte. Pater Aba befahl ihm, er solle ihm nicht folgen.

»Adieu«, sagte er.

Die Kämpfe tobten unvermindert weiter, und die Räuber standen kurz vor dem Sieg. Der von Isarn entfachte Brand hatte den gesamten Turm erfasst. Männer von Hue de Montmorency, deren Kleider schon in Flammen standen, sprangen aus den Fenstern und brachen sich auf den Pflastersteinen im Hof die Knochen.

Pater Aba stürzte auf das Pferd von Leto Pomponio zu. Das Tier und sein Gebieter badeten in ihrem Blut. Er riss die Tasche weg, die ans hintere Ende des Sattels geschnallt war, und nahm die Kleidung des schwarz gekleideten Mannes an sich, den Pomponio in Castelginaux getötet hatte.

Mit seiner Beute unter dem Arm kletterte er bis auf die Krone der Burgmauer hinauf.

Hue de Montmorencys Soldaten hatten sich im Burgturm versammelt, um sich gegen Isarn zu verteidigen und die Ihren vor dem Feuer zu retten.

Pater Aba erreichte einen der vorspringenden Erkertürme, die auf die Zugbrücke hinausgingen. Der Mann, der die Zugbrücke bediente, rannte ihm mit einem Morgenstern in der einen und einem Schild in der anderen Hand entgegen. Er war ungleich größer als der Priester. Dieser besaß nur das Schwert aus Cantimpré, um sich zu verteidigen. Er konnte gerade noch der mit Glasscherben gespickten, gehärteten Wachskugel ausweichen, die an einer Kette geschleudert wurde. Er spürte, wie der Luftzug seine

Wange streifte. Sein Angreifer warf ihn mit dem Schild zu Boden. Pater Aba fiel auf die Holzplanken der Plattform, die um das Gerüst lief, in dem die Zugbrücke verankert war. Der Mann hatte den Arm erhoben und schleuderte seinen Morgenstern erneut gegen Aba.

In dem Moment, in dem sich die Glasscherben in die Holzplanken bohrten, rollte der Geistliche sich nach rechts. Mit einer Hand hielt er sich fest, bevor er ins Leere stürzte. Mit übermenschlicher Anstrengung nahm er Schwung und ließ los, um eine tiefere Ebene der Plattform zu erreichen, die außer Reichweite des Riesen lag.

Im gleichen Augenblick schossen die Bogenschützen von Hue de Montmorency, die ihn vom Hof aus erspäht hatten, Pfeil um Pfeil auf ihn ab.

Pater Aba suchte hinter einem Mäuerchen Zuflucht. Nicht weit von sich entfernt erblickte er den Leichnam eines von Isarns Räubern, der seine Armbrust in der Hand hielt. Aba packte die Waffe sowie einen Köcher mit vier Pfeilen.

Er bewegte sich auf der Plattform vorwärts und zielte dabei über sich, während er die Spitze seiner Armbrust zwischen den Ritzen der Holzplanken entlangwandern ließ. Sein riesenhafter Widersacher tauchte in seiner Ziellinie auf. Er schoss und traf ihn mitten am Schenkel. Der Mann brach zusammen und stürzte auf den gepflasterten Boden des Hofes acht Meter tiefer.

In diesem Augenblick rannte Aba los.

Er kletterte wieder zu dem Erkerturm hoch. Und von dort sprang er, ohne nachzudenken, ins Leere und stürzte mitten in das schlammige Wasser des Burggrabens, ohne von den Bogenschützen getroffen zu werden.

Zur selben Zeit saß Althoras am Waldrand in seinem Wagen und ließ sich von seinem jungen Gehilfen Job Carpiquet den Fortgang der Kämpfe schildern, die in dem Schloss tobten.

Als er hörte, dass Bruder Aba trotz seines gewaltigen Sprungs unverletzt aus dem Wassergraben aufgetaucht war, fuhr er hoch.

»Was macht er jetzt?«, fragte er fiebrig. »Was macht er?«

»Er irrt in der Nähe der Brücke umher«, antwortete Job Carpiquet. »Er trägt eine Tasche über der Schulter, ein Schwert in der einen Hand und eine Armbrust in der anderen … Wartet. Nun springt er auf ein Pferd, das einer der unseren verloren hat. Er galoppiert davon!«

»Schlägt er unsere Richtung ein?«

Der Junge zögerte einen Augenblick, dann antwortete er: »Keinesfalls. Er hat sich in den Wald geschlagen. Direkt nach Osten!«

Zum ersten Mal seit langer Zeit stieg dem Alten wieder das Blut in die Wangen. Mit lauter Stimme befahl er: »Aufsitzen, Kleiner! Folge ihm! So folge ihm doch! Er muss etwas entdeckt haben und kann uns zu Agnès führen. Verlier ihn nicht aus den Augen und berichte mir alles, was er tut und was er sagt! In den Sattel mit dir!«

XVIII

Bald nach seinem Aufbruch aus Spalatro ritzte sich Benedetto Gui den Unterarm auf und ersetzte die Mischung aus Quecksilber und Zinnober, die die Dorfbewohner unter den Lidern der heiligen Monika in der Glasphiole aufgefangen hatten, durch ein paar Tropfen aus seinen Adern.

Dieser Frevel ist nur ein weiterer Betrug auf meiner langen Liste, dachte er, während er sich wieder in Bewegung setzte.

Nach Aurelias Tod, in dem Jahr seines Vagabundierens im Latium, hatte er viermal ohne Mühe nachgewiesen, dass Bischöfe vorgetäuschte Wunder in Auftrag gegeben hatten. Betrügerische Scheinheilungen, angebliche Zeichen des Himmels, ohne wirkliche Grundlage.

Wie viele Täuschungen hatte die Kirche in dreizehn Jahrhunderten begangen?

Fünfzehn Meilen trennten ihn noch von der Abtei von Pozzo, wo er die Dokumente vorlegen sollte, die das Wunder der Statue belegten.

Drei Tage später erreichte er auf seiner Mauleselin trottend die Benediktinerabtei von Pozzo. Sie nahm eine Fläche von mehr als hundert Metern Seitenlänge ein und verfügte über eine Abteikirche mit drei Altären, eine Schule, einen kreisförmigen Kreuzgang, einen Heilkräutergarten, einen Schweinestall und mehrere Tonbrennöfen, vor allem aber über ein Skriptorium und eine Bibliothek, mit denen sie ihren cluniazensischen Rivalen den Rang ablief. Ihre Mauern waren hell und warfen das Licht dieses wolkenlosen Tages zurück.

Benedetto begab sich zur Registratur in der Nähe des Parlatoriums. Sie war in einem weitläufigen, lärmenden und überfüllten Saal untergebracht; fünf Aufnahmetresen dienten der Anmeldung der Wunder. Verblüfft bemerkte er, welche Menschenmengen sich dort drängten. Etwa ein Dutzend »Verteidiger von Wundern« erkundigten sich nach dem Stand der von ihnen betriebenen Verfahren. Sie unterhielten sich in vertraulichem Tonfall und in verschiedenen Sprachen. Manche von ihnen waren Mönche, andere weltliche Personen wie Benedetto.

Schließlich trat er vor einen Klosterbruder und einen Laienbruder, die hinter einem breiten, mit Verzeichnissen und Rollen bedeckten Schreibpult saßen.

Der Geistliche blieb unverändert sitzen, ohne den Neuankömmling eines Blickes zu würdigen, und sortierte seine Dokumente. »Was ist der Gegenstand Eurer Anfrage, mein Sohn?«, fragte er Benedetto.

»Ein heiliges Wunder, das sich in der Gemeinde von Spalatro zugetragen hat. Tränen der heiligen Monika, die sie auf einem Friedhof vergossen hat.«

»Über dem Grab eines Profanen, eines Laienbruders, eines Klerikers oder eines Seliggesprochenen?«

»Eines Priesters.«

Benedetto holte sein kleines rotes Fläschchen hervor. Der Klosterbruder nahm es an sich und ließ einen Mitbruder rufen. Ein alter Mann mit einem dünnen Eisenstab eilte herbei. Er öffnete die Phiole, entnahm einen Tropfen und führte ihn an den Mund.

»Echtes Blut. Menschlich«, verkündete er.

Nun begann der Laienbruder schriftliche Notizen zu machen.

»Habt Ihr die erforderlichen Dokumente?«, fragte er Benedetto.

Dieser legte sämtliche aus Spalatro mitgebrachten Schreiben vor.

Nachdem der Geistliche festgestellt hatte, dass nichts fehlte, fügte er hinzu: »Über Euren Antrag wird in den nächsten Tagen entschieden werden. Bleibt bis zum Urteil in Pozzo.«

»Kann ich im Dormitorium des Klosters Aufnahme finden?«

Die zwei Männer lächelten.

»Wir haben nicht ausreichend Platz, um alle Antragsteller in unseren Mauern aufzunehmen. Im Dorf findet Ihr Herbergen.«

Benedetto beobachtete den Laienbruder, der seine Dokumente und das Fläschchen ergriff und neben einem Aktenberg in einer Truhe ablegen wollte.

Er fragte: »Falls der Fall von Spalatro die erste Prüfung besteht, wie viel Zeit erfordert dann der nächste Schritt?«

Der Klosterbruder zuckte mit den Schultern.

»Fünf, sechs Jahre bestenfalls. Wir bearbeiten jedes Jahr mehr als tausend Fälle. Alle wundersamen Erscheinungen landen auf unseren Pulten, mein Sohn, in der Hoffnung, Rom möge auf sie aufmerksam werden und eine Bulle zur Eröffnung eines Verfahrens verkünden.«

»Sechs Jahre …?«, wiederholte Benedetto.

Er sah sich um. Hinter ihm warteten bereits weitere Menschen.

»Ihr werdet lesen, dass der Priester, der die Tränen der Heiligen bewirkt hat, Evermacher heißt und der ehemalige Pfarrer der Gemeinde Cantimpré ist. Kennt Ihr Cantimpré?«

Bei diesem Namen hoben beide Männer den Kopf.

»Cantimpré?«, versetzte der Geistliche. »Das ist in der Tat ein Dorf, das unsere Aufmerksamkeit erheischt …«

Er gab dem Laienbruder ein Zeichen, er solle die Unterlagen wieder zur Hand nehmen.

»Ihr tatet gut daran, diesen Ort zu erwähnen. Das könnte die Dinge beschleunigen.«

Er versenkte sich wieder in seine Dokumente und sagte: »Aber macht Euch keine übertriebenen Hoffnungen, es ist ein langes Verfahren.«

Gui verließ das Klostergelände mit dem Gedanken, dass er verdammt sein wollte, wenn sich angesichts der Vielzahl von Anträgen auf Heiligsprechung, die hier eingereicht wurden, nicht jemand fand, der Kardinal Rasmussen oder seinen Sekretär Rainerio, diese unumgänglichen Persönlichkeiten der Heiligen Kongregation, kannte.

Das Dorf Pozzo war eine Viertelmeile vom Kloster entfernt.

Der Klosterbruder hatte nicht gelogen; das Gastgewerbe in dem bescheidenen Marktflecken erlebte wirklich einen bemerkenswerten Aufschwung. Der Zustrom der Bittsteller, die um Heiligsprechung ersuchten, bescherte ihm reichlich Manna. Sechs Herbergen und zwei Hospize konnten mehr als zweihundert Gäste aufnehmen.

Benedetto trat in die Herberge *Das Buch Hosea*.

Im Schankraum herrschte ein so lebhaftes Treiben, als befände er sich in Paris; an den Tischen drängten sich die Trinker, der Wein floss in Strömen, die Luft war geschwängert mit Aschegeruch und Essensduft. Alle Wirtshausbesucher waren nach Pozzo gereist, um dort ein Verfahren zur Heiligsprechung einzuleiten.

Benedetto regelte seinen Schlafplatz für die Nacht und lauschte dann der Unterhaltung. Beim Zuhören wurde ihm klar, dass die Kunden der Herberge das »Aufspüren von Heiligen« zu ihrem Beruf gemacht hatten: Das ganze Jahr über durchkämmten sie die Diözesen auf der Suche nach dem kleinsten Hinweis auf etwas Wundersames, und sobald eine Pfarrgemeinde Geld springen ließ, brachten sie die Bittschrift der örtlichen Behörden der Kirche zu Gehör. Im Falle eines Erfolgs war ihnen eine gewisse Summe versprochen. Manche unternahmen bereits ihren zehnten oder zwanzigsten Versuch.

Viele der Unterhändler waren alte Bekannte.

Benedetto Gui setzte sich an einen Tisch mit vier Männern, die ihn herzlich aufnahmen, wie es bei den »Neuen« Brauch war. Drei von ihnen waren etwa in seinem Alter, zwei Italiener und ein Lusitaner, und der Vierte war ein älterer Mann, der aus Apulien stammte.

»Die Anerkennung welchen Wunders willst du verfechten?«

»Eine Statue der heiligen Monika, die Bluttränen geweint hat.«

Die vier pfiffen vor Begeisterung.

»Gut, sehr gut!«

»Ein guter Anfang!«

»Tränen sind seltener, als es heißt.«

»Du hast Glück!«

Man stach ein Fass Posca zu Ehren der heiligen Monika an und vergaß dabei nicht, dieses Getränk auf die Rechnung des »Neuen« zu setzen. Solange es hell war, dauerte das lärmende Treiben im Gastraum an. Es herrschte ein ständiges Kommen und Gehen, und man steckte einen Hammel zum Braten auf einen Spieß.

Guis Tischgefährten schilderten ihm ihre jeweiligen Fälle wie Soldaten, die stolz auf eine Schlacht oder die Eroberung einer Frau waren.

Einer sagte: »Ich habe die Haushälterin eines Pfarrers, die zu Zeiten Gregors IX. gestorben ist und jedes Jahr am Tag des heiligen Dionysius erscheint, um die Sünder im Dorf anzuprangern.«

Ein Zweiter: »Ich habe das Grab einer Äbtissin in Bourges, das einen außergewöhnlichen Wohlgeruch verströmt, und wenn man sein Ohr daranpresst, so vernimmt man Herzschläge!«

Der Dritte: »Ich vertrete eine Gemeinde in der Lombardei, wo zu Zeiten Karls des Großen ein Seliggesprochener beerdigt wurde. Seine sterblichen Überreste sollten in diesem Jahr in eine wohlhabendere Pfarrgemeinde überführt werden, doch als man seinen Sarg hochhheben wollte, wurde dieser so schwer, dass zwanzig kräftige Männer ihn keinen Daumenbreit zu bewegen vermochten. Der Seliggesprochene weigerte sich, seine Erde zu verlassen!«

Der Letzte: »Ich verfechte den Fall eines Bischofsmantels aus dem siebten Jahrhundert, der von Geschwüren befallene Kranke heilt, sowie den Staub vom Grab einer Jungfrau, der, in Wein aufgelöst, Blinde sehend macht.«

Glaubten sie wirklich an ihre Mirakel?

Benedetto hätte es nicht beschwören mögen.

Er fragte: »Worauf gründet sich das Urteil der Brüder in der Abtei von Pozzo?«

Alle antworteten zugleich.

»Es ist in allererster Linie ein politisches Urteil. Das Wichtigste für die Richter von Pozzo ist die Einschätzung, welche Anziehungskraft der Diener Gottes posthum haben wird, der die Heiligsprechung beantragt. Nichts demütigt die Kirche mehr, als wenn sie einen neuen Heiligen anerkennt und niemand dann an sein Grab eilt!«

»Heutzutage ist sie bestrebt, weniger Heilige hervorzubringen, vielmehr will sie die Pilger konzentrieren und mehr Spenden sammeln.«

»Sofern es sich nicht um ein spektakuläres Wunder handelt oder der Diener Gottes zu seinen Lebzeiten ein sehr berühmter Mann war, dauert das Verfahren inzwischen viele Jahre, damit will die Kirche vor einem Missbrauch von Gesuchen abschrecken.«

»Ah! Dunkle Wolken sind am Horizont unseres Berufes aufgezogen«, klagte der Alte. »Früher war es leichter, einen Heiligen zu machen! Die bloße Stimme des Volkes genügte. Niemand brauchte eine Untersuchung und schlüssige Beweise!«

Man lachte über phantastische Gesuche, die nichtsdestotrotz zu einer Kanonisation geführt hatten.

Es wurde reichlich getrunken; der Hammel wurde serviert.

Benedetto hielt nun den geeigneten Moment für gekommen, um das Gespräch auf sein Thema zu lenken. Er plauderte weiter, bevor er fragte: »Kennt Ihr Kardinal Rasmussen?«

Die Frage brachte seine vier Tischgenossen zum Verstummen.

»Als Promotor iustitiae oder Advocatus Diaboli«, fuhr er scheinbar überrascht fort, »obliegt ihm die Aufgabe, die Berechtigung der hier vorgetragenen Anträge zu widerlegen. Ihr müsstet ihn kennen ...«

Schließlich antwortete der Alte: »In der Tat, er sprach ihnen die Berechtigung ab ... und er erlegte sich dabei keine Einschränkungen auf!«, wetterte er. »Dieser Mann war, Gott verzeihe mir, denn wir haben soeben erst von seinem Hinscheiden erfahren, dreißig Jahre lang der Albtraum der Bittsteller und Postulatoren um Heiligsprechung. Er hatte den Beinamen ›Demosthenes des Kanons‹. Es ist ganz einfach, wenn Rasmussen sich mit einem Fall befasste, dann konnte man sicher sein, dass man vor der Heiligen Kongregation scheiterte, ganz egal wie gewichtig die von der Verteidigung vorgebrachten Argumente waren. Meiner Meinung nach hätte dieser Mann sogar den heiligen Benedikt aus dem Kanon gestrichen und König Ludwig von Frankreich aus seiner Ecke im Paradies vertrieben, wenn man ihm die Gelegenheit dazu gegeben hätte!«

Benedetto streute weiter Anspielungen und Andeutungen aus, bis der Wein bei seinen Trinkkumpanen jeden Gedanken an Misstrauen vertrieben hatte.

»Und sein Assistent Rainerio? Kennt Ihr ihn auch?«, fragte er.

»Ja! Er kam gelegentlich in die Abtei«, rief der jüngste seiner Tischgefährten.

Gui erbebte und ballte die Fäuste.

»Er kam nach Pozzo?«

Der Junge bekräftigte seine Worte.

»Vermutlich im Auftrag seines Herrn. Um die Wahrheit zu sagen, wir freuten uns nicht, wenn wir ihn durch die Gegend streichen sahen.«

Benedetto spürte, dass der Fisch angebissen hatte, und wagte sich weiter vor.

»Kannte einer von Euch ihn gut?«

Diese Frage entlockte allen ein Lächeln.

»Wer hätte es gewagt, mit Rasmussens Mann zu verkehren? Schließlich tauchte er nicht hier auf, weil er uns zu unterstützen gedachte, sondern um Argumente zu sammeln und uns früher oder später abzuschmettern!«

Der alte Apulier fügte hinzu: »Er hatte allerdings einen Freund in der Abtei. Den Bruder Hauser, der lange Zeit das Skriptorium leitete.«

»Lange Zeit? Ist er nicht mehr hier?«, fragte Gui beunruhigt nach.

»Der Mann ist alt und bei schlechter Gesundheit, so hört man.«

»Er wohnt in der Abtei von Pozzo?«

»So scheint es ...«

Mehr brauchte es nicht, damit Benedetto sich in Bewegung setzte. Am nächsten Morgen, noch bevor die Glocken die Laudes läuteten, wurde er in der Abtei vorstellig und bat unter dem Vorwand, er bringe ihm Nachrichten von einem fernen Freund, Bruder Hauser sehen zu dürfen. Er musste warten, bis der leidende alte Bruder erwachte und ihm Zutritt zu seiner Zelle gewährt wurde.

Die Zelle war winzig und karg. Hauser ruhte bleich und mit abgemagertem Gesicht auf einem Strohlager, sein Körper war mit dicken Decken bedeckt. Die Mauern waren grau und von Feuchtigkeit und Kerzenrauch geschwärzt.

Eine alte Nonne saß mit einem aufgeschlagenen Psalmenbuch auf den Knien auf einem Stuhl neben ihm. Misstrauisch beäugte die Krankenwärterin den eintretenden Benedetto.

Er trat an den Sterbenden heran. Ein abscheulicher Gestank lag in der Luft; er hatte auf der Stelle das Gefühl, dass dies ein verlorener Mann war. Hausers Schädel war kahl, knochig und fleischlos, sein Atem ging laut und schwer, Schweißtropfen perlten an den Wurzeln seiner spärlichen Haare, und seine Fingerspitzen waren schwarz und kalt.

»Er stirbt an Auszehrung«, dachte er laut.

»Er kann Euch hören«, sagte die Krankenwärterin zu ihm. »Aber ich weiß nicht, ob er die Kraft hat, Euch zu antworten. Noch nie ging es ihm so schlecht.«

Benedetto hob die Decke hoch und musterte die Fußvenen: Die Haut war übersät mit Einschnitten, die man für die Aderlässe vorgenommen hatte. Die Ärzte waren mit Lanzetten über den Körper des armen Mannes hergefallen.

»Er ist auf absolute Diät gesetzt«, sagte die Frau.

Benedetto schüttelte den Kopf.

»Das beste Mittel, damit das Leben aus ihm weicht. Was für eine Verschwendung!«

»Seid Ihr Arzt?«

»Ich praktiziere nicht. Aber ich kenne die Grundprinzipien.«

Da erhob sich die Nonne und vertraute ihm an: »Die Krankheit hat ihn sehr plötzlich ereilt.«

»So ist das bei alten Menschen. Wir können nicht viel …«

»Ja, aber … er hat binnen weniger Tage alle seine Zähne verloren!«

Benedetto hob eine Augenbraue. Mit einem Mal begriff er, was diese Frau ihm zu sagen versuchte, und an einem kurzen Blickwechsel erkannte sie, dass er verstanden hatte.

Sogleich fühlte er Hausers Puls, seinen Schweiß, überprüfte seine schwarze Zunge und den Hintergrund der Augen, wobei er vom Ganzen zum Teil und vom Allgemeinen zum Einzelnen schritt.

Nach beendeter Untersuchung sah Benedetto die Nonne mit einem besorgten Blick an, der besagte: »Gift!«

Er bat sie, unverzüglich die Bestandteile eines Gegenmittels zusammenzutragen.

»Beeilt Euch!«, sagte er zu ihr. »Wenn wir nichts unternehmen, ist er in zwei Tagen tot.«

Die Krankenwärterin fand die Kräuter für das Gegenmittel im Heilkräutergarten der Abtei. Benedetto mischte die Bestandteile und gab sie dem Kranken mit ein wenig Essig verlängert, um seine Speicheldrüsen zu beleben, zu trinken.

»Gedulden wir uns.«

Drei Stunden später begann Benedettos Mittel zu wirken.

»Er muss zum Trinken gebracht werden. Reichlich.«

So geschah es, bis sich in Hauser plötzlich wieder ein wenig Leben regte.

»Ich komme morgen wieder«, sagte Benedetto.

Inzwischen war Hauser in der Lage zu sprechen.

Die Nonne sah ergriffen, dass er wieder einem Lebenden glich, und blieb an seiner Seite.

»Schwester Constanza hat die große Güte, mir für den Frieden meiner letzten Stunden aus der Heiligen Schrift vorzulesen«, sagte Hauser mit erloschener Stimme zu Benedetto.

Die Frau war etwa im gleichen Alter wie er, sie trug den Habit der Klarissinnen. An dem liebevollen Blick, den sie auf dem Kranken ruhen ließ, erkannte Gui, dass diese beiden Geschöpfe eine lange Liebesgeschichte verband.

»Wer seid Ihr?«, fragte Hauser. »Meine Augen lassen mich im Stich, ich kann mich nicht daran erinnern, dass wir uns kennen.«

»Das ist richtig, mein Pater, wir sind uns nie begegnet.«

»Ihr überbringt mir eine Nachricht, hat man mir gesagt?«

»Das ist nicht ganz die Wahrheit ...«

Die Nonne, die den Platz auf ihrem Stuhl am Bett wieder eingenommen hatte, setzte jetzt wieder jene argwöhnische Miene auf, mit der sie Benedetto bei seiner Ankunft bedacht hatte.

»In Wahrheit«, fuhr Benedetto vorsichtig fort, »stelle ich Nachforschungen über das Verschwinden eines gewissen Rainerio an. Man sagte mir, Ihr kanntet ihn?«

Die Nonne wollte Einspruch erheben, doch der Sterbende fand die Kraft, eine Hand zu erheben, und forderte ihn zum Hinsetzen auf.

»Mir geht es gut, Constanza, mir geht es gut ... Wenn ich richtig verstanden habe, sind wir diesem jungen Mann etwas schuldig.«

Er beobachtete Benedetto mit seinen blassen, beinahe weißen Augen. Er war zahnlos, seine Lippen waren ausgedörrt.

»Wer schickt Euch?«

»Rainerios Schwester. Zapetta. Die krank vor Kummer darüber ist, dass sie ihren Bruder nicht mehr in Rom sieht und keine Nachricht von ihm erhält.«

Hauser nickte.

»Rainerio ... Er hat oft über sie gesprochen. Er vergöttert seine Familie. Er ist wirklich ein wunderbarer Junge. O weh, Gott allein weiß, was sie mit ihm gemacht haben.«

»Welche *sie*?«

Wieder wollte die Nonne eingreifen. Hauser begnügte sich damit, sie um einen Becher Wasser zu bitten, mit dem er seine Lippen benetzte.

Dann fuhr er langsam und erschöpft von der Anstrengung, die ihn das Sprechen kostete, fort:

»Kennt Ihr seinen Herrn, den Kardinal Rasmussen?«

Benedetto bejahte.

»Wisst Ihr, mit welchem Mittel es ihm während der Kanonisationsprozesse gelang, die Fälle der Heiligen, deren Heiligsprechung er verhindern wollte, abzuweisen?«

»Ich habe davon gehört, dass er im Ruf der Unfehlbarkeit steht, doch ich kenne sein Vorgehen nicht.«

Hauser riss die Augen auf, das war die einzige Art zu lächeln, die ihm blieb.

»Rasmussen hatte sich auf Erzählungen über die Jugend der großen Heiligen der Kirche spezialisiert!«

Benedetto runzelte die Stirn und lauschte Hausers Bericht mit wachsendem Interesse.

»Ihre Jugend?«, wiederholte er.

»Ja. Er wollte alles über dieses Thema wissen. Er hatte sogar für seine eigenen Zwecke eine Heiligengeschichte in Auftrag gegeben, die sich ausschließlich mit den Legenden befasst, die ihre Kindheit betrafen. Es war der brave Rainerio, der diese mühselige Arbeit für Rasmussen vollendete …«

Das Buch von Otto Cosmas!, schoss es Benedetto durch den Kopf.

Hauser fuhr fort.

»Bei den Verfahren der Heiligen Kongregation stellte Rasmussen Vergleiche zwischen den ersten Lebensjahren derer, die eine Heiligsprechung beantragten, und der Jugend der anerkannten Heiligen an, und zwar dergestalt, dass Widersprüche sichtbar wurden. So fand er immer ein Argument in der Beweisführung der Verteidigung, das der Kritik nicht standhielt. Da er der Einzige war, der ein Werk von dieser Qualität über das Thema besaß, war er seinen Gegnern überlegen.«

Die Nonne warf Hauser einen missbilligenden Blick zu, doch der Benediktiner kümmerte sich nicht darum.

»Rainerio kam bisweilen nach Pozzo mit dem Ziel, unter den Hunderten und Aberhunderten von Mirakeln, die jedes Jahr bei uns registriert werden, diejenigen herauszufiltern, in die Kinder verwickelt waren. Zum einen, weil er sein Buch über die Heiligen damit ausschmücken wollte, zum anderen, weil er überzeugt war, dass man das Nahen eines neuen Helden der Kirche erkennen konnte, indem man die verschiedenen Gaben der Wunderkinder studierte.«

Hauser sprach in großer Eile; sei es, weil seine Kräfte wiedererwachten, sei es im Gegenteil, weil er sie schwinden fühlte und fürchtete, er könne seine Erzählung nicht beenden, bevor er die Besinnung verlor.

»Nach einiger Zeit machte er jedoch eine seltsame Entdeckung«, fügte er mit halb geschlossenen Augen hinzu, als sähe er die Szene vor sich. »Jedes Mal, wenn er in Rom einen Bericht über einen Jungen oder ein Mädchen verfasste, dessen Gaben ihm von Interesse zu sein schienen, verschwand eben dieses Kind plötzlich kurz darauf ...! Oftmals mit Gewalt von einer Söldnerbande seinen Eltern entrissen!«

»Kindesraub?«

Hauser fuhr fort:

»Zuerst war es ein Fall, anschließend bestätigten mehrere weitere die finstere Wahrheit: Alle von ihm dem Lateran gemeldeten Kinder wurden entführt ...«

Benedetto erbleichte. Ein Kinderhandel mitten im Lateran, das überstieg alles, was er sich hatte vorstellen können.

Obwohl Hauser ihn bei seinen Worten angesehen hatte, fuhr er fort, als ob nichts wäre. Er war zu sehr mit seinen eigenen Gedanken beschäftigt, um darauf zu achten, was seine Schilderung in Guis Kopf hervorrufen mochte.

»Rainerio und ich verstanden uns sehr gut«, erklärte er. »Ich war der Einzige, der ihn nicht die Feindseligkeit spüren ließ, die sein Herr, Rasmussen, allenthalben weckte. Er sagte mir, er habe seinen Herrn in seine unheilvollen Entdeckungen eingeweiht, und dieser sei ebenfalls über die Entführungen erschüttert gewesen.«

Hauser verlangte erneut nach Wasser.

»Und dann?«, drängte Benedetto, der nun zu sehr von der Erzählung gefesselt war, um sich um die Erschöpfung des alten Mannes zu sorgen.

»Dann?«, versetzte Hauser. »Soweit ich weiß, haben Rasmussen und Rainerio sich bemüht, mehr darüber in Erfahrung zu bringen ... Ich stelle fest, dass der Kardinal seitdem einem Unfall zum Opfer fiel. Und Ihr habt mir soeben berichtet, dass Rainerio unauffindbar ist.«

Er hustete.

»Was mich angeht, so habe ich brieflich in Rom meiner Besorgnis über die von Rainerio aufgedeckte Angelegenheit Ausdruck verliehen .., Zehn Tage später lag ich im Todeskampf ... Ein schlichter Brief genügte, damit man mich vergiften wollte ... Das ist alles, was ich Euch sagen kann ... Abgesehen von dem Ratschlag, nicht mehr nach diesem unglücklichen Rainerio zu suchen ... Ihr werdet ihn niemals finden.«

Er machte eine müde Handbewegung.

»Tröstet lieber seine junge Schwester. Wenn Ihr diesen Rat missachtet, dann werdet Ihr das gleiche Schicksal wie Rasmussen und Rainerio erleiden. Und wie ich ...«

Benedetto dachte auch an die Ermordung von Maxime de Chênedollé, den man in eine Steinplatte eingegossen gefunden hatte, und an den geköpften Marteen.

»Könnt Ihr Euch das vorstellen ...?«, fügte Hauser mit ersterbender Stimme hinzu. »Kinder, die Wunder wirken ... zukünftige Heilige oder Weise ...! Das Schlimmste steht zu befürchten ...«

Er verlor das Bewusstsein.

Die Nonne stieß einen Schrei aus, doch Benedetto gab sich zuversichtlich.

»Die Erschöpfung ist normal, sein Körper macht durch das Gegenmittel ebensoviel durch wie durch das Gift.«

Er reichte ihr eine Liste mit Nahrungs- und Stärkungsmitteln, die sie ihm in den folgenden Tagen verabreichen sollte.

»Er müsste wieder zu Kräften kommen.«

Daraufhin verließ Benedetto, ganz in die vertraulichen Mitteilungen Hausers versunken, die Zelle.

Er umrundete den kreisförmigen Kreuzgang der Abtei von Pozzo. Benediktiner mit vom Wind aufgeblähten Soutanen schritten an ihm vorbei. Rainerios Berichte waren für den Lateran bestimmt, dachte er. Es wird immer offenkundiger, dass bestimmte Kreise der Kurie in diesem Fall die Hand im Spiel haben. Das würde erklären, weshalb die Kardinäle so unverfroren Verbrechen begehen konnten und weshalb Fauvel de Bazan eingriff, um mich an meinen Nachforschungen zu hindern.

Der Gegenstand des Buches von Otto Cosmas, der nun endlich enthüllt war, brachte Rainerio ohne jeden Zweifel mit Rasmussens Machenschaften in Verbindung.

»Entführungen von Kindern, die besondere Gaben besitzen?«

Plötzlich hörte er hinter sich Schritte.

Es war Constanza, die Krankenwärterin, die ihm nachgeeilt war, um ihn einzuholen.

»Ich habe Euch falsch eingeschätzt«, gestand sie. »Ihr habt Bruder Hauser gerettet. Ich wollte nur nicht, dass er Euch von Rainerio erzählt ... Ich weiß, dass seine Vergiftung den Entdeckungen geschuldet ist, die dieser Junge hier über die Kinder gemacht hat ... Ich fürchtete, Ihr wäret ein Spitzel, der gekommen war, um herauszufinden, was er wusste, bevor Ihr ihn ermorden würdet ...«

Sie war außer Atem nach ihrem Lauf.

»Nun aber glaube ich an Eure ehrlichen Absichten. Und ich denke, dass ich Euch helfen kann.«

Constanza löste eine Schnur, die sie um den Hals trug und an deren Ende ein Schlüssel hing.

»Hauser war dreißig Jahre lang Herr über die Bibliothek von Pozzo. Auch wenn er inzwischen von seinem Posten abgetreten ist, so hat er doch diesen Schlüssel behalten, der alle Türen öffnet. Sowie mir klar wurde, dass er nach seinem nach Rom gesandten Brief über Rainerio vergiftet worden war, beeilte ich mich, in einer Schachtel alle Dokumente aus der Bibliothek zu sammeln, die dieser junge Mann konsultiert hatte!«

Benedetto lächelte.

Constanza fuhr fort: »Ich habe diese Schriften an einem geheimen Ort aufbewahrt. Denn ich bin überzeugt, dass sie allen ungelegen kommen, die verhindern wollen, dass Rainerios Nachforschungen ruchbar werden. Ich habe das getan, um den Personen, die Hausers Tod wollen, damit zu drohen, sobald ich sie entlarvt habe! Aber ich fühle, dass Ihr dazu besser geeignet seid als ich.«

Die Frau verabredete sich zwei Stunden später mit Benedetto.

Sie wollte in die Bibliothek gehen und die gesammelten Unterlagen über Rainerios Unternehmungen an sich nehmen.

»Kein Buch und kein Blatt Papier kann die Mauern von Pozzo verlassen«, warnte sie ihn. »Ihr müsst hier darin Einsicht nehmen.«

»Das macht nichts. Ich habe ein ausgezeichnetes Gedächtnis …«

Benedetto pries sich glücklich über die unglaubliche Möglichkeit, die sich vor ihm auftat: Er würde den ganzen Weg von Rainerios Entdeckungen verfolgen können! Und damit könnte er seine Verblüffung und seine Ängste nachvollziehen, seine Gedanken erraten und sich vorstellen, welche Personen seine Gegner werden mochten.

Im vereinbarten Moment überreichte Constanza das wertvolle Kästchen an Benedetto Gui.

»Bruder Hauser erholt sich allmählich«, sagte sie zu ihm. »Er wünscht Euch ein langes Leben und die Erfüllung Eurer Wünsche.«

Damit verschwand sie.

Das Kästchen war aus Holz, mit Leder bezogen und mit einem purpurroten Riegel verschlossen.

Benedetto wog es prüfend in der Hand und betrachtete es fasziniert.

Zweifellos fand er hier endlich die Erklärung, die alles erhellen würde!

Dritter Teil

I

Der alte Jäger entdeckte den Körper des Fremden erst auf dem Rückweg ins Dorf Víska. Seine drei Hunde spürten ihn unterhalb des Waldwegs auf, wo er im Schnee hingestreckt lag. Er war blass, entkräftet und unfähig, auf die Beine zu kommen; ohne den Spürsinn der Tiere wäre er bald nach Einbruch der Nacht unter diesen Buchen Mährens, etwa zehn Meilen südlich von Olmütz, umgekommen.

Der Fremde reagierte weder auf die hin und her springenden Hunde noch auf die wiederholten Anrufe des Jägers, einem Hungerleider von etwa sechzig Jahren mit grauem Bart und grauen Augenbrauen, der mit einem pelzgefütterten Mantel und einer großen, mit Dachspelz verbrämten Mütze bekleidet war. Er trat vorsichtig näher.

Der Verletzte war ein großer, hagerer Mann von etwa zwanzig Jahren. Er trug nichts weiter als ein gefüttertes Wams und einen Umhang aus schwarzer Wolle. Seine abgetragenen, staubigen und schlammbespritzten Kleider zeigten, dass er seit Tagen unterwegs war. Er lag auf der Seite, schwitzte, zitterte gleichzeitig vor Kälte und murmelte unverständliche Sätze. Der Jäger half ihm aufzustehen und führte ihn mühsam auf den Weg zurück.

Der Alte zog eine lange Leinenstoffbahn hinter sich her, auf der sein Bogen, sein Köcher und ein toter Fasan lagen, den er erlegt hatte. Er vergrub seine Beute unter dem Schnee und breitete stattdessen den Verletzten auf dem Stoff aus, dann zerrte er seine Last auf den nächsten Weiler zu. Das mit Hammeltalg eingeriebene Leinen glitt nur mühsam dahin.

Er brauchte eine halbe Stunde, bevor die ersten Dächer von Víska vor ihm auftauchten. Die Häuschen waren aus Stein gebaut, bis zur Hälfte in die Erde eingegraben und mit Torf gedeckt. Dicht gedrängt bildeten sie einen Kreis um eine kleine, gerodete Fläche mitten im Wald. In den Wipfeln hatten die Dorfbewohner Baumhäuser errichtet, die durch Seilbahnen miteinander verbunden waren und von denen aus sie streunende Wolfsmeuten töten oder verjagen konnten.

Man bereitete dem Kranken ein Lager unter dem Dach des alten Jägers, dessen Name Marek war. Er und seine Frau Svatava zogen ihm die durchnässten Kleider aus und deckten ihn mit einem rauen Laken und Tierfellen zu.

Die Ankunft des Unbekannten sorgte für helle Aufregung im Dorf. Einer nach dem anderen verließen die Bewohner ihre Behausungen, manche neugierig, manche beunruhigt, wieder andere wollten sich nützlich machen, um sein Leben zu retten. Der Mann zitterte unaufhörlich, obwohl er nahe ans Feuer gebettet war.

War er krank? Ansteckend?

Kaum war die Frage gestellt, wagte niemand mehr ihn anzufassen.

War er ein Dieb?

Er hatte nichts bei sich.

Ein Vagabund?

Er war nicht bewaffnet.

Sollte man den Burgvogt benachrichtigen oder den Priester um Hilfe bitten, der in der Nachbargemeinde sein Amt ausübte? Die Furchtlosesten unter den Zuschauern bekreuzigten sich, andere machten das Zeichen der Teufelshörner. Einer von ihnen meinte, dass man den Unbekannten in den Wald zurückschaffen und sich selbst überlassen sollte.

Svatava beriet sich mit den Frauen des Dorfes; sie beschlossen einmütig, die Wahrsagerin Gáta zu Rate zu ziehen, die als Einzige imstande sein könnte, etwas gegen die durch Auskühlung verursachten Leiden des Fremden auszurichten.

Ein junger Mann lief in die Wälder, um sie zu verständigen. Eine knappe Stunde später traf eine alterslose Frau in Víska ein. Sie war mit einem Umhang aus schwarzem Rosshaar bekleidet, und ihr langes, silbriges Haar wallte bis zum Unterleib herab. Das ganze Dorf drängte sich innerhalb und außerhalb von Mareks und Svatavas Haus zusammen. Die Menge teilte sich, um die Hexe passieren zu lassen. Sie ging zu dem Verletzten und musterte ihn prüfend. Dann schloss sie ihre Augen halb und ließ ihre Hände mit zum Himmel gewandten Handflächen über seine feuchte Stirn schweben und sagte: »Ihm stehen noch weitere Jahre zu …«

Sogleich malte sich Erleichterung auf den Gesichtern der ungefähr fünfzehn Personen ab, die das Zimmer füllten. Sie wussten, was Gáta mit dieser rätselhaften Behauptung meinte: Viele Male hatte sie ihnen erklärt, dass jedem Mann und jeder Frau von Gott eine bestimmte Zahl von Lebensjahren zugeteilt war. Wenn sie aufgrund eines Unfalls oder als Opfer eines Verbrechens vor ihrer Zeit starben, dann irrten ihre zu früh von der körperlichen Hülle befreiten Seelen bis zu der ihnen bestimmten Zeit auf der Erde umher. So erklärte Gáta die unbestreitbare Existenz von Geistern. Schon mehrmals hatte sie sich geweigert, jemanden zu behandeln mit der Begründung, seine Zeit sei abgelaufen und der Tod könne ihm nichts Böses anhaben. Manchmal sogar bei kleinen Kindern.

Heute jedoch war das nicht der Fall, und die Leute sahen erfreut, dass sie ans Werk ging.

Sie ließ einheizen, warf mehrere Handvoll wohlriechender Heilkräuter in die Herdflammen, entblößte den Rücken des Mannes und deponierte darauf Amber-, Quarz- und Obsidiankiesel, die sie aus einem über ihrer Schulter hängenden Beutel hervorholte. Sie begann, Beschwörungen aufzusagen, deren Sinn niemand im Raum kannte. Aber die Menschen ahnten, dass Christus bei dieser okkulten Zeremonie der Zauberin keine Rolle spielte, und vervielfachten ihre schützenden Kreuzzeichen.

Gáta holte aus ihrem Beutel eine Räucherpfanne hervor, die sie unter dem Bett des Verletzten anzündete. Ein dünner gelber Rauchfaden stieg langsam empor, hüllte ihn ein und schwebte im milden Licht des Zimmers in der Luft.

Jetzt herrschte Stille, und gespannte Aufmerksamkeit malte sich auf allen Gesichtern ab.

Die Haut des Kranken wurde von Minute zu Minute blauer, er hörte auf zu zittern und zu schaudern.

Endlich rührte er sich nicht mehr, sein auf die Decke gerichteter Blick erlosch vollkommen, und sein halb geöffneter Mund erstarrte.

Offensichtlich atmete er nicht mehr ...

Ein langes Schweigen trat ein.

Er war tot.

Das Schweigen dehnte sich aus.

Gáta stand unbeweglich da.

Die Umstehenden warfen sich Blicke zu, enttäuschte oder resignierte, je nachdem, wie viel Vertrauen jeder von ihnen in die Talente der Wahrsagerin gesetzt hatte. Sie murmelte mit fester Stimme ein unverständliches Wort.

Da hoben sich seine Schultern mit einem Mal in einem spektakulären Atemzug; mit weit aufgerissenen Augen richtete er sich halb im Bett auf, und die Adern an seinem Hals traten hervor. Er atmete nicht, er hechelte. Die Hälfte der im Haus Versammelten rannte in Panik nach draußen; ihren Platz nahmen sogleich andere Neugierige ein, die draußen gestanden hatten.

Unterdessen fiel der Fremde auf sein Lager zurück.

Gáta betrachtete das Wunder mit bestürzender Gleichgültigkeit. Sie deckte den Körper des jungen Mannes zu, der wieder eingeschlafen war; sein Gesicht hatte einen friedlichen Ausdruck angenommen und allmählich wieder seine Farbe zurückgewonnen.

»Hagebuttenwein«, verordnete sie, »dieser Junge muss wieder zu Kräften kommen. In drei Monden kann er wieder auf den Beinen sein.« Sie schnaubte und spuckte auf den Boden, verstaute ihre Steine und ihre Räucherpfanne und machte eine ungeduldige Handbewegung, damit man sie zum Ausgang ließ. In Begleitung eines schmutzigen kleinen Mädchens, das draußen auf sie wartete, entfernte sie sich und machte sich wieder auf den Weg zu ihrer Hütte im Wald.

In Víska war Verblüffung groß.

Alle waren sich einig, dass es unklug wäre, den Bischof über Gátas Auftauchen in Kenntnis zu setzen. Er würde sie unweigerlich der Hexerei bezichtigen und die Dörfler hart bestrafen. Was hätte er anstelle der Zauberin getan? Er hätte eiligst die Letzte Ölung an dem Unbekannten vollzogen, selbst ohne einen Beweis dafür, dass dieser getauft war, nur um von Marek und Svatava die Gebühr für die Seelenmesse zu verlangen. Und der Kranke wäre vor seiner Zeit gestorben und hätte Gott weiß wie lange in Víska herumgespukt.

Der alte Jäger und seine Frau wachten Tag und Nacht über den Fremden. Seine dunkle Hautfarbe und seine schwarzen Haare offenbarten eine südliche Herkunft. Er hatte ein entzündetes Fußgelenk, seine Haare waren vom Grind verunstaltet, und der rechte kleine Finger war von der Kälte abgestorben.

Er trug keine Münzen und nicht einmal das winzigste Dokument bei sich. Wie viel Zeit mochte er wohl schon so mitten im Winter im Wald umhergeirrt sein?

Man zählte drei Monde, und dann öffnete der durch ein Wunder geheilte junge Mann, wie die Gesundbeterin es vorhergesagt hatte, die Augen, fand die Sprache wieder und konnte sogar aufstehen. Im ersten Augenblick flößten ihm die unbekannten Gesichter und das Haus, das ihm vollkommen fremd war, Angst ein, doch bald beruhigten ihn die sanften Worte seiner Wohltäter.

»Mein Name ist Rainerio«, sagte er. »Ich komme aus Rom und bin auf dem Weg nach Olmütz.« Er sprach nur wenige Brocken Tschechisch, das schwer verständlich war, denn er entstellte die Wörter. »Mein böhmischer Herr hat mich in Rom die Anfangsgründe Eurer Sprache gelehrt«, erklärte er den Bewohnern von Víska.

Er aß und trank, ohne satt zu werden. Weder die Erschöpfung noch Gátas Zauberbehandlung hatten irgendeine Spur an ihm hinterlassen, und Rainerio begriff nicht, weshalb die Dorfbewohner ihn anstarrten wie ein Kuriosum.

»Was führt Euch hierher?«, fragte ihn eines Tages der alte Jäger.

»Ich musste fliehen. Ich reise nach Olmütz, um einen gewissen Daniel Jasomirgott zu treffen, den Befehlshaber der Stadtwache, der mir zu Hilfe kommen muss.«

Er erklärte, dass er Rom heimlich verlassen und den Kirchenstaat nach Osten bis zur Adria durchquert hatte. Nachdem er im Hafen von Pescara angelangt war, hatte er sich auf einem Handelsfrachter eingeschifft, der ihn nach Venedig beförderte, und sich anschließend einer Karawane von Mönchen angeschlossen, die nach Norden zog, um in Kärnten zu predigen. »Nachdem ich über die Donau übergesetzt hatte, zog ich zu Fuß weiter und wurde von einer Bande von Söldnern angegriffen, die mir mein Gepäck, meine Winterkleidung und das für meine Reise erforderliche Geld raubten.«

Er war in einem Hospiz in Brünn gestrandet und hatte dort zwei Tage ohne Unterbrechung durchgeschlafen, bevor er seine Expedition unbeirrt fortsetzte.

»Ich habe meine Kräfte wohl überschätzt«, gestand er. »Ich verirrte mich in Euren Wäldern, die ich mir nicht so furchterregend vorgestellt hatte, und am Ende schlug ich den erstbesten Weg ein, auf dem frische Fußspuren zu sehen waren, um den nächstmöglichen Zufluchtsort zu finden. Das ist alles, woran ich mich erinnere; in meiner letzten Erinnerung breche ich im Schnee zusammen, und dann höre ich Hunde, die um mich herumspringen ...«

Marek erzählte ihm, was anschließend geschehen war, allerdings ohne genauer auf Gátas Zeremonie einzugehen. Am Ende fragte er ungläubig: »Und Ihr hofft wirklich, dass Daniel Jasomirgott in Olmütz Euch Beistand leisten kann? Der Mann genießt einen abscheulichen Ruf. Die Bevölkerung schätzt ihn herzlich wenig.«

»Er war der Freund meines ehemaligen Herrn Otto Cosmas, der aus Eurem Land stammte. Dieser trug mir auf, ich solle bei Jasomirgott Zuflucht suchen, falls ich eines Tages in ernsthafte Schwierigkeiten geraten sollte. Ich befolge nur seinen Rat. Ich will wohl glauben, dass Jasomirgott mich anhören wird. Er ist meine einzige Hoffnung.«

Der alte Jäger schüttelte den Kopf. »Ihr müsst gute Gründe dafür haben, dass Ihr Euch in eine so gefährliche Reise gestürzt habt!«

Rainerio bejahte nur mit einem Kopfnicken. Das Gespräch hatte ihn müde gemacht.

Er musste noch drei Tage in Víska bleiben, bis er wieder zu Kräften gekommen war. Das gab ihm Zeit, den guten Seelen zu danken, die sich an seinem Bett abgelöst hatten, und zu versprechen, dass er in besseren Zeiten zurückkommen werde, um der verehrungswürdigen Gáta seine Aufwartung zu machen, die ihm die Gesundheit wieder geschenkt hatte. Am Ende hatte man ihm doch von ihrem zauberischen Wirken erzählt.

Svatavas Vorhaltungen zum Trotz beschloss der alte Marek,

Rainerio bis nach Olmütz, der größten Stadt der Markgrafschaft Mähren, zu begleiten.

Sie teilten sich eine Mauleselin und brachen am frühen Morgen auf. Als sie endlich allein waren und einem kaum sichtbaren Pfad zwischen den windgebeugten, schneebedeckten Bäumen folgten, stellte Marek ihm eine Frage, die ihm auf den Lippen brannte, die Frage, die keiner im Dorf seit Rainerios Erwachen zu äußern gewagt hatte.

»Habt Ihr eine Erinnerung an den kurzen Augenblick bewahrt, in dem wir Euch als Toten gesehen haben?«

»Tot?«

Rainerio nahm sich ein wenig Zeit zum Nachdenken. Dann antwortete er mit jugendlichem Lächeln: »Überhaupt nicht. Im Übrigen war ich nicht wirklich tot, denn ich bin ja noch immer da!«

Der Alte schüttelte den Kopf. Gáta hatte schon manches Mal einen Kranken genesen lassen, indem sie ihn sterben ließ, um ihn wenige Augenblicke später wieder zum Leben zu erwecken. »Der Tod regt die Körpersäfte an, so wie die Flammen der verbrannten Erde dem Boden der Felder neues Leben einhauchen …«, lautete einer ihrer Wahlsprüche.

Die beiden Männer legten die acht Meilen, die Víska von Olmütz trennten, an einem Tag zurück.

Als sie vor den Stadttoren ankamen, lehnte Rainerio den Vorschlag Mareks ab, ihn noch weiter zu begleiten.

»Ich weiß nicht, welche Wendung die Dinge für mich nehmen werden«, sagte er zu ihm. »Ich würde mir Vorwürfe machen, wenn Ihr zu Schaden kämt. Danke für alles, Marek.«

»Seid auf der Hut!«, warnte ihn der alte Jäger. »In einem anderen Dorf als Víska hätten Euch die Einwohner bestimmt am ersten Baum aufgehängt. Man misstraut hier unbekannten Gesichtern. Vor allem in Olmütz.«

Bevor sie sich trennten, umarmten sie sich, dann machte sich der Alte auf seiner Mauleselin wieder auf den Weg, ohne sich um die einbrechende Dunkelheit zu kümmern.

Olmütz lag am Ufer der March und zählte mehr als zehntausend Bewohner, die durch mächtige, steinerne Wälle geschützt wurden. Rainerio wurde an einem Soldatenposten vorstellig und verlangte den Führer der Stadtwache zu sprechen. Ein Wachposten wies mit dem Finger auf ein befestigtes Gebäude nördlich der Kathedrale. Dort traf Rainerio auf einen Geistlichen, der Latein sprach und seine Fragen an einen mährischen Offizier übersetzte.

Seine Bitte um eine Unterredung mit Jasomirgott wurde unverzüglich abgelehnt.

»Eine Räuberbande droht uns zu belagern!«, teilte der Offizier ihm mit. »Nach dem was wir wissen, wird das Gros ihrer Truppen in zwei Tagen vor unseren Mauern liegen. Jasomirgott verhört Häftlinge im Gefängnis, die in diesem Räuberlager gefangen genommen wurden, um ihre Waffenstärke und ihre Absichten auszuforschen. Für etwas anderes hat er jetzt keine Zeit.«

Rainerio wunderte sich: »Die ganze Stadt fürchtet sich vor einem Haufen Plünderer?«

Der Mann bedachte ihn mit einem verächtlichen Blick.

»Sie sind fast zweitausend und weitaus gefährlicher als eine reguläre Armee, glaubt mir!«

Er zuckte mit den Schultern.

»Offenbar wisst Ihr nichts über das Leben im Kaiserreich ...«

Rainerio sagte sich, dass die Tore der Stadt im Belagerungszustand bald geschlossen werden würden und er dann in der Falle säße.

Er musste schnell handeln.

»Kann man Daniel Jasomirgott eine Nachricht zukommen lassen?«

»Es ist verboten, das Gefängnis zu betreten.«

Nachdem der Geistliche ihn verlassen hatte, fand sich Rainerio auf den Straßen von Olmütz wieder, während die Nachricht eines bevorstehenden Angriffs sich wie ein Lauffeuer verbreitete und in der Bevölkerung Panik hervorrief.

Er näherte sich einem Marktplatz, an dem alle Welt zusammenlief, um sich mit Mundvorräten einzudecken. Er entdeckte einen Mann, der mehrere Säcke mit Rüben bei sich hatte.

Er nahm all seinen Mut zusammen und ging schnurstracks auf ihn zu. Dann schlitzte er die Säcke auf, und die Rüben kullerten zu Boden. Er tat so, als wollte er sie stehlen. Seine Aktion löste jedoch nicht etwa die Empörung der Umstehenden aus, sondern regte sie vielmehr zur Nachahmung an, und plötzlich fehlte nicht mehr viel zu einem Volksaufstand – Menschen beiderlei Geschlechts versuchten alles an sich zu reißen, was an den Marktständen feilgeboten wurde.

Die Wachen mussten eingreifen und dem Aufruhr mit Knüppeln und Lanzen ein Ende machen.

Fünf Aufwiegler wurden verhaftet, darunter auch Rainerio; allen drohte am nächsten Tag der Galgen. Die Behörden duldeten keine Unbotmäßigkeit just in dem Augenblick, da es galt, sich zur Verteidigung der Stadt zu rüsten.

Rainerio wurde gewaltsam gepackt, leistete jedoch keinen Widerstand.

Man warf ihn ins Gefängnis.

In seiner Zelle, die er mit zwanzig anderen Häftlingen teilte, wurde er von einem Aufseher, dessen graue und faltige Haut den umgebenden Mauern glich, in Eisen gelegt. Er trug einen dicken Schlüsselbund am Gürtel.

»Geh und benachrichtige Daniel Jasomirgott, dass ein Schüler von Otto Cosmas hier ist«, flüsterte Rainerio ihm zu. »Aus Rom … Tu es, und du wirst es nicht bereuen.«

Der Wärter zog die Augenbrauen hoch.

»Otto Cosmas? Wer soll das sein?«

»Jasomirgott wird es wissen.«

Der Mann kratzte sich am Kopf.

»Ich bin nur der Schlüsselverwahrer, das ist alles. Ich muss meinem Vorgesetzten darüber Bericht erstatten.«

»Tu es, bitte. Vergiss nicht: Otto Cosmas!«

Rainerio kauerte sich in eine Ecke der Zelle, zwischen einen Betrunkenen und einen verängstigten Jungen. Die Hälfte der Gefangenen waren Frauen, und es entging dem jungen Mann nicht, dass eine dicke, schmutzstarrende Matrone mit Grabesstimme hier das Regiment führte. Rainerio machte sich schon auf einen unangenehmen Aufenthalt gefasst, als zwischen den Zellengittern ein alter Mann mit einem kahlen Schädel und einem grauen, mit dem Messer gestutzten Bart erschien. Seine bloße Erscheinung genügte, damit alle Zelleninsassen vor Angst erstarrten. Er trug ein Wams und weite Kniehosen aus dem gleichen Leder über einer Chainse aus feinem Stoff. Eine kostbare Kette vollendete das Bild eines hohen Adligen. Nur eine Kleinigkeit störte diesen Eindruck: Von seiner linken Hand troff Blut herab.

Es war Daniel Jasomirgott.

Beim Anblick Rainerios zögerte er. »Ist er das?«, fragte er den Schlüsselverwahrer, der bejahte.

Rainerio erhob sich und trat vor.

»Ich bin der Schüler von Otto Cosmas«, sagte er.

»Otto ist tot.«

»Es werden bald zwei Jahre sein. Ich weiß, dass Ihr in der Zeit, da er noch in seinem Heimatland lebte, sein treuester Freund wart! Er hat mir in Rom oft geraten, Euch hier in Olmütz aufzusuchen, falls ich eines Tages Hilfe bräuchte!«

Jasomirgott runzelte die Stirn.

»Hilfe? Wer sagt mir, dass du kein Hochstapler bist? Jeder dahergelaufene Kerl kann sich für den Freund eines Toten ausgeben …«

»Befragt mich. Dann werdet Ihr sehen, ob ich lüge.«

Daniel überlegte und fragte sodann: »1260 verfasste Otto ein bedeutendes Werk, das keine Aufmerksamkeit fand. Wie hieß es?«

»Es handelt sich um *Gegen die Abhandlung über die drei Hochstapler von Simon de Tournai in acht Beweisen.* Meister Cosmas hielt dieses Jugendwerk nicht mehr für wertvoll und sein Scheitern für verdient.«

»Warum musste Cosmas aus Böhmen fliehen und sich in Rom niederlassen?«

»Das Gerücht will von einem betrogenen Ehemann wissen, in Wahrheit aber wurde er der Ermordung eines Erzdiakons in Prag bezichtigt.«

»Hatte er ihn getötet?«

Rainerio zögerte einen Moment und antwortete dann: »Ja.«

»Hatte er das Bett der Frau des wütenden Ehemanns geteilt?«

»Manche seiner Verse lassen kaum einen Zweifel daran: Ich glaube sogar, dass er sie aufrichtig geliebt hat.«

»Wenn er über mich gesprochen hat … was hat er gesagt?«

»Er hat Euch mit zehn Jahren vor dem Ertrinken gerettet, und Ihr habt verzichtet, damit er eine Stelle in einer Philosophieschule bekam, die Euch zustand.«

Neugierig geworden, befahl der Befehlshaber der Stadtwache, man solle ihn freilassen. Er führte ihn in eine Folterkammer. Die Folterbank war zwar leer, doch das ganze blutige Werkzeug war auf den Tischen ausgebreitet.

Als Daniel Jasomirgott mit dem jungen Mann allein war, befahl er: »Rede, ich höre.«

Rainerio erklärte: »Als Kind lebte ich in derselben Straße wie Otto Cosmas. Er zog 1274 nach Rom. Ich wurde sein Sekretär und Schreiber. Ein Jahr nach seinem Tod konnte ich dank dem Werk, das ihn viele Jahre lang beschäftigte und das ich an seiner Stelle vollendete, in die Dienste des Laterans eintreten und wurde Gehilfe einer bedeutenden Persönlichkeit. Während der Ausübung meiner Tätigkeit machte ich allmählich furchtbare Entdeckungen über die Mitglieder der römischen Kurie. Freveltaten, die jede Vorstellungskraft übersteigen.«

Jasomirgott nickte; überall im Kaiserreich hatte die papstfeindliche Propaganda Rom der schlimmsten vorstellbaren Gräueltaten bezichtigt: Menschenfresserei, Inzest, Sodomie, Teufelsanbetung ...

»Diese Entdeckungen haben mein Leben in Gefahr gebracht«, fuhr Rainerio fort, »und ich musste aus Rom fliehen. Meister Cosmas hatte mir erklärt, dass die einzig mögliche Unterstützung gegen den Papst auf der Seite des Kaisers zu finden sei. Er erzählte mir von Euch in Olmütz, von Eurer fernen Freundschaft. Ihr seid der einzige Mensch, den ich in diesem Teil der Welt kenne. Und ich muss das, was ich in Erfahrung gebracht habe, öffentlich machen. Könnt Ihr mir helfen?«

Daniel Jasomirgott nickte. Er dachte an seinen alten Freund, an den Kampf um die Vormachtstellung, der zwischen dem Papst und dem Kaiser entbrannt war, einen politischen und spirituellen Wettstreit, der beim geringsten Anlass wieder aufflammte.

Er sagte: »Komm mit mir.«

II

Nachdem Pater Aba der Flammenhölle von Schloss Mollecravel entkommen war, schlug er die Richtung von Carcassonne ein und nahm dann die Hauptstraße, die nach Béziers führte. Er rechnete aus, dass ihn mindestens dreihundert Meilen vom Kirchenstaat und diesem Erzbistum Ancona trennten, in dem sich jenes mysteriöse Kloster befand. Nicht nur Montmorency war dort zum Zweck seiner moralischen Läuterung aufgenommen worden, auch die junge Concha Hermandad, die in den Verzeichnissen des Waisenhauses für Findelkinder in Toulouse erwähnt worden war, hatte man dorthin gebracht und nun auch noch die in Okzitanien entführten Kinder. Darunter Perrot.

Aba hatte nie einen Fuß nach Italien gesetzt; alles, was er über Rom wusste, stammte von den Pariser Studenten, in deren Gesellschaft er verkehrt hatte. In ihren Augen war Rom nichts anderes als die »Hure Satans«, der Papst »ein neuer Saturn, der seine Kinder frisst« und die Kirche die »Synagoge des Teufels«.

Immerhin war ihm klar, dass es nicht Besseres als eine Schifffahrt gab, um so weite Entfernungen schnell zu überbrücken.

Er beschloss daher, sich nach Aigues-Mortes zu begeben, in der Hoffnung, dort ein Schiff zu finden, das ihn der italienischen Küste näher bringen würde.

Aba gab dem in Mollecravel entwendeten Pferd die Sporen, bis es blutete. Am Ufer des Orb kam es dann zu einer entscheidenden Begegnung: Er kreuzte den Weg einer Pilgergesellschaft.

Dieses Häuflein französischer Büßer beabsichtigte, sich nach Rom zu begeben und von dort aus in die Fußstapfen des heiligen Paul zu treten; es wollte in umgekehrter Richtung seine zahlreichen Missionsreisen wiederholen und seine Reise mit dem berühmten Weg nach Damaskus beenden, auf dem der »Apostel der Völker« sich bekehrt hatte.

Der von den Ehefrauen eines Grafen und zweier Barone organisierte Konvoi war luxuriös ausgestattet. Der Sohn eines Herzogs, der wegen seines unangemessenen Benehmens zu mehreren Monaten Buße verurteilt worden war und die fünf letzten Jahre in Paris verbracht hatte, erkannte in Guillem Aba einen ehemaligen Universitätsgefährten wieder. Während sie sich gemeinsam in einer Herberge in Olargues an Poularden gütlich taten, unterhielten sie sich über die guten und schlechten Behandlungen des einen oder anderen Professors an der Montagne Sainte-Geneviève in Paris, über die Diskussionen zwischen den Anhängern des Realismus und denen des Nominalismus und über den erbitterten Konkurrenzkampf, den die bischöflichen Klosterschulen, die sich ihre Lehren vergüten ließen, mit ihren Konkurrenten aus den Bettelorden führten, die umsonst lehrten.

Pater Aba erwähnte, dass er so schnell wie möglich nach Rom gelangen müsse, und der junge Herzog, der von diesem neuen, in den sieben freien Künsten bewanderten Reisegefährten begeistert war, lud ihn ein, sich der Pilgergruppe anzuschließen.

Was die »gottgeweihte Fahrt« anbetraf, so war dieser Konvoi von Franzosen recht eigenartig: Die Pilgerreise im eigentlichen Sinne begann erst in Rom, der Stadt, in welcher der heilige Paulus zum Märtyrer geworden war; daher beschlossen die Pilger, bevor sie den Fuß dorthin setzten, so viel wie möglich zu trinken, zu essen und sich zu verlustieren. Sie rasteten in prachtvollen Schlössern und reisten auf prunkvollen Schiffen flussabwärts. Die adligen Damen machten aus ihren fleischlichen Gelüsten kein Geheimnis; jeden Abend wurde die Pilgerfahrt zum Schauplatz von Ausschweifungen. Bischöfe, die sich herbemühten, um die Büßer zu segnen, fanden die Gräfin und die zwei Baroninnen halb nackt, betrunken und in Gesellschaft von Männern niedriger Herkunft vor. Mit entwaffnender Überzeugung argumentierten sie, dass ihre jetzigen Sünden ihnen dank der strikten Enthaltsamkeit, die sich ab ihrer Ankunft in Rom auferlegen würden, vergeben werden würden.

Pater Aba beobachtete ungerührt die widersprüchlichen Seiten seiner neuen Reisegefährten. Er bemühte sich, das Gesprächsbedürfnis des jungen Herzogs zu befriedigen, der nichts so sehr liebte, wie schweißgebadet ein Freudenhaus zu verlassen und danach zu philosophieren.

Aba hatte die in Mollecravel geraubte Armbrust zerlegt, um keine Aufmerksamkeit zu erregen, und das Kurzschwert aus Cantimpré in einer länglichen Stofftasche vergraben, in der er seine Sachen aufbewahrte. Er verschwieg sein Priestertum und verblüffte die Büßer umso mehr mit genauen Kenntnissen der Heiligen Schrift und der Feinheiten der römischen Liturgie. Obschon man verwundert war, dass er nicht wie alle anderen an den Gelagen teilnahm, respektierte man sein Bedürfnis nach Einsamkeit.

Aba selbst dachte, dass er seit seinem Aufbruch aus Cantimpré in einem fort »in eine neue Haut schlüpfte«: vom strengen Priester über den verletzten Vater und den falschen Pilger zum Räuber einer Toulouser Bande und nun zum Reisegefährten mystischer Ausschweifungen. Egal, um seinen Sohn wiederzufinden, hätte er sich zur Not auch als Galeerenruderer, Christusverächter, Fleischer, gedungener Mörder oder mohammedanischer Sektierer ausgegeben.

Die Karawane auf den Spuren des heiligen Paulus reiste zwar nie mit der von Aba ersehnten Geschwindigkeit, denn dieser brannte darauf, den Kirchenstaat und das Kloster Albertus Magnus baldmöglichst zu erreichen. Doch ein im Hafen Saint-Louis angemietetes Schiff, die bei jeder Etappe bereitgestellten Gespanne, das vereinfachte Passieren der Zollstellen und ein Trupp Soldaten, der sie vor Räubern beschützte, überzeugten ihn, dass er aus eigener Kraft niemals so gut vorangekommen wäre.

Nach drei Wochen erreichte der Konvoi Viterbo, eine reiche Stadt im Latium und zugleich Refugium für die von der römischen Bevölkerung bedrohten Päpste.

Viterbo war die letzte Station der Pilger vor ihrer Ankunft in der Ewigen Stadt. Die Franzosen, die nur noch wenige Stunden von ihrem großen Sprung in die Askese trennten, erlebten ihre letzten Momente der Lustbarkeit. Nach einer schnellen Beratung beschlossen sie, den Aufenthalt in Viterbo um einen Mondzyklus zu verlängern.

Nun hielt Aba den Augenblick für gekommen, allein weiterzuziehen. Er verschwand diskret, ohne sich auch nur von dem Herzog zu verabschieden, der ihm das Fortkommen so sehr erleichtert hatte, und ließ sich in ein Zimmer im ersten Stock der großen *Herberge zum Paraclet* in der Via della Gualchiera führen.

Sobald er alleine war, legte er seine Sachen neben das Bett und setzte die Armbrust wieder zusammen. Kurz darauf holte er die schwarze Kleidung des Söldners hervor, die er auf dem Pferd Leto Pomponios im Schloss von Mollecravel erbeutet hatte. In einer Tasche des Wamses entdeckte er ein seltsames, achteckiges Holzstück, das mit Leder bezogen war und auf einer Seite die Ziffer 1611 sowie ein Kreuz trug, welches von einem Kreis eingefasst war. Er legte es beiseite.

Er zog seine Pilgerkutte aus und legte die Montur des schwarz gekleideten Mannes an. Da er nicht die Statur des Soldaten hatte, passte er mit Nadel und Faden die Schulterbreite sowie die Ärmel- und Beinlänge an und flickte die Öffnung in Magenhöhe, die Pomponios Schwert hinterlassen hatte.

Von Kopf bis Fuß gekleidet wie einer der Mörder aus Cantimpré verharrte Pater Aba einen Augenblick unbeweglich. Er ergriff das Schwert, mit dem Maurin ermordet worden war, und ließ es in den Ring des Schwertgehänges gleiten.

Er setzte die Kapuze auf und zog sie ins Gesicht herab.

Die mörderische Aufmachung bedrückte ihn, in seinem Mund breitete sich ein bitterer Geschmack aus, seine Kinnbacken verkrampften sich …

Er hasste dieses Aussehen.

Aber er war bereit.

*

Um Viterbo zu verlassen, bezahlte er seinem Gastgeber die Miete für ein kräftiges Pferd.

»Wohin wollt Ihr Euch begeben?«

»Nach Ancona.«

Der Gastwirt stellte ihm ein gesatteltes Pferd mit gewaschener Mähne zur Verfügung.

Aba hatte die Rösser der Entführerbande in Cantimpré nicht gesehen, fand jedoch, dass dieses Pferd hier ein stolzes Tier war und den begeisterten Schilderungen der Bewohner von Disard entsprach.

Es kostete ihn dreißig Denare und zwei Paar Hufeisen. Er versah sich außerdem mit der Liste der Wechselstationen und der Etappen, die seinen Weg bis Ancona säumten.

Er schlug die Richtung von Griffignano ein und ritt dann geradewegs nach Umbrien und in die Marken, die wichtigsten Provinzen des Kirchenstaats.

Obwohl er aufmerksam darauf achtete, wie die Leute auf seine

Verkleidung als Söldner reagierten, entdeckte er nie den kleinen Job Carpiquet, der sich auf Althoras' Geheiß seit Mollecravel an seine Fersen geheftet hatte.

Dieser geschickte und hartnäckige Verfolger, der es bestens verstand, sich unsichtbar zu machen, war den französischen Pilgern seit Olargues gefolgt. Er hatte sich nicht von Pater Abas veränderter Erscheinung beim Aufbruch aus Viterbo täuschen lassen und war ihm keinen Tag von der Seite gewichen; bei jedem Zwischenhalt ließ er Althoras eine Nachricht zukommen, um ihm seine Position kundzutun.

Sechs Tage später erreichte der ohne sein Wissen verfolgte Pater Aba, der glaubte, nun am Ende seiner Suche angelangt zu sein, Ancona …

III

Benedetto Gui zog sich in die Abtei von Pozzo, hinter die Bäckerei und die Mühle zurück, um vor fremden Blicken geschützt die Dokumente durchzusehen, die in dem Kästchen von Schwester Constanza aufbewahrt waren.

Die Konkubine des greisen Bruders Hauser hatte hervorragende Arbeit geleistet: Der mit kleinen Nagelköpfen beschlagene Holzkasten barg verschiedene Hinweise, die für Benedettos Nachforschungen über Rainerios Verschwinden bedeutsam waren.

Zunächst einmal erfuhr er dank der Eintragungen im Kalender, in dem die Klosterbesuche vermerkt waren, wie oft der junge Mann in den vergangenen zwei Jahren in Pozzo vorstellig geworden war: neunzehn Mal.

Im letzten Herbst hatte die Häufigkeit der Besuche zugenommen, der Assistent von Henrik Rasmussen hatte seitdem jede Woche die Reise von Rom aus angetreten.

Benedetto studierte die Liste der Bibliothek, in der die Werke notiert waren, in denen Rainerio nachgeschlagen hatte. Darin waren das Datum, aber auch die Uhrzeit der Ausleihe und der Rückgabe der Bände erwähnt: Der Junge behielt die Bücher nie länger als ein paar Stunden.

Jede Lektüre entsprach einem einzelnen Tag.

Constanza hatte betont, dass kein Buch oder Dokument die Mauern der Abtei verlassen konnte; Rainerio kam also des Morgens, erledigte seine Nachforschungen und kehrte am Abend nach Rom zurück. Das untermauerte die Aussage der jungen Zapetta, die behauptet hatte, dass ihr Bruder nie verreiste.

Die detaillierte Lektüre der von Rainerio in Pozzo eingesehenen Werke brachte Benedetto Gui ein großes Stück voran: Er hatte erwartet, dass die Ausleihen mit der Jugend von Heiligen oder mit Anträgen auf Heiligsprechung von Wunderkindern in Zusammenhang stünden. Er dachte, Rainerio müsste schockiert gewesen sein über seine Entdeckung der unerklärlichen Entführungen von Kindern, wie Hauser geschildert hatte.

Mitnichten.

Am letzten Sankt-Martins-Tag war Rainerio gekommen, um den Fall des Dorfes Gennano zu untersuchen, wo zwei Jahre zuvor eine Jungfrau erschienen war und den Bewohnern einen Ort gezeigt hatte, an dem sie einen Schatz fanden. Ein sagenhafter Schatz, der dazu diente, die alte Kirche prachtvoll zu restaurieren.

An Sankt Ludwig beschäftigte ihn der Fall der Quelle von Più; dort spukte ein Dämon, der vor den Augen der Reisenden die Gestalt eines auf der Oberfläche schwimmenden goldenen Kelches annahm. Alle, die ihn erblickten, stürzten sich in das Wasser, um nach dem kostbaren Gegenstand zu greifen, doch in dem Moment, da ihre Finger den Kelch berührten, verwandelte er sich in eine haarige Pfote, die sie gewaltsam packte und mit Haut und Haar in die Tiefe zog. In der Heiligenlegende hieß es, sechs Jahre zuvor hätte ein Mönch dem Zauber dieser dämonischen Hand widerstanden, das Monster aus der Quelle gerissen und es getötet, indem er ein Kreuz vor ihm schwenkte.

An Sankt Nikolaus befasste sich Rainerio mit dem Fall des Mirakels von Laon. Bei diesem Wunder ging es um eine junge Nonne, die der fleischlichen Sünde mit einem Grundherrn bezichtigt wurde und zum Scheiterhaufen verurteilt worden war. Am Tag vor ihrer Hinrichtung ergriff die Frau ein Sieb und hielt es unter das Wasser eines Klosterbrunnens, um es zu säubern. Doch gegen alle Wahrscheinlichkeit rann das Wasser nicht durch die Maschen, sondern blieb in den Händen der Nonne. In diesem Augenblick ging ein Unglücklicher vorüber, der an Skrofeln litt. Sie forderte ihn auf, seinen Durst zu löschen, und sowie die Lippen des Kranken benetzt waren, war er geheilt und sein Gesicht war von seinen Fisteln befreit. Dieses Wunder wurde in ganz Laon gefeiert und bewies durch ein Gottesurteil die Unschuld der Nonne.

Jeder andere als Benedetto Gui hätte aus diesen drei Beispielen nichts weiter herausgelesen als ein Interesse an Wundern und übernatürlichen Geschichten. Gui allerdings wusste, dass diese drei Mirakel nicht bedeutungslos waren und dass schon kurz nach ihrer Verbreitung Einwände gegen ihre Echtheit laut geworden waren. In Gennano konnte die Kirche durch das Wunder im rechten Moment das Vertrauen der Gläubigen zurückgewinnen, die sich immer mehr dem Kaiser zuwandten. Man entdeckte Spuren einer vorgetäuschten Erscheinung der Jungfrau Maria (eine Vorrichtung, die Rauch ausspie, von Menschenhand ausgehobene Gräben …). Der Mönch, der die Quelle in Più von ihrem Teufel befreit hatte, war ein mit Spielschulden überhäufter Augustiner, der mit den Spenden, die nach dem Wunder auf ihn herabregneten, seine Gläubiger zufriedenstellen konnte. Was die Nonne aus Laon anging, die angeklagt war, das Bett eines Adligen geteilt zu haben, so war sie die Enkelin eines mächtigen Prälaten in Rom. Das Sieb und der geheilte Bettler wurden nie gefunden …

Warum interessierte sich Rainerio für falsche Wunder, fragte sich Gui und fand bald eine mögliche Antwort:

Rainerio weiß, dass Wunderkinder von Männern des Laterans entführt werden. Und er weiß offensichtlich auch, dass die Kirche immer wieder wie in Gennano falsche Wunder und große Spektakel zur Erbauung der Bevölkerung inszeniert.

Um neue Anhänger zu gewinnen, war ihr jedes Mittel recht. Scheinwunder könnten im noch größeren Stil durchgeführt werden, wenn die Kirche Kinder benutzte, die mit Wundergaben gesegnet waren! Die Kirche besäße mit ihnen hervorragende Werkzeuge. Erwachsene weigerten sich womöglich, bei solchen Lügenmärchen mitzuspielen, aber Kinder …?

Benedetto erschauerte angesichts dieser Möglichkeit.

Er war überzeugt, dass vor ihm der arme Rainerio schon die gleiche Angst empfunden hatte.

Auf der Rückseite eines Blattes, auf dem die von Rainerio entliehenen Bücher aufgelistet waren, hielt Benedetto die Überlegungen fest, die ihm durch den Kopf gingen.

Diese Notizen ließ er wohlweislich im Kästchen von Schwester Constanza zurück.

»Falls ich auch verschwinden sollte, dann wären diese Spuren nicht für alle Welt verloren«, sagte er halblaut vor sich hin.

Solche Maßnahmen ergriff er immer – wenn seine Nachforschungen sich in die Länge zogen oder zu unübersichtlich wurden, streute er Hinweise auf seine Verdachtsmomente. »Wenn Rainerio das nur auch getan hätte.«

Benedetto gab Constanza das Kästchen zurück; diese versprach ihm, es in der Bibliothek hinter den Werken des heiligen Benedikt von Anian zu verstecken.

*

Am Morgen darauf wurde Benedetto in seiner Herberge von dem Laienbruder aus der Registratur aufgesucht.

»Euer Fall wurde angenommen«, rief er aus. »Ihr werdet im Lateran erwartet, wo Ihr Eure Argumente ohne Zögern dem Erzbischof Moccha unterbreiten sollt. Er ist ein hoch angesehener

Relator causae und wird als Advocatus Dei Eure Sache vertreten. Meine Glückwünsche! Noch nie habe ich es erlebt, dass ein Gesuch so schnell zu einer Vorladung nach Rom führte.«

Er überreichte ihm einen Passierschein für Rom und den Lateran sowie den abschließenden Bericht der Voruntersuchung in der Abtei von Pozzo und gab ihm die verschiedenen Dokumente aus Spalatro sowie die Phiole mit dem Blut zurück.

»Moccha. Ein *Relator causae*?«, wiederholte Gui beinah ungläubig. »Das ist in der Heiligen Kongregation der Gegenspieler des Advocatus Diaboli.«

Benedetto Gui dachte sich, dass er den Fuchs weit über seine Erwartungen hinaus »ausgeräuchert« hatte und machte sich auf den Weg nach Rom.

IV

Seit zehn Tagen war Perrot in einer Zelle eingeschlossen, die nicht mehr als sechs Fuß Seitenlänge maß. Der Boden war kalt und feucht, es gab keine Fensteröffnung, und die einzige Lichtquelle war der Schein einer Fackel, der durch die Gitterstäbe der Tür drang. So konnte Perrot Tag und Nacht nicht unterscheiden. Vollkommene Stille umgab ihn, die Kerker nebenan mussten leer stehen.

Nur ein in eine weiße Kutte gehüllter Mönch kam zweimal am Tag, um ihm zu essen und zu trinken zu bringen und das schmierige Heu in der Mauerecke zu erneuern, in der das Kind seine Notdurft verrichtete.

Obwohl er in vollkommener Einsamkeit gefangen gehalten wurde, verspürte der Junge beinahe ununterbrochen diese körperlichen Anwandlungen, dieses Erschauern, das ihn überfiel, sobald seine Gabe als Heiler beansprucht wurde. Obgleich er nichts Auffälliges sah oder hörte, gewann er die Überzeugung, dass er beobachtet wurde. Doch so genau er auch die Mauern untersuchte, nirgendwo entdeckte er ein Loch oder einen Schlitz, durch das man ihm zusehen hätte können.

Am zwölften Tag öffnete sich die Tür wieder, und dieses Mal erschien Até. Ihr langes Haar hatte sie hochgesteckt und mit einem flatternden Schleier bedeckt. Ihre Augen waren mit Khol bemalt, die Haut war mit Bleiweiß geschminkt und die Lippen mit leuchtendem Rot. Sie trug ein gefälteltes Gewand aus einer einzigen Stoffbahn, das mit einer Lederschnur gegürtet war, an deren Ende zwei Silberkugeln klingelten.

Gemeinsam verließen sie den Kerkerbereich und folgten einem Wandelgang, der mit weißen Steinen gepflastert und mit Silbereiben bepflanzt war. Das Tageslicht blendete Perrot; der Himmel war blassblau und wolkenlos. Der Weg endete an einem Klostergebäude mit einem überdachten Kreuzgang um den Innenhof, in dem ein Dutzend Mönche umhergingen. Der Garten war von Buchshecken eingefasst, in deren Mitte eine sprudelnder Brunnen thronte.

Nachdem das Kind eine Wendeltreppe erklommen hatte, befand es sich in einem Saal. Eine Wand nahm ein riesiges Glasfenster ein, das auf den Garten hinausging; ein Fenster aus purem Glas, ohne Farbpigmente, das die wichtigsten Kapitel der Passion darstellte. Hinter einem Schreibtisch saß ein gebrechlicher und knochiger Geistlicher. Beim Eintreten des Kindes und der Frau erhob er sich und begrüßte Até mit einem respektvollen Neigen des Kopfes.

»Ich habe eine Nachricht Eures Vaters erhalten«, sagte er. »Monsignore Broca ist unterwegs. Er wird in drei Tagen bei uns sein.«

Até nickte beifällig.

Der Abt wandte sich an Perrot.

»Ich bin Vater Domenico Profuturus.«

»Ich heiße Perrot«, erwiderte der Junge mit schüchterner Stimme.

Der Abt lächelte.

»Ich weiß, wer du bist.«

Er ergriff ein Pergamentblatt, das auf seinem Schreibtisch lag, und las mit lauter Stimme vor, wobei er sich Até de Brayac zuwandte: »Dieser Junge hat binnen weniger Tage zwei Leprakranke, eine Pestkranke und einen am Antoniusfeuer Leidenden geheilt. Er hat eine Blutung gestoppt, zwei Wahnsinnigen die Vernunft zurückgegeben, die Brustabszesse eines Alten aufgebrochen und die Körpersäfte dreier Mönche wieder in Einklang gebracht.«

Até erbleichte.

»Ist Euch ein derartiges Phänomen schon einmal begegnet?«, fragte sie.

Der Geistliche schüttelte den Kopf.

»Nie! Nicht einmal in den Schriften der Vergangenheit!«

Perrot aber protestierte: »Ich habe nichts von dem, was Ihr sagt, getan, mein Pater! Das schwöre ich Euch ... Wenn das geschehen ist, dann ohne mein Zutun.« Er wandte sich verzweifelt an Até. »Sagt es ihm, Madame, Ihr wisst es genau, dass ich nichts dafür kann!«

Doch die Frau schwieg. Sie war mehr und mehr von ihrem kleinen Gefangenen beeindruckt.

Profuturus schüttelte den Kopf, bevor er sich wieder seinem Pergament zuwandte.

»Wir haben mehrere Kranke hinter Perrots Zellenmauer untergebracht. Sobald sie die ersten Anzeichen der Besserung zeigten, entfernten wir sie schrittweise, um durch diesen Versuch herauszufinden, wie weit seine Heilkräfte reichen. Wir kamen zu dem Schluss, dass sie mehr als zweihundert Fuß im Umkreis umfassen!«

Er betrachtete das Kind und frohlockte: »Wir haben auch bewiesen, dass deine Gabe wirkte, während du schliefst. Gewöhnlich beschränken sich Wunder auf einen Ort oder einen bestimmten Zeitpunkt. Du hingegen bist eine Art *permanentes und sofortiges* Wunder!«

Até fragte beunruhigt: »Was werdet Ihr mit ihm machen?«

»Wir werden uns bemühen, seine Kräfte zu erproben, um herauszufinden, welche davon er eines Tages vollkommen beherrschen kann. Es ist normal, dass er das Gefühl hat, er könne nichts dafür. Auch die Wundertäter der Vergangenheit wie unsere großen Heiligen waren als Kinder über ihre außerordentlichen Fähigkeiten erschrocken. Hochverehrte Persönlichkeiten wie Asklepios, Apollonius von Tyana, Mithras, Honi, der Kreiszieher, Attis und Adonis oder Theophilus der Inder haben ihre natürliche Begabung gefürchtet. Hat nicht auch Jesus zugelassen, dass seine göttliche Mission bis ins dreißigste Lebensjahr verschleiert blieb?«

Er wandte sich an das Kind.

»Wenn du, Perrot, durch Gottes Gnade ein Geschöpf dieser Art bist, dann wäre es schade, wenn man dich ins Verderben laufen oder mit dieser Bürde allein ließe. Du kannst dich bei Até de Brayac bedanken, sie hat dir das Leben gerettet. Die meisten unserer Mitbrüder in der Kirche denken, dass ein Wunder – ob es sich um eine Heilung oder eine Erscheinung handelt – das Werk des *Teufels* ist, der den Menschen etwas vorspiegelt, um sie besser in Versuchung führen zu können. Sie glauben, dass Gott dem Teufel freie Hand lässt, um unseren Glauben so auf die Probe zu stellen. Wunder, selbst wahrhafte und erwiesene, müssen mit Gewalt bekämpft werden. Das geht so weit, dass die Kirche die Erste wäre, die Jesus von Nazareth auf den Scheiterhaufen schicken würde, wenn er zurückkäme und die gleichen Wunder wirkte, die er zu seiner Zeit vollbrachte! Du kannst sicher sein, dass außerhalb dieser Mauern ein übereifriger Bischof früher oder später im Namen der natürlichen Ordnung deinen Tod gefordert hätte.«

Profuturus ging zur Tür. Er gab dem Mönch, der dahinter wartete, ein Zeichen. Dieser rannte davon. Schweigen trat ein, dann kehrte der Mönch zurück und reichte dem Geistlichen einen Gegenstand, der mit einem ungebleichten Stoff bedeckt war.

Profuturus legte ihn auf den Tisch.

»Tritt näher.«

Perrot gehorchte.

Der Geistliche hob den Stoff hoch. Er verbarg ein Reliquiar aus Bergkristall, in dessen Innerem ein großer schwarzer Stein ruhte.

Doch mit jedem Schritt, den Perrot näher kam, begann dieser sich zu verwandeln und mehr zu verflüssigen. Zuerst wurde er zu einer dunklen Paste und wenige Augenblicke später zu hellem, rubinrotem Blut, das glänzte, als wäre es soeben aus den Adern eines Kindes ausgetreten.

»Dieses Blut ist mehr als achthundert Jahre alt«, erklärte Profuturus. »Es gehört dem heiligen Maurus, dem Schutzheiligen der Köhler, Kupferschmiede und der Kranken. Reizt es dich nicht zu erfahren, warum deine bloße Gegenwart ihm diese Lebensfrische verleiht? Nun, mein Kind, nur hier, in unserer Mitte, wirst du eine Antwort darauf finden!«

Der kleine Perrot zuckte furchtsam zusammen.

»Aber warum habt Ihr mich meinem Dorf, meinen Freunden und meinen Eltern entrissen?«

Profuturus legte eine Hand auf seine Stirn.

»Große Dinge erfordern immer große Anstrengungen. Dein Leben außerhalb des Gewöhnlichen wird dir noch manches Opfer abverlangen.«

Er führte ihn und Até aus dem Raum. Nachdem sie eine lange Zimmerflucht durchschritten hatten, gelangten sie in einen Saal, in dem vier Kinder saßen, die von einem halben Dutzend Mönchen bewacht wurden.

Ein Mädchen und drei Jungen zwischen acht und fünfzehn Jahren.

»Perrot«, sagte Profuturus, »ich möchte dir Jehan vorstellen, der prophetische Träume hat, so wie einst die heilige Hildegard; Simon, der wie die Wahrsagerin von Endor die Toten beschwören kann; Damien, der die Dämonen verjagt und aus dem Körper austreibt wie unser Herr; und Agnès, die du bereits kennst und die Blut aus den Wundmalen Christi verströmt wie der heilige Franziskus.«

Der Geistliche lächelte und verkündete: »Freut euch, meine Kinder, von nun an werdet ihr alle fünf zusammenarbeiten.«

V

Sofort nach seiner Ankunft in Ancona begann Pater Aba nach einem Kloster namens Albertus Magnus zu suchen, das Teil des ausgedehnten Territoriums des Erzbistums war.

Erst im Haus des Diözesanmissionars in der Via del Taglialegno erhielt er Auskunft von einem ehemaligen Dominikanerprior. Der Mann war groß und hager, hatte klare Augen, und seine Gesichtshaut war von feinen Furchen durchzogen. Er hieß Bruder Damon Cyprien und hatte sein Leben damit zugebracht, von Córdoba nach Konstantinopel und von Konstantinopel bis an die Grenzen Persiens zu reisen und dabei die Bekanntschaft großer jüdischer und griechisch-arabischer Übersetzer zu machen. Pater Aba hatte von seinem Ruf gehört, sein Werk über die Achämeniden war berühmt.

»Das Kloster, das Ihr Albertus Magnus nennt, existiert nicht wirklich unter diesem Namen«, erläuterte er ihm. »Es handelt sich um eine Festung, die 1167 von Barbarossas Truppen zerstört wurde. Vor vierzig Jahren wurde sie wieder aufgebaut. Auf wessen Befehl? Das weiß niemand. Man behauptete, Rom habe sie als Festung auserkoren, um seine Ostgrenzen zu verteidigen, oder sie diene als päpstliches Gefängnis. Viele Namen kursierten schon über die angeblichen Gefangenen dieses Kerkers. Ich habe gehört, wie behauptet wurde, Päpste und Heilige, die seit vielen Jahren für tot gelten, wären in Wahrheit noch am Leben und hätten sich hinter diese Mauern geflüchtet. Mit Sicherheit ist nichts davon wahr; vergleichbare Geschichten sind quer durch alle Völker und Zeiten im Umlauf. Mir sind ähnliche Phantastereien über den Krak von Meloul oder den Schädel des Baphomet zu Ohren gekommen.«

»Wenn niemand etwas darüber weiß, warum bezeichnet man es dann als Kloster?«, fragte Aba. »Und wie kommt Albertus Magnus in diese Geschichte?«

»Man nennt es Kloster, weil kurz vor dem Ende der Renovierungsarbeiten etwa fünfzig Mönche gesehen wurden, die sich dorthin begaben.«

Der Dominikaner lächelte.

»Und was den Namen angeht, so leitet er sich von einem Ausspruch des Augustinus ab, jenes Theologen aus Ancona, der am Tage des Hinscheidens von Albertus Magnus im Jahr 1280 verkündet haben soll: ›Hätte er die Wahl gehabt, so hätte er es vorgezogen, dass seine Seele in dieses Kloster einginge anstatt in den Himmel.‹ Der Ausspruch hat sich erhalten.«

Der Alte zuckte mit den Schultern.

»Wie dem auch sei, und das gilt für den Krak wie für den Schädel: Haltet Euch davon fern, sofern Ihr nicht zum Nähertreten aufgefordert werdet! Nach meinen Erfahrungen gibt es zwei Arten von Geheimnissen, die man nie zu durchdringen versuchen sollte: die Geheimnisse der Frauen und die, welche sich hinter gut befestigten Mauern verbergen. Im Vergleich zu diesen sind die Mysterien von Zauberbüchern, Hexerei und Sektierertum nichts als Kinderkram.«

Der Dominikaner ließ sich immerhin dazu bewegen, ihm zu erklären, wo das Kloster lag.

Aba stieg ohne Aufschub in seiner schwarzen Rüstung, mit dem Schwert am Gürtel und herabgezogener Kapuze in den Sattel …

*

Am übernächsten Tag zeichnete sich vor seinen Augen das Kloster im morgendlichen Dunst ab. Es erhob sich auf einem natürlichen Felsvorsprung, der die Adria überragte, auf halbem Weg zwischen Ancona im Norden und Varano im Süden. Die schlechte Sicht ließ es auftauchen wie das Walhall der Legende, das sich auf den Strahlen der Sonne von einem Ort zum nächsten bewegt.

Damon Cyprien hatte nicht übertrieben, als er gesagt hatte, die Festung sei beeindruckend. Das Gebäude war gewaltig, quadratisch und fast hundert Fuß hoch; es besaß weder ein sichtbares Portal noch Schießscharten oder einen zentralen Bergfried: ein furchteinflößender Steinklotz. In seiner Umgebung gab es keinerlei Leben und keine Behausung, abgesehen von einem winzigen Hafen, der vor Kurzem auf dem Kiesstrand angelegt worden war.

Rings um das Kloster sah man nichts als Kieselsteine und vom Frost weiß überzogenes Gestrüpp sowie gerade einmal kniehohes Gehölz. Ein dünnes Rinnsal floss von dem Felsvorsprung ins Meer hinab.

Aba hielt sein Pferd in gebührendem Abstand an und band die Zügel an dem einzigen, verkrüppelten Baum fest, der hier noch stand. Mit kleinen Schritten und gebeugtem Rücken eilte er auf das Gemäuer zu, die Armbrust in der Faust. Der Nebel half ihm, sich zu verbergen, war zugleich aber ein schlechtes Omen, er schützte und ängstigte ihn gleichermaßen.

Er umrundete das Monument einmal: kein Eingang. Das Einzige, was er sah, waren die Umrisse einer Fußgängerpforte, die mit Mörtel geschlossen worden war. Trotz der gewaltigen Ausmaße des Gebäudes war kein Zugang zu entdecken: »Vielleicht gibt es unterirdische Geheimtüren, die fernab von den Mauern gegraben wurden?«, sagte er halblaut vor sich hin.

Nirgends sah er einen Erkerturm oder eine Barbakane, von denen aus die Wachposten die Umgebung beobachten und seine Ankunft bemerken konnten.

Die Steine des Festungswalls waren zu makellosen Vierecken gehauen, die Rillen zeichneten sich durch eine erstaunliche Regelmäßigkeit aus, die Mauern waren gerade und glatt. Ihre Wände verbreiterten sich an der Basis zu einer schräg nach außen abfallenden Fläche, die den Angriff mit Leitern und die Arbeit der Sturmspitzen behinderte und von der schwere Geschosse, die von den Mauerzinnen abgefeuert wurden, abprallten und mit aller Wucht als Querschläger wieder davonflogen.

Hierhin also wurde Hue de Montmorency, der Herr von Mollecravel, gebracht und von seinen Dämonen befreit, damit er zu jenem lammfrommen Christen wurde, der er angeblich heute ist? Hinter diese Mauern hat man Perrot verschleppt …?, fragte sich Aba.

Plötzlich hörte er eine Kette oder eine Seilrolle knarzen. Es folgte das dumpfe Geräusch eines ins Wasser fallenden Körpers. Nachdem wieder Stille eingekehrt war, setzte Aba sich vorsichtig in Bewegung und entdeckte ein künstliches Wasserbecken mit einem Durchmesser von fünfzehn Fuß. Es war mit den gleichen Steinen eingefasst wie das Kloster, und der zuvor entdeckte Wasserlauf nahm dort seinen Ursprung. Ein Leichnam trieb auf der Wasseroberfläche, die noch vom Aufprall Wellen schlug. Aba blickte empor: In etwa sechzig Fuß Höhe wurde eine mit Eisen beschlagene Klappe hochgezogen.

Er trat näher und versuchte mit Hilfe seiner Armbrust den auf dem Bauch treibenden Körper umzudrehen, dann aber entdeckte er entsetzt, dass unter ihm noch weitere halbverweste Leichen schwammen.

Mindestens vier.

Der Leichnam drehte sich um: Sein Gesicht war verstümmelt, die Augen und der Unterkiefer fehlten. Sein Bauch war zwei Spannweit aufgeschlitzt und restlos ausgenommen. Der Unterleib glich einem leeren Schlauch; Aba blickte auf das Knochengerüst des Skeletts, auf die Rippen, das Brustbein und die Wirbel.

Auch die anderen Leichen waren unvollständig: Ein Arm oder zwei Beine fehlten, der Kopf oder das Becken waren gespalten, die Geschlechtsorgane amputiert oder der Schädel war durchbohrt und ringsherum geöffnet.

Pater Aba hatte genug gesehen. Er ergriff die Flucht und rannte davon, ohne dass er diese Bilder des Grauens aus seinem Kopf vertreiben konnte.

VI

In Olmütz verließ Rainerio, kurz bevor die Tore zum Schutz der Einwohner vor den Plünderern geschlossen wurden, in Begleitung von Daniel Jasomirgott zu Pferde die Stadt.

Sie schlugen die Richtung nach Most nordöstlich von Prag ein. Sie hatten eine Wegstrecke von etwa hundert Meilen vor sich.

Rainerio hatte den früheren Freund von Otto Cosmas nur um eines gebeten: Er möge ihn zu Wenzel II., dem König von Böhmen, führen. »Meine Enthüllungen sind zuerst für ihn bestimmt. Anschließend werde ich um eine Audienz beim Kaiser ersuchen!«

Nachdem er Jasomirgott seine Entdeckungen geschildert hatte, beschloss dieser, ihn zu begleiten, selbst wenn er dafür seine Stadt in der Gefahr alleine lassen musste. »Die Sache ist zu ernst.«

Wie sich zeigte, war ihr Weg mit Hindernissen gespickt. Rainerio sah, dass das Volk durch Hungersnöte und Machtkämpfe um den Thron, die das Königreich seit fünfzehn Jahren heimsuchten, dezimiert und demoralisiert war. Nirgendwo sonst seit seinem Aufbruch aus Rom und auf der langen Wanderung von Kärnten und der Steiermark bis hierher hatte er soviel Elend zu Gesicht bekommen. Bewaffnete Banden regierten das Land. Die Dörfer waren niedergebrannt, die Familien lebten obdachlos auf den Straßen.

Rainerio entdeckte von ferne behelfsmäßige Lager und durchquerte Weiler, die vor Kurzem Opfer eines Raubzugs geworden waren. Er begriff nun, weshalb die Einwohner von Víska, Mareks Dorf, sich mitten im Wald verschanzt hatten; sie setzten sich lieber der Bedrohung durch Wölfe aus als den marodierenden Banden der Ebenen und Täler.

Daniel Jasomirgott, der alle Abkürzungen im Wald kannte, sorgte dafür, dass sie nicht in die Nähe der Städte kamen. Aber Rainerio bestand darauf, dass sie in einem Dorf haltmachten, wo er vor dem Altar einer Kirche in sich gehen konnte. Er betrat den heiligen Ort und betete lange mit einer Kerze in der Hand für die Rettung seiner Schwester Zapetta und ihrer beider Eltern, die er in Rom zurückgelassen hatte. Er bat den Himmel um Verständnis für sein Tun.

Auch als sie in der Umgebung von Most anlangten, mieden sie die Stadt. Nachdem Daniel Jasomirgott Erkundigungen eingezogen hatte, führte er den Jungen in den Wald zu einem Feldlager, in dem sich einige Zelte unter die Bäume duckten und bewaffnete Männer sich um ein Feuer scharten.

Eine Räuberbande.

Rainerio wunderte sich. »Wollen wir nicht versuchen, denen auszuweichen?«

»Das ist der Hof von Wenzel II. von Böhmen«, antwortete der alte Gefährte von Otto Cosmas ungerührt. »Ist das nicht der Ort, zu dem ich dich führen sollte?«

Überrascht trat Rainerio näher an diese stämmigen, schwarzhaarigen Gestalten heran, die bis zum Schenkel vor Schmutz starrten und sich in nichts von jenen Wegelagerern unterschieden, welche die Straßen unsicher machten. Einzig die Frauen hier trugen eine Haltung und eine Eleganz zur Schau, die sie von den Dirnen unterschieden, die er in anderen Biwaks flüchtig wahrgenommen hatte.

Die beiden Reisenden stiegen ab. Sofort wurden sie durchsucht. Jasomirgott wurde seiner Waffen beraubt.

Man geleitete sie in das königliche Zelt. Es war weder geräumiger noch prunkvoller als die anderen. Fünf Männer hockten lauthals lachend am Boden und bissen in Fleischbrocken. Zwei von ihnen erhoben sich und umschlossen den Knauf ihres Schwertes mit der Faust. Schweigen trat ein, alle Blicke wandten sich Rainerio zu. Jasomirgott war mit gesenktem Kopf hinter ihm in die Knie gegangen.

Rainerio machte einen Schritt auf einen der sitzenden Männer zu, auf den imposantesten, dessen Gesicht wie gemeißelt und mit Narben durchkreuzt war. Er grüßte ihn.

Der Mann lächelte, und sein Blick wies auf eine andere Gestalt: Erst jetzt erkannte Rainerio, dass König Wenzel II. von Böhmen aus der Dynastie der Premsyliden ein zarter junger Mann von kränklichem Aussehen und höchstens siebzehn Jahre alt war.

Alle lachten über den Irrtum des Fremden. Die Männer ließen ihre Waffen sinken.

Rainerio machte einen langen Kniefall.

»Ich heiße Rainerio«, sagte er, nachdem Wenzel ihn zum Sprechen aufgefordert hatte. »Ich komme aus Rom. Ich war der Schüler von Otto Cosmas.«

Bei dem Namen Cosmas erhellte sich das noch jugendliche Gesicht des Monarchen. »Cosmas war ein Vertrauter meines verstorbenen Vaters, des Königs. Ich mochte ihn sehr. Er verschwand, als ich etwa sieben Jahre alt war, und ich habe keine Nachricht mehr über ihn erhalten. Abgesehen von der Bekanntmachung seines Todes vor einigen Monaten.«

Rainerio erzählte ihm vom Werdegang seines Lehrers:

»Nach seiner überstürzten Abreise aus Prag suchte Otto Cosmas Zuflucht in Rom, wo eine bedeutende mährische Gemeinde lebt. Dort machte er die Bekanntschaft des Erzbischofs von Tournai, Kardinal Henrik Rasmussen, der am Anfang seiner Karriere als Advocatus Diaboli in der Sacra Congregatione für die Heiligsprechung stand. Dieser verhandelte damals seinen ersten Fall: eine Heilige aus Böhmen, die eine Vielzahl von Wundern bewirkte. Rasmussens Aufgabe war es, die Beweise zugunsten dieser Nonne zu entkräften. Er hatte den Einfall, sich unter den in Rom lebenden Mähren nach den Geschichten zu erkundigen, die über diese Frau im Umlauf waren. Otto Cosmas gab ihm detaillierte Schilderungen, die ihre turbulente Jugend aufdeckten. Diese Hinweise, zusammen mit Rasmussens Beredsamkeit, genügten, um alle Hoffnungen auf eine Heiligsprechung, für die ihre Anhänger bei der Heiligen Kongregation eintraten, zunichtezumachen. Das war Rasmussens erster Triumph. Der Kirchenanwalt begriff, welchen Nutzen er aus einer gründlichen Kenntnis der unbekannten Stationen im Leben der Heiligen ziehen konnte. In erster Linie aus ihren frühen Jahren. Er bat Cosmas, im Geheimen für ihn einen Abriss von *exempla* zu verfassen, der alle Erzählungen und Geschichten über die Jugend der großen Heiligen umfassen sollte. Er war überzeugt, dass dieses Instrument ihm ermöglichen würde, Vergleiche zu ziehen, und dass er dadurch besser feststellen könnte, wer sich mit der Veranlagung zum Heiligen brüsten durfte und wer nicht. Darauf gründete sich sein Ruhm in der Heiligen Kongregation! Nie verlor er einen Prozess!«

Der König lächelte. »Otto Cosmas war für sein Universalwissen und seinen methodischen Geist berühmt. Es verwundert mich nicht, dass er sich in einer Stadt wie Rom als nützlich erweisen konnte.«

»Er arbeitete unermüdlich im Dienste des Kardinals; dieser versorgte ihn mit Geld und mit Büchern aus der ganzen Welt; bei Bedarf schickte er Emissäre in entlegene Diözesen am Rande der Christenheit, um eine Information über einen Heiligen zu untermauern. Otto Cosmas verließ nie sein Haus. Als er alt und erschöpft wurde, zog er einen Assistenten zu Hilfe: mich.«

Rainerio erklärte, Rasmussen habe Cosmas so viele Dokumente zukommen lassen, dass das Werk über die Heiligen und ihre Jugend erschreckende Ausmaße annahm und nicht vor dem Tod des Meisters vollendet werden konnte; Rainerio habe sich dann entschlossen, es alleine fertigzustellen. »Ich trat in die Dienste von Kardinal Rasmussen ein, der bei mir die Qualitäten wiederfand, die er bei Otto Cosmas geschätzt hatte: Fleiß und Diskretion. Von nun an ging ich ihm bei der Vorbereitung seiner Plädoyers als Advocatus Diaboli zur Hand, und ich fuhr damit fort, Material für das *Leben der Heiligen* von Otto Cosmas zu sammeln. Dabei interessierte ich mich besonders für die Fälle von Jungen und Mädchen, die in jüngster Zeit wundersame Gaben gezeigt hatten, welche möglicherweise denen der Heiligen entsprachen.«

Rainerio erläuterte, dass seine Nachforschungen ihn auf die Spur von Machenschaften geführt hätten, die in der Entführung von Wunderkindern gipfelten, und dass diese Machenschaften von bedeutenden Persönlichkeiten der römischen Kurie gesteuert waren.

»Zusammen mit Monsignore Rasmussen machte ich eine aufschlussreiche Entdeckung nach der anderen. Das Ergebnis unserer Arbeiten bewies, dass in Rom seit etwa dreißig Jahren ein illegaler Prälatenkonvent namens *Meggido* existiert, der Mirakel »in Echtzeit«, falsche Wunder, falsche Erscheinungen und vorgeblich in Erfüllung gegangene Prophezeiungen inszeniert, um den Herrschaftseinfluss Roms auf die Gläubigen zu festigen und ihnen enorme Schenkungen abzuverlangen.«

Unter den Zuhörern rings um den König machte sich Gemurmel breit. Wenzel II. war aufgestanden. Noch ließ er sich seine Überraschung nicht anmerken. Er befahl Rainerio fortzufahren.

»Dieses geheime Netz, das sich der Autorität des Papstes entzieht, blüht offenbar besonders während Perioden des Interregnums auf. Sobald es politisch wünschenswert erscheint, taucht eine Jungfrau Maria auf, ein Priester steht von den Toten auf, ein christlicher Schatz wird entdeckt und wendet die allgemeine Meinung zugunsten der Kirche!«

Diese Enthüllung rief unter den Zuhörern Empörung hervor.

»Wo sind die Beweise für das, was du vorbringst?«, fragte einer der Männer um den König.

Rainerio senkte den Kopf.

»Ich hätte sie Euch zu eigenen Händen übergeben können, wenn ich nicht auf den Straßen Kärntens all meiner Habe beraubt worden wäre. Ich hatte in verschlüsselter Sprache alle Schlussfolgerungen unserer Untersuchung bei mir. Ihr schüttelt den Kopf, meine Herren, das solltet Ihr nicht. Habt Ihr etwas zu schreiben?«

Wenzels Getreue versorgten Rainerio mit Tinte und Papier. Er setzte sich hinter ein Schreibpult.

»Alles ist in meinem Kopf niedergeschrieben«, behauptete er.

In einem tadellosen Latein schrieb er eine Stunde, dann zwei, dann drei ... Die Nacht brach herein. Die Stunden gingen vorüber, und Rainerio hörte nicht auf, Papier zu schwärzen.

Die Zeugen der Szene beobachteten ihn halb ungläubig, halb bewundernd.

Als Jasomirgott ein beschriebenes Blatt ergreifen wollte, protestierte Rainerio energisch, die Verwicklungen des Konvents von Meggido könnten nur in ihrer Gesamtheit begriffen werden.

Als es hell zu werden begann, war er fertig.

Man räumte die Möbel aus dem königlichen Zelt, und Rainerio breitete seine Blätter auf dem Boden aus, indem er konzentrische Kreise und Striche wie die Zacken eines Sterns bildete.

»So«, sagte er erschöpft.

Er hatte die verschiedenen Zellen des Konvents abgebildet und sechsundsechzig Fälle von Verfälschungen nachgewiesen.

»In Rom herrscht der Teufel«, bemerkte Rainerio mit tonloser Stimme. »Jeder weiß es, aber niemand weiß wirklich, wo er zu finden ist ...«

Er wies auf seine Arbeit.

»Hier seht Ihr ihn mit eigenen Augen.«

Jasomirgott brachte Stunden damit zu, das römische System in für den König und seine Getreuen verständliches Tschechisch zu übersetzen.

Die letzten Anordnungen des Konvents von Meggido erklärten die Gründe für Rainerios überstürzte Flucht aus Rom:

»Kardinal Rasmussen und ich sind den Vorbereitungen für nächste falsche Wunder auf die Spur gekommen. Wir wissen, dass im Laufe der vergangenen dreizehn Monate einhundertzwölf Kinder mit Wunderbegabungen entführt wurden und dass aus diesem Grund mehr als vierhundert Menschen ihr Leben verloren haben. Diese Operation hat eine solche Tragweite, dass ein außergewöhnliches Aufgebot an Menschen und Geld dafür erforderlich war.«

Vor den versteinerten Königsgetreuen fügte er hinzu: »Die Welt hat das Schlimmste von einem Täuschungsspektakel zu befürchten, an dem so viele Wunderkinder beteiligt sind. Unsere Nachforschungen blieben in Rom jedoch nicht unbemerkt. Kardinal Rasmussen wurde Opfer eines Mordversuchs. Ich meinerseits befolgte die Anweisungen meines früheren Meisters Otto Cosmas sowie des Kardinals, der mich lehrte, dass nur die Anhänger des Kaisers unser geheimes Wissen über Rom zu nutzen verstünden. Ich verließ die Stadt und suchte Jasomirgott auf, der mir zu diesem Treffen mit Euch verhalf, und nun stehe ich hier!«

Wenzel II. war mit der Tochter des Kaisers Rudolf verheiratet. Der junge Herrscher dachte, dass der schwelende Konflikt zwischen der Autorität des Papstes und der des Kaisers in den endgültigen Sieg des Letzteren münden würde, wenn er eine solche Waffe in Händen hätte.

»Aber was habt Ihr sonst noch vorzuweisen?«, fragte er, vorsichtiger, als sein Alter hätte vermuten lassen. »So glänzend Eure Vorführung sein mag, sie stützt sich nur auf das Wort eines jungen

Mannes ohne Rang. Genügt das, um Persönlichkeiten zu stürzen, die zu solcher Verstellungskunst fähig sind?«

Er zeigte mit dem Finger auf die krakenförmigen Verzweigungen des Konvents von Meggido.

Rainerio pflichtete dem Monarchen bei.

»Ihr habt recht. Ich empfehle Euch daher, im Augenblick nichts zu unternehmen. Gebt mir vier oder fünf Tage.«

Wenzel schüttelte den Kopf.

»Und was kann bis dahin geschehen?«

Am fünften Tag hörte man einen Tumult vor dem königlichen Zelt. Pferdegeräusche, lautes Rufen, dann eine weithin schallende Stimme.

Ein Wachposten stürzte ins Zelt und kündigte Wenzel II. die Ankunft eines Kirchenmannes an.

Der wackere Kardinal Rasmussen trat mit einem dicken Wälzer unter dem Arm vor den König.

»Ganz Rom glaubt, dass mein Herr tot ist«, erklärte Rainerio in seinem bruchstückhaften Tschechisch. »Er lebt jedoch und bringt unwiderlegbare Beweisstücke mit, die er aus Rom herausgeschmuggelt hat, indem er sie in seinem Sarg verbarg.«

Er wies auf den Kardinal und wandte sich noch einmal an den König.

»Euer Gnaden, Ihr habt nun das Wort eines der mächtigsten Kurienkardinäle, um die Anschuldigung, die ich vor Euch gegen den Konvent von Meggido erhoben habe, zu untermauern. Die Entscheidung liegt nun bei Euch.«

VII

Pater Aba, dem der Anblick der Leichen nicht aus dem Kopf gehen wollte, dachte, dass einzig seine Verkleidung als schwarzer Räuber ihm dabei helfen konnte, sich Zugang zum Kloster Albertus Magnus zu verschaffen.

Abgesehen von kaum erkennbaren, steinigen und schmalen Pfaden führte keine Straße in der Umgebung der Festung zu dem Gebäude hin. Aba erkannte unter dem Reif alte Huf- und Radabdrücke; er maß ab, wie viele Fuß zwischen diesem Weg und dem verkrüppelten Baum lagen, an dem er sein Pferd angebunden hatte. Unter diesem errichtete er ein provisorisches Lager, indem er das Gestrüpp als Deckung nutzte; zudem gelang es ihm, ein Steinmäuerchen zum Schutz vor dem Wind zu errichten, der vom Meer her wehte.

Daraufhin machte er sich mit dem Pferd auf den Weg nach Varano.

Varano war eine kleine Hafenstadt südlich des Klosters, die sich in vollem Aufschwung befand, seit sich hier eine Schiffswerft niedergelassen hatte, deren Preise niedriger waren als die von Ancona oder Pescara.

An den Blicken der Bewohner erkannte er, dass seine dunkle Kluft ihnen vertraut war – und dass sie diese fürchteten.

Er machte an einem Bauernhof halt, wo er Essen für sich und Futter für sein Ross begehrte. Eilfertig wurde seinem Wunsch Genüge getan. Man überreichte ihm frisches Fleisch und Milch. Er bat um Wegzehrung für eine lange Reise und einige Decken. Als er seine Schulden begleichen wollte, waren seine Gastgeber zunächst überrascht und wehrten dann heftig ab; sie lehnten die geringste Summe ab, so eilig hatten sie es, ihn davonziehen zu sehen.

Pater Aba hielt als Nächstes bei einer Werkstatt, die Takelagen fertigte, und erstand ein steifes Tau mit drei dünnen Schlingen, das zweiundzwanzig Fuß und neun Zoll lang war.

Während er aus Varano hinausritt, begegnete ihm ein in Felle eingehüllter Priester, der gerade aus einer Kapelle getreten war. Der Priester sprach ihn nicht an, sondern segnete ihn mit einer Handbewegung, eine Geste, die Aba eigenartig anmutete.

Er brach wieder zu seinem Lager auf. Auf halbem Weg jedoch stieg er von seinem Reittier und jagte es nach Norden davon, indem er ihm seine Schwertspitze in die Flanke trieb.

Pater Aba kehrte in seine Zufluchtsstätte vor dem Kloster zurück. Es war kalt und neblig. Er entfachte ein kleines Feuer, das erschien ihm ungefährlich, denn der Rauch stieg fern der Straße auf und der Nebel verschluckte Qualm.

Niemand näherte sich dem Gebäude.

Nachts gelang es ihm, ein paar Stunden in der Kälte zu schlafen, dann aber erwachte er mit tauben und schmerzenden Gliedern. Er schürte das Feuer nicht mehr an. Der Morgen war klarer. Von seinem Standpunkt aus konnte er die Anlegestelle an der Küste sehen. Sollten die Klosterbewohner etwa auf dem Seeweg anreisen?, fragte er sich.

Der Tag verstrich, ohne dass eine Menschenseele sich gezeigt hätte. Die folgende Nacht war ruhig und eiskalt. Am Tag darauf wurde seine Geduld kurz vor Mittag belohnt: Endlich erschien eine Truppe. Neun schwarz gekleidete Reiter, gerüstet wie die in

Cantimpré, eskortierten eine Kutsche. Sie steuerten direkt auf das Kloster zu.

Sogleich ergriff Pater Aba seine Armbrust und legte sich hinter dem Gestrüpp auf die Lauer.

Der Konvoi musste nun langsamer werden. Gesteinsbrocken, die der Priester auf dem Weg aufgehäuft hatte, zwangen den Wagen zu einem Ausweichmanöver. Wie er es vorhergesehen hatte, zogen die Reiter nicht weit von Aba entfernt langsam an ihm vorbei.

Im geeigneten Moment richtete er sich auf und schoss einen Bolzen in den Rücken des letzten Reiters. Der Pfeil war an dem steifen Tau befestigt, das er in Varano besorgt hatte, sein Ende war um den Baumstamm gebunden. Pater Aba hatte die Entfernung und den Schusswinkel so berechnet, dass das Tau nach dem Einschlag des Pfeils einen Augenblick lang gespannt war und den Reiter aus dem Sattel hob.

Der Mann wurde durch die Wucht des Geschosses zuerst nach vorne geschleudert und anschließend nach hinten gerissen und aus dem Sattel gekippt, um dann wie eine Stoffpuppe auf die Erde zu fliegen.

Aba durchbohrte seinen Körper mit dem Schwert und sprang auf sein Pferd, um den Zug einzuholen, der nichts bemerkt hatte; kein Laut und kein Schrei waren bei diesem blitzschnellen Mord zu hören gewesen.

Er holte die Männer ein und blieb ein paar Schritte zurück. Die Kleidung der Soldaten entsprach ganz seiner eigenen.

Sie ritten bis zum Fuß des Klosters. Aba erwartete, dass sich eine Geheimtür öffnen würde, ein unterirdischer Gang, der unter den Mauern hindurchführte; doch nichts dergleichen geschah.

Er verstand nicht, auf welchem Weg dieser schwere Tross die Umfassungsmauer überwinden konnte.

Plötzlich brach oben auf der Festungsmauer ein hektisches Treiben aus. Pater Aba traute seinen Augen nicht: Zwei mächtige Holzbohlen senkten sich durch die Luft herab. Dann rastete ein geräumiger hölzerner Würfel in diese Führungsschienen ein, um sodann die Mauer entlang nach unten zu schweben. Das Ganze wurde von vier mächtigen Ketten gehalten und langsam gesteuert.

Pater Aba kannte dieses Verfahren, das bei der Erneuerung von Kathedralen eingesetzt wurde, um schwere und umfangreiche Gegenstände nach oben zu ziehen. Doch er sah zum ersten Mal, wie dieser Mechanismus dazu benutzt wurde, Männer und Pferde in eine Burg hochzuhieven. Der Lastenaufzug berührte den Boden.

Zwei Männer stiegen aus der Kutsche. Einer von ihnen war ziemlich fett, und sein mühsamer Gang verriet sein hohes Alter. Er war prächtig gekleidet. Er stützte sich auf die Schulter des anderen.

Die Tür des Holzkäfigs öffnete sich. Drei Männer – ein Geistlicher und zwei Wachen – befanden sich darin und luden die Ankömmlinge zum Einsteigen ein.

»Guten Tag, Euer Gnaden«, sagte der Geistliche.

Der Lastenaufzug erhob sich in die Luft. Pater Aba saß neben den acht anderen schwarz gekleideten Männern im Sattel. Einer von ihnen befahl, dass die Kutsche abgeschirrt wurde. Aba ging ihnen zur Hand. Alles geschah in vollkommenem Schweigen.

Nach fünfmaligem Auf und Ab war der gesamte Konvoi nach oben in das Kloster befördert. Aba begriff, warum der Lastenaufzug mit Holzbrettern verschlossen war: Es galt zu verhindern, dass die Pferde in Panik ausbrachen, denn in dem Halbdunkel sahen sie überhaupt nichts.

Während der Pfarrer aus Cantimpré in die Lüfte gehoben wurde, fiel ihm ein, dass er nicht die geringste Vorstellung hatte, wie er je wieder aus dem Kloster entkommen sollte – selbst wenn es ihm gelänge, lebendig hineinzukommen, und selbst wenn er Perrot wiederfinden sollte.

IIX

An diesem Tag kamen die fünf Wunderkinder zum ersten Mal fast unbeaufsichtigt im Klostergarten zusammen.

Sie alle lebten in Einzelzimmern auf einem von Soldaten besetzten Stockwerk, das man nicht ohne Genehmigung betreten durfte. Jedes Kind hatte einen Lehrer, der unermüdlich daran arbeitete, das Spektrum seiner verschiedenen Gaben zu erweitern und zu messen. Weder bei Tag noch bei Nacht genossen die fünf Geiseln die geringste Freiheit.

Dann aber verkündete Abt Profuturus, dass sie sich besser kennen lernen und sogar wie Kinder ihres Alters vergnügen sollten. Man hatte ihnen Bälle und Schläger zur Verfügung gestellt.

Doch den fünf Kindern war nicht nach Belustigung zumute. Sie saßen auf dem steinernen Rand eines Brunnens, der in der Mitte des bräunlichen Grasteppichs im Innern des Kreuzgangs stand. Alle trugen die gleichen ungebleichten Leinen, den gleichen mit Fellen gefütterten Mantel und die gleiche *Almutie* auf dem Kopf. Es war sehr kalt.

Die Wachen hielten sich in einiger Entfernung, sodass die Kinder zum ersten Mal miteinander sprechen konnten.

Agnès, das Mädchen mit den Stigmata auf der Stirn, das eine Weile nach ihrer Entführung aus Castelginaux Perrots Reisegefährtin gewesen war, zeigte ihren Gefährten ihre Unterarme, die übersät waren mit blauen Flecken von den Einstichen eines feinen Taubenfederkiels, den man ihr unter die Haut geschoben hatte.

»Sie nehmen mir Blut ab.«

Damien, der Junge, über den Profuturus gesagt hatte, er könne Teufel und böse Geister vertreiben, stammte aus Pamiers in der Ariège. Er war elf Jahre alt. Für sein Alter war er sehr klein, er hatte pechschwarzes Haar, eine feine Nase und hauchdünne Lippen. Seine »Gabe« hatte sich zwei Jahre zuvor offenbart, als etwa zehn Besessene in Pamiers vor der Menge zur Schau gestellt worden waren. Der Blick der Unglücklichen musste nur den seinen kreuzen, und schon fuhr der Dämon, der sie beherrschte, aus ihnen hervor. Das Gleiche geschah einige Monate später, als der Bischof beschloss, Damien in ein Irrenhaus mitzunehmen. Auch dort verjagte das Kind mit seinem bloßen Blick zahlreiche böse Geister. Daraufhin beschloss das Bistum, ihn auf der Stelle einzusperren, weil bereits die ersten Gerüchte über ihn in Umlauf waren und das Volk ihn zu verehren begann. Damien wurde seinen Eltern entrissen und lebte fortan unter strenger Bewachung im Burgturm des bischöflichen Schlosses von Pamiers. Sechs Monate später hatte eine Truppe schwarz gekleideter Männer das Gebäude gestürmt und das Kind vor den Augen des Bischofs geraubt.

Damien erklärte seinen Leidensgefährten: »Ich muss die Reihenfolge und den Rang der Dämonen mit ihren Namen auswendig lernen. So wie König Salomon es beschrieben hat.«

Wie Perrot war auch Damien nicht fähig, seine besondere Gabe zu erklären oder ihre Wirkung zu steuern.

Simon war dreizehn Jahre alt und damit der älteste unter den Jungen. Er war groß und muskulös, hatte schiefe Schultern und ein unebenmäßiges Gesicht. Er stammte aus Gordon. Mit acht Jahren wäre er in einer Grotte in der Nähe von Miers beinahe ertrunken. Von diesem Tag an begann er Gestalten wahrzunehmen und ihre Stimmen zu hören, die für gewöhnliche Sterbliche nicht wahrnehmbar waren. Als er mit ihnen sprach, wurde ihm klar, dass es sich um Verstorbene handelte. Diese Nachricht verbreitete sich und kam schließlich dem Bischof von Cahors zu Ohren. Das Urteil des *Offizials* ließ nicht lange auf sich warten: Simon war ein Werkzeug des Satans und sollte noch vor Sankt Martin verbrannt werden. Am Tag seiner Hinrichtung tauchte eine schwarz gekleidete Truppe in seinem Gefängnis auf, fesselte die Wache und nahm den Jungen mit.

Simon sagte: »Sie wollen mir beibringen, dass ich die Identität der Toten erkenne, die mir erscheinen.«

Perrot berichtete, welche Art von Experimenten man mit ihm durchführte. »Sie bringen Tiere in meine Nähe, denen sie ein Körperteil ausgerissen haben, um herauszufinden, wie lange meine Gabe ihren Tod hinauszögert.«

Der letzte Junge, der sprach, war Jehan, ein zartes und furchtsames Kind von zwölf Jahren mit sehr hoher, blanker Stirn und eng stehenden Augen. Seit seiner Geburt überkamen ihn wundersame Träume. Er konnte in jedem beliebigen Moment in eine katatonische Starre verfallen; dann musste man ihn nur zu einem beliebigen Thema befragen, damit »Stimmen« ihm die richtigen Antworten einflüsterten. Da er in Zungen reden konnte, übersetzte er ihre Worte in alle Sprachen. Seine Eltern hatten ihn zu Jeanne Quimpoix in Aude-sur-Pont gebracht, damit die Hexe ihnen erklärte, was in ihrem Kind vor sich ging. Sie riet den Eltern, ihren Sohn zu verstecken und über seine Gabe Stillschweigen zu bewahren. Das hinderte eine Truppe schwarz gekleideter Männer aber nicht daran, ihn einige Jahre später von zu Hause zu entführen.

Jehan hatte keinerlei Erinnerung an das, was er während seines Schlafes sah und antwortete.

»Gott allein weiß, was sie mit mir vorhaben!«

Die Kinder entdeckten, dass sie nicht weit voneinander entfernt gelebt hatten und alle aus dem Languedoc und seiner Umgebung stammten.

Abgesehen von Perrot war keiner von ihnen in Mollecravel festgehalten worden. Das überraschte ihn, denn er hatte im Kellergeschoß doch eine Vielzahl von Kinderzimmern gesehen.

»Gibt es noch andere Kinder hier?«, fragte Damien.

Niemand wusste eine Antwort darauf.

»Was wollen sie bloß von uns?«, fuhr Damien fort.

»Abt Profuturus hat es uns doch gesagt«, antwortete Jehan.

Simon hatte seine eigene Ansicht dazu.

»Wenn sie Experimente mit uns fünf zusammen anstellen wollen, dann bestimmt nicht, um uns zu helfen, sondern damit wir wie eine einzige Person handeln, die mit verschiedenen Talenten gesegnet ist.«

»Wir alle zusammen ergäben sicher eine erstaunliche Persönlichkeit!«, rief Agnès aus.

Jehan schüttelte den Kopf und sagte: »Sie vergessen, dass es nur eines gibt, das uns wirklich verbindet: Keiner von uns beherrscht seine Gabe. Perrot heilt, ohne es zu wissen, Agnès blutet, ohne darüber zu bestimmen, Simon sucht sich die Geister, die über ihn kommen, nicht aus, Damien hat keine Ahnung, weshalb die Dämonen vor seinem Blick fliehen, und ich löse meine Schlafzustände nicht selbst aus. Wie könnten wir etwas vereinen, das nicht in unserer Macht steht?«

Simon rief aus: »Diese Unfähigkeit ist gerade der Grund, weshalb man uns ausgewählt hat! Wenn wir über uns bestimmen könnten, könnten wir uns ihnen auch widersetzen! Sie brauchen Kinder, die keinen Widerstand gegen sie leisten können. Erwachsene, die Kräfte ähnlich den unseren besitzen, sind weniger leicht zu unterwerfen ...«

»Und wenn wir durch sie zu etwas Bösem missbraucht würden?«, fragte Jehan entsetzt.

»Das sind doch Kirchenmänner«, protestierte Damien. »Wurden Simon und ich nicht dank ihres Eingreifens vor dem Scheiterhaufen errettet?«

Da erzählte Perrot von den Ereignissen im Pfarrhaus von Cantimpré und vom schrecklichen Tod Maurins. Und Agnès schilderte, wie Castelginaux niedergebrannt und ihre Mutter in die Flammen geworfen und ermordet wurde.

Daraufhin dachten alle erneut über Simons Vermutung nach. Sie hielten sich ihre verschiedenen Begabungen vor Augen: Einer hatte heilende Kräfte, einer konnte Dämonen verjagen, eine verströmte Christi Blut, einer sah Tote und einer hatte hellseherische Träume.

Simon fasste die Ahnung, die jeden von ihnen langsam beschlich, mit einer Frage in Worte: »Womöglich sind diese Gaben nichts anderes als ein Fluch …?«

Wieder herrschte lange Zeit Schweigen.

Perrot brach es schließlich.

»In diesem Fall ist es unsere Pflicht, die Absichten unserer Entführer zu vereiteln! Wir können nicht tatenlos zusehen, wie sie uns benutzen, wenn wir nicht wissen, was sie beabsichtigen.«

»Wie sollen wir das anstellen?«, fragte Agnès.

Perrot schilderte den Zwischenfall mit Até, während sie ihr Bad genommen hatte. An diesem Tag hatte er eine Narbe wieder aufbrechen lassen.

»Es war die Wut«, erklärte er. »Einen Moment lang hatte ich keine Angst mehr. Ich hasste diese Frau für die bösen Dinge, die sie über meine Mutter gesagt hatte. Meine Gabe hat sich gegen sie gekehrt.«

Die Kinder sahen sich an.

»Bedeutet das nicht, dass man den Gesetzen des Dämons folgt? Dass man Böses tut?«, fragte Damien beunruhigt.

»Vielleicht«, antwortete Perrot. »Aber im Augenblick haben wir keine andere Wahl. Wenn es uns gelingt, die Gaben, deretwegen sie uns ausgewählt haben, in ihr Gegenteil zu verkehren, dann sind all ihre Pläne zum Scheitern verurteilt ...«

Kurz darauf schworen die fünf einander unter den Blicken der Wachposten, die ihr Gespräch nicht mithören konnten, den Gehorsam zu verweigern, koste es, was es wolle. Sie würden ihren Entführern trotzen, ihnen die Stirn bieten, nicht gehorchen und zusammenhalten, damit Domenico Profuturus und seine Männer scheiterten ...

IX

In dem Lastenaufzug erreichte Pater Aba zusammen mit den beiden letzten Söldnern und drei Pferden die Mauerkrone des Klosters Albertus Magnus.

Von oben schweifte sein Blick über das Innere der Einfriedung. Es war in vier Quadrate unterteilt, die ebenso viele mit Gärten, Brunnen und Buchshecken geschmückte Kreuzgänge bildeten. Entlang der Mauern waren auf nicht weniger als fünf Etagen die Bewohner des Klosters sowie alle Werkstätten und Einrichtungen untergebracht, die für ein Gemeinschaftsleben erforderlich waren. An jeder Ecke der Festung entdeckte er einen Obstgarten, einen Gemüsegarten, einen Gottesacker, Stallungen und einen kreisförmigen Hühnerhof. Die Steinkreuzfenster waren mit Glas gefüllt und die Mauern mit Skulpturen und Reliefs verziert.

Abgesehen von der äußerlichen Perfektion des Ganzen und dem Fehlen einer Klosterkirche in der Mitte überraschte Aba vor allem das Verteidigungsarsenal, das sich hinter dem Festungswall verbarg. Es war so gewaltig, dass man damit eine Armee von tausend Männern in die Flucht hätte schlagen können.

Beim Verlassen des Lastenaufzugs entdeckte Pater Aba den Mechanismus, der das Gerät in Bewegung setzte: Sechs Steinblöcke bildeten das Gegengewicht zum Gewicht des Holzkäfigs beim

Herablassen; zwei gewaltige, gezackte Treträder, in denen vier Männer aufrecht standen, dienten zum Hochziehen der Ketten und zum Hinaufhieven des Lastenaufzugs.

Aba zählte je zwei solcher Vorrichtungen an jeder Seite des Klosters!

Von der Ausstiegsbrücke fiel ein gepflasterter Weg, der breit genug war, damit die Pferde bis zu den Stallungen laufen konnten, in sanftem Gefälle zum Boden ab.

Aba folgte den schwarz gekleideten Männern.

Als sie bei den Gärten angelangt waren, nahmen Stallknechte ihre Rösser und die Kutsche in Empfang; die Soldaten begaben sich zu einem Ausgabefenster, wo ein Mönch auf sie wartete. Jeder von ihnen legte ein achteckiges Holzstück in die Öffnung, das genauso aussah wie das, das Aba in den Habseligkeiten des Söldners aus Castelginaux gefunden hatte und das er sorgsam aufbewahrt hatte.

Er trat vor und zeigte das Ding ebenfalls vor. Der Mönch am Schalter musterte es und runzelte die Stirn. Aba bemerkte, dass die anderen lederbezogenen Holzstücke zwar wie das seine eine Nummer mit vier Ziffern aufwiesen, jedoch ein anderes Zeichen trugen als sein von einem Kreis umgebenes Kreuz. Das bedeutete wohl, dass er nicht zum selben Bataillon gehörte. Der Mönch stellte ihm indes keine Fragen und räumte es mit den anderen zusammen in einen Schubladenschrank.

Aba folgte weiter den schwarz gekleideten Männern. Seine Stirn unter der Kapuze war schweißnass, er spürte, wie seine Schläfen brannten. Er wusste, dass seine Tage gezählt war: Früher oder später würde der Leichnam des am Wegesrand zurückgelassenen Mannes gefunden werden, und sein abweichender Passierschein würde die Klosteroberen alarmieren. Ihm blieb nur eine Wahl: Er musste sich so schnell wie möglich dieser Söldnermontur entledigen.

Die Männer in Schwarz traten in ein Gebäude, in dem ihre Quartiere untergebracht waren. Durch ein Steinfenster erspähte

Pater Aba eine Waffenkammer und mehr als zwanzig weitere Söldner, die ihre schwarzen Kapuzen zurückgeschlagen hatten. Sie hatten kurz geschorene Haare und tadellos gestutzte Bärte, ihre Gesichter waren sauber; sie glichen in nichts dem, was man von raubeinigen Haudegen erwarten würde.

Aba bog ab und betrat ein paar Schritte weiter einen anderen weitläufigen und hellen Raum: die Kräuterzucht des Klosters.

Drei Mönche untersuchten dort lange Reihen von Kästen voller Kräuter, Gewürze und Blumen, die durch ein schräg aufgestelltes Glasdach Licht erhielten. Aba war überrascht von der Hitze und den Aromen, die diesen Ort erfüllten, aber auch von der Vielfalt und Fremdartigkeit der Pflanzen, die sich seinen Augen darboten. Er war sich sicher, dass er viele der unter diesem Treibhausdach gezüchteten Arten noch nie gesehen hatte.

Die drei Kräuterkundler sahen erstaunt auf, als der Fremde plötzlich auftauchte.

Pater Aba entdeckte eine Glastür auf der anderen Seite des großen Raumes. Er grüßte die Mönche mit einer Handbewegung und schritt eilig darauf zu.

Der Durchgang führte in einen der Kreuzgänge der Festung.

Hier waren keine Wachen und schwarz gekleideten Männer zu sehen. Der Garten lag verlassen da, es herrschte grenzenlose Stille – bis auf das Geräusch des Brunnens.

Zu seiner Rechten erkannte Aba einen Novizen, der mit Besen und Eimer ausgerüstet war und den Steinboden der überdachten Arkaden säuberte.

Aba öffnete auf gut Glück eine kleine Tür und sah, dass es sich um einen Verschlag für Klafterholz handelte, in dem Reisig und Rundhölzer mit Hilfe eines Trockenofens getrocknet wurden.

Noch einmal warf er einen prüfenden Blick in alle Richtungen, dann stürzte er sich auf den Novizen. Er presste eine Hand auf seinen Mund, würgte ihn mit der anderen und zog ihn in den Verschlag. Dort schlug er ihn mit seinem Schwertknauf nieder und zog anschließend seine Kleider an. Er band ihm ein Stück seines zerfetzten Untergewands um den Mund und fesselte ihm die Hände mit der Schnur eines Reisigbündels, bevor er ihn hinter einen Holzstapel zerrte. Er versteckte seine Waffe. Schließlich sammelte er seine schwarze Kleidung ein und verbrannte sie im Feuer des Trockenofens.

In der Kleidung des Novizen trat er wieder ins Freie und ergriff den Eimer und den Besen.

Plötzlich erstarrte er, niedergeschmettert von einem Detail, das ihm bis jetzt nicht in den Sinn gekommen war.

Sein Auge.

Wer könnte das übersehen? Das Einzige, was er tun konnte, war, die Kapuze der Kutte aufzusetzen und in sein Gesicht zu ziehen.

Wohl wissend, dass auch diese neue Verkleidung nicht lange währen würde, begann er die Klostergebäude und Arkaden zu inspizieren. Ich muss Perrot wiederfinden, sagte er sich.

Je mehr sich die ausgedehnten Anlagen des Klosters vor seinen Augen auftaten, umso unerreichbarer erschien ihm dieses Ziel. Er bemerkte indes, dass offensichtlich niemand auf ihn achtete und dass er nur Mönchen, nie aber Wachen oder Soldaten unter den Arkaden begegnete.

Der Ort strahlte Frieden und Sicherheit aus, als stünde ein für alle Mal fest, dass nichts und niemand diese Gemeinschaft gefährden könnte. Ein Gefühl, das ihn aber nicht beruhigen konnte. Und wenn man ihn absichtlich hier umherirren ließ?

Er warf einen Blick auf die zahlreichen Glasfenster über ihm. Wurde nicht jede noch so kleine Bewegung von ihm von fremden Blicken verfolgt?

Aba spürte, dass seine Nerven ihm aufgrund der ständigen Heimlichtuerei einen Streich spielten; wenn er sich der Panik überließ, würde er nichts Vernünftiges mehr zustande bringen.

Er nahm sich trotz allem wieder zusammen und fuhr mit seiner gründlichen Untersuchung fort.

Als er die Stallungen entlangschritt, entdeckte er einen Flügel der Festung, der sein besonderes Interesse weckte. Bis zu diesem Zeitpunkt war er nur schweigenden Mönchen begegnet. Hier jedoch ergingen sich weltliche Bewohner in den Alleen und Gärten, und sie sprachen ungeniert mit lauter Stimme. Alle kamen und gingen durch die hohe Tür eines weitläufigen Gebäudes.

Noch einmal wählte Pater Aba ein geeignetes Opfer aus: einen Mann, der mit einer sandfarbenen, weltlichen Kutte mit einer Kapuze bekleidet war. Aba wartete, bis er sich von seinen Gefährten absonderte, und sobald der arme Mann sich in einem Gewölbegang befand, der in eine Kapelle führte, erlitt er das gleiche Schicksal wie der Novize. Aba schlug ihn nieder, zog ihn unter das Treppenauge einer Wendeltreppe und beraubte ihn seines Gewands.

In neuer Verkleidung drang er in den Flügel des Klosters ein, der seine Neugier erregt hatte.

Er entdeckte einen riesigen Saal, der beinahe eine ganze Seite des Klosters einnahm, er ruhte auf Bündelpfeilern und trug ein Kreuzrippengewölbe als Decke wie das Kirchenschiff einer Kathedrale. Der Boden lag tiefer als der des benachbarten Klostergevierts. Der ganze Raum war unterteilt in unzählige Studiertische, die durch Holzwände voneinander abgetrennt wurden.

Am Eingang empfingen den Besucher zwei Fresken: Eines stellte die Medizin nach dem Griechen Asklepios dar und das andere nach dem Ägypter Thot.

Die Studiertische waren zu drei Vierteln verlassen, weil es Zeit für eine Mahlzeit oder eine Messe war. Pater Aba schritt langsam hindurch und musterte eingehend alles, was er sah; dabei prägte er sich jede noch so winzige Kleinigkeit ein und wich allen Blicken aus.

Er kam zum Skelett eines Menschen. Es stand erhöht auf einem

Dreifuß und war, abgesehen von einigen echten Knochenstücken – Bruchstücken von Oberschenkelknochen und Speiche, zwei Paar Rippen, eine Kniescheibe und einem Wirbel –, aus Holz geschnitzt. Aba trat näher an den Arbeitstisch heran: Auf einem Stoff waren weitere Knochen ausgebreitet sowie Schriften über die Wunder, die die Reliquien Aldeberts bewirkt hatten, eines ketzerischen Irrlehrers aus dem 8. Jahrhundert, den Papst Zacharias und der heilige Bonifatius verurteilt hatten.

Aba kannte die Legenden um Aldebert und seinen dämonischen Ruf.

Auf dem Pult waren auf einer Karte der christlichen Welt die Orte markiert, an denen sich heute die anderen Überreste Aldeberts befanden.

Entsetzt ließ Aba seinen Blick zu dem Skelett zurückwandern. Versuchen sie etwa, das Skelett eines ketzerischen Magiers wieder zusammenzusetzen?, fragte er sich. Die Bruchstücke von Aldeberts Körper wieder zusammenzufügen, der seit mehr als einem halben Jahrtausend tot ist? Wie in einem Baukastenspiel für Kinder sollten die Knochen Stück für Stück die Holzteile ersetzen.

Aba nahm seine Wanderung wieder auf, damit sein Entsetzen nicht bemerkt wurde. Auf dem nächsten Pult erkannte er einen äußerst kunstvollen geomantischen Kompass und Werke, die die vier Wahrsagetechniken des Varron behandelten.

Nicht weit davon entfernt erblickte er auf einem Studiertisch mehrere Exemplare des Kurzschwerts aus Cantimpré sowie Modelle mit anderen Maßen, die aus dem gleichen starren und leichten Eisen gehärtet waren, das Meister Souletin in Toulouse so fasziniert hatte!

Dann käme also alles von hier …?

Drei Arbeitsplätze weiter entdeckte er einen Tisch, der mit Fläschchen voller Blut bedeckt war. Auf wächsernen Patenen lagen Fleischstückchen, die in einer gelblichen Flüssigkeit ruhten. Aba trat näher, um die Täfelchen zu lesen, auf denen Namen eingraviert waren. *Ferrara 1171, Lanciano 750, Offida 1273, Brügge 1216 …*

Er erbleichte.

Besançon 991, Mailand 810, Pescara 1074, Oxford 1200 …

»Gütiger Jesus …«

Zehn Jahre zuvor hatte er in Paris für einen allgemeinwissenschaftlichen Disput Argumente für die Verteidigung eines Wunders vorbringen müssen, das sich 1254 in Douai zugetragen hatte: Während der Eucharistiefeier hatte sich eine Hostie vor den Augen der gebannten Zuschauer in blutiges Fleisch verwandelt! Damals hatte Aba Nachforschungen über ähnliche Eucharistiewunder wie *1228 in Alatri, 1240 in Santa Chiara d'Assisi, 1227 in Rimini* angestellt.

Sie waren allesamt dort auf dem Studiertisch versammelt!

Aba beobachtete gebannt die Fettgewebe, die Muskelstränge, die Herz- oder Lungenhäute, die trotz der Jahre keine Spuren des Verfalls zeigten.

Er dachte an die zerstückelten, amputierten und ausgenommenen Leichen, die er in dem Wasserbecken außerhalb der Klostermauern entdeckt hatte.

Auf einem Präsentierteller erblickte er eine Reihe von Milchzähnen. Ein noch unvollendeter Text belehrte ihn, dass es sich um heilige Reliquien handelte, die man in Ägypten einer koptischen Sekte abgenommen hatte, die behauptete, sie seien seit dreizehn Jahrhunderten … seit dem Erscheinen des jungen Jesus von Nazareth in ihrem Land und in ihrem Besitz!

Die Milchzähne des Jesuskinds …

Aba ließ seinen Blick über die Vielzahl von Arbeitsplätzen schweifen; sie alle befassten sich offenbar mit der Überprüfung einer Tatsache oder einer Neuigkeit, die den von der römischen Orthodoxie genehmigten Forschungsfeldern zuwiderlief.

»Wohin zum Teufel hat es mich hier nur verschlagen?«

X

Benedetto Gui musste nun nach Rom zurückkehren.

Er nahm die Dokumente aus Spalatro, den Abschlussbericht aus Pozzo und eine vom Sekretariat von Kardinal Moccha ausgestellte Vorladung mit sich. Damit wurde er an der Porta Flaminia vorstellig, aus der er sechzehn Tage zuvor geflohen war.

Die Kirchenglocken läuteten die Terz. Eine Menschenmenge drängte sich vor der Eintrittspforte: Kaufleute, Reisende, Pilger, Soldaten ohne Herren, Männer, die ihr Glück als Tagelöhner versuchten. Sie alle wussten, dass die römischen Zöllner zu den korruptesten auf der Welt gehörten; wer keinen Passierschein besaß, musste entweder den Zolleinnehmer schmieren oder auf das Passieren der Mauern verzichten.

Benedetto Gui argwöhnte, dass Fauvel de Bazan sofort nach seinem Entkommen seine Beschreibung in Umlauf gebracht hatte. Er hoffte, dass seine Aufmachung als Kaufmann und das Abrasieren seines Bartes und seiner langen Haare dafür sorgen würden, dass er nicht allzu bald entdeckt wurde.

Im antiken Rom lag die ganze Macht beim Senat, heute hatte die Kirche ihn aufs Trefflichste ersetzt: Benedetto präsentierte die Dokumente, in denen er als Pietro Mandez ausgewiesen war, Beauftragter der Pfarrgemeinde von Spalatro. Man verlangte nichts weiter von ihm als die Siegel Mocchas und des Priors von Pozzo. Gestern noch ein Flüchtling, wurde er nun von den Wachposten bei seiner Rückkehr begrüßt.

Rom hatte ihn wieder: laut und schmutzig, fromm und abenteuerlustig wie eh und je. Mönche, Dirnen, Büßer, große Herren, Lastenträger und Kreuzträger, Zahnklempner und Lehrmeister, Heilige und Kupplerinnen gingen, ohne sich zu vermischen, nebeneinander her und wurden alle vom gleichen Schlamm bespritzt.

Benedetto hatte seine Kapuze bis in die Stirn herabgezogen und bewegte sich unauffällig durch die Straßen. Menschenaufläufen und Soldatentrupps ging er aus dem Weg. Er eilte zur Werkstatt seines Freundes Salvestro Conti. Allerdings begab er sich nicht in das Hauptgebäude, in dem die Bücherwerkstatt sowie die Wohnräume des Meisters untergebracht waren, sondern in den Flügel mit den Behausungen der Lehrlinge und Gesellen von Salvestro Conti.

Dieses Gebäude besaß eine lange, mit vielen viereckigen Fenstern versehene Fassade. Benedetto stieg die Stufen einer Außentreppe empor, die zu einem überdachten Gang führte. Er blieb vor einer Tür stehen, sah sich um, ob er nicht beobachtet wurde, und löste dann mit einem schnellen und präzisen Griff einen Ziegelstein aus dem Türrahmen, hinter dem ein Schlüssel verborgen war. Er legte den Stein an seinen Platz zurück und sperrte die Tür auf. Dann stieg er in das nächste Stockwerk und benutzte den Schlüssel ein zweites Mal, um eine der Türen im Treppenhaus damit zu öffnen. Schnell trat er ein und schloss hinter sich ab.

In dem Zimmer waren drei Personen anwesend. Eine von ihnen sprang Benedetto Gui nach kurzem Zögern entgegen.

»Meister Gui!« Es war Zapetta. »Ich begann schon zu fürchten, dass Ihr nicht mehr zurückkommen würdet, dass sie Euch nie nach Rom zurücklassen!«

Die beiden anderen Personen waren ihre Eltern. Die Mutter

lag stumpf und besinnungslos im Bett. Ihr alter Ehemann saß am Kopfende und hielt ihre Hand; er schenkte dem Neuankömmling nicht die geringste Beachtung.

»Meine Mutter hat an dem Tag, da ich ihr von Rainerios Verschwinden erzählen musste, die Besinnung verloren«, gestand Zapetta. »Seitdem ist sie nicht mehr zu sich gekommen. Dann mussten wir auch noch überstürzt unsere Wohnung verlassen, um uns zu verstecken, was für sie auch nicht gerade zuträglich war.«

Benedetto trat näher an die alte Frau heran. Er fühlte ihren Puls, überprüfte den Hintergrund der Augen und die Zunge. Schließlich verschrieb er Zapetta einen Absud, durch den sie wieder etwas zu Kräften kommen sollte.

»Behandelt man euch gut hier?«, fragte er.

»Oh ja!«, rief das Mädchen. »Seitdem Euer Freund Matteo kam, um uns in diesem Zimmer unterzubringen, vergeht kein Tag, an dem er sich nicht nach unserem Befinden erkundigt und uns etwas zu essen bringt. Er hat uns erzählt, was Euch widerfahren ist: die Verhaftung, die Flucht, Euer Laden, der in Flammen aufgegangen ist. Zudem sucht er in regelmäßigen Abständen unser früheres Viertel auf, um zu überprüfen, ob mein Bruder nicht zurückgekehrt ist, was uns sehr beruhigt.«

Benedetto lächelte.

»Das habe ich auch von ihm erwartet, er ist ein braver Junge.«

Zapetta stampfte mit den Füßen auf.

»Was habt Ihr in Erfahrung gebracht? Habt Ihr Rainerios Spur gefunden?«

Bei diesen Worten hob der Vater einen schwermütigen Blick zu Benedetto.

»Ich habe zahlreiche Neuigkeiten über Rainerio entdeckt. Zuerst einmal, er arbeitet für einen hohen Würdenträger der Kurie, Kardinal Rasmussen. Er assistiert ihm bei den Heiligsprechungsverfahren, in denen neue Heilige ernannt werden.«

Zapetta lächelte, als sie hörte, welch angesehene Stellung ihr Bruder innehatte.

»Doch aufgrund dieser Beschäftigung machte Rainerio eine Entdeckung, die ihn offenbar sehr getroffen, ja entsetzt hat. Seine Freunde Tomaso und Marteen, ein weiterer Helfer des Kardinals, versicherten mir beide, dass Rainerio seit einiger Zeit sehr beunruhigt wirkte.«

Zapettas Miene verdüsterte sich.

»Das ist unmöglich«, versetzte sie. »Rainerio war immer in gleichbleibender Stimmung. Im Gegenteil, er freute sich darüber, dass er uns in Kürze eine neue Heimstatt anbieten konnte. Wenn er besorgt gewesen wäre, dann hätte ich es gemerkt!«

Benedetto lächelte.

»Er wollte euch nicht beunruhigen.«

Das Mädchen versteifte sich.

»Und? Hatte er Grund, sich zu fürchten? Wurde er wegen seiner Entdeckungen entführt oder ermordet?«

»Ich vermute, er hatte leider wirklich Gründe, um sein Leben zu fürchten.«

Gui beeilte sich, Zapettas Tränen zuvorzukommen.

»Nichts beweist jedoch, dass er wahrhaftig in Gefahr war«, behauptete er. »Die Wachen, die ihn bei euch abgeholt haben, hat sein Herr geschickt, sie hatten also keinen erkennbaren Grund, ihm Böses zu wollen. Allerdings hat Rainerio in diesem Moment von Rasmussens Tod erfahren. Ich neige zu der Vermutung, dass Rainerio nicht entführt wurde: Ich glaube, dass er geflohen ist.«

»Geflohen?«

»Ja. Er hat wohl erkannt, dass sein Herr wegen der Entdeckung, die sie beide gemacht hatten, getötet wurde. Er dachte, auch er stünde auf der Liste der Mörder. Er hat irgendwo Zuflucht gesucht.«

»Bei wem?«

»Das weiß ich nicht. Aber ich weiß, welche Art von Betrug er aufgedeckt hat: Sobald ich also die Personen identifiziert habe, denen Rainerio so sehr ins Gehege kam, dass sie Rasmussen ermordeten, werde ich daraus ableiten, bei wem er Zuflucht gesucht hat, um ihrer Verfolgung zu entkommen.«

»Möge Gott Euch beistehen!«

»Wenn ich recht habe, Zapetta, dann beabsichtigt Rainerio, so bald wie möglich zurückzukehren, um euch zu holen. Wenn ihr keine Nachrichten von ihm erhalten habt, so liegt das einzig und allein daran, dass er Rom verlassen hat. Ihr dürft die Hoffnung nicht verlieren.«

Benedetto Gui versicherte ihr, dass er sich beeilen werde, jedoch nicht vorhabe, sich lange in der Stadt aufzuhalten.

»Fauvel de Bazan hat bestimmt meine Beschreibung veröffentlicht; viele Menschen kennen mich. Manche von ihnen, Rechtsgelehrte, abgewiesene Klienten oder Kopfgeldjäger, träumen gewiss davon, mich zu erwischen. Verständigt bitte nur Matteo, dass es mir gut geht.«

»Wann sehen wir uns wieder?«

»Sobald ich etwas Neues über Rainerio weiß. Bis dahin bleibt hier, Salvestro Conti ist ein Freund, er wird euch so lange wie nötig beherbergen.«

Der alte Vater stand auf und grüßte ihn wortlos, aber freundschaftlich zum Abschied.

Benedetto wollte unverzüglich der Vorladung Kardinal Mocchas Folge leisten und begab sich zum Lateranpalast, einem gewaltigen Gebäude aus Stein und Holz, halb Palast, halb Kathedrale, das über einer Marmortreppe thronte. Wie immer herrschte auf den Stufen ein unaufhörliches Kommen und Gehen von Richtern, geschäftigen Prälaten, Botschaftern, apostolischen Gesandten, Nuntien und Internuntien. Ganz zu schweigen vom Aufmarsch der Neugierigen und vom weltlichen Fußvolk, das die Orte der Macht heimsuchte.

Junge Soldaten der Laterangarde bewachten die Treppe.

Sowie Benedetto den ersten Schritt auf die Stufen gesetzt hatte, wurde er von einem Soldaten angeherrscht, der ihm Vorhaltungen wegen seiner Kapuze machte: Selbst die Mönche waren verpflichtet, ihre Stirn zu entblößen, um in den Lateran eingelassen zu werden. Dieser Befehl beunruhigte Gui. Er wusste, dass er in Fauvel de Bazans Reich eintrat, und mit entblößtem Kopf fühlte er sich darin nackt.

Der Wachposten des Laterans zeigte ihm, wo er seine Vorladung präsentieren sollte. Kurz darauf sah sich Benedetto einem jungen Diakon mit rosigem, gepudertem Gesicht und pomadisierten Händen gegenüber, der erhöht hinter einem Empfangspult saß. Er musterte die Dokumente und teilte ihm mit, dass Monsignore Bartholo Moccha derzeit keine Audienzen im Papstpalast gewähre und an seinem Wohnsitz in der Via del Tessitore zu finden sei. Er fügte hinzu, dass Moccha Mitglied der wahlberechtigten Kardinäle des Konklaves sei. Das führte Benedetto zu der Überlegung, dass es wenig wahrscheinlich war, dass dieser Kardinal als Advocatus Dei sich besonders für seinen Fall interessierte, solange sich in den Debatten über die Wahl des Pontifex noch nicht einmal ein Name herauskristallisiert hatte.

Nichtsdestoweniger beschloss er, Moccha in seiner Wohnung aufzusuchen.

Diese lag in einem volkstümlichen Viertel und erwies sich als ein weitläufiges Gebäude, in dem sich früher ein römischer Tempel befunden hatte. Monsignore Moccha führte ein Leben fern der prunkvollen Residenzen der Kirchenfürsten. Vom Vorzimmer aus erblickte Benedetto herumlaufende Kinder, Frauen, die miteinander zankten, Hunde, die auf den Treppen umherstreunten,

Mönche, die sich mit Soldaten unterhielten, Kamine, in denen Kessel und Drehspieße hingen.

Gui wähnte sich eher im Schloss eines verschwenderischen und zügellosen Herrn aus den Zeiten langhaariger Könige, der Ehefrauen und Konkubinen unter seinem Dach um sich scharte und stolz auf seine zahlreichen Nachfahren war, als am Wohnsitz eines der höchsten Vertreter der Kirche.

Ein Kardinal, der das Leben so in vollen Zügen genoss, hätte im Viertel der Würdenträger wohl einen sehr schlechten Eindruck gemacht.

Ein Diakon empfing ihn, unbeeindruckt von dem Trubel um ihn herum. Bruder Martino war klein, rundlich und intelligent und gehörte zu jenen Männern, denen nichts mehr fremd war und die daher nach einem Gemetzel ungerührt über das Schlachtfeld schreiten konnten. Er warf einen Blick auf die Dokumente der Abtei von Pozzo über das Wunder auf Evermachers Grab.

»Hm«, machte er kopfschüttelnd. »Cantimpré?«

Benedetto bejahte.

»Folgt mir.«

In seinem Schlepptau schritt Benedetto Gui durch Säle, an deren Wänden zum Teil noch die Mosaikreste des antiken Tempels zu sehen waren. Er begegnete einer Perserin mit langen schwarzen Haaren, gebräunter Haut und grünen Augen, durchquerte eine Waffengalerie, die eines Kreuzritters würdig gewesen wäre, und trat sodann in ein kleines Zimmer ein.

Das Tageslicht drang durch vier in der Decke eingelassene Fensteröffnungen ein. Der Boden war mit Intarsien versehen, und die Wände waren mit Holz getäfelt. In der Mitte thronten ein Schreibkasten und Lesepulte mit Büchern. Hinter dem Schreibkasten erblickte Benedetto auf einer Anrichte die Imitation einer griechischen Büste und eine Pietà, die aus dem gleichen rosafarbenen Marmor gehauen waren.

»Monsignores Kabinett«, erklärte der Diakon und ließ ihn eintreten. »Ich werde ihn sofort benachrichtigen.«

Benedetto war allein. Sein erster Gedanke war, dass er nie von hier fliehen könnte, falls die Dinge eine schlechte Wendung nähmen. Er trat an die Holzvertäfelungen heran und klopfte mit den Fingernägeln daran: Es klang hohl. Die Gespräche konnten mitgehört werden. Er trat an eines der Lesepulte in der Erwartung, dort einen Psalter zu finden – tatsächlich handelte es sich um eine Sammlung griechischer Lyrik. Moccha ist ein gebildeter Mann, dachte Benedetto. Er blätterte eine Seite um und stieß auf Sapphos ketzerische *Hymne*. Und er ist nicht engstirnig ...

Der Schreibkasten war leer. Er wandte sich der griechischen Büste zu. Er blieb davor stehen, ohne dass ihm einfiel, welche antike Persönlichkeit sie verkörperte.

Da trat Kardinal Moccha durch eine Geheimtür ein, die hinter einer Holztafel verborgen war.

Er zählte etwa fünfzig Jahre; obschon er fettleibig war und sein Gesicht die Spuren vieler Ausschweifungen trug, strahlte er noch immer eine beeindruckende Kraft aus. Abgesehen von seinen Ringen deutete nichts darauf hin, dass es sich um einen hochrangigen Kirchenmann handelte: Sein Oberkörper war nackt, der Kopf von einem Handtuch bedeckt und sein Gesicht schweißüberströmt, als wäre er soeben einem Badebottich entstiegen. Eine junge Dienerin mit einer Wurzelbürste in der Hand folgte ihm und schalt ihn, er solle sich einen Mantel überziehen.

Schließlich gab er dem gespielten Zorn der jungen Frau nach. Diese verließ den Raum. Moccha setzte sich auf den Hocker hinter seinem Schreibpult.

Benedetto Gui fragte sich plötzlich, weshalb diese bedeutende Persönlichkeit so schnell bereit war, ihn zu empfangen, und sogar sein Dampfbad abbrach, um ihm Gehör zu schenken.

»Zeigt her!«, befahl ihm Moccha ohne jede weitere Einleitung.

Benedetto legte die Dokumente auf den Tisch.

Der Kardinal begann sie zu überfliegen und wischte sich dabei mit dem Handrücken den Schweiß von der Stirn.

»Gehört Ihr zu diesem Ungeziefer, das durch die Lande zieht und armen Gläubigen weismacht, dass sie als Gegenleistung für ihr Geld einen Heiligen geliefert bekommen und ihrer Gemeinde damit ein Vermögen zufallen wird?«

»Nein, Monsignore«, antwortete Benedetto.

»Pietro Mandez, kranker Kaufmann, an dem in Cantimpré ein Wunder gewirkt wurde, kam an Evermachers Grab, um zu beten«, las Moccha mit ungläubiger Stimme.

»Die Vorsehung wollte, dass ich der auserwählte Zeuge der Bluttränen der heiligen Monika wurde.«

Moccha nickte.

»Auserwählt, in der Tat ...«

Er ergriff das Fläschchen.

Benedetto dachte daran, dass Moccha auch der *Relator causae* war; bei den Prozessen zur Heiligsprechung musste er gegen Rasmussen antreten, der durch seine Schrift *Leben der Heiligen* unbesiegbar geworden war.

»Der Fall des Dorfes Cantimpré interessiert mich ungeheuer«, sagte Moccha, nachdem er wieder aufgeblickt hatte. »Wenn in der Abtei von Pozzo eine diesbezügliche Wundermeldung registriert wird, dann bin ich der Erste, der davon in Kenntnis gesetzt wird.«

»Cantimpré ist ein von Gott gesegneter Ort.«

Der Kardinal zog die Augenbrauen hoch.

»Es gibt viele Orte auf christlichem Boden, die sich der besonderen Gnade Gottes rühmen können: Kathedralen, Klöster, von Heiligen gesegnete Flüsse, Berge, auf denen manches Wunder geschehen ist ... Aber nichts davon gleicht Cantimpré. Diese Kinder, die vollkommen gesund zur Welt kommen, diese plötzlichen Heilungen ...«

Moccha schüttelte den Kopf.

»Und dennoch wurde ich jedes Mal abgewiesen, wenn ich um eine *Positio* der Kirche bat. Man ist in Rom sehr empfindlich, wenn es um Cantimpré geht. Nach meinem letzten Versuch wurde mir ausdrücklich verboten, dieses Thema noch einmal anzuschneiden – außer wenn ich der Kongregation zwingende neue Erkenntnisse vorlegen könne.«

Er schüttelte das Fläschchen mit dem Blut.

»Ob echt oder falsch, diese Probe kommt wie gerufen!«

Benedetto Gui runzelte die Stirn. Mocchas Interesse an Cantimpré war auf Ablehnung gestoßen? Bei wem? Rasmussen? Marteen hatte gesagt, dass Rasmussen und Rainerio sich in letzter Zeit mit Cantimpré beschäftigt hatten …

»Auf das Wunder, das Ihr mir heute mitgebracht habt«, fuhr Moccha fort, »habe ich seit Monaten gewartet.«

Plötzlich begann Benedetto wider Erwarten an seinen bisherigen Vorstellungen über Rasmussen und Rainerio zu zweifeln …

»Eine christliche Offenbarung!«, fuhr der Prälat fort. »Die heilige Monika ist eine hochverehrte Gestalt. Ihr Eingreifen ermöglicht mir, den Fall erneut einzureichen und das Rätsel dieses Mal gänzlich aufzuklären.«

Benedetto Gui hörte Kardinal Moccha schon nicht mehr zu. Oft spürte er bei schwierigen Ermittlungen, dass sie sich ihrer Auflösung näherten, noch bevor er alle Fakten kannte. Die Geschmeidigkeit seines Geistes überrumpelte ihn manchmal. Die Menschen aus dem Volk sagten nicht ohne Grund, Benedetto Gui verbinde Hellseherei mit reiflicher Überlegung.

Der Kardinal richtete sich auf.

»Ich werde meine Experten nach Spalatro schicken. Anschließend werde ich den Fall Cantimpré im Lateran wieder aufrollen.«

Er ließ seinen Diakon rufen und sagte zu Benedetto: »Ihr werdet eine ganze Reihe von Fragen beantworten müssen. Ich muss alle Zweifel an diesem Wunder, die mir von den Mitgliedern der Kongregation entgegengehalten werden, ausräumen können. Ihr seid meine beste Chance bezüglich Cantimpré. Wenn Ihr es wünscht, seid Ihr in Rom mein Gast. Danke, mein Sohn.«

Damit verschwand er.

Mit nach wie vor unerschütterlicher Miene nahm der Diakon mit einer Akte unter dem Arm und Tinte und Feder in der Hand am Schreibtisch Platz und begann seine Befragung.

In den folgenden Minuten erläuterte Benedetto in allen Einzelheiten das Wunder von Spalatro, wobei der Diakon ihm alle erdenklichen Fallen stellte. Doch Gui war so scharfsinnig, dass er den Attacken schlüssig Paroli bot.

Dabei schielte er interessiert auf die Unterlagen, die der Diakon auf das Schreibpult gelegt hatte: Mocchas Zusammenfassung über das Dorf Cantimpré.

Nach Ablauf einer Stunde fragte Benedetto, ob er diese Dokumente in Augenschein nehmen könne. Der Diakon zuckte mit den Schultern und gestattete es ihm, während er das Fazit ihrer Unterredung schriftlich fixierte.

Benedetto Gui entdeckte zutiefst verblüfft die Liste der Wunder, die sich seit acht Jahren in Cantimpré ereignet hatten. Obwohl er bereits einiges wusste, war er weit davon entfernt gewesen, sich eine solche Fülle von Wundern vorzustellen. Er begriff, dass selbst die unbedeutendsten Begebenheiten im Dorf von einem Spion dem Kardinal zugetragen wurden: Dieser hatte sich das Vertrauen einer gewissen Ana erschlichen, einer alten Bewohnerin von Cantimpré, der Tochter des Dekans. Sie hatte sich dazu bereit erklärt, die ihr anvertrauten Geheimnisse zu verraten, weil man ihr im Gegenzug das Seelenheil versprochen hatte. Sie hatte enthüllt, dass die Wunder von Cantimpré eine Ursache hatten und dass diese bei einem Kind zu finden sei. Einem Jungen namens Perrot. Der Priester Guillem Aba bemühte sich mit allen Mitteln, dessen Entdeckung zu verhindern und die Verehrung der Gläubigen auf Evermacher zu lenken. Das Dorf hatte sich täuschen lassen, nicht aber die alte Ana.

Benedetto zog die Brauen hoch, als er las, dass Moccha von Perrot als dem *Gotteskind* sprach!

Seine Erregung erreichte ihren Gipfel, als er die letzte Anmerkung, die wenige Wochen zuvor der Papierrolle hinzugefügt worden war, las und von der mysteriösen Entführung Perrots aus Cantimpré erfuhr!

Benedetto schlang die Hände um den Kopf.

Das »*Gotteskind*«!

Nun war er vollkommen ratlos. Es kam ihm so vor, als habe er Rainerios Stelle eingenommen und ebenfalls eine allzu brisante und verquere Geschichte aufgerührt.

»Ich habe nichts begriffen. Ich bin von Anfang an auf dem Holzweg gewesen.«

Er hörte, wie sich die Tür des Kabinetts hinter ihm öffnete.

Das Gesicht des Diakons erstarrte.

Benedetto Gui wandte sich um und erkannte Kardinal Moccha, dieses Mal mit seiner purpurnen Soutane bekleidet.

Hinter ihm traten Fauvel de Bazan und vier Wachen ein.

Bazan lächelte und sagte: »Siehst du, ich war überzeugt, dass ich dich früher oder später wiederfinden würde, Benedetto Gui«.

Zwei Wachposten bezogen vor der Geheimtür des Kabinetts Aufstellung. An eine Flucht war nicht zu denken.

Fauvel de Bazan fuhr fort: »Habe ich dich nicht gewarnt, du solltest dich vor einem ebenso methodischen, kalten und berechnenden Willen wie dem deinen hüten?«

Kardinal Moccha beobachtete Benedetto zornerfüllt.

Wann war er erkannt worden? Wer hatte ihn denunziert? Moccha? Wie? So schnell? Zum ersten Mal seit langer Zeit wusste Gui nicht mehr, wo ihm der Kopf stand …

Er wurde niedergeschlagen. Fauvel wollte kein Risiko mehr eingehen. Gui wurde gefesselt, man band Hände und Füße zusammen und steckte seinen Kopf in einen Leinensack, und so trugen ihn die Wachen fort.

XI

Noch immer irrte Pater Aba durch die Reihen von Studiertischen im Hauptflügel des Klosters und entdeckte staunend neue außergewöhnliche Untersuchungsgegenstände.

»Wie kann ich Euch behilflich sein?«

Pater Aba erstarrte. Dann drehte er sich um, um zu sehen, wer ihn mit zittriger, aber sanfter Stimme angesprochen hatte.

Es war ein alter Mann mit gekrümmtem Rücken, kleinen, verklebten Augen, der einen langen Bart und eine braune Kutte mit weißem Saum trug.

Es war weniger die Tatsache, dass er entdeckt worden war, die Aba das Blut in den Adern gefrieren ließ, als vielmehr dieses plötzliche Gefühl, dass er diesen alten Mann kannte! Er bemühte sich mit aller Kraft, um auf seinem Gesicht nichts von der Gedankenflut sichtbar werden zu lassen, die über ihn hereinbrach.

Der Mann schenkte ihm ein gütiges Lächeln.

»Ich heiße Arthuis de Beaune«, sagte er.

Nun konnte Pater Aba nicht mehr an sich halten: Die Überraschung stand ihm unverkennbar ins Gesicht geschrieben.

Arthuis de Beaune. Dieser große Gelehrte war fünfzehn Jahre zuvor nach Paris gekommen; der damals blutjunge Guillem Aba hatte sich beeilt, seine Vorlesung über sein *Bestiarium* zu hören.

Doch kurz nach diesem Vortrag, der großes Aufsehen erregte, denn der Gelehrte beanspruchte darin das Recht, die Natur frei von vorgefassten Anschauungen zu untersuchen, verschwand Arthuis de Beaune. Niemand wusste, wohin er sich zurückgezogen und warum er der Welt den Rücken gekehrt hatte. In regelmäßigen Abständen ließ er indes die Ergebnisse seiner neuen Arbeiten veröffentlichen, die durch ihre Vielseitigkeit und Kühnheit erstaunten.

Der alte Mann wiederholte seine Frage: »Wonach sucht Ihr, junger Freund?«

Pater Aba, der noch immer mit dem Ornat eines Laienbruders verkleidet war, dachte wieder an die Bruchstücke der Wunderhostie, die sich in Fleisch und Blut verwandelt hatte.

»Mein Name ist Cantacler«, antwortete er hastig, »ich arbeite an der Aufklärung der Rätsel, die über dem Eucharistiewunder von Douai im Jahre 1254 liegen.«

Arthuis de Beaune nickte, um deutlich zu machen, dass ihm die Geschichte dieses Wunders gegenwärtig sei.

»Das Brot des Altars hat sich im Mund einer Jungfrau in ein blutiges Stück Fleisch verwandelt«, bemerkte er. »Die Frage bleibt: Ist es menschliches oder tierisches Gewebe? Wenn Ihr die Antwort darauf bringt, so nehmt Ihr unserem guten Bruder Aimé Davril, der diese Wunder seit zehn Jahren untersucht, eine große Last von den Schultern. Seid Ihr soeben im Kloster angekommen?«

»Ich bin seit einigen Stunden hier.«

Beaune lächelte.

»Ihr werdet Tage brauchen, bis Ihr Euch mit allem, was dieser großartige Ort bietet, vertraut gemacht habt. Ich beglückwünsche Euch zu Eurer Einladung hierher.«

Nichts in der Stimme oder im Verhalten des alten Mannes deutete auf Argwohn hin. Pater Aba dachte bei sich, dass in diesem Kloster ein so starkes Gefühl der Sicherheit herrschte, dass niemand sich über eine unbekannte Gestalt Gedanken machte: Wenn sie hier war, so deshalb, weil sie die Erlaubnis dazu hatte.

Aba blickte um sich: Er sah weder einen Soldaten noch einen Wachposten auftauchen. Seine Opfer, der Novize, der Geistliche und der Reiter, waren wohl noch nicht aufgefunden worden.

»Meister, ich war bei Eurem Vortrag vor fünfzehn Jahren in Paris anwesend.«

Arthuis lächelte und sagte: »Ich hätte an diesem Tag besser Stillschweigen bewahrt. Ich habe nur einen unglaublichen Proteststurm seitens meiner Kollegen geerntet.«

»Daher Euer Rückzug?«

Arthuis de Beaune hob den Arm, um auf den Raum zu zeigen, in dem sie sich befanden.

»Seht Euch um. Hier arbeiten alle zusammen! Die Grammatiker, die Rhetoriker, die Dialektiker, die Theologen, die Arithmetiker, die Geometer, die Astronomen, die Chirurgen, die Übersetzer und die Alchimisten. Kein Bereich des Geistes ist abgeschottet oder für weltliche Denker verboten, nichts wird in geheimen oder verschwörerischen Zirkeln abgehandelt wie in Paris oder Oxford. Jeder kann sich mit der Arbeit seines Nachbarn befassen und seine Fähigkeiten anbieten, um ein Problem zu lösen.«

Pater Aba musste zugeben, dass dies wohl eine der Eigenarten dieses Ortes war, der er zwar noch keine Beachtung geschenkt hatte, deren Bedeutung aber nicht zu leugnen war.

»Im Schutz dieser Mauern steht es uns frei, ohne die Fesseln zu studieren, die der Volksglaube oder die Engstirnigkeit hoher Kirchenkreise uns anderswo auferlegen.«

»Aber dennoch …«

Aba wagte es nicht, seinen Gedankengang zu Ende zu bringen.

»Ja?«

»Diese wundersamen Dinge, die ich auf den Studiertischen gesehen habe …«

»Nun?«

»Sie sind nicht etwa alle echt?«

Arthuis lächelte.

»Wozu sollten Fälschungen uns nützlich sein? Alles ist echt, mein junger Freund! Vieles ist das Ergebnis langer Jahre des Forschens. Die Reliquien, die Ihr im Kloster vorfindet, sind die wahren; die falschen findet Ihr eher in den Kirchen oder in den Reliquiaren der Pfarreien, wo wir sie ausgetauscht haben. Das berühmte Schlüsselbein des heiligen Benedikt, das man in Padua verehrt, besteht in Wirklichkeit aus dem Stoßzahn eines Walrosses; das echte ist hier, bei uns.«

Pater Aba war fassungslos. Die Hostien, Aldeberts Reliquien, die Milchzähne des Jesuskindes ...?

Arthuis erklärte: »Unsere Aufgabe hier ist es, die Natur der Wunder, positiver wie negativer, zu begreifen, nicht Attrappen oder Mystifikationen zu produzieren.«

Aba musterte einige der Studiertische, die um sie herumstanden.

»Woran arbeitet Ihr, Meister?«

Arthuis antwortete mit entwaffnender Schlichtheit, als würde er sagen: »Ich kümmere mich um die Felder ...«:

»Oh, ich ... Ich arbeite daran, das Geheimnis von Mariä Himmelfahrt zu durchdringen und die wundersame Brotvermehrung am See Genezareth zu wiederholen.«

*

Até de Brayac bewohnte ein großes Zimmer im Kloster, nicht weit von dem ihres Vaters, des Kanzlers, entfernt, der vor Kurzem eingetroffen war.

Artemidore de Brocas Anwesenheit lag wie ein bleierner Mantel über der Festung; die Mönche waren unruhig und die Soldaten angespannt.

Até war seit einiger Zeit von bösen Verahnungen befallen.

Seitdem sie aus dem Orient zurückgekehrt war und sogleich Artemidores Vertrauen gewinnen konnte, hatte sie unzählige Male den Süden Frankreichs durchquert und die Entführung Dutzender und Aberdutzender von Kindern geleitet. Von ihrem Vater hatte sie ein Herz aus Eisen und ein durchtriebenes Gewissen geerbt. Nichts rührte ihr Herz, nichts flößte ihr Furcht ein. Er verlangte von ihr, sie solle Unschuldige rauben – sie tat wie geheißen. Er verlangte von ihr, sie solle morden – sie tötete.

Bis Perrot kam.

Nie vergaß sie jenen Augenblick, da er ihre Narbe wieder zum Bluten gebracht hatte und in dem sie in seinen Augen eine Wut und eine Drohung gelesen hatte, die sie erschaudern ließen. Doch was ihr vor allem Angst machte, war eine neue Erkenntnis über dieses Kind, die in ihr heranreifte. Perrot heilte nicht nur die Wunden des Körpers ... Sie spürte, dass sie sich durch den Kontakt mit ihm innerlich veränderte. Dieses rätselhafte Kind war im Begriff, sie von ihrer Verblendung, ihrer verbrecherischen Kälte und ihrem Mangel an Seele zu heilen ... Sie hatte niemandem von ihren Gefühlen Perrot gegenüber zu erzählen gewagt.

»Sie wissen nicht, wozu er wirklich ...«

Dieses heilende Kind aus Cantimpré machte ihr wirklich Angst.

Jetzt klopfte jemand an ihre Tür. Abt Profuturus ließ nach ihr sowie nach ihrem Vater rufen, damit sie zum ersten Mal die fünf Kinder in Aktion sahen.

Sie machte sich bereit.

Als sie ihr Zimmer verließ, kamen die schwarzen Wachen auf sie zu. Sie zeigten ihr den »Schlüssel« Pater Abas, das hölzerne Achteck von Atés Gefolgsmann, der in Cantimpré getötet worden war. »Es wurde heute Morgen von einem der Wachposten zurückgegeben, die Monsignore Broca von Rom hierher begleitet haben«, sagte einer von ihnen.

Até musterte ihn überrascht. »Das ist unmöglich. Dieser Soldat ist vor Wochen in der Gegend von Toulouse gestorben, und wir konnten seinen Leichnam nicht bergen ...« Sie runzelte die Stirn. »Findet den Mann, der sich seiner bediente.«

Até machte sich auf den Weg zu Artemidore de Broca und Profuturus.

*

Pater Aba verließ Arthuis de Beaune und den weitläufigen Studiersaal. Unwillkürlich versuchte er eine Verbindung herzustellen zwischen den Enthüllungen des großen Mannes und der Entführung seines Sohnes. War Perrot seiner Heilkunst wegen aus Cantimpré in das Kloster verschleppt worden, um dort untersucht zu werden wie das Schlüsselbein des heiligen Benedikt aus Padua oder jede x-beliebige andere Anomalie?

Ratlos begab er sich wieder in die Kreuzgänge des Klosters.

Seit Perrots Geburt war kein Tag vergangen, ohne dass er sich darüber Gedanken machte, welche Person oder welcher Ort ihm erklären konnte, was mit seinem Sohn vor sich ging. Ein Ort, der ihn beschützen und lehren konnte, mit dieser außergewöhnlichen Gabe zu leben oder besser noch, sich davon zu befreien.

Und wenn das Kloster Albertus Magnus tatsächlich dieser Ort wäre, von dem ich immer geträumt habe? Die Gegenwart einer so hochverehrten Person wie Arthuis de Beaune ließ ihn diese Mauern in einem anderen Licht sehen.

Plötzlich aber hörte er auf nachzudenken.

Er hatte soeben Kinderstimmen gehört!

Er wirbelte herum, blickte in alle Richtungen, spürte, wie sein Herz trommelte.

Er lief los, um ans andere Ende der offenen Galerie zu gelangen.

Die kristallklaren Stimmen wurden immer deutlicher vernehmbar.

Plötzlich hielt er inne: Er erblickte eine Schar Kinder, umgeben von Wachen und Mönchen, die man in den Garten des benachbarten Klostergebäudes führte.

Ihm stockte der Atem.

Die fünf Kinder, die er nur von hinten sehen konnte, waren mit dem gleichen Mantel und der gleichen Kapuze bekleidet, daher war es ihm unmöglich, festzustellen, ob Perrot sich unter ihnen befand oder nicht.

Pater Aba wollte gerade vorwärtsstürzen, um sich Klarheit zu verschaffen, da spürte er, wie ihn von hinten zwei Paar Hände an den Schultern packten.

Er erhielt einen Schlag in die Leber; sein Oberkörper krümmte sich. Seine Augen trübten sich, und nur durch einen Tränenschleier nahm er wahr, wie die Kinder hinter einem Pfeiler verschwanden …

Man schleppte ihn fort.

Die Welt um ihn herum drehte sich, der Himmel, die Mauern des Klosters, die unscharfen Umrisse seiner Angreifer, alles wurde zu einer Mischung aus Schwindel und Schrecken. Aufregung, Zorn und Auflehnung machten ihn rasend.

Seine Angreifer hoben ihn hoch und warfen ihn sogleich wieder hinunter: Abas Gesicht tauchte in eiskaltes Wasser. Er wollte sich wehren, blieb jedoch bis zum Hals unter der Oberfläche gefangen. Er dachte an die Springbrunnen, die er in den Gärten gesehen hatte. Zwei Arme pressten seinen Bauch zusammen, und unter der Macht des Drucks entwich die Luft mit einem Schlag aus seinen Lungen.

Sein gesundes Auge begann bei der Berührung mit dem kalten Wasser zu brennen, die leere rechte Augenhöhle füllte sich, die Kehlkopfbänder traten wie Messerklingen hervor; er spürte, wie seine Schläfen dröhnten und wie das Wasser über die Nasenlöcher in seinen Mund drang und seine Lungen sich vor Schmerz zusammenzogen …

Er bäumte sich ein letztes Mal auf, um sich von seinen Angreifern zu befreien. Doch seine Kräfte begannen bereits zu erlahmen; sein Körper verkrampfte sich durch den Sauerstoffmangel, er fühlte, wie seine Säfte sich in Gift verwandelten, und schrie nach Luft.

Schlag um Schlag prasselte auf den Priester herab. Sein Auge lief blutrot an, ein leuchtender, beinahe blendender roter Schleier legte sich darüber, dann wurde es Nacht.

In einem Augenblick der Hellsichtigkeit sagte er sich, dass er dieses Kloster durch die eiserne Falltür für die Leichen verlassen würde, die er am Tag seiner Ankunft gesehen hatte …

Er war nicht darauf vorbereitet, so früh zu sterben. So kurz vor dem Erreichen seines Ziels. Kraftlos gab sein Körper seinen Überlebensinstinkt auf, der ihm verbot zu trinken, und ließ das Wasser in sich eindringen: ein langer, eiskalter Schluck, endlos, ein Schwall ohne Geschmack, der wie eine Befreiung über ihn kam.

Er spürte seine Gedärme nicht mehr.

Er stieß seine letzten Luftblasen aus.

Der Schmerz war verschwunden. Er wusste nicht mehr, wo er war noch wer er war; alles hatte sich zu einem einzigen Bruchteil der Zeit verdichtet.

Mit diesem Gefühl eines Bruchs und der Rückkehr zur Ruhe wich das Leben aus Guillem Aba.

XII

Artemidore de Broca traf bei Até und Profuturus ein.

Ein junger Mann stützte ihn. Es war das erste Mal, dass er seine Tochter wiedersah, seit sie in Rom miteinander gesprochen hatten und sie nach Cantimpré und Castelginaux aufgebrochen war.

Até trat vor ihren Vater und küsste seine Hand, wie es Brauch war. Er strich ihr zärtlich über die Stirn.

Anschließend begab er sich in die unterirdischen Gewölbe des Klosters, wo sich die Krypten für die Experimente befanden.

Sie bogen in einen dunklen Gang ein. Die wenigen schmalen Schlitze in den Mauern ließen nur spärliches Licht hereinfallen. Artemidore führte seine Tochter an eine dieser Öffnungen. Sie sah die junge Agnès in Gesellschaft zweier Mönche in einer Krypta stehen, welche von zahlreichen Kerzen erhellt wurde. Ihre Stirn war mit Blutstropfen übersät. Einer der Mönche näherte sich ihr, doch das Mädchen schrie auf und schlug um sich, damit er sie nicht berühren konnte. Der zweite Mönch musste sie mit Gewalt zum Stillhalten zwingen.

Der erste entnahm mit einem Kupferlöffel etwas Blut; anschließend ging er zu einem Pult, auf dem sich ein Fläschchen mit Blut in einer anderen Farbe befand. Mit einer Glasscherbe verglich er die beiden Proben im Lichtschein einer Kerze. Daraufhin ergriff er einen Stoffstreifen und legte ihn über die Stirn des Kindes. Er entrollte ihn auf dem Pult. Agnès' Blutspuren hatten Worte und einen lateinischen Satz darauf eingeprägt.

Der Mönch wandte sich zur Mauer mit den Öffnungen und nickte langsam zur Bestätigung.

Artemidore stellte sich vor eine andere Maueröffnung, die den Blick in eine zweite Krypta freigab.

Dort befand sich Perrot, er war fest an einen Stuhl gefesselt. Até konnte eine abwehrende Bewegung nicht unterdrücken.

»Weshalb bindet Ihr ihn fest?«, fragte Artemidore mit leiser Stimme.

»Seit einiger Zeit sind die Kinder widerspenstig. Sie wollen nicht mehr mitarbeiten.«

»Ahnen sie etwas?«

Der Abt schüttelte verneinend den Kopf.

»Das ist unmöglich, Euer Gnaden ...«

Er wollte seinen Herrn beruhigen.

»Ihre Reaktion ist normal. Jesus selbst muss mehrmals dazu aufgefordert werden, dass er ein Wunder wirkt; er wirft seinen Bittstellern vor, sie seien von niederer Gesinnung und neugierig wie Abergläubische; manchmal weigert er sich gar, tätig zu werden, oder fordert absolutes Stillschweigen über seine Wunder. Es ist eine natürliche Regung bei Wunderheilern, dass sie nur widerwillig dazu bereit sind, ihre Gaben vorzuführen.«

Perrot war in der Krypta von einem Netz langhalsiger Destillierkolben umgeben, die in gläserne Glocken und Spiralen mündeten. Diese ineinander verschlungenen Röhren wurden von einem alten Mönch beaufsichtigt. Ein paar Blasebalge und eine Reihe von Ventilen ließen eine ungeheure Menge von Blut darin zirkulieren.

Die Röhren verliefen von einem Ende der Krypta zum anderen und umgaben Perrot. Unter den Auslässen waren Hähne angebracht, an denen man entsprechend der gewünschten Nähe zu dem Kind Blutproben abzapfen konnte.

Der alte Mönch entnahm ein paar Tropfen und ging zu einem Tisch, auf dem ein silbernes Gefäß mit Pulver aus getrocknetem altem Blut stand. Er tropfte eine winzige Menge frischen Blutes darauf, und die Überreste verwandelten sich unter seinen Augen und gewannen ihre frühere Konsistenz und Farbe zurück.

Obgleich der Alte die kühnsten Experimente gewöhnt war, konnte er einen Aufschrei der Verblüffung nicht unterdrücken.

Profuturus sagte zu Artemidore: »Wir wissen, dass das Blut im Körper des Menschen, wenn es durch die Lunge fließt, heller wieder hervorströmt, als es bei seinem Eintreten war. Wir kennen den ursprünglichen Grund dafür nicht. Aber wir haben bemerkt, dass das Gleiche passiert, wenn Blut mit Perrot in Berührung kommt!«

Artemidore lächelte.

Até, die den Jungen beobachtete, war noch immer beunruhigt.

Perrot wiederum kämpfte gegen seine Gefühle und sein Erschauern an, damit seine Gabe nicht ihre Wirkung tat und er dem alten Mönch nicht zu Willen war.

Er strengte sich so hartnäckig an, dass es ihm gelang, seine heilenden Schauer zu unterdrücken; mit einem Mal aber begann er Stimmen zu hören! Zahllose Stimmen, die wirr durcheinanderredeten, ohne miteinander zu sprechen.

Er bekam Angst, und alles verschwand wieder …

Die Besichtigung wurde in der dritten Krypta fortgesetzt, in der Damien und Simon an Holzpfeiler gefesselt standen.

Mehr als acht Mönche umringten sie.

Die Tür zur Krypta öffnete sich, und ein halb nackter Mann trat ein. Sein Gesicht war unter einem Leinensack verborgen, und seine Arme wurden von zwei Wachen festgehalten.

»Seht gut zu«, sagte Profuturus zum Kanzler und seiner Tochter.

Einer der beiden Mönche enthüllte das Gesicht des Mannes. Man sah, dass es sich um einen Verrückten oder einen Schwachsinnigen handelte. Seine Augen quollen hervor, sein Blick war irr, und seine Unterlippe hing herab.

Damien und Simon standen stocksteif da und hielten hartnäckig die Augen geschlossen.

»Auch sie sind widerspenstig«, bemerkte Profuturus.

Mönche mit Eisenzangen traten näher, fixierten die Köpfe der Kinder und zogen mit Gewalt ihre Augenlider hoch.

Es dauerte eine Weile, bis der Blick des Verrückten dem Damiens begegnete. Kaum war das geschehen, da erbleichte der Mann und wurde plötzlich von einem Brechreiz geschüttelt.

Im gleichen Augenblick bemerkten die Mönche in Simons Gesicht eine plötzliche Erregung; er verfolgte mit seinen Blicken etwas Unsichtbares, das in der Krypta schnaubte.

Profuturus sagte erfreut: »Damien hat den Dämon aus dem Körper dieses Verrückten vertrieben, und Simon kann als Einziger in diesem Augenblick sehen, wie er fliegt und in der Krypta umherspringt!«

Jehan, das Kind, das durch seine wundersamen Träume Wahrheiten erkannte, lag auf einem aus Seilen geknüpften Bett und dämmerte vor sich hin. Vier Mönche standen neben ihm. Alle hielten ein Pergament in Händen, auf dem der gleiche griechische Text geschrieben stand.

Profuturus reichte ihn Artemidore und Até.

Einer der Mönche trat zu Jehan und murmelte ihm ins Ohr: »Hundertelfte Befragung der Dämonen durch Salomo, wie er sie in seinem *Testament* geschildert hat.«

Jehan verharrte einen Augenblick, ohne zu reagieren. Dann zog sich seine Stirn zusammen, und er begann auf Griechisch zu rezitieren: »Du wirst sie zum Handeln zwingen, ohne Seine Zustimmung zu erheischen, durch die Beschwörung der vier Verse des …« Auf diese Weise sagte er zwei eng beschriebene Spalten Text auf.

Die Männer folgten mit ihren Blicken auf dem Blatt, das sie in Händen hielten, den Worten des Kindes.

Jehan wiederholte den Text vollständig, Wort für Wort.

Als er fertig war, bemächtigte sich tiefe Erregung der Zeugen in der Krypta.

Abt Profuturus sagte zum Kanzler: »Alles ist bereit, Monsignore.«

»Ich verstehe. Dann lasst uns eilen.«

XIII

Im ersten Moment erkannte Benedetto Gui nichts. Sein Blick war verschleiert, er erwachte langsam. Er spürte, dass er nackt auf einem Holzbrett hingestreckt war, seine Hand- und Fußgelenke waren mit Stricken zusammengebunden, seine Arme und Beine ausgebreitet, und sein Kopf war zwischen die Zwingen eines Schraubstocks gepresst.

Je klarer sein Bewusstsein wurde, umso heftiger peinigte ihn der Schmerz.

Er entdeckte eine niedrige, gewölbte Decke, die direkt in den Felsen gehauen war; die kühle und feuchte Luft verriet ihm, dass er sich in einem Keller befand. Dieser war von drei Fackeln erhellt. Da sein Kopf bewegungsunfähig war, konnte er nur die Augen ziellos bewegen.

Jetzt erinnerte er sich wieder an seine Verhaftung durch Fauvel de Bazan im Kabinett von Kardinal Moccha.

»Wo bin ich …?«

Ihm kamen die Kerker von Matteoli Flo in den Sinn, mit denen ihm Bazan bei ihrer ersten Begegnung in seinem Laden gedroht hatte.

In der Mitte des Gewölbes, direkt über ihm, war ein Holzkruzifix am Felsen befestigt.

Plötzlich verschwand das Kreuz, und an seiner Stelle wurde ein Gesicht sichtbar.

Fauvel de Bazan beugte sich über ihn.

»Nun? Wo sind jetzt die Römer, die dich befreien kommen, Benedetto? Durch welchen einfallsreichen Trick gedenkst du mir dieses Mal zu entkommen?«

Er lächelte.

»Ich wusste es, nichts ist vorhersehbarer als ein methodischer Mensch. Man muss sich nur in Geduld üben, sein Weg ist von vorneherein festgeschrieben. Du kannst dir die Haare schneiden und den Bart abrasieren, solange du willst, du wirst nie deine Art zu denken und zu handeln ändern.«

Er zog den Schraubstock an, damit er Benedettos Schädel stärker quetschte. Dieser hielt nur mit Mühe einen Aufschrei zurück.

»Deine Freunde in Rom haben deinen Laden in der Via dei Giudei in Brand gesteckt. Deine Dokumente sind mir entgangen. Sieh her ... Nur *das* hier konnte ich an mich nehmen ...«

Er hob den Arm und zeigte auf das Schild von Benedetto Gui.

»*Benedetto Gui hat auf alles eine Antwort.* Ich verabscheue diesen Satz. Die Kirche, Benedetto, nur die Kirche hat auf alles eine Antwort!«

Er machte ein Zeichen, und ein Mann mit maskiertem Gesicht ergriff das Schild und befestigte es an der Decke anstelle des hölzernen Kruzifixes, das über Benedetto hing.

»Das ist das Einzige, was du von hier sehen wirst und womit du dich in den nächsten Stunden beschäftigen kannst«, fuhr Bazan fort.

Sein Tonfall wurde einschmeichelnd.

»Sei getrost, es geht nicht mehr darum, dich mit Spießen und Zangen zu martern oder zum Sprechen zu bringen. Der Weg, den du zurückgelegt hast, verrät mir, was du erfahren hast. Nun kommt es nur noch darauf an, dass du vergisst, was du weißt. Rainerio, Rasmussen, Maxime de Chênedollé, die Wunder wirkenden Kinder … Das alles muss aus deinem Kopf verschwinden!«

Benedetto runzelte die Stirn.

»Vergessen?«, murmelte er.

Bazan nickte zustimmend.

»Matteoli Flo ist seit langer Zeit Meister in dieser Kunst der Zurechtstutzung des fehlbaren menschlichen Geistes. Er weiß, wie man aus einem Gedächtnis das auslöscht, was für den einen oder anderen kompromittierend sein könnte. Ein bisschen kaltes Wasser und ständiges Wachsein genügen. Fünf aufeinanderfolgende Tage ohne Schlaf, Benedetto Gui. Vielleicht sechs, falls nötig. Das ist das sicherste Mittel, um einen Mann verrückt zu machen und sein Gedächtnis zu zerstören.«

Er lächelte erneut und trat näher, um Gui ins Ohr zu flüstern: »Dein ach so brillanter Geist, der so gerühmt wird von den Leuten, wird widerstandslos, unwiderruflich und unaufhaltsam zerfließen. Du weißt das; wenn du erst einmal hundert Stunden wach warst, wird dein Gehirn so großen Schaden genommen haben, dass du das Gedächtnis, die Sprache, die Sehkraft und die Fähigkeit zu gehen verloren hast; du wirst in einem langen Delirium versinken, aus dem du nie wieder heraustreten wirst …«

»Warum tötet Ihr mich nicht auf der Stelle?«

Fauvel de Bazan richtete sich auf.

»Oh, du wirst sterben. Zweifle nicht daran. Aber auf einem Scheiterhaufen, umringt von einer Menschenmenge, die dich für den Tod von Kardinal Rasmussen und wegen anderer Todesfälle, die wir dir anlasten werden, mit Beschimpfungen überschütten wird. Du siehst, Benedetto Gui, du wolltest das letzte Wort in dieser Geschichte haben … Nun, du wirst das letzte Wort *sein*! Was für eine schöne Rache: Benedetto Gui genau durch das zu vernichten, worin er unbezwingbar war: seinen Geist!«

Er stopfte ihm eine Maulbirne in den Mund und verließ die Krypta.

Benedetto hatte begriffen, was ihn erwartete und welche Gefahren für seine geistige Verfassung dies barg. Mehr als einmal hatte er nach einer durchwachten Nacht bemerkt, wie sein Geist sich verlangsamte und seine Konzentration nachließ.

»Fünf Nächte …!«

Nachdem Bazan gegangen war, bemerkte er zwei Gestalten, die ihm in der Zelle Gesellschaft leisteten, konnte jedoch ihre Gesichter nicht erkennen.

Er betrachtete sein Schild. Wie viele Stunden würde es dauern, bis sich ihm der Sinn dieses schlichten Satzes entziehen würde? Wie viele Stunden, bis er sich fragte: Wer ist Benedetto Gui, der auf alles eine Antwort hat? Wie viele Stunden, bis er nicht einmal mehr fähig war zu lesen?

Er, der so viel gelernt hatte, der ganze Werke von Boëthius und Abschnitte aus der *Seereise des heiligen Brendan* auswendig rezitieren konnte, wäre bald nur noch dazu fähig, die ersten drei Buchstaben des Alphabets aufzusagen …

Ordo disciplinae.

Sein ganzes Leben lang hatte er gelernt, nachzudenken, Tatsachen zu verknüpfen, Pläne aufzustellen, Hinweise zu speichern, Rätsel zu lüften.

Ordo disciplinae.

Das war seine Devise gewesen. Sie musste es auch jetzt bleiben, mehr denn je.

Er war allein, sein Körper war außer Gefecht gesetzt, er war ein Gefangener seines Gehirns, dieser »Welt zwischen seinen zwei Ohren«, die die Römer so faszinierte. Sein Gehirn. Sein einziger Verbündeter. Seine Waffe. Die Ereignisse der letzten Zeit, vom

Auftauchen Zapettas bis zu seiner Verhaftung bei Moccha, drängten in sein Gedächtnis, und ein bitterer Beigeschmack des Unfertigen haftete ihnen an.

Er dachte an das letzte Mal, als er geschlafen hatte. Es war in der Herberge von Pozzo gewesen, am Vorabend seiner Rückkehr nach Rom. Und er wusste nicht, wie lange er zwischen dem Palast des Kardinals und hier besinnungslos gewesen war.

Ein Eimer eiskaltes Wasser wurde über seinen ganzen Körper ausgegossen. Das raubte ihm den Atem. Er hustete und schlotterte am ganzen Körper.

Denk nach! Denk nach, solange du noch kannst …

Zapetta, Chênedollé, die Witwe, Rainerio, Otto Cosmas, Rasmussen, Marteen, Tomaso, Evermacher, Cantimpré, Pozzo, die Wunderkinder, Augustinus, Constanza, der Lateran, Moccha, das Gotteskind …

Denk nach.

Ein Teil fehlte in dieser Geschichte.

Was war ihm entgangen?

XIV

Nachdem Domenico Profuturus ihm die fünf Wunderkinder *ad providam* vorgeführt hatte, begab sich Artemidore de Broca in einen mit gold- und silberdurchwirkten Brokattapeten ausgeschlagenen weitläufigen Audienzsaal, um seiner Tochter in Gegenwart des Abtes das Experiment zu erläutern, für das sie sich so sehr aufgeopfert hatte.

Até erfuhr zum ersten Mal sowohl von der höchsten Funktion dieses Klosters wie auch von dem aberwitzigen Vorhaben, das der Grund dafür war, weshalb sie zwei Jahre lang eine Söldnertruppe angeführt hatte, um Jungen und Mädchen zu rauben.

Artemidore erläuterte: »Das erste Ziel unserer Organisation besteht darin, die Wahrheiten der heiligen Texte in einem neuen Licht zu zeigen. Ihre *Echtheit* zu überprüfen. Egal, ob dies hier oder *in situ* geschieht, wir unterziehen die Wunder der Bibel, der Evangelien und der Heiligenlegenden einer peniblen Untersuchung, ohne die mythologischen und heidnischen Texte außer Acht zu lassen, die ihnen vorausgegangen sind. In diesem Sinne wurden in den letzten Jahren die magische Medizin der ägyptischen Göttin Sachmet, die babylonische Astrologie, die Dämonenbefragungen Salomos, die sibyllinischen Orakel, die Zeitalter des Joachim von Fiore und die Wahrhaftigkeit des Titanengeschlechts von unseren Gelehrten überprüft.

Aber auch die Bedingungen der Sintflut, die Teilung des Roten Meeres, die Abstammung von Josef und Maria, die Lage von Atlantis nach Platon, die Verbindungen zwischen Seele und Körper, die zehn Plagen, die den Pharao trafen, die Erdstöße des Enkelados und so weiter. Dank Gott ist die Liste noch lang.«

Er blickte zu Profuturus, der bestätigend nickte.

Der Kanzler setzte sich auf einen Bischofsstuhl. Er führte einen Becher Gewürzwein an seine Lippen und fuhr sodann fort: »Unser Konvent von Meggido ist bestrebt, die Authentizität des Dogmas mit den neuen Instrumenten des Aristoteles empirisch zu überprüfen. Wir wissen, dass es sich immer nur um Störungen der *natürlichen Ordnung* handelt, egal welche Tragweite ein Wunder haben mag – sei es Jesus, der über das Wasser geht, Eudo de la Stella, der mit seinen Fingern Blitze schleudert, oder Moses, der seinen Stock in eine Schlange verwandelt. Luft, Feuer, Wasser, Erde; Hitze, Kälte, Trockenheit, Feuchtigkeit; Galle, Blut, Lymphe und Pneuma sind die grundlegenden Bestandteile des Lebens, nichts kommt ohne sie aus; selbst die beispielhaftesten Wunder verfügen über kein anderes Medium, um für unsere Augen Gestalt anzunehmen. Für uns, die wir das wissen, stellen sich damit natürlich bestimmte Fragen: Wie funktioniert das? Welches Spiel der Kräfte begünstigt das Wunder? Sind wir fähig, es zu verstehen? Es zu reproduzieren?«

Até beobachtete ihren Vater. Der verbrauchte alte Mann war die treibende Kraft des Ganzen. Ein solches Kloster musste, um existieren zu können, eine außerordentliche Immunität genießen, denn die dort durchgeführten Experimente verstießen zu sehr gegen die Vorurteile der Kirche. Einzig der große Kanzler und Herr über den heiligen Palast besaß die Macht, um solche Operationen anzustoßen, zu finanzieren, zu dirigieren und einen Schutzmantel darüberzubreiten.

»Kommen wir nun zum Experiment«, sagte er.

Artemidore stellte seinen Kelch auf der Armlehne des Prunkstuhls ab.

»Es handelt sich meiner Ansicht nach um den kühnsten Versuch, der je innerhalb unseres Klosters durchgeführt wurde. Einer der zentralen Punkte unseres Glaubens in Christo ist direkt damit verknüpft!«

Er bedeutete Profuturus mit einem Zeichen, dass er nun fortfahren möge. Dieser gestikulierte mit den Händen, um seinen Vortrag zu unterstreichen.

»Das entscheidende Element des christlichen Dogmas, das seit den ersten Märtyrern den Fortbestand der Kirche sichert, das Versprechen, das ihr die besten Dienste bei der Bekehrung der heidnischen Völker geleistet hat, ist weder die Vergebung der Erbsünde durch das Opfer Christi, auch nicht das Heilsversprechen des Paradieses für die Gerechten, noch die Barmherzigkeit der Botschaft Christi, nicht einmal das heilige Mysterium der Dreifaltigkeit ...«

»*Expecto resurrectionem mortuorum*«, unterbrach ihn Artemidore de Broca.

Profuturus nickte.

»Die Auferstehung des Fleisches. Die Behauptung, dass Männer und Frauen über die Unsterblichkeit der Seele und das Weiterleben der Persönlichkeit hinaus am Ende der Zeiten wieder mit ihrer fleischlichen Hülle vereint sein werden. Für die Gerechten findet diese Entrückung bei der Rückkehr Christi auf die Erde statt; die Sünder müssen sich bis zum Jüngsten Gericht gedulden. Aber jeder wird wieder in seinen Körper zurückkehren! Dieses besondere Versprechen war es, das die barbarischen Völker dazu bewog, zum Christentum überzutreten. Diese kriegerischen Rohlinge waren in ihr Äußeres vernarrt: Da garantierte ihnen ein Mann, der am Kreuz verstorbene Gottessohn, dass sie jenseits aller Zeit ihre kraftvollen Muskeln und ihre langen Haare zurückgewinnen würden, wenn sie nur an ihn glaubten. Das hat sie verführt und ihrem Glauben abschwören lassen, und dank ihnen überstieg der Einfluss der Bischöfe bald den der römischen Herrscher.«

Artemidore lächelte.

»Aber auch hier stellt sich eine Frage, meine Tochter: Wie funktioniert das? Wie kann die verweste sterbliche Hülle eines Menschen ihre frühere Erscheinung wieder annehmen? Wie vollzieht sich dieses Wunder?«

Mit langsamer Stimme fuhr er fort.

»In den Schriften der Vergangenheit finden sich im Überfluss Erzählungen über Menschen, die von Wunderheilern wieder auferweckt wurden: von Apollonius von Tyana über die Apostel bis zu Maria der Jüdin; oder die Fälle von Lazarus, dem Mädchen von Jairus und dem Sklaven des Centurio, die Jesus im Verlauf seines irdischen Priesterdaseins auferweckt hat. Ich habe die alten Handbücher, in denen dieses Thema behandelt wurde, genau studieren lassen. Wir wissen, dass Hexen auch heute noch diese Gaben untereinander weitergeben und genau wissen, wie man sie anruft. Wir kennen diese Formeln, diese Zaubersprüche und die Reihenfolge, die eingehalten werden muss, aber bis in die jüngste Zeit fehlte uns das Wesentliche: die Mittel zur Ausführung.«

Até fragte: »Die Kinder?«

Profuturus ergriff das Wort und deutete auf die Tür.

»Wenn Ihr mir zu folgen geruht …«

XV

Benedetto Gui hörte, wie die Tür zur Krypta sich öffnete und über den Lehmboden strich, dann das Klirren eines Zinnkrugs, der auf dem Boden abgestellt wurde.

Ein Folterknecht entfernte die Maulbirne, die ihm die Kiefer ausrenkte. Er steckte einen Trichter zwischen seine Zähne; Gui spürte, wie eine ekelerregende Mischung aus heißem Wasser und einem Brei aus Körnern und Schweinefett seinen Magen aufblähte.

Ihm wurde schwindlig. Sein Bauch schwoll durch die Brühe an. Nachdem der Schinder ihm die Maulbirne wieder in den Mund gesteckt hatte, wurde ihm bewusst, dass seine Zunge doppelt so groß geworden war.

Allmählich machten sich die Folgen der Erschöpfung bemerkbar. Der unaufhörliche Schmerz, den seine auseinandergespreizten Gliedmaßen verursachten, beschleunigte seinen Herzschlag, und das erschöpfte ihn. Seine Wahrnehmung von Augenblick und Zeitdauer wurde zusehends unscharf; die Zeit nahm jene Unmittelbarkeit ohne Vergangenheit oder Zukunft an, die man in Träumen erlebt. Er wusste nicht mehr, seit wie vielen Stunden er auf diesem Folterbett hingestreckt lag.

Abgesehen davon versuchte er seinen Körper zu ignorieren.

Seine Folterer achteten darauf, dass er nie die Augen schloss.

Jeden noch so winzigen Moment geistiger Klarheit verwandte er darauf, die einzelnen Fakten um Rainerios Verschwinden wieder durchzugehen.

Er ging immer vom selben Ausgangspunkt aus:

Es ist offensichtlich, dass alles, absolut alles an dem Tag seinen Anfang genommen hat, an dem Rainerio klar wurde, dass einige mit mysteriösen Fähigkeiten begabte Kinder verschwanden und dass die Berichte, die er dem Lateran übergeben hat, ihren Entführern zuvor die notwendigen Erkenntnisse lieferten!

Diese Entdeckung muss den Jungen niedergeschmettert haben. Fühlte er sich nicht verantwortlich für das, was den Kindern angetan wurde? Hatte er nicht gegen seinen Willen im Laufe seiner Nachforschungen für die Heilige Kongregation die Aufmerksamkeit auf sie gelenkt?

Schwarze Messen, Vergewaltigung, Mord, Erpressung, Scheiterhaufen, was mag er sich nicht alles ausgemalt haben?

Der Erste, auf den sein Verdacht fallen musste, war sein Herr, Henrik Rasmussen! Immerhin liefen seine Nachforschungen über die Kinder bei ihm zusammen, bevor sie im Lateran zirkulierten …

Wenn Benedettos Kopf nicht zwischen zwei Holzzwingen eingequetscht gewesen wäre, hätte er ihn nun geschüttelt.

»Nein. Hauser hat in Pozzo versichert, dass auch Rasmussen über die Entdeckung seines Gehilfen in Hinblick auf die verschwundenen Kinder entsetzt war. Sie arbeiteten Seite an Seite.«

Was also hatten sie in Erfahrung gebracht?

Benedetto grübelte über die Art ihrer Beziehung nach.

Sie haben sich durch die Vermittlung von Otto Cosmas kennen gelernt. Dieser kannte Rasmussen, weil der ihn beauftragt hatte, eine Hagiographie der Heiligen unter besonderer Berücksichtigung ihrer Jugend zu verfassen.

Doch Cosmas wird alt. So beginnt er sich für den kleinen Rainerio, den Nachbarjungen, zu interessieren. Er bringt ihm Lesen und Schreiben bei. Er gewinnt seine Freundschaft und sein Vertrauen. Als es so weit ist, ist der Jüngling Rainerio bereit, ihm zur Hand zu gehen.

Einige Jahre später stirbt Otto Cosmas, und Rainerio nimmt die Fackel auf. Er übergibt das vollständige Werk dem Mann, der es vielleicht gar nicht mehr erwartete: Monsignore Henrik Rasmussen.

Benedetto stellte sich die Überraschung des Kardinals über diesen Jungen aus dem Volk vor, einen Handwerkersohn, der die Arbeit eines alten Gelehrten vollendet hatte: Da stand ein beherzter junger Mann vor ihm, dessen Kopf vollgestopft war mit Geschichten über das Leben der Heiligen und der im Lateran unbekannt war. Was für ein Glücksfall! Er nahm ihn in seine Dienste.

Was für ein Erfolg für Rainerio! Ohne Titel, ohne Bildung war er nun plötzlich ins Zentrum der Macht in Rom aufgenommen!

Tomaso di Fregi, der Kindheitsfreund, schilderte einen Rainerio, der immer ehrlich, naiv und großherzig, aber auch leicht zu beeinflussen war. Er habe sich vollkommen den Gewohnheiten von Otto Cosmas angepasst und sogar sein Temperament verändert, damit er besser mit ihm harmonierte.

Kein Zweifel, dass er es so auch bei seinem Wohltäter Henrik Rasmussen gemacht hat. So schnell wie er zur Bewunderung bereit war, musste er Rasmussen verehren.

Rainerio ist damals ein glücklicher junger Mann. Das Glück lacht ihm. Er assistiert einer hochrangigen Persönlichkeit der Kirche.

Zapetta spricht sogar von einer neuen Behausung, in die ihre Eltern ziehen sollten.

Dann kommt die Entdeckung der Kindesentführungen.

Scharfsichtig erkennt er, dass seine Erkenntnisse, die mächtige und gefährliche Persönlichkeiten betrafen, unweigerlich sein Leben in Gefahr bringen.

Das versetzt ihn in Angst und Schrecken.

Das musste der Grund für diese düstere, bedrückte und sorgenvolle Stimmung sein, die Tomaso bei ihrem letzten Treffen aufgefallen war.

Marteen hat zudem erklärt, dass Rainerio sich nicht mehr in Rasmussens Palazzo begab. Dieser hatte zwei Männer schicken müssen, die ihn von zu Hause abholen sollten.

Um ihm was zu sagen?

Benedetto Guis Aufmerksamkeit ließ nach, und seine Lider fielen zu.

Die Strafe folgte auf dem Fuß: Sein Folterknecht verstärkte den Zug der Fesseln, die seine Arme und Beine spreizten. Benedetto knurrte vor Schmerz. Er spürte, wie eine Feuerkugel durch seinen Körper schoss. Seine Zähne verbissen sich in die Maulbirne.

Konzentriere dich … Verlier nicht …

Der Folterknecht überprüfte seine Pupillen; sie waren geweitet, das Augenweiß war blassbläulich verfärbt, die Blutgefäße waren geplatzt und miteinander vermischt.

Konzentriere dich …

Mit klopfendem Herzen und schwer atmend nahm Benedetto den Faden seiner Gedanken über Rasmussen wieder auf:

Er sah die mit schwarzem Trauerflor verkleidete Fassade seines Palazzos in der Via Nomentana wieder vor sich, die Menge, die sich davor drängte, die Prozession der Kardinäle, die seiner Leiche die letzte Ehre erwiesen.

Und dann, am nächsten Morgen, die Hast, die Überstürzung beinahe, mit der die Möbel des Palastes in einem Konvoi von Karren nach Flandern befördert werden sollten.

Warum hatte Rasmussens Schwester es so eilig, Rom zu verlassen?

Guis Gedanken, die durch die Erschöpfung immer zusammenhangsloser wurden, sprangen von Rasmussens Schwester zum hochmütigen Antlitz von Chênedollés Witwe.

Die Stimme der Frau hallte in seinem Kopf wider und antwortete der ihres ermordeten Gatten.

Er: »*Ich befehlige zwanzig Schiffe mit hundert Tonnen in Ostia. Ich bin wohlhabend und bereite gerade meinen Umzug nach Rom in einen neuen Palazzo mit dreißig Zimmern vor. Ich bin zum vierten Mal verheiratet und halte zwei Geliebte aus, darunter eine Perserin, ich komme für zwölf Kinder auf.*«

Sie: »*Chênedollé war ein zurückhaltender und treuer Mann, leider ohne Erben.*«

Er: »*Ich dichte – mit Erfolg, wie man mir versichert – gereimte Schwänke nach Art des Anakreon. Meine Freunde haben Vertrauen in mich.*«

Sie: »*Mein Mann war unfähig, zwei Verse korrekt aneinanderzureihen.*«

Wozu diese frei erfundenen Geschichten? Wollte er mich auf die Probe stellen? Und all diese Manöver, damit er ein verschlüsseltes Dokument zurücklassen konnte …?

Folgt der Spur Rainerios.

War das der Schlüsselsatz?

Wen versuchte er mit diesen Lügen zu täuschen?

Benedetto sah wieder vor sich, wie Maxime de Chênedollé bei ihm eintrat, sich auf einen Stuhl fallen ließ und knurrte: *Beim Kreuz, beim Sockel und beim Kalvarienberg, könntet Ihr nicht in den guten Vierteln Eure Wohnung nehmen? Das wäre erheblich bequemer. Und geziemender.*

Nach den Aussagen seiner Witwe war Chênedollé ein Kaufmann und Bankier, der dem Lateran Kredit gewährte. Er war beunruhigt wegen der Wahl eines neuen Papstes und hatte Außenstände zurückgefordert. Und daraufhin wurde er unruhig, fürchtete um sein Leben und beschloss, mit seiner Frau Rom zu verlassen! Trotz ihres im Bau befindlichen Palazzos …

Aber welche Verbindung bestand zu Rainerio?

Ein Kaufmann und der Gehilfe eines Advocatus Diaboli?

Warum spricht Chênedollé in seinem verschlüsselten Text derart in Rätseln? Warum sagt er so wenig dazu?

Folgt der Spur Rainerios.

Warum hat er Zapetta dazu gebracht, dass sie mich aufsucht?

Benedetto erstarrte.

Moccha!

Er rief sich seine Behausung ins Gedächtnis, die umherlaufenden Kinder, die Frauen, sein Kabinett, die Lesepulte mit den Gedichtbänden, die griechische Büste hinter dem Schreibpult ...

Etwas stimmte nicht.

Anakreon!

Gui wurde bewusst, dass er sich von den chiffrierten Texten Chênedollés dazu hatte verleiten lassen, seine Schriften zu dekodieren, darüber aber vergessen hatte, auf seine Worte zu achten!

Die Büste in Mocchas Arbeitszimmer war die von Anakreon! Seine Frauen, seine Kinder, die griechische Poesie, die hübsche Perserin mit den grünen Augen ... Chênedollé beschrieb mir Moccha, als er von sich selbst sprach! Er wollte mich auf seine Spur setzen ...!

Er zitiert ihn nirgendwo, nicht einmal in seinem verschlüsselten Text, um sicherzustellen, dass er ihn nie in Gefahr bringt ...

Moccha war sein Verbündeter! Und ich habe das nicht erkannt!

»Meine Freunde haben Vertrauen in mich ...«, das hat er mehrmals wiederholt.

Das war das wirkliche Schlüsselwort!

Wenn ich mich Moccha rechtzeitig offenbart hätte, hätte er mich aufgeklärt ... Vielleicht wusste er sogar, was aus Rainerio geworden ist ...

Benedetto Gui sah sich nun zwei gewichtigen Fragen gegenüber:

Was habe ich sonst noch in den Hinweisen von Maxime de Chênedollé übersehen?

Und vor allem: Warum ich? Warum denkt dieser reiche und mächtige Bankier und Kaufmann an mich? Wie, glaubt er, kann ich des Rätsels Lösung finden, wenn er mich mit so wenigen Informationen versorgt?

»*Die Frauen … das Geld … der Verrat … Nichts ist je so, wie man glaubt …*«, waren seine letzten Worte gewesen.

Denk nach …!

XVI

Zwei Mönche schoben die Eisentür auf. Artemidore, Abt Profuturus und Até traten in den Raum.

Die junge Frau stützte ihren Vater. Beim Eintreten erblickte sie einen Operationssaal; an den Mauern waren Glasgefäße aufgereiht, in denen Organe in einer milchigen Lösung schwammen. Manche waren zu Scheiben geschrumpft, weil die Konservierungsflüssigkeit sie zersetzt hatte. Andere – Gehirne, eine vom Krebs zerfressene Brust, eine Bauchspeicheldrüse, Embryonen, ausgetrocknete Blasen – ähnelten verschrumpelten Knollen.

Auf einer Staffelei veranschaulichten Skizzen die menschliche Anatomie beider Geschlechter.

»Wir beschaffen uns die Leichen der zum Tode Verurteilten, damit sie uns als Modell dienen«, erklärte Profuturus Até. »Ihre Überreste werden aus dem Kloster geworfen. Es kommt nicht in Frage, dass wir unseren Friedhof mit Verdammten entweihen, denen der Himmel verschlossen ist.«

In der Mitte des Saales thronte ein geschlossener Sarkophag aus hellem Holz, der auf vier Füßen stand. Aus zwei Wachsschalen unter dem Sarg, von denen jede mit drei kleinen, brennenden Dochten versehen war, stieg eine dünne Rauchsäule auf und hüllte ihn ein, bevor sie von einer vergitterten Öffnung in der Decke angesaugt wurde. Die Rauchsäule drehte sich wirbelnd wie eine Schraube ohne Ende und hatte etwas Unheilvolles und Beunruhigendes an sich.

Vier weiß gekleidete Mönche mit bedecktem Kopf warteten unbeweglich auf Befehle.

Artemidore übernahm die Leitung der Operationen. Er ließ ein Werk aufschlagen, das auf einem Lesepult bereitlag, *Salomons Schlüssel*, und forderte einen der Mönche zum Vorlesen auf.

»Das sind die von Salomon überlieferten Beschwörungsformeln für die *Auferstehung der Toten*«, erklärte er Até, »die dem jüdischen König zehn Jahrhunderte vor unserer Zeit von Dämonen eingegeben wurden. Über viele Generationen hinweg haben Profane sich mit diesen Formeln befasst, ohne zu wissen, wie sie umzusetzen sind. Abgesehen von ein paar Hexen, die sich der Erforschung des Geheimnisses verschrieben haben, und einigen verschwundenen Sekten gelang es niemandem, sie zu beherrschen. Bis zu uns!«

Er machte ein Zeichen mit dem Kopf; sogleich öffnete sich eine zweite Tür, und die Kinder erschienen.

»Da sind sie.«

Até spürte, wie sich ihr Rücken versteifte. Die Nähe zu diesen fünf Wunderkindern ließ ihren Puls schneller schlagen. Diese konnten ihre Blicke nicht von den schaurigen Gefäßen abwenden, die sie umgaben.

Profuturus wies jedem einen Platz im Umkreis des Sargs zu. Perrot, Agnès, Jehan, Damien und Simon wurden einzeln zu beiden Seiten mehrerer Holzrahmen platziert, die mit einem undurchsichtigen Stoff bespannt waren; von nun an konnten sie sich weder sehen noch verständigen.

Sie waren allein mit dem Sarg vor Augen.

Artemidore gab zwei Mönchen ein Zeichen zum Näherkommen, diese fassten den Sarg an den Seiten an und hoben den Deckel hoch.

Alle hielten den Atem an.

Profuturus bekreuzigte sich. Im Schein der Kerzen und in dem gelben Rauch wurde der Leichnam eines Mannes sichtbar. Mit Ausnahme des Kopfes war der ganze Körper in dickes Hirschleder eingewickelt, auf Höhe des Brustkorbs waren vier kleine Löcher eingestochen.

»Wer ist das?«, fragte Até Profuturus.

»Wir hatten fünf Kandidaten für diesen Versuch zur Auswahl«, antwortete der Abt. »Sie waren krank und dem Ende nahe, doch der junge Perrot hat sie geheilt! Wir legen großen Wert darauf, nun ihre weitere Entwicklung zu untersuchen. Dieser Eindringling ins Kloster kam gerade zur rechten Zeit, um sie zu ersetzen.«

Stutzig geworden trat Até näher. Sie erbleichte. Trotz der ersten Spuren des Verfalls war sie sicher, dass sie diesen Mann schon zuvor einmal gesehen hatte.

Plötzlich erinnerte sie sich an ihren Überfall in Cantimpré, die Kinder, den Priester, der sie unterrichtete ...

Pater Aba!

Er war der Eindringling, der den Schlüssel ihres in Castelginaux getöteten Söldners verwendet hatte; er musste sie seit Okzitanien verfolgt haben, und offenbar war es ihm gelungen, sich in das Kloster einzuschmuggeln!

Guillem Aba aus Cantimpré.

Sie wandte sich um zu Perrot. Er war aschfahl. Auch er hatte den Priester wiedererkannt. Das war der schmerzlichste Schlag, den er seit seiner Entführung erhalten hatte.

Der Raum, die morbiden Gefäße, der in Hirschleder eingenähte Leichnam, Profuturus, die Mönche – die ganze Welt gab unter seinen Füßen nach, ihm war, als würde er vom Erdboden verschlungen und wie vom Rande eines Abgrunds zu diesem maskenhaften Gesicht mit dem verstümmelten Auge hinabgezogen. Seine Augen füllten sich mit Tränen, er fühlte sich wie im Fieber.

Und dennoch schien es Perrot, als sei er in den Händen einer höheren Macht, die ihn daran hinderte, zu schreien und sich auf den Toten zu stürzen.

All das erkannte Até intuitiv.

Ihr gefror ebenso das Blut in den Adern wie ihm: Sie sah, wie in seinem starren Blick das aufschien, was sie an diesem mit furchtbaren Kräften begabten Jungen fürchtete. Sie wollte zu Artemidore vortreten, ihn vor der Gefahr warnen, doch sie konnte sich nicht von der Stelle bewegen.

Perrot hatte sie *gesehen*.

Für den Bruchteil einer Sekunde kreuzten sich ihre Blicke; lange genug, damit Até wie gelähmt erstarrte und begriff, dass der Junge ihre Gedanken durchschaut hatte und ihr verbot, was auch immer über Aba zu verraten; genug, damit sie zu Boden stürzte und wie eine Wahnsinnige einen gellenden Schrei ausstieß.

In der düsteren, tiefen Stille, die seit der Entblößung der Leiche in dem Raum herrschte, hallte dieser Schrei grauenerregend nach.

Até wollte hinaus, von diesem verfluchten Ort fliehen. »Lasst mich! Ich will nicht hierbleiben!« Doch die Eisentür widerstand ihren Angriffen.

Zuerst überrascht, dann verärgert befahl Artemidore, dass man sie entfernte.

Von Mönchen umringt, wurde die hysterische Frau in ihre Kammer zurückgezerrt, obwohl sie in einem fort kreischte, dass sie das Kloster verlassen und so schnell wie möglich daraus verschwinden wolle ... »Wir werden sterben, wir werden alle bestraft werden ...!«

Rund um den Sarg kehrte nach einem kurzen Moment der Verunsicherung wieder Ordnung ein. Artemidore war der Gefühlsausbruch seiner Tochter unangenehm. Er sah darin den Beweis einer Schwäche, die sie ein für alle Mal in seiner Wertschätzung sinken ließ. Er forderte Profuturus auf, mit dem Versuch fortzufahren.

Der Abt befahl dem Mönch, der hinter dem Pult mit *Salomons Schlüssel* saß, mit dem Vorlesen zu beginnen. Langsam begann dieser den griechischen Vers zu rezitieren, ohne sich zu unterbrechen oder die Stimme zu senken.

Währenddessen ergriff Profuturus drei Steine, einen Bernstein, einen Quarz und einen Obsidian, und legte sie auf die Öffnungen in der Tierhaut, in die Aba gehüllt war; dabei ließ er die vierte und letzte Öffnung über dem Plexus sacralis, dem Kreuzbeinnervengeflecht, frei.

Perrot beobachtete all diese Bewegungen, als würden sie von Geisterhand ausgeführt; er blinzelte nicht mehr mit den Lidern, sein Atem beschleunigte sich und ging in kurzen Abständen.

Niemals hatte er so viele neue Empfindungen und Wahrnehmungen verspürt, die ihm klarmachten, dass seine »Gabe« viel weitreichender war, als er sich vorgestellt hatte.

Wieder begann er Stimmen zu hören. Doch dieses Mal verstand er: Er vernahm die inneren Stimmen der Menschen, die ihn umgaben!

Zuerst waren es die Stimmen seiner vier Gefährten. Agnès, Jehan, Damien und Simon ahnten, dass die von dem Mönch verlesenen Beschwörungen Salomons ihre magischen Kräfte wachriefen, und besannen sich auf den Eid, den sie sich gegenseitig geschworen hatten: Sie wollten sich dem Experiment um jeden Preis verweigern und es zum Scheitern bringen.

Aber nun ging es darum, Pater Aba wieder zum Leben zu erwecken!

Perrot hatte Artemidore de Brocas Absichten erraten.

Am liebsten hätte er geschrien, die Kinder angefleht und dazu getrieben, dass sie von ihrem Pakt zurücktraten und ihm halfen, dem guten Priester aus Cantimpré wieder Leben einzuhauchen .... Doch dieser höhere Wille, der von seinem Bewusstsein Besitz ergriffen hatte, dieser höhere Wille riet ihm davon ab, sich zu äußern.

Die Instrumente zum Sezieren hingen an langen Lederriemen herab; Abt Profuturus ergriff ein Messer und trat an Abas Leichnam heran. Er schlitzte eine Öffnung in das Hirschleder und zog am linken Unterarm einen tiefen Schnitt durch das fahle Fleisch.

Daraufhin nahm er ein Fläschchen mit rubinrotem Blut zur Hand und ließ mit Hilfe einer Lanzette ein paar Tropfen auf die dunkle Wunde fallen, die er geöffnet hatte.

Perrot, der mit neuen Fähigkeiten gesegnet war, seitdem seine Sinne sich in Alarmstimmung befanden, konnte nicht nur verstehen, was der Abt dachte, sondern auch dessen Gedankengänge nachvollziehen und bis zum Ausgangspunkt seiner Erwartungen zurückverfolgen.

Viele Male schon hatte er Blutübertragungen vorgenommen, durch die ein Körper mit einem anderen verbunden wurde, damit ein Kranker aus dem Blut eines gesunden Körpers Nutzen zog. Doch ohne dass er begriff, warum, waren manche Blutübertragungen von Erfolg gekrönt, während andere die Versuchskaninchen binnen weniger Sekunden töteten.

Er musste das universelle Blut entdecken, das sogenannte »Blut Christi«, das mit allen Menschen und allen Tieren harmonierte. Das war unerlässlich für den positiven Ausgang des Wiederauferstehungsexperiments nach Salomons Beschwörungsformeln.

Profuturus suchte zwanzig Jahre lang und ließ dabei Tausende von Menschen zur Ader. Die große Mehrheit unter ihnen kam dabei ums Leben. Bis er auf die Idee kam, sich mit den Stigmatisierten zu befassen.

Er entdeckte, dass das Blut, das diese Auserwählten mit den sechs Wundmalen des gekreuzigten Christus vergossen, nicht ihr eigenes *war … Und dass es mit dem aller Menschen harmonierte.*

Er hatte das Blut Christi gefunden.

Perrot beobachtete Artemidore de Broca.

Die Wiederauferstehung der Toten! Was aber sollte mit den Verbrannten, den Enthaupteten, den von wilden Tieren Gefressenen geschehen?

Wie sollten die Seelen sich bei der Rückkehr des Herrn wieder mit diesen Körpern vereinen?

Perrot suchte in Profuturus' Geist nach der Antwort.

Jeder Kadaver bewahrt, selbst wenn er zu Asche zerfallen ist, ein charakteristisches Merkmal: einen »Abdruck« der Seele, die in ihm wohnte. Diese jedem lebenden Wesen eigene Prägung ist die Garantie dafür, dass jeder beim Jüngsten Gericht seinen Körper wiederfindet. Den Beweis dafür haben wir seit langer Zeit vor Augen: Als Jesus mit dem Ruf: »Komm heraus!« Lazarus wieder von den Toten auferweckt, ruft er nicht seine Seele an (wie es all diese vorgeblichen Wunderheiler tun, die sich mit Auferstehungen brüsten), sondern seinen seit vier Tagen in der Grabhöhle in Bethanien hingestreckten Körper.

Belebt den Körper wieder, und Ihr gebt ihm seine Seele zurück. Die von Christus verheißene Auferstehung der Toten ist von Geburt an in unserem Fleisch eingeprägt.

Das war die umwälzende Entdeckung, die Arthuis de Beaune hier machte, nachdem er Demokrits Schriften über das Atom, die »Visionen« des heiligen Silas und die Philosophie des Einen nach Parmenides durchdrungen hatte.

Zur Stunde der Wiederauferstehung wird der Körper seine Seele erwecken und nicht umgekehrt!

Der Mönch rezitierte weiterhin unerschütterlich und mit langsamer Stimme Salomon, dabei wiederholte er unablässig denselben Vers, der durch dieses Skandieren wie ein düsterer, an unsichtbare Mächte gerichteter Gesang widerhallte.

Damien und Simon *sahen* sie, diese unsichtbaren Mächte, die durch die Litanei herbeigerufen worden waren! Sie traten in den Raum, wirbelten um den Sarg und Pater Abas fleischliche Hülle herum ...

»Wie lange wird es dauern?«, fragte Artemidore.

Abt Profuturus lächelte.

»Meiner Ansicht nach kaum ein paar Augenblicke!«

Draußen wunderten sich die Mönche über ein plötzliches Schwinden des Lichts. Ein Astrologe, der auf den Festungsmauern soeben das gerade Aufsteigen zweier Planeten bestimmen wollte, sah, wie der Himmel sich auf beunruhigende Weise verdunkelte.

Zugleich umfing ihn mitten im Winter eine ungewohnte Wärme, wiewohl er nicht den geringsten Hauch eines Südwinds verspürte. Und dennoch rauschten die Eiben in den Gärten, die Pferde schlugen in ihren Ställen aus, und der Chor der Bronzeglocken in den kleinen Kirchen des Klosters begann ohne erkennbaren Grund zu dröhnen …

Perrot hörte in der Stille des Raums hinter der monotonen Verlesung Geflüster!

Er betrachtete Pater Abas Leichnam gleichzeitig mit seinen Augen wie auch mit denen von Jehan, Damien, Agnès und Simon. Damien sah, wie schwarze Wolken mit Teufelsköpfen in die Rauchsäule, die unter dem Sarkophag aufstieg, hinein- und wiederherausfuhren. Doch der Junge wandte den Blick ab und senkte die Lider, um sie nicht zu »vertreiben«, obwohl seine Gabe ihm das ermöglicht hätte und Artemidore und Profuturus es bestimmt von ihm erwarteten.

Nicht mitmachen!, hämmerte er sich immer wieder ein.

Tatenlos sah er zu, wie die Teufel in dem Raum immer mehr wurden.

Auch Perrot sah diese Spektralgeister, die durch die Verse Salomons herbeigerufen worden waren und über dem Kadaver von Pater Aba schwebten: Manche hackten gewaltsam wie Raubvögel auf den Körper ein, zuckten jedoch nach der Berührung mit dem Hirschleder zurück, das offenbar ein unüberwindbares Hindernis für sie darstellte.

Simon wiederum sah nicht die Dämonen, sondern die Wiedergänger. Wie Damien schloss auch er die Augen, um seine Teilnahme an dem Versuch zu verweigern. Doch er hörte eine Stimme. Eine flehende Stimme.

Perrot hatte sie wiedererkannt. Die Seele von Pater Aba war zurückgekehrt. Perrot spürte, wie seine Hände und Füße brannten. Mit einem Mal blutete er aus den sechs Wundmalen Christi! Noch mehr aber erschreckte ihn, dass offenbar niemand das merkte, denn Profuturus und Artemidore blickten ihn ohne jegliches Erstaunen an …

Blutüberströmt suchte Perrots Blick den der Dämonen: Sogleich lösten sie sich mit einem erstickten Schrei auf.

Damien sah verblüfft dieser wilden Flucht zu, zu der er doch nichts beigetragen hatte.

Artemidore trat an Aba heran. Sein Gesicht leuchtete. »Kommt her und seht!«, rief er Profuturus zu.

Der Abt stellte fest, dass der Einschnitt am Unterarm des Toten heller und das Fleisch wieder weich geworden war; das mit der Lanzette übertragene Blut von Agnès bebte, als würde es kochen.

»Perrot ist im Begriff, sein Blut wieder zu regenerieren«, verkündete Profuturus.

Doch Perrot tat mehr als das. Er *selbst* vereinte in sich allein alle Kräfte, deren Wirkung die Kinder fürchteten, und verkörperte nun die Fähigkeiten der fünf Gefährten und noch mehr in seiner Person.

Das machte ihm indes keine Angst, er fühlte sich von diesem Machtzuwachs nicht überwältigt, sondern vielmehr von dieser höheren Macht geleitet, die in seinem Inneren handelte und sprach, von der gleichen Stimme der Wahrheit, die jedes Mal zu dem jungen Jehan sprach, wenn er in seine prophetischen Träume versank!

Perrot erblickte drei Farben.

Die drei Bernstein-, Quarz- und Obsidiansteine, die Profuturus auf Abas Körper gelegt hatte, begannen ein diffuses blaues, grünes und rotes Licht auszustrahlen.

Perrot war der Einzige, der es sehen konnte.

Er erkannte, dass es seine Aufgabe war, diese drei farbigen Lichterscheinungen, die über Aba tanzten,so *auszudehnen*, dass sie seinen ganzen Körper einhüllten.

Er konzentrierte sich, konzentrierte seine Gaben auf diese zuckenden, schwachen Lichtstrahlen und verlieh ihnen die Kraft zu wachsen, indem er aus seiner eigenen Energie schöpfte ...

Doch jede Veränderung, jeder gewonnene Zoll zehrte entsetzlich an seinen Kräften.

Blau, Rot und Grün schlangen sich ineinander, flimmerten, schwankten und schieden sich wieder wie Öl auf der Oberfläche von Wasser. Sie wurden so intensiv, dass sie die von dem Sarkophag aufsteigenden Rauchspiralen durchdrangen.

Perrot kämpfte gegen einen wirbelnden Regenbogen.

In seinem Kopf war das Zimmer verschwunden, und er schwebte in der Luft, allein mit Abas leblosem Körper. Allein in den Strahlen der Aura, die wieder im Entstehen begriffen war.

Er fixierte das Blau, das sich stabilisierte und vollkommen die Umrisse des Körpers annahm.

Dann mühte er sich mit den zwei anderen Farben ab.

Als die drei Lichthöfe endlich wieder ihren Platz eingenommen hatten, verlor er das Bewusstsein. Doch bevor er zu Boden stürzte, hatte der Junge gerade noch Zeit, um zu sehen, wie ein mächtiger langer, weißer Strahl wie ein Blitz durch die Öffnung über dem Plexus sacralis in den Körper von Guillem Aba fuhr.

Profuturus und Artemidore sahen bestürzt, wie der kleine Perrot sowie Jehan, Agnès, Damien und Simon die Besinnung verloren!

Die Kinder wurden gleichzeitig ohnmächtig und stürzten zu Boden.

Profuturus schrie auf.

Ein Blutfaden rann aus Abas Unterarm wie bei einem verletzten Lebenden.

Er trat näher, um das Gesicht zu betrachten.

Guillem Aba funkelte beseelt und starrte auf die Zimmerdecke.

Ein langer Augenblick entsetzten Schweigens trat ein …

Alle bei dem Versuch anwesenden Mönche berichteten, dass sie in diesem Augenblick in der herrschenden Stille deutlich den Herzschlag des Leichnams gehört hätten …

XVII

Benedetto Guis Gehirn lag im Todeskampf.

Rainerio.

Die Müdigkeit zermürbte ihn. Seine Sinne stumpften ab. Er röchelte. Dieses Röcheln hallte in ihm wider. Seine Kieferknochen und seine Schädeldecke vibrierten beim geringsten Laut, den er von sich gab. Das Innere seiner Augen brannte.

Das über seinem Kopf angenagelte Schild war nichts mehr weiter als ein formloser Farbfleck ...

Rainerio.

Bilder tauchten auf und rasten durch seinen Kopf. Erinnerungsfetzen wirbelten ungerufen und ohne Verbindung den zartesten Gedankengang durcheinander. Blitze verdichteten ein ganzes Leben zu einer Traumsekunde.

Sein sagenhaftes Gedächtnis glich gegenwärtig einem zerbrochenen bunten Glasfenster, Tausenden von farbigen Splittern, die zwischen den Fensterkreuzen und Sprossen auf dem Boden verstreut waren ...

Alles vermischte sich: das Axiom des Euklid ... *Wenn eine Gerade zwei Geraden schneidet und mit diesen auf derselben Seite innere Winkel bildet, die zusammen kleiner sind als zwei rechte, dann treffen diese ins Unendliche verlängerten Geraden ...*

… und die Erinnerung an eine Reise nach Florenz, die er mit sechzehn Jahren unternommen hatte, um in einer Ausgabe der *Hochzeit der Philologia mit Merkur* verfasst von Martianus Capella nachzuschlagen.

Rainerio.

Zapettas Bruder hat ein schreckliches Geheimnis entdeckt; eine Verschwörung, die eine Verbindung aufzeigte zwischen wundertätigen Kindern und vorgetäuschten Wundern, die von der Kirche inszeniert wurden …! Eine gewaltige Intrige, hohe Würdenträger sind darin verwickelt.

Rainerio weiß, dass sein Leben in Gefahr ist.

Entweder ist er tot. Oder er ist geflohen. Wohin?

Während die Bilder, die auf ihn einstürmten, langsam ihren Sinn und Zusammenhang verloren, nahm Benedetto plötzlich verschwommen die Gestalt einer Frau wahr. Sie trat näher.

Sie hatte lange blonde Haare, schwarze Augen, volle Hüften und eine üppige Brust. Ein tröstliches Lächeln auf dem schönen Gesicht. Sie beugte sich über das Folterbett.

Ordo disciplinae.

»BENEDETTO GUI HAT AUF ALLES EINE ANTWORT.«

Rainerio ist geflohen, um sich zu verstecken. Sobald er von Rasmussens Ermordung erfuhr? Wo konnte er Zuflucht suchen? Wohin sein Geheimnis retten? Womit kann er den Ruf des Laterans ruinieren?

Nein …

Rainerio lügt.

Warum kommt er nur für so kurze Zeit nach Pozzo? Er verbringt nur wenige Stunden dort. Stellt er wirklich Nachforschungen an?

Nein. Er weiß, was er will. Er kommt zum *Sammeln.*

Benedetto sieht wieder Zapetta in seinem Laden vor sich, ihr besorgtes Gesicht, kurz bevor sie in Tränen ausbricht.

Zu lange geglaubt, dass der Bruder ein Opfer ist …

Rainerio handelt im Auftrag.

Die junge Frau über ihm nähert ihr Gesicht dem seinen.

Benedetto fühlt, wie ihre Haarlocken seine Wangen streicheln. Er erkennt ihr Sandelholzparfum wieder. Aurelia, seine Frau. Sie drückt ihre Lippen auf die seinen. Eiskalt.

Kardinal Moccha und Cantimpré …

Man verbietet ihm, über das Dorf der Wunder nachzuforschen.

Wer? Rasmussen und Rainerio stellen sich gegen ihn und hindern ihn daran, Erkundigungen einzuziehen …?

Schlechte Rollenverteilung.

Als Maxime de Chênedollé in seiner verschlüsselten Botschaft die Namen der vier seit Dezember ermordeten Prälaten anführt …

Und dann die von Rasmussen und Rainerio –

In Wirklichkeit stellt er sie nicht mit diesen Toten in eine Reihe:

Er bezeichnet sie!

Er *entlarvt* sie!

Rainerio ist ein Lügner!

Inszenierung seines Verschwindens.

Benedetto wird von seinen Folterknechten mit Schlägen und Ohrfeigen malträtiert, als er seine Lider nicht mehr vom Zufallen abhalten kann.

Rainerio ist ein Verräter.

XVIII

Abt Profuturus hatte Abas wiedererweckten Körper in eine geheime Zelle oben im Kloster bringen lassen, mit der Anweisung, er dürfe *niemals* von dem kleinen Perrot getrennt werden.

»Wir dürfen nicht das Risiko eingehen, dass die Heilkraft des Kindes mit der Entfernung abnimmt.«

Dem Abt entging keine noch so kleine Veränderung in Abas gesundheitlichem Zustand. Er brauchte sehr viel Pflege. Der Mann war schwach, seine Haut fahl, er war wach, aber ohne wirkliches Bewusstsein, und das Atmen fiel ihm schwer.

Profuturus blätterte wie besessen in den Büchern seiner Bibliothek und studierte die Schilderungen von Wiedererweckungen, aus denen er geschlossen hatte, dass die Wiederbelebten oft, sofern das Wunder nicht von einem Messias wie Jesus oder Mithras vollbracht worden war, im besten Fall ein »Aufschub« des Todes erwartete. Es gelang ihnen zwar, sich aufzurichten und einige Sätze zu sprechen, aber sie konnten weder trinken noch essen und fanden keinen Schlaf. So starben sie nach einigen Tagen wieder unter grausamen Schmerzen.

Aba hingegen schlief, und sein Körper hatte ein wenig frisches Wasser aufgenommen, auch wenn er sich nicht bewegte und nicht sprach.

Das allein genügte schon, um den Geist von Abt Profuturus in fiebrige Erregung zu versetzen.

»Wir stehen am Anbeginn eines neuen Zeitalters!«, so lautete im Augenblick sein ständiger Ausruf; er wiederholte ihn für sich selbst wie ein Apostel – denn so sah er sich selbst –, auf den der Heilige Geist niedergekommen war.

Abas Gesicht war wie Marmor, sein Auge starrte, obwohl lebendig, blicklos vor sich hin, ohne etwas wahrzunehmen. Der Tod durch Ertrinken hatte keine sichtbaren Spuren an ihm hinterlassen.

Perrot blieb bei ihm.

Sie hatten nicht das geringste Zeichen der Verständigung miteinander ausgetauscht, doch das Gotteskind hatte als Einziger gespürt, wie der Blick des Wiederauferstandenen sich *absichtlich* auf ihn gerichtet hatte.

Perrot hätte schwören können, dass Pater Aba ihm in diesem Moment zugelächelt hatte …

*

Begeistert über die geglückte Wiederbelebung und die Möglichkeiten, die sich daraus ergaben, verließ Artemidore de Broca das Kloster. Er musste nach Rom zurückkehren und die Papstwahl überwachen.

Vor seinem Aufbruch ließ er sich in jenes Zimmer führen, in dem man Até nach ihrem Ausbruch eingeschlossen hatte.

Die junge Frau war immer noch nicht Herrin ihrer selbst. Stattdessen hatte sie sich in ein Delirium hineingesteigert, schrie, geiferte und stieß Verwünschungen gegen die Angehörigen dieses Klosters aus, die ihrer Ansicht nach den Teufel versuchten, gegen Gottes Gesetze verstießen und in der Gestalt des kleinen Perrot die Geburt eines neuen Würgeengels bewirkten, der alsbald auf sie alle herniederfahren würde!

Atés Gesicht war zerkratzt und wies Blutspuren auf, ihre Augen schleuderten Blitze, und ihre aufgelösten Haare verliehen ihr das irre Aussehen einer Furie. Beim Anblick ihres Vaters, der beabsichtigte, sie nach Rom mitzunehmen, verdoppelten sich ihre Schreie und Flüche. Sie behauptete, Artemidore de Broca sei ein Handlanger des Dämons, und beschuldigte ihn aller im Kloster Albertus Magnus begangenen Verbrechen und Schändlichkeiten; er war der Ganelon der Kirche, der dem Gefolge des Antichrist den Weg bereitete ...

Betrübt betrachtete der Kanzler die Verirrungen seiner Lieblingstochter.

Unmöglich könnte er sie in diesem Zustand nach Rom mitnehmen. Trotz allem, was sie schon geleistet hatte, durfte man ihr nicht mehr vertrauen.

Artemidore spürte, wie sich sein Herz verkrampfte.

»Sie bleibt hier.«

Der Tonfall seiner Stimme gab zu verstehen, dass er ebenso gut hätte sagen können: »Sie stirbt hier.«

XIX

Zwölf Tage später hatte Rom einen neuen Papst.

Zur allgemeinen Überraschung setzte zum ersten Mal der Bruder eines Bettelordens die Papstkrone auf: Der Franziskaner Hieronymus von Ascoli wurde unter dem Namen Nikolaus IV. der hundertneunundachtzigste Nachfolger des heiligen Petrus.

Nachdem der neue Pontifex vor dem Konklave eine lange Begrüßungsrede verlesen hatte, verließ er die wahlberechtigten Kardinäle und durchquerte den Lateranpalast in Richtung Kanzlei.

Begleitet von seinem Kämmerer und drei Priestern seines Gefolges betrat er einen weitläufigen, leeren Saal, der mit Marmorplatten ausgelegt und dessen Decke mehr als dreißig Fuß hoch war; das einzige Möbelstück darin war der Schreibtisch von Fauvel de Bazan.

Ein Wachposten vor dem Eingang zu Artemidore de Brocas Kabinett öffnete die Tür einen Spalt weit und warf einen Blick in den Raum hinein, sodann schloss er sie wieder und bedeutete Nikolaus IV. zu warten.

Das Unerhörte an dieser Situation lag nicht darin, dass der neue Pontifex sich selbst herbeibemühte, um beim Kanzler vorstellig zu werden; es lag nicht darin, dass de Broca die bemerkenswerte Unverfrorenheit besaß, den Stellvertreter Gottes auf Erden warten zu lassen; das Unerhörte war, dass niemand, weder der Papst selbst noch sein Gefolge, sich im Geringsten über diese Majestätsbeleidigungen empörte.

Kein Heiliger Vater könnte ohne die Unterstützung des unvergänglichen Kanzlers in Rom regieren; das war nun einmal der Stand der Dinge, und alle hatten das eingesehen. Auch Nikolaus IV.

Er übte sich in Geduld.

Artemidore de Broca hatte hinter seinem Schreibtisch Platz genommen. Fünf ernste und schweigende Gestalten hatten in einer Reihe in Sesseln vor ihm Platz genommen.

Außen saß Fauvel de Bazan, zu dessen Rechten Arthuis de Beaune, zu dessen Rechten Henrik Rasmussen, zu dessen Rechten der junge Rainerio und zu dessen Rechten der alte Althoras.

Die vier alten Männer Broca, Beaune, Rasmussen und Althoras bildeten das Quartett, das seit dreißig Jahren über die Geschicke des geheimen und mächtigen Konvents von Meggido bestimmte. Trotz der Verbindungen zwischen ihnen und der Bedeutung ihrer jeweiligen Ämter ahnte niemand, nicht einmal innerhalb der Organisation, dass diese so ungleichen Eminenzen Hand in Hand arbeiten könnten: Kardinal Rasmussen, der große Advocatus Diaboli, galt als der erbittertste Gegner von Artemidore de Broca in Rom, während er in Wahrheit, ohne Wissen selbst seiner Schwester Karen, mit ihm die Intrigen des Konvents dirigierte. Althoras, der blinde Anführer der berüchtigten Räuberbande von Toulouse, warb seit vielen Jahren insgeheim Hunderte von Söldnern an, jene schwarz gekleideten Männer, die die schmutzigen Arbeiten des Konvents erledigten, ohne dass irgendjemand aus seiner nahen Umgebung, nicht einmal sein Nachfolger Isarn, etwas von seiner Allianz mit einer geheimen Versuchsstätte der Kirche wusste. Arthuis de Beaune, der große Oranisator der Versuche des Konvents, ein vielseitiger Gelehrter, der als der neue Plinius der Ältere galt, hatte seinem Jahrhundert den Rücken gekehrt, um an dem unglaublichen, von Broca initiierten Abenteuer teilzuhaben, und niemand wusste, was aus ihm geworden war. Artemidore de Broca selbst war schon mancher Missetat bezichtigt worden, ohne dass er je für schuldig befunden worden wäre.

Es war das erste Mal seit elf Jahren, dass diese vier Männer im gleichen Raum zusammenkamen.

Denn nun war die entscheidende Stunde für den Konvent gekommen.

Artemidore erteilte Fauvel de Bazan das Wort.

Dieser begann mit einem Pergament in der Hand zu sprechen: »Dank der Kunde, die wir den wertvollen Quellen von Meister Althoras in Okzitanien verdanken, und dank der unermüdlichen Wachsamkeit von Benedetto Gui wurden alle Schwachstellen in Zusammenhang mit Perrots Entführung beseitigt.«

Er las vor: »Die Verräterin Ana im Dorf Cantimpré wurde erdrosselt und ihr Körper in einen Sturzbach geworfen. In Narbonne haben wir Bruder Jacopone Tagliaferro sowie die zwei Schwestern im Archiv hingerichtet und alle Dokumente vernichtet, die mit den Kindesentführungen in Zusammenhang standen. In Aude-sur-Pont wurde die Hexe Jeanne Quimpoix gefoltert, bevor man ihr das Herz durch den Rücken aus dem Leibe riss. In Pozzo ermordeten wir Bruder Hauser und befragten seine Geliebte, Schwester Constanza, bis sie der Tod ereilte. Und dann konnten wir endlich unseren furchtbarsten Gegner in Rom identifizieren und ausschalten: Kardinal Moccha! Alle Informationen, die er gegen den Konvent zusammengetragen hat, befinden sich nun in unserem Besitz.«

Artemidore de Broca lächelte.

»Kommen wir nun zur zweiten Phase unserer Operation. Wo stehen wir?«

Sein Blick wanderte zu Rainerio und Rasmussen. Der junge

Gehilfe des Kardinals ergriff das Wort. Er trug ein langes Gewand aus kostbarem Stoff und eine Silberkette.

»Monsignore, trotz zahlreicher Verwicklungen ist alles so geschehen, wie Ihr es befohlen habt: Die Untertanen des Kaisers und der Kaiser selbst sind dank seinem Schwiegersohn Wenzel II. in die Falle gegangen. Sie hielten mein falsches Schaubild, das die Verbindungen des Konvents von Meggido enthüllt, für wahr und unanfechtbar. Diese perfekte Verquickung von Wahrheit und Lüge fällt nun auf all unsere Feinde zurück, die darin zitiert werden. Da meine Enthüllungen durch die Gegenwart von Monsignore Rasmussen untermauert wurden, sind uns die Kaisertreuen überdies auf den Leim gegangen, sodass wir nun im Besitz der Liste all ihrer Spione sind, die sie in den Lateran eingeschleust haben. Außerdem verfügen wir über die Namen der Prälaten, die sich der Sache des Kaisers verschrieben haben!«

Artemidore de Broca schüttelte den Kopf und dachte: So viele glaubten, ich sei alt, verbraucht und angreifbar geworden, sie müssten mich nur anstoßen, damit ich stürze. Aber ich habe noch nie so über meine Gegner triumphiert!

Er blickte zu Arthuis de Beaune.

»Wie viel Zeit brauchen wir noch für das neue Kloster?«

Als Artemidore das Kloster Albertus Magnus verlassen hatte, nahm er Beaune und vierzehn Gelehrte sowie viele kostbare Bücher über Magie mit. Sein Ziel war es, auf Korfu einen neuen geheimen Standort für die Versuche des Konvents von Meggido aufzubauen, um den sich weniger Gerüchte rankten als um die Festung bei Ancona.

»Alles ist bereit«, antwortete Arthuis de Beaune. »Ich breche morgen nach Korfu auf.«

»Der Auferweckte?«, fragte Broca.

»Profuturus' Experiment ist beweiskräftig, aber wir müssen es auf eine höhere Ebene heben. Und dazu sind die Ruhe und die

Diskretion, die wir in Korfu genießen werden, von höchster Bedeutung.«

»Gut«, versetzte der Kanzler. »Damit ist alles geregelt.«

»Nicht ganz.«

Es war der alte Althoras, der plötzlich das Wort ergriffen hatte.

»Wir müssen noch einen Beschluss über die Zukunft des Klosters fassen. Es ist mir gelungen, meine Truppen nach Italien zu verlegen, indem ich sie zur Verfolgung des Priesters von Cantimpré anhielt. Ich zähle darauf, dass wir uns das zunutze machen. In dreißig Jahren hat unser Kloster einen zu großen Bekanntheitsgrad erlangt. Es erregt Neugier. Wie damals, als wir uns in Santa Lucia niedergelassen hatten. Wenn der Kaiser erkennt, dass er betrogen wurde, wird er versuchen, sich zu rächen. Das Kloster ist zu sehr von den Machenschaften des Konvents durchdrungen.«

»Mach, was du für richtig hältst«, beschied ihm Artemidore.

Fauvel zog die Augenbrauen hoch.

»Wirklich, Euer Gnaden? Até de Brayac befindet sich noch dort!«

Der alte Kanzler erklärte ungerührt: »Das ist egal.«

Er entließ seine drei Brüder aus dem Konvent, und seine beiden besten Mitstreiter, Bazan und Rainerio, verließen sein Kabinett durch eine Geheimtür.

Dann geruhte er den neuen Papst zu empfangen, der noch immer im Vorzimmer wartete.

Nikolaus IV. stürzte vor, um Artemidores Hand zu küssen, doch der Kanzler wehrte lauthals ab und stellte mühsam ein Knie auf den Boden, um wie der bescheidenste Untertan die päpstliche Hand zu küssen.

Nachdem er unter Schwierigkeiten wieder auf die Beine gekommen war, forderte er ihn barsch auf: »Setzt Euch.«

XX

In Varano, südlich des Klosters Albertus Magnus, legte ein mit zwei Masten und sechs Segeln getakeltes Schiff mit dem Namen *Heiliger Linus* am Kai an. An Bord befand sich eine Gemeinschaft von zwanzig Mönchen, die mit einer Ladung aus dem Arabischen übersetzter Bücher aus Konstantinopel gekommen waren. Unter der Leitung eines Abtes sollen sie die Werke entladen und ins Kloster befördern.

Doch kaum hatten sie einen Fuß auf das Festland gesetzt, da wurden die Mönche fast alle von einer Räuberbande hingemeuchelt.

Isarn und seine Männer aus Toulouse.

Job Carpiquet, der junge Mann in Althoras' Diensten, der Pater Aba bis zum Kloster gefolgt war, ohne je entdeckt zu werden, hatte die notwendigen Hinweise hinterlassen, damit Althoras, Isarn und seine Männer ihm im Abstand von einigen Tagen folgen konnten.

Carpiquet hatte mit aufgerissenen Augen zugesehen, wie Pater Aba sich Zutritt zu dem Kloster verschaffte, indem er die Stelle eines der schwarz gekleideten Männer eingenommen hatte. Seitdem wartete der Spion in Varano auf die Ankunft seiner Gebieter.

Isarn kam ohne Althoras, denn der alte Blinde war »erschöpft vom Tempo der Reise« aufgebrochen, um sich in Rom zu erholen. Von dort ließ er Isarn unerhörte Neuigkeiten über das Schiff *Heiliger Linus* überbringen sowie über die beste Methode, in das Kloster einzudringen, in dem seine Tochter Agnès angeblich gefangen gehalten wurde.

Mit Hilfe der erklecklichen Geldsummen, die er mit sich führte, ließ Isarn den Inhalt der Kisten austauschen …

Er befahl seinen Männern, die Chorhemden der Mönche anzulegen. Dann nahmen sie Kurs auf das Kloster Albertus Magnus. Der Abt der Gemeinschaft, den Isarn fürs Erste verschont hatte, diente ihnen als Führer.

Sie kamen am Fuß des Klosters an. Einer der Lastenaufzüge an der Nordseite senkte sich herab. Die erste Ladung Bücher und Mönche wurde darin untergebracht. Fünf Fuhren waren nötig, bis die Ladung vollständig hochgezogen war.

Als Isarn oben auf den Mauern angekommen war, ließ er den Abt, der um sein Leben fürchtete, nicht mehr aus den Augen.

Die Mönche und die Kisten wurden in das Kellergewölbe der großen Klosterbibliothek gebracht.

Dort ließ Isarn die Holzkisten öffnen.

Der Klosterbruder war verblüfft: Anstelle der dicken Werke und Bücher, die er in Antiochia hatte einladen lassen, fanden sie Fässer voller Bitumen und Salpeter vor, die wie Zunder brannten. Es waren Dutzende – genug, um das Kloster in Schutt und Asche zu legen!

»Und jetzt«, herrschte Isarn ihn an, »hilf uns herauszufinden, wo die Kinder eingesperrt sind, wenn du überleben willst!«

XXI

Sechsundneunzig Stunden nach dem Beginn seines Leidenswegs hatten die Schinder Benedetto Gui von seinem Folterbett befreit; sie hielten diese Zeitdauer für ausreichend, um seinen Geist abzutöten. Alle praktischen Versuche an dem Opfer bewiesen das: Gui hatte die Sehkraft eines Auges verloren, er konnte weder sprechen noch gehen und hielt sich nur mit Mühe auf den Beinen. Sein Gesicht wurde von Krämpfen und nervösen Zuckungen heimgesucht, und er hatte sogar vergessen, wie er hieß. Er schien lediglich noch im Stande, sich auf das Essen zu stürzen.

Nach der Folter hatte man ihn in eine kleine Zelle in den Verliesen von Matteoli Flo gebracht. Dort schlief er mehrere Tage hintereinander.

Drei Wochen nach seiner Marterung hatte sich sein Zustand nicht gebessert; zu diesem Zeitpunkt kam man ihn abholen. Gui blieb stumm, sein Blick war verstört, er reagierte kaum auf die Worte und Geräusche, die er hörte. Zwei Wachen packten ihn, als sei er nichts weiter als ein Gegenstand oder ein totes Tier, und schleppten ihn in einen Gang.

Benedetto sollte vor ein niederes kirchliches Gerichtstribunal gestellt werden. Seine wenigen Gedanken bildeten nichts als ein diffuses Magma, das ohne Inhalt um sich selbst kreiste.

Und dennoch hatte sein Gehirn im Unterschied zu allen anderen Folteropfern, die die gleiche Behandlung erlitten hatten wie er, nicht endgültig aufgehört zu funktionieren. Weil es geübter war als das der großen Mehrheit der Menschen, geistig agiler und kraftvoller als der Durchschnitt seiner Artgenossen, hielt seine nervöse Erregung an, mitgerissen von ihrem eigenen Trägheitsmoment, jedoch jeglichen Zusammenhangs beraubt.

Die Wachposten setzten Gui auf einer Bank im Vorraum ab und warteten auf die Ankunft des Karrens, der sie zum Tribunal befördern sollte. Während sie warteten, trat eine Frau ein; sie trug Tücher voller Blutflecken und Fleischfetzen bei sich, mit denen die Folterwerkzeuge von Matteoli Flo gereinigt worden waren; dann öffnete sie eine Falltür, durch die sie sie verschwinden ließ.

Aus dieser stieg der erste vertraute Eindruck an Benedettos Nase, die erste scharfe Erinnerung seit unzähligen Tagen.

Ein Geruch.

Ein Geruch von Wasser.

Ein Geruch, der verworren einen Teil seines Gedächtnisses erwachen ließ.

Für einen Augenblick erstarrte er. Seine Kerkermeister bemerkten nichts, und noch weniger sahen sie, wie sein gesundes Auge funkelte und den Raum in alle Richtungen absuchte.

Für sie war Gui so harmlos wie ein Kind, das gerade Laufen gelernt hat, und wenn der Gefangene Anstalten zum Aufstehen machte, dann warteten sie nur darauf, dass er wie ein Schwachsinniger zusammenbrach, um in höhnisches Gelächter auszubrechen.

Benedetto rollte in der Tat über den Boden, allerdings ohne zu stürzen; er kroch, verrenkte sich mit hampelnden Gliedmaßen und näherte sich dann der Falltür.

Dort verschwand er mit einem schnellen Sprung in den schrecklichen Gang, der senkrecht nach unten fiel.

Die Wachen hatten nicht einmal Zeit, aufzuspringen, da war

der Körper von Benedetto Gui bereits achtzehn Fuß weiter unten in die stinkenden Wasser des Tibers ausgespien worden.

Sie stürzten aus dem Gebäude von Matteoli Flo und versuchten, den Körper auf der Wasseroberfläche zu erspähen und ihm zu folgen, um ihn an Land zu ziehen, doch dieser war untergegangen und verschwunden …

»Jetzt ist es um diesen Irren geschehen. Er ist ertrunken.«

XXII

Im Kloster Albertus Magnus stellte Abt Profuturus aberwitzige, revolutionäre Theorien auf, inspiriert von dem erfolgreichen Experiment am Leichnam von Pater Aba.

Die Nacht war über der Festung hereingebrochen.

Zwei Mönche hielten in seinem Arbeitszimmer mit dem großen Glasfenster seine Gedankenergüsse schriftlich fest; seit fast drei Wochen fühlte er sich wie von einer himmlischen Mission beseelt.

»Wir stehen vor dem Anbruch eines neuen Zeitalters!« Er räsonierte über die Wahrscheinlichkeit, selbst nach seinem Tod wiedererweckt zu werden, über die Möglichkeit, einen Papst nach seiner Ermordung wieder ins Leben zurückzurufen oder der Welt die größten Heiligen wieder zurückzugeben. Oder gar als Krönung aller Pläne die Wiedergeburt Christi auf Erden herbeizuführen!

Die zwei Mönche waren entsetzt über diese Vielzahl von Gotteslästerungen!

»Seid Ihr nicht ein wenig sehr von Euch eingenommen, mein Bruder Abt?«, wagte einer von ihnen einzuwenden.

Profuturus lächelte mit glänzenden Augen; verblendet und von seinem bösen Geist besessen sah, hörte und verstand er nur noch das, was sein Wahn ihm einflüsterte.

»Wissen wir nicht seit Moses und Jesus, dass die Geschichte

einen Sinn hat?«, antwortete er. Er blieb vor seinen Glasfenstern stehen, durch die die bleichen Strahlen des Mondes hereinfielen, die auf ihrem Weg die Mauern und Gärten des Klosters erfassten. »Jahrhundertelang sah man Gottes himmlischen Plan am Werk, wenn Menschen an den Folgen der Melancholie starben. Und als einer von ihnen eines Tages die tröstliche Wirkung des Johanniskrauts entdeckte und sie von ihrem Trübsinn errettete, war das abermals Gottes himmlischer Plan! Gott erschafft an einem Tag den Kranken, am anderen den Arzt. Nichts auf dieser Welt existiert außerhalb seines Willens. Der Mensch stand dem Tod immer hilflos gegenüber, heute aber kann er sich dank mir von diesem Joch befreien. Mein Platz im Verlauf der Geschichte ist klar bestimmt!«

Seine Stimme war lauter geworden, sein Redefluss schneller.

»Jesus wurde durch Menschenhand gekreuzigt. Er versprach, er werde auf die Erde zurückkehren, um uns vom Bösen zu erlösen. Ich meine, Gott will, dass die Henker selbst Christus seine fleischliche Hülle zurückgeben! Uns obliegt es, die Schande der Kreuzigung wiedergutzumachen! Gott hat uns seinen Sohn geschenkt, wir werden ihm diesen zurückgeben! Mein Auferstehungsexperiment öffnet uns die Tore zu dieser Heldentat. Und das ist nur ein Vorspiel. Es wird der gesegnete Tag kommen, an dem wir aus ein wenig Blut, einem schlichten Milchzahn oder einer wie auch immer gearteten echten Reliquie einen Verstorbenen wiedererschaffen und seine Seele zurückholen können!«

Profuturus delirierte. Derselbe Mönch, der ihn schon einmal gefragt hatte, machte erneut Einwendungen. »Wenn das aber nicht Gottes Wille wäre, wenn Ihr nur ein neuer Sisyphus wäret, der Thanatos nachjagt, müssten wir dann nicht seinen fürchterlichsten Zorn fürchten?«

Der Abt strafte ihn mit Missachtung. Er hob die Arme zum Himmel wie ein Hierophant, doch gerade als er zu einer Antwort ansetzte, ließ eine riesige, aus der Nacht gefallene Feuerkugel seine Glasfenster in Scherben zersplittern und mähte ihn mit unglaublicher Wucht nieder.

Im ganzen Kloster explodierten gleichzeitig weitere Brandsätze, als wären sie eine Antwort Gottes auf die unerträgliche Vermessenheit von Profuturus.

*

Das Kloster Albertus Magnus ging in Flammen auf.

Isarns Männer schossen, verteilt auf strategische Schlüsselpunkte, Brandpfeile auf ihre Fässer mit Salpeter und Bitumen ab. Die Tonnen platzten in einer gewaltigen Explosion und versprühten ihre brandstifterische Flüssigkeit ohne Rücksicht auf Dinge oder Menschen.

Panik ergriff die Mönche.

Hörner bliesen Alarm.

An allen Ecken und Enden brach Feuer aus.

Jeder wusste hier, dass die Festung nur von einer Seite Ungemach zu fürchten hatte, nämlich von *innen*.

Mönche stürzten zu den Festungsmauern, um die Lastenaufzüge zu besteigen, den einzig möglichen Fluchtweg. Doch sobald diese Kästen an ihren mächtigen Balken hängend über dem Nichts schwebten, fielen sie mit einem Mal in die Tiefe und zerschellten mitsamt ihren Insassen am Boden!

Isarn hatte die Ketten ansägen lassen, an denen das Gegengewicht des Mechanismus befestigt war.

Die Bewohner des Klosters waren Gefangene der Flammen.

Manche rannten zu der eisernen Falltür, durch die man die von den Chirurgen ausgenommenen Kadaver geworfen hatte: Auf der Flucht vor den Flammen sprangen sie ins Leere und brachen sich die Knochen.

Mit gezückten Waffen stürmten Isarn und seine Männer zu der Etage, auf der die Zimmer der Wunderkinder lagen, und meuchelten jene Wachposten nieder, die noch nicht vor den Flammen geflohen waren. Isarn trat die Türen ein und schaltete alle aus, die sich ihm entgegenstellten, bis er endlich seine kleine Agnès wiederfand.

»Meine Tochter!« Er schloss sie in seine Arme. »Wir müssen auf der Stelle fliehen!«

Doch Agnès hielt ihn zurück.

»Nicht ohne meine Freunde«, sagte sie. »Wir müssen sie retten!«

Schnell gelangte Agnès unter dem Schutz der Männer ihres Vaters zu Jehan, Damien und Simon.

»Perrot fehlt!«, rief sie aus.

»Wo ist er?«, stieß Isarn hervor, er machte sich Sorgen wegen der verlorenen Zeit und dem Herannahen des Feuers.

»Wir wissen es nicht«, antworteten die Kinder. »Seit mehreren Tagen schon sind wir von ihm getrennt …«

Der Räuber aus Toulouse ließ seinen Blick im Kloster umherwandern. Die Flammen brannten so lichterloh, dass man so gut wie am helllichten Tag sah.

Die Feuerzungen breiteten sich mit Furcht erregender Geschwindigkeit aus. Isarn sah schon den Augenblick kommen, in dem sein Fluchtplan in Gefahr geriet.

»Wir haben keine Zeit mehr für Perrot!«, brüllte er. »Er oder wir! Sputet euch!«

Er zog die Kinder mit sich fort, ohne auf ihre Schreie zu achten: »Nein! Ohne Perrot geht es nicht! Wir müssen ihn finden!«

*

Das Feuer hatte auch von dem riesigen Saal mit den Seziertischen Besitz ergriffen, wo Pater Aba die tausendfachen Arbeiten des Klosters entdeckt hatte. Unter den züngelnden Flammen gab das

Holz nach, und das ganze Gebäude fiel in sich zusammen und begrub Jahre des Studiums und der Entdeckungen unter seinen Trümmern.

Die Kerkermeister, die in dem für hochrangige Besucher reservierten Flügel das Zimmer Até de Brayacs bewachten, ließen sie frei, bevor sie selbst flohen, denn sie glaubten, die Tochter von Artemidore de Broca dürfe nicht in den Flammen umkommen.

Até war noch immer wie im Fieberwahn, sie entriss einem der Wachposten ein Schwert und verschwand.

Als sie ins Freie trat, packte sie das Entsetzen über die Katastrophe. Sie machte sich auf die Suche nach Abt Profuturus.

Sie fand den Mann in seinem Arbeitszimmer niedergestreckt und im Sterben liegend, sein Gesicht war gerötet und von den Glasscherben zerschnitten. Ein Mönch in seiner Nähe war mitsamt seiner Kutte vollständig von den Flammen verzehrt worden.

»Wo ist Perrot?«, schrie Até. »Er muss gerettet werden! Wo ist das Kind?«

Profuturus' Lippen klebten zusammen. Er hatte kaum noch die Kraft, eine Hand zu heben: Ein Schlüssel lag darin, festgekrallt zwischen seinen erstarrten Fingern.

Dann machte er eine Bewegung zu dem klaffenden Fenster seines Arbeitszimmers hin und zeigte auf den höchsten Punkt der Klosteranlage.

Dort befand sich ein kleines, einzelnes Steinkreuzfenster.

Até entriss ihm den Schlüssel und sprang davon.

*

Währenddessen versammelte Isarn seine Mannen und die Kinder in einem der Kreuzgänge. Nachdem er sich versichert hatte, dass alle, wie in seinem Schlachtplan vorgesehen, anwesend waren, ließ er fünf Fässer in Brand setzen, die einen Feuerring um den Garten legten und ihn unzugänglich und uneinsehbar machten. Anschließend zertrümmerte er gemäß den Anweisungen des alten Althoras, der ihn in die Geheimnisse dieses Klosters eingeweiht hatte, die steinerne Einfassung des Brunnens in der Gartenmitte.

Das Wasser ergoss sich vollständig durch die geschlagene Bresche auf das Gras.

Am Grund des Brunnens erblickte er einen schmierigen und grünlichen Ring. Er befahl seinen Männern, ihn hochzuziehen, dadurch wurde eine Steinplatte angehoben, die den Zutritt zu einem Geheimgang frei gab. Dem einzigen im Kloster Albertus Magnus, durch den eine Flucht möglich war. Abgesehen von einer Handvoll Männern war er allen unbekannt.

Isarns Truppe drängte hinein.

Nachdem sie einem langen, finsteren Tunnel nach unten gefolgt waren, traten sie schließlich auf der mit Gestrüpp bewachsenen Ebene, die die Festung umgab, ins Freie.

Unverzüglich eilten die Flüchtigen zum Meer und der Landebrücke entgegen, wo das Schiff *Heiliger Linus* sie erwartete. Die Besatzung, geführt von Isarns Männern, hatte Befehl, auf offener See zu warten und sich zu nähern, sowie die ersten Flammen im Kloster sichtbar wurden.

Isarn, Agnès, Jehan, Damien, Simon und die Räuber stiegen in Kähne, die sie zu dem Schiff beförderten.

Das Schiff legte unverzüglich ab.

Sie waren frei.

*

Até rannte die Etagen des Klosters empor, ohne um ihr Leben zu fürchten, und trotzte den Flammen und der Glut.

All ihre Gedanken kreisten um Perrot.

Plötzlich gewann ihr Leben einen tiefen Sinn: Sie musste diesen Jungen retten, das Böse wiedergutmachen, das sie ihm angetan hatte ...

Sie erreichte das von Profuturus bezeichnete Zimmer und schob zitternd den Schlüssel ins Schloss.

Sie trat ein.

Perrot saß am Bett von Pater Aba.

Der Auferstandene lag da und schlief schwach atmend, ohne dass ihm das Drama, das sich um ihn herum abspielte, zu Bewusstsein kam.

Perrot selbst wirkte ebenfalls gelassen.

»Die Zeit drängt!«, rief Até. »Wir müssen dich in Sicherheit bringen!«

Sie wollte das Kind packen, doch es wehrte lauthals ab: »Ich kann Pater Aba nicht im Stich lassen.«

»Kann er gehen?«

Perrots unbehagliches Schweigen sprach Bände.

»Wir können ihn unmöglich mitnehmen«, schloss die Frau. »Komm.«

»Nein! Nein!«

»Du lässt mir keine andere Wahl.«

Sie packte Perrot mit Gewalt und schleppte ihn trotz seiner Gegenwehr aus dem Zimmer.

»Nein ...!«

Draußen erfasste Até mit einem Blick das Ausmaß des Brandes. Sie sah, wie Isarns Truppe in dem Geheimgang unter dem Brunnen verschwand, begriff jedoch auch, dass sie keine Möglichkeit hatte, ihnen zu folgen, sofern sie nicht die unüberwindbare Feuerwand durchbrach.

Die Treppe, die in die Geheimkammer führte, war einer der letzten Bereiche der Festung, die noch von den Flammen verschont waren. Até rannte mit Perrot die Stufen hinunter bis ins Untergeschoß des Klosters.

Dort suchte sie die Zellen auf, in denen die Experimente an den fünf Wunderkindern durchgeführt worden waren. Diese Räume waren hermetisch abgeschlossen. Até hoffte, dass weder die Flammen noch der erstickende Qualm in sie eindringen würden.

Sie verriegelte die Ausgänge.

Perrot war in Tränen aufgelöst.

»Wir bleiben hier, solange es nötig ist«, befahl ihm die junge Frau.

*

Pater Aba blieb mit dem Anflug eines Lächelns auf dem bleichen, schlafenden Gesicht auf seinem Lager in der geheimen Kammer zurück. Je weiter Perrot sich entfernte, umso mehr wich das Leben zum zweiten Mal aus ihm …

Seine Fingerspitzen wurden tiefschwarz, als hätte man sie in Pech getaucht. Allmählich breiteten sich die dunklen Flecken wie ein schwarzes Tuch von den Fingern auf die Hände, von den Händen auf die Arme und von den Armen auf den Rest des Körpers aus und ließen das Fleisch seiner Gliedmaßen schwinden. Als das Gesicht des Priesters vollständig von dieser Schwärze verschlungen war, blieb nichts weiter als eine Mumie, deren Haut bis auf die Knochen geschrumpft war.

Doch dieses Mal war ihm ein süßer Tod beschieden.

Dank der Tage des Weiterlebens, die er durch Profuturus' Experiment gewonnen hatte, hatte Guillem Aba den Zyklus seines Lebens, wie Gott ihn vorherbestimmt hatte, vollständig durchlaufen. Seine Seele würde nicht mehr wie nach seinem vorhergehenden Tod umherirren müssen, weil sie vor ihrer Zeit geholt worden war. Seine Zeit war erfüllt. Seine Mission ebenfalls. Perrot war im Besitz all seiner Gaben.

Seine erschöpfte Seele entschwebte in einem schönen Strahl mit den Farben der Aura aus dem Körper und verschwand in der Nacht.

*

Um die fleischliche Masse drangen die Flammen in das Zimmer und verwüsteten alles.

Das Kloster Albertus Magnus war nur noch ein einziger gigantischer Glutherd in der Dunkelheit, der knatternd und knisternd auf seinem Vorsprung in den Himmel ragte.

Seine Flammen warfen ihren goldenen Widerschein auf die Oberfläche des Meeres und vereinten sich mit den bleichen Strahlen des Mondes.

In der Ferne entschwand Isarns Schiff mit den vier Wunderkindern.

Epilog

I

In diesem Juni versengte der Sommer alles. Seit dem Quatemberfasten brannte die Sonne auf Rom nieder.

Und dennoch stieg ein steter Strom von Würdenträgern unablässig die Treppenstufen des Lateranpalastes hinauf und hinab.

Einer von ihnen verließ an diesem Nachmittag die Residenz von Papst Nikolaus IV. und tauchte in die Straßen Roms ein. Es war Rainerio.

Erst vor Kurzem hatte er sein Gelübde abgelegt und war unmittelbar darauf zum Bischof geweiht worden. Hochmütig trug er seine nagelneue rote Bischofsrobe.

Einige Römer grüßten ihn im Vorübergehen. Andere wichen ihm aus; er war bereits gefürchtet und wenig beliebt. Sein bischöflicher Status ermutigte den jungen Mann dazu, ein ums andere Mal seine Schlechtigkeit unter Beweis zu stellen. Denn er war von Ehrgeiz zerfressen.

Rainerio residierte nun in einem weitläufigen Gebäude unweit des Laterans, wo er seine Tage verbrachte.

Als er zu Hause eintraf, stürzte ein Diener auf ihn zu und reichte ihm etwas zu trinken und ein frisches Tuch, mit dem er seine Stirn benetzte. Danach trat Rainerio in sein großes Arbeitszimmer. Dort erblickte er überrascht seine Schwester Zapetta in Begleitung zweier Männer, die ihm gänzlich unbekannt waren.

Der eine war ein Junge von etwa dreizehn Jahren, der andere, ein bärtiger Mann mit halblangen Haaren, saß auf einem Stuhl und befand es nicht für nötig, sich bei seinem Eintreten zu erheben. Er hatte maskenhafte Gesichtszüge und ein scheeles Auge, und seine Schultern waren eingezogen wie bei einem Lahmen.

»Guten Tag, mein Bruder«, sagte Zapetta. »Ich möchte dir einen treuen Freund vorstellen: Benedetto Gui. Er hat dir vieles mitzuteilen ...«

*

Zwei Tage zuvor erkannte der alte Althoras an dem Lärm, den er machte, den kraftvollen und zornigen Schritt Isarns. Dieser drang in das Zimmer des Blinden in Padua ein, während der Räuberkonvoi auf dem Rückweg nach Toulouse war.

Isarn sprach kein Wort.

Er packte den Alten am Hals und erwürgte ihn.

Er hatte soeben von den Verbindungen Althoras' mit Rom erfahren und begriffen, wie sehr er über viele Jahre nur eine Marionette in den Händen des Blinden gewesen war. Und wie sehr dieser mit dem Leben seiner Tochter gespielt hatte.

Althoras hauchte sein Leben aus, ohne Widerstand zu leisten.

*

Die Tür zum Kabinett von Artemidore de Broca gab unter den Schlägen nach. Sechs Soldaten drangen ein und stürzten sich auf den alten Kanzler. Im Vorzimmer legte man Fauvel de Bazan in Fesseln.

Kurz darauf erschien der Papst und erklärte, als er die zwei Gefangenen sah: »Es ist vorbei, Broca ...«

II

Die Audienz, die Papst Nikolaus IV. Benedetto Gui gewährte, fand in Gegenwart der Vertreter des Kaisers, des Königs von Frankreich, des Königs von England und der Tempelritter im Lateran statt.

Artemidore de Broca, Fauvel de Bazan, Rainerio und Kardinal Rasmussen – der bei seiner Ankunft in Flandern verhaftet worden war – wurden gemeinsam vorgeführt. Einige Tage im Gefängnis hatten ihnen viel von ihrem Hochmut geraubt.

Benedetto Gui saß zusammengesunken auf einem Stuhl mit Rädern, den er selbst erfunden hatte. Noch immer waren die Spuren der Folterungen deutlich sichtbar: Er konnte kein Wort klar artikulieren, er sah nur mit einem Auge, und ein großer Teil seines Gesichts war gelähmt; er konnte weder gehen noch seine Hände und Arme koordiniert bewegen.

Nach seiner Flucht aus dem Gefängnis und seinem schwindelerregenden Sturz in die Fluten des Tibers war Benedetto in der Strömung untergegangen, jedoch weiter flussabwärts von den »Wäschern« herausgefischt worden. Diese hatten geglaubt, sie würden einen neuen Leichnam an Land ziehen, und waren nicht wenig überrascht, als sie ihren Freund Gui an der Schwelle des Todes entdeckten.

Um ihren früheren Verrat wiedergutzumachen, taten sie nun alles, ihn ins Leben zurückzuholen.

Benedetto blieb mehrere Tage bei ihnen, bis er ihnen mühsam zu verstehen geben konnte, dass er nach Ostia gebracht werden wollte.

Dort wurde er von Oronte und Julia Salutati, den Eltern seiner Frau Aurelia, aufgenommen, die ihn seit zwei Jahren nicht mehr gesehen hatten. Sie waren über seinen Zustand entsetzt und ließen ihm jene Pflege zukommen, die für seine Genesung unerlässlich war.

Seine Bewegungsfähigkeit erlangte Benedetto nicht mehr vollständig wieder, doch Schritt für Schritt gewann er die Herrschaft über sein Gehirn zurück. Mit Ordnung und Disziplin sortierte er seine Gedanken und Erinnerungen, setzte das zersplitterte Mosaik seines Bewusstseins wieder zusammen und gewann die Kontrolle über sich selbst zurück.

Unterstützt von Aurelias reichem Vater, von dem treuen Matteo, von der Witwe Maxime de Chênedollés, die ebenfalls darauf brannte, die Wahrheit über ihren Mann in Erfahrung zu bringen, von Schwester Constanza in der Abtei von Pozzo, die trotz der ihr durch Artemidore de Brocas Männer zugefügten Qualen nie verraten hatte, wo sich die von Gui eingesehenen Unterlagen über Rainerio befanden, und schließlich von dem Mönch mit dem reglosen Gesicht, der Kardinal Moccha bis zu dessen Tod beistand, hatte Benedetto Gui die ganze Verschwörung aufgedeckt, die Cantimpré mit Rainerio, Rainerio mit dem Konvent von Meggido, den Konvent von Meggido mit Chênedollé und Chênedollé mit ihm verband …

Der Papst erteilte ihm das Wort.

Da Benedetto nicht klar sprechen konnte, hatte er mit Hilfe eines einfallsreichen Schreibverfahrens ein beeindruckendes Plädoyer zu Papier gebracht, das er Matteo überreichte.

Dieser Junge, dem er früher selbst Lesen und Schreiben beigebracht hatte, sprach also nun, vor seinem Herrn stehend, zu der illustren Versammlung, im Angesicht der Stellvertreter Gottes und aller bedeutenden Herrscher der Welt.

Er las: »Oftmals genügt ein Korn, um eine gewaltige Maschinerie aus dem Takt zu bringen. In diesem Fall hieß das Korn, das den Untergang Artemidore de Brocas und seiner Anhänger bewirkte, Maxime de Chênedollé.«

Benedetto erklärte durch Matteo, dass dieser Mann ein sehr reicher Kaufmann und Bankier gewesen sei, der seit vielen Jahren als Geldgeber für den Konvent von Meggido fungiert und riesige Summen aufgebracht habe, um ihn zu fördern.

»Die Ausgaben des Konvents durften nicht in den Rechnungen der Kirche auftauchen; Chênedollé war der trickreiche Organisator dieser Parallelfinanzen.

Allerdings war der Mann vorausschauend: Es war ihm nicht entgangen, dass die Regeln des Konvents sehr streng waren und dass selbst ein herausragendes Mitglied beim geringsten Fehltritt skrupellos geopfert wurde.

Nach dem Tod des Bischofs Romée de Haquin in Draguan beschloss er daher vor acht Jahren, sein Leben abzusichern. Er nahm Kontakt zu einem gewissen Bischof Moccha auf, einem Prälaten, der damals in der römischen Kurie wenig zu sagen hatte, wegen seiner ausschweifenden Lebensweise verachtet wurde und wegen seines offensichtlichen Mangels an Ehrgeiz niemanden interessierte. Freilich war Moccha hinter seinem anstößigen Gebaren ein zutiefst ehrlicher und unbestechlicher Mann, der Ungerechtigkeit hasste. Maxime de Chênedollé beschloss, alles, was er im Konvent sah und hörte, schriftlich festzuhalten und diese Aufzeichnungen anschließend heimlich an Moccha zu übergeben. Sollte er sich eines Tages in Gefahr fühlen, dann könnte er seinen Auftraggebern damit drohen, dass er alles verraten würde. Moccha hatte Anweisung, alles zu veröffentlichen, wenn ihm etwas zustoßen sollte. Ihre Zusammenarbeit trug trotz der damit verbundenen Gefahren Früchte, und Moccha verfasste eine furchtbare Anklage gegen Artemidore de Broca und seine Geheimgesellschaft.

Chênedollé hatte gut daran getan, so zu handeln, denn Artemidore beschloss im kleinen Kreis eine gewaltige Säuberung in den Reihen des Konvents von Meggido.

Der Konvent, ursprünglich von zehn Männern gegründet, war mittlerweile eine Krake geworden, durch die zügellose Vermehrung seiner Mitglieder auch anfällig. Das Schweigen gewisser allzu gut unterrichteter Persönlichkeiten kostete ein Vermögen, und der Wahnsinn manch anderer wie etwa Abt Domenico Profuturus brachte das ganze Gebäude in Gefahr. Anstatt den Sturz des Konvents von Meggido auf sich zukommen zu lassen, beschloss Artemidore de Broca, der seinen Feinden gewöhnlich einen Schritt voraus war, diesen zu beschleunigen!

Er beschloss, neun Zehntel seiner Gefolgsleute auszuschalten. In der Residenz Chênedollés außerhalb Roms erstellten Broca und Rasmussen schließlich mit Unterstützung des jungen Rainerio das unglaubliche, falsche Schaubild der Verflechtungen des Konvents von Meggido. Damit sollten die Verräter des Konvents in die Irre geführt werden, insbesondere diejenigen, die sich bereits auf die Seite des Kaisers geschlagen hatten. Rainerios Aufgabe war es, die offiziellen Dokumente im Lateran, aber auch in der Abtei von Pozzo, die nicht zu dem Schaubild passten, zu fälschen. Rasmussen und er spielten geschickt ihre Rollen in Rom und bereiteten ihr Verschwinden vor ...

Maxime de Chênedollé erfuhr alsbald, dass er zu denen gehörte, die von der Säuberung betroffen waren. Seine letzte bedeutende Handlung bestand darin, dass er Rasmussen und Rainerio die notwendigen Mittel bewilligte, um die Ermordung des Ersteren vorzutäuschen und die Reise des Zweiten nach Mähren zu finanzieren!

Zu diesem Zeitpunkt beschloss Chênedollé, mit seiner Frau aus Rom zu fliehen und zu verschwinden. Doch er wusste, dass er überwacht wurde: Da sein Diener im Dienste des Konvents stand, wurden all seine Schritte und Unternehmungen getreulich an Fauvel de Bazan gemeldet. Es war an der Zeit, die Moccha anvertrauten Dokumente ins Spiel zu bringen. Daraufhin fasste er den Entschluss, mich, Benedetto Gui, aufzusuchen. Er wusste um meine Erfolge vor Gericht und rechnete damit, dass ich mit Hilfe der bei Moccha verborgenen Geheimunterlagen eine schlüssige und unwiderlegbare Angriffsstrategie aufbauen könnte. Es gelang ihm, mir unmerklich winzige Hinweise zuzuspielen, die seiner Ansicht nach, und meinem Ruf entsprechend, genügen mussten, um mich zu Kardinal Moccha zu führen. Bevor er ermordet wurde (sein Fluchtplan war aufgeflogen), fand Chênedollé noch Zeit, um seinem Freund mitzuteilen, welche Rolle er mir bei der großen Aufklärung zugedacht hatte. Als Moccha vom schrecklichen Ende Chênedollés erfuhr, suchte er mich unverzüglich in meinem Laden auf; doch Fauvel de Bazan hatte bereits meine Verhaftung in die Wege geleitet, und er fand das Haus in Schutt und Asche vor! Die Leute erzählten ihm indes, dass es mir gelungen sei, zu fliehen. Moccha erwartete daher ungeduldig mein Kommen, um Chênedollés Dokumente zu veröffentlichen. Bedauerlicherweise kam er, als ich unter falschem Namen in seinem Palast vorstellig wurde, nicht im Traum auf die Idee, dass vor ihm der Mann stand, den Chênedollé ausgewählt hatte, um Artemidore de Brocas Pläne zu vereiteln!«

Der Papst und sein Gefolge hörten begierig und fasziniert von dem unglaublichen Gespinst an Intrigen, das er aufgedeckt hatte, Guis Erklärungen an.

Artemidore, Rainerio und Rasmussen hingegen lauschten mit versteinerter Miene. Einzig Fauvel de Bazan war fassungslos; er wusste, was Benedetto Gui erlitten hatte, und konnte nicht verstehen, wie dieser Mann dem Tod und der vollständigen Zerstörung seiner geistigen Fähigkeiten entronnen war!

»Das ganze Unternehmen der Kindesentführungen begann an dem Tag, an dem Althoras, der Mann des Konvents im Süden Frankreichs und Anführer der schwarzen Räuber, entdeckte, dass an der Tochter seines Nachfolgers Isarn Stigmata auftraten. Er ließ Abt Profuturus kommen, damit dieser sie untersuchte. Der Abt war fassungslos über die Eigenschaften des von Agnès vergossenen Blutes und glaubte, endlich das universelle Blut gefunden zu haben, von dem in Salomos Texten die Rede ist; daraufhin stürzte er sich in sein aberwitziges Wiederauferstehungsprojekt. Artemidore wiederum sah darin die Verwirklichung der geistigen Prinzipien des Konvents und jahrzehntelanger wissenschaftlicher Anstrengungen, die von der Kirche verboten waren. Sie begannen, die Wunderkinder dieser Welt zu jagen. Profuturus war so davon besessen, dass er keine Kosten scheute und die Entführungen vervielfachte, selbst auf die Gefahr hin, den Konvent zu kompromittieren. Als Artemidore das klar wurde, war es bereits zu spät.

Er wollte aus dem Unglück Gewinn ziehen und befahl die Säuberung.«

Matteo fuhr fort: »Hätte ich, Benedetto Gui, nicht überlebt, dann wäre der Triumph des Kanzlers und seiner Anhänger heute vollkommen und von Dauer! Sie hätten sich ihrer Feinde entledigt und könnten ihre finsteren Pläne ungehindert verfolgen.«

Benedetto erklärte, dass weder Artemidore noch Profuturus vermutet hatten, sie könnten auf ein so außergewöhnliches Kind wie den kleinen Perrot stoßen. Er habe dank der Dokumente Mocchas über Cantimpré, die dessen getreuer Mönch aufbewahrt hatte, herausgefunden, dass einige griechische Kirchenväter in ihren Schriften behaupteten, die Erlösung sei ein immerwährender Prozess und der Erlöser nehme *in jeder Generation* Gestalt unter den Menschen an; er weigere sich jedoch, sich zu offenbaren, und nehme so von seiner Mission Abstand, oder er werde verraten und heimlich umgebracht, bevor er sich offenbart habe.

Jedes Mal, wenn er Gestalt annehme, vermehre sich die Zahl der Menschen mit wundersamen Fähigkeiten in seiner Nähe, die ihn führen und schützen sollen. Moccha hatte erkannt, dass genau das der Grund für die rätselhafte Zunahme von Wunderkindern in Cantimpré und in der ganzen Region war. Perrot war ein Erlöser.

»Wo befindet er sich nun?«, fragte Nikolaus IV.

»Niemand weiß, ob er den Brand des Klosters überlebt hat ...«

Nach einem langen Moment des Schweigens antwortete der Papst; er schwor vor den Vertretern des Königs als Zeugen, dass er die noch freien Mitglieder des Konvents bis zum letzten Mann ausmerzen und allen, die versucht hatten, sich davon zu lösen, verzeihen werde.

Er beglückwünschte Benedetto Gui.

Dieser indes beobachtete während der Rede des Papstes Artemidore de Brocas Gesicht und bemerkte, dass der alte Kanzler die triumphierende Miene, die er aufgesetzt hatte, nicht ablegte; es war fast, als würde er den Erfolg seines Vortrags abstreiten.

Benedetto nahm sein aus Buchstaben bestehendes Rechenbrett zur Hand und schrieb damit einige Sätze nieder.

Am Ende der Audienz ergriff Matteo noch einmal das Wort und las Guis Botschaft vor:

»Der Kanzler wiegt sich vielleicht in dem Glauben, der Konvent von Meggido werde ihn überleben. Sein Werk sei zerstört, aber nicht tot. Er möge wissen, dass Benedetto Gui auch Arthuis de Beaune und die hochrangigen Gelehrten aufgespürt hat, die das Kloster vor dessen Zerstörung verlassen haben. Zu dieser Stunde sind sie bereits an ihrem neuen Zufluchtsort in Korfu festgenommen worden ...«

In einem Akt unglaublicher Anstrengung deutete Benedetto Gui ein Lächeln an.

Artemidore de Broca erbleichte.

Fürs Erste hatte Benedetto Gui gewonnen.

III

Sechs Monate später war der kleine Laden in der Via dei Giudei dank der Gelder von Aurelias Vater und mit Hilfe der Bewohner des Viertels unverändert wieder aufgebaut worden.

An dem Tag, an dem man Benedetto Guis neu gefertigtes Schild aufhängte, wurde ein Fest gefeiert.

Seine Freunde waren vollzählig versammelt, darunter Salvestro Conti, der das leere neue Haus mit Büchern bestückt hatte. Auch der gestürzte Kardinal Cecchilleli nahm daran teil; durch den Skandal des Konvents von Meggido war sein Name vom Verdacht der Falschmünzerei reingewaschen worden.

Alle freuten sich über Benedetto Guis Rückkehr. Porticcios Jüngste opferte sich und stand dem armen Krüppel Tag und Nacht zur Seite. Matteo und Viola, keiner fehlte.

Eines schönen Tages, als sich Benedetto Gui mit seinem Rollstuhl an seinem Arbeitstisch einrichtete, nahm er verschwommen die Umrisse einer kleinen Gestalt wahr, die auf der anderen Straßenseite draußen wartete.

Er achtete nicht weiter darauf, obwohl die Gestalt sich nicht entfernte.

Schließlich ging die Tür auf, und ein kleiner Junge erschien.

Wortlos blickte er sich um. Er war blond und hatte blaue Augen. Dann blieb sein Blick auf Benedetto ruhen, und er lächelte.

»Danke«, sagte er.

Worauf er auf dem Absatz kehrtmachte, ohne eine Reaktion von Gui abzuwarten.

Dieser verstand nicht.

Plötzlich aber bemerkte er, wie er sein Rechenbrett mit unglaublicher Leichtigkeit ergriff! Zugleich war ihm, als ob er besser sähe. Sein Gesicht gewann seine Mimik zurück, er war nicht mehr auf einem Auge blind … er stand auf!

Er war geheilt.

»Kleiner!«

Es war das erste deutliche Wort, das er seit Monaten von sich gab.

Geheilt!

Benedetto stürzte ins Freie, blieb jedoch unter seinem Schild stehen, als er begriff, *wer* ihn soeben aufgesucht hatte.

Auf der Straße stießen Passanten erstaunte Schreie aus, als sie sahen, dass er durch ein Wunder von all seinen Behinderungen geheilt war.

Dreißig Schritte weiter entfernte sich der kleine blonde Junge an der Hand einer hochgewachsenen Frau mit langen roten Haaren.

Benedetto wagte nicht mehr, ihnen nachzurufen.

Die zwei rätselhaften Gestalten bogen um die nächste Ecke und verschwanden …

Glossar

ACHÄMENIDEN: Altpersische Dynastie, benannt nach dem Stammvater Achaimeses, der um 700 v. Chr. die Perser in das Gebiet um das spätere Persepolis geführt haben soll.

ABBREVIATOR: Seit dem 13. Jahrhundert Beamter der Apostolischen Kanzlei, der Urkunden und Akten anfertigte. Im Text: Schreiber, der über besondere Kenntnisse der jeweils gängigen Abkürzungen (Abbreviaturen) verfügte.

ADVOCATUS DIABOLI: Auch *Promotor fidei* genannt. Glaubens- oder Kirchenanwalt, der bei Selig- und Heiligsprechungsverfahren als Gegner des *Postulators* oder *Relator causae* alle möglichen Einwände gegen eine Selig- bzw. Heiligsprechung vorbringen muss.

ALBIGENSER: Glaubensbewegung, nach der südfranzösischen Stadt Albi benannt, einer Hochburg der Katharer oder Albigenser, einer im 12. Jahrhundert entstandenen Gemeinschaft, die im Zuge des Albigenserkreuzzugs vernichtet wurde.

ALDEBERT: Fränkischer Bischof in Neustrien, wurde auf Betreiben des Bonifatius 744 auf der Synode zu Soissons als Ketzer verurteilt. Er unterwarf sich nicht dem von der fränkischen Generalsynode von 745 bestätigten Absetzungsurteil und der über ihn verhängten Kirchenbuße, sodass Bonifatius die Hilfe des Papstes Zacharias anrief.

ALMUTIE (auch Almuzia): Seit dem 11. Jahrhundert Kopfbedeckung der Kanoniker im Chor, später meist pelzgefüttertes Schultermäntelchen.

BARBAKANE: Ein dem Tor einer mittelalterlichen Burg oder Stadtmauer vorgelagertes Verteidigungswerk. Die Barbakane stand mit der Ringmauer nicht oder nur teilweise in Verbindung und wurde nicht selten jenseits des Grabens errichtet.

BLIAUD: In Frankreich vom 10. bis ins 13. Jahrhundert von beiden Geschlechtern getragenes, oft besticktes Obergewand mit Ärmeln, meist aus kostbarem Stoff; hervorgegangen aus der antiken Tunika, wurde über der Chainse getragen.

BRUCHE: Zuerst knielange, in der Taille geknotete Hose meist aus Leinen, auch ohne Überkleid getragen. Später (ab dem 14. Jh.) kürzer und enger werdende Unterhose des Mannes; wurde durch angenestelte Beinlinge ergänzt.

CAMERLENGO: Kämmerer der Römischen Kurie, dem die Führung der Apostolischen Kammer, der päpstlichen Finanzbehörde, obliegt.

CHAINSE: Tunikaartiges, langärmeliges Untergewand beider Geschlechter, das direkt auf der Haut getragen wurde, reichte bei Männern meist bis zum Knie, bei Frauen bis zum Boden.

COLLÈGE: Geht auf das lateinische Wort *collegium* zurück und stand im mittelalterlichen Paris für ein Gebäude, in welchem unter Aufsicht von Klerikern Studierende wohnten, gemeinschaftlich aßen und gegebenenfalls Unterstützung und Geld erhielten.

COLLÈGE DE CALVI = Petite Sorbonne (gegründet von Robert de Sorbon).

COTTE: Im 13. Jahrhundert aus dem Bliaud hervorgegangenes bodenlanges, langärmeliges Schlupfgewand. Wurde über der Chainse und unter dem ebenfalls damals entstandenen Surcot getragen.

Empedokles: Ca. 494 v. Chr. – ca. 434 v. Chr., griechischer Philosoph, Vorsokratiker, Arzt, Priester und Dichter.

Galen (Galenos von Pergamon): Griechischer Arzt, der um 216 n. Chr. in Rom starb.

Goliarden: Umherziehende französische Scholaren (Studenten) und Kleriker des Mittelalters, die sich mit Liedern und Spielen über Wasser hielten. Wurden auch als Vaganten bezeichnet.

Gros tournois: Schwere Silbermünze, die der französische König Louis IX. (Ludwig der Heilige) im Jahr 1266 zum ersten Mal prägen ließ. Die in Deutschland Turnose oder Turnosegroschen genannte Münze wurde bald in vielen Ländern Europas kopiert (Groschen) und zum Vorbild der frühen Groschenprägung nördlich der Alpen.

Houppelande: Weites, vorne geöffnetes Übergewand mit Flügelärmeln, von Männern und Frauen getragen.

Johannes (Buralli) von Parma: Achter Generalminister des Minoritenordens, 1254 geboren.

Komplet: Nachtgebet in der Tagzeitenliturgie der Kirche.

Korporationen: In Ostia gab es verschiedene Vereinigungen (Corpora, Collegia) von Handwerkern, die die Schiffe reparierten, die Speicher unterhielten und andere Aufgaben hatten. Es handelte sich dabei aber nicht um Vereinigungen der eigentlichen Handwerker, sondern um Zusammenschlüsse der Vorgesetzten, die ihre Interessen in diesen Organisationen vertraten. Sie hatten bedeutende Versammlungshäuser und hinterließen zahlreiche Inschriften und Monumente.

Krak: Der Name *Krac* entstammt wahrscheinlich dem Altsyrischen und bedeutet »Festung«. Aus der Zeit der Kreuzzüge stammt etwa der berühmte *Krak des Chevaliers* in Syrien.

Kukulle: Schulterüberwurf mit Kapuze. Als liturgische Bekleidung Teil des Habits bestimmter Orden.

LAUDES: Morgengebet. Die Laudes werden bei Tagesanbruch gehalten, da die aufgehende Sonne ein Symbol für Christus ist, dem mit den Laudes Lob dargebracht wird.

MASCHIKULI: An der Außenmauer von mittelalterlichen Wehrbauten zwischen zwei Kragsteinen ausgesparte Wurf- oder Gussöffnung. Wehrgänge mit Maschikulis boten den Verteidigern vollkommenen Schutz vor Angreifern.

MATUTIN: Nächtliches bzw. frühmorgendliches Stundengebet.

SIMON IV. VON MONTFONT (CA. 1160 – 1218): Anführer des Albigenserkreuzzugs, Graf von Toulouse, Herzog von Narbonne.

MESSER: Alte italienische Anrede für Herr, auch kurz: *Ser*.

OBOL: Das Halbstück von Denar oder Pfennig. Auf diese Münze geht die Redewendung »einen Obolus entrichten« zurück.

OFFIZIAL: Der Vorsteher eines römisch-katholischen Kirchengerichts. Als Gerichtsvikar des Bischofs spricht der Offizial in dessen Namen Recht.

PARLATORIUM: Raum des Klosters, wo die Mönche von ihrem Schweigegelübde entbunden sind und miteinander sprechen dürfen.

PATENE: Ein liturgisches Gefäß, das bei der Eucharistiefeier bzw. beim Abendmahl verwendet wird.

PEKTORALE: Brustkreuz geistlicher Würdenträger.

POSITIO: Zusammenfassung der Berichte und Zeugenaussagen zur Überprüfung der *causa*, also des Grundes für eine mögliche Heiligsprechung.

POSCA: Das bekannteste nichtalkoholische Getränk der römischen Bürger und vor allem auch der Legionäre. Es handelt sich um Essigwasser. Notfalls überdeckte der Essig auch eine schlechtere Qualität des verwendeten Wassers.

PRÄMONSTRATENSER: Der katholische Orden wurde 1120 von Norbert von Xanten und 13 Gefährten in Prémontré nach der Augustinerregel gegründet.

Prim: Morgengebet, wurde unmittelbar vor der Laudes gebetet.

Promotor iustitiae: Auch *Promotor fidei* oder *Advocatus Diaboli* genannt. Glaubens- oder Kirchenanwalt, der bei Selig- und Heiligsprechungsverfahren als Gegner des *Postulators* oder *Relator causae* alle möglichen Einwände gegen eine Selig- bzw. Heiligsprechung vorbringen muss.

Postulator: Antragsteller eines Kanonisationsverfahrens.

Quatemberfasten: In der katholischen Kirche das strenge dreitägige (am Mittwoch, Freitag und Sonnabend) Fasten in den vier Wochen nach den altkirchlichen Vierteljahrsterminen Invokavit, Pfingsten, Kreuzeserhöhung (14. September) und Lucientag (13. Dezember); auch Weihfasten und Angarien- oder Fronfasten genannt.

Razès: Historischer Name einer Landschaft im Südwesten Frankreichs. Diese Grafschaft umfasste im Mittelalter Limoux sowie Teile von Carcassonne und Narbonne.

Relator causae: Der im Sinne des Postulators wirkende Vertreter der Kurie, der die Anerkennung eines neuen Heiligen befürwortet und Gegenspieler des *Advocatus Diaboli* ist.

Schule von Chortres: Ausbildungsstätte für Kleriker im Frühmittelalter. Inbegriff scholastischer Gelehrsamkeit.

Skapulier: Überwurf über die Tunika einer Ordenstracht. Es besteht aus zwei bis fast zum Boden reichenden Tüchern auf Rücken und Brust und hat anstelle von Ärmeln Armschlitze.

Surcot: Männliches und weibliches Obergewand mit oder ohne Ärmel, vorne offen, mit einer Fibel gehalten. Wird über der Cotte getragen.

Terz: Gebet des Breviers um die dritte Tagesstunde (9 Uhr).

Testament Salomos: Eine christlich-gnostische apokryphe Schrift, die auf das 4. Jahrhundert datiert wird. Sie beginnt mit der Übergabe eines Siegelringes von Gott an Salomo, mit dem dieser jeden Dämon kontrollieren kann. Salomo befiehlt eine

Reihe von Dämonen zu sich und befragt sie über ihre Eigenschaften.

Vigil: Die Vigil, auch Matutin (eingedeutscht »Mette«) genannt, ist die erste Gebetszeit des liturgischen Tages. Sie wird in der Nacht oder am frühen Morgen verrichtet.

Zingulum: Gürtel, den Mönche um ihren Habit legen.

Über das Buch

Im eisigen Winter des Jahres 1284 entdecken spielende Kinder in einem Fluss die Gebeine dreier Reisender, die auf grausame Weise ermordet wurden. Seither geht in der Diözese Draguan die Angst um. Unter den Bauern kursieren Gerüchte, dass die Schreckensfunde mit dem rätselhaften Dorf Heurteloup in Zusammenhang stehen. Dieser abgeschiedene Ort war in Vergessenheit geraten, bis der Mönch Chuquet beim Vergleich alter und neuer Steuerlisten feststellte, dass der Diözese früher nicht zwölf, sondern dreizehn Gemeinden angehörten.

Der Bischof von Draguan, ein alter Mann, ist äußerst beunruhigt und beauftragt den jungen, gelehrten Priester Henno Gui mit der Aufklärung der rätselhaften Ereignisse. Doch als Henno Gui in Draguan eintrifft, ist der Bischof bereits einem Mordanschlag zum Opfer gefallen. Der unerschrockene Priester will dennoch das vergessene Dorf aufsuchen ...

Leseprobe

I

Für den größten Teil des Abendlandes war der schreckliche Winter im Jahre 1284 eine Katastrophe. Für die Einwohner von Draguan bedeutete er einen weiteren Fluch.

Die Eisschicht, die die kleine, verwitterte Statue der heiligen Jungfrau Maria seit mehreren Wochen einhüllte, zerbrach. Die Kälte spaltete diese arme Gottesmutter aus Gips, die einsam auf dem flachen Land stand, dort, wo die Wege nach Domines und Befayt sich kreuzten.

Die Trümmer wurden nicht aufgesammelt. Man ließ sie dort wie eine Mahnung liegen, um diejenigen zu entmutigen, die sich noch in die Diözese Draguan wagten.

Niemals zuvor hatte es eine solche »Teufelskälte« gegeben. Die Familien, die in der Einsamkeit wohnten, suchten in den Gemeinden Schutz. Unzählige Feuerstellen auf den Feldern warfen einen roten Schein auf das Land. Die Menschen bedeckten die Dächer mit Ölpapier und getrockneten Binsen. Das ganze Volk schmiegte sich an Strohballen und das warme Fell der Tiere, die in die Hütten geholt worden waren. Der strenge Winter in jenem Jahr war schlimmer als die Hungersnöte des schwarzen Jahrhunderts.

Ein gutes Jahr nach den beunruhigenden Ereignissen am Damm von Domines dachte der Bischof von Draguan, Monseigneur Haquin, noch immer, dass sich zu viele Mächte gegen seine kleine Diözese verschworen. Wie alle Menschen hier trug er eine dicke Fellmütze und sorgte sich um die zersplitterten Jungfrauen und die »höllische« Kälte.

Als der Frost einsetzte, musste er seinen Bischofssitz verlassen und in eine kleine Zelle im zweiten Stock des Domstiftes ziehen. Die enge, niedrige Kammer war frisch gekalkt und einfacher zu wärmen als seine eigentliche Wohnstatt. Er gewöhnte sich schnell an die Bedingungen seines neuen Zufluchtsortes: Ein Stuhl, ein Tisch und eine Truhe, alles aus einfachem Holz, genügten für sein Amt. Sein einziger Luxus war ein breiter Chorstuhl, von dem sich der alte Mann niemals trennte. Diesen Holzstuhl, der für ihn zugleich ein Erinnerungsstück und ein geweihter Gegenstand war, nahm er überallhin mit. Besonders in diesen Zeiten. Haquins Charakter hatte sich beträchtlich verändert, seitdem man die drei Leichen im Montayou gefunden hatte. Der Mann, der bislang nicht nur als mächtig, sondern auch als entschlusskräftig und geistesgegenwärtig gegolten hatte, verwandelte sich plötzlich in einen alten, weißhaarigen Einsiedler, der seine Schäfchen vergaß und immerzu vor seinen heiligen Büchern hockte. Seine Augen nahmen die undurchdringliche Tönung der Kirchenfenster an. Sein Blick verhärtete sich. Niemand verstand, warum der etwa achtzigjährige Bischof sich das Schicksal der im Montayou aufgefundenen Leichen so sehr zu Herzen nahm und die Christenschuld so umfassend auslegte.

Im Morgengrauen des 6. Januar 1284 stand der Bischof wie jeden Morgen vor seinem Schreibpult. Die Gipfel der Pyrenäen hoben sich vage vom Horizont ab. Ein heftiger Sturm fegte durch die Straßen und durch die Hütten. Alles auf seinem Weg erfror: die schlecht geschützten Behausungen und die Dreschtennen.

Haquins Kammer, die einzige, die um diese Tageszeit erhellt war, badete im leuchtenden Schein knisternder Kerzen.

Jemand klopfte an die Tür. Der Vikar des Bischofs, Bruder Chuquet, nannte seinen Namen und trat ein. Er war ein Mann von dreißig Jahren. Wie alle Mitglieder seines Ordens trug er die Tonsur und eine ungefärbte, langärmelige Kutte, um die er einen Gürtel geschlagen hatte. An seiner Schulter war zur Erinnerung an den Orden von Tabor, der Draguan gegründet hatte, ein kleines Abzeichen mit einer Nadel befestigt. Der treue, gewissenhafte Mann hatte auch die Aufgabe eines Verwalters inne. Er begrüßte seinen Herrn ehrerbietig.

»Guten Morgen, Monseigneur.«

Der alte Mann, der sich über sein Schreibpult beugte, murmelte einen Gruß, ohne den Kopf zu heben. Chuquet brachte den Krug mit gefrorenem Wasser, den er jeden Morgen in die Aushöhlung der Feuerstelle schob.

Er schloss leise die Eichentür, damit sein Herr nicht bei der Lektüre gestört wurde. Bruder Chuquet, der gerade erst aus dem Bett gestiegen war, machte sich sofort an die Arbeit und bemühte sich, das Feuer im Ofen zu entfachen.

»Haben wir Neuigkeiten von unserem Abenteurer?«, fragte der Bischof.

»Leider nicht, Monseigneur. Es ist bitterkalt. Der Ziegenhirt Adso ist vor fünf Tagen aus Passier zurückgekehrt. Er beteuert, dass beinahe das ganze Königreich unter einer Schneedecke begraben liegt. Sogar die großen Straßen sind nicht mehr passierbar. Im Augenblick sind wir die Einzigen, die nicht eingeschneit sind.«

»Hm…«

»Bevor das Tauwetter einsetzt, können wir nicht hoffen«,

fügte der Mönch hinzu. »Der Winter hat gerade erst begonnen. Er wird in den nächsten Wochen sicher noch härter werden.«

»Das ist schade. Was ist heute für ein Tag?«

»Heute ist der Tag des heiligen Emiel, Monseigneur.«

»Ach, der gute Emiel?... Dann ist noch nichts verloren«, sagte der Bischof. »Es müsste ein schöner Tag werden. Wir werden sehen.«

Der Vikar kannte die Symbolik des heiligen Emiel nicht, aber er hatte nicht den Mut, es zuzugeben. Er wollte nur warten, bis das Wasser im Kübel heiß war, und dann ins Refektorium gehen. Er beobachtete, wie die Holzscheite prasselnd Feuer fingen und die Flammen in die Höhe leckten. Dann stellte Chuquet den Wasserkrug auf den Ofen.

Durch ein einziges Fenster, das aus gewachstem Leinen bestand, drang Tageslicht in diesen Raum. Der Mönch blickte auf den großen Platz von Draguan, auf dem die Kirche und das Domstift standen. Obwohl seit Jahren kein Domherr mehr im Bistum die Messe las, trug das Haus diesen Namen früherer Zeiten. Ein alter Bischof, drei Mönche und fünf Pfarrer für zwölf Gemeinden waren alles, was Draguan – ein kleines Bistum auf dem Lande – zu bieten hatte.

Die Straßen des Marktfleckens waren menschenleer. Die Wolken hingen tief und berührten fast die Spitze des Kirchturms. Normalerweise wagte sich bei diesem Wetter niemand hinaus. Chuquet entdeckte an einer Straßenbiegung ein mattes Licht, das an diesem frühen Morgen auf und nieder wippte und verschwand.

Wieder ein Ehebruch, sagte sich der Vikar im Stillen.

Als der Vikar am Schreibtisch des Bischofs vorbeiging, sah er die farbige Miniatur eines Codex, in die sein Herr vertieft war. Die Neugier gehörte nicht zu seinen Lastern, aber die große Konzentration des Bischofs und die Bewegungen seiner Lippen machten ihn stutzig.

Die Original-Buchmalerei, deren grelle Farben ins Auge stachen, bestand aus Symbolen und kleinen Figuren: Ein großes, kunstvolles Gemälde mit zahlreichen Ikonen und bunt schillerndem Arkanum. Als Chuquet den Sinn des Werkes erkannte, erblasste er wie ein Klostermönch, der auf frischer Tat bei einem Diebstahl ertappt worden war. In der Mitte des großen Bildes sah man eine scheußliche Gruppe nackter Frauen, die sich paarten, hundsköpfige Ungeheuer, fliegende Hippogryphen, Krähen mit abgeschnittenen Hälsen, dunkle Wälder, die von Feuerfunken gehetzte Menschen ausspien, Scheiterhaufen aus Menschenfleisch, umgedrehte Kruzifixe, die die Wänste der Pfarrer mit den geilen Mienen durchbohrten. Das Bild war zweifellos eine der schändlichsten Darstellungen des Bösen, die je ein Mensch hervorgebracht hatte. Wie konnte der Stilus eines Meisters diese teuflischen Kurven und Kanten ziehen, ohne dass das Pergament in Flammen aufging?

Chuquet wandte sich ab und bemühte sich, keinen einzigen Blick mehr auf die ungeheuerlichen Eingebungen dieses Frevlers zu werfen. Leider waren die anderen Arbeiten auf dem Lesepult des Bischofs ebenso schändlich. Der Vikar sah teuflische Federzeichnungen auf Pergament, Abhandlungen der Apokalypse, johanneische Miniaturen, Kalender der Kalabrier, niederträchtige Abbildungen von Sukkuben und Formeln aus dem *Nekronomikon* … Chuquet wusste nicht mehr, wohin er seinen Blick wenden sollte. Lief er nicht Gefahr, den klösterlichen Anstand und die strengen Ordensgelübde zu verletzen?

Der Bischof bemerkte die Verlegenheit des Vikars nicht, griff nach einem anderen Buch und legte seinen Lesestein auf den Text.

Gott steh mir bei, dachte Chuquet. In der Abtei in Gall hätte mir mein Vorwitz zwei Wochen Nachtwache oder sieben Schläge mit der Rute der *decani iuniores* eingebracht. Der Mönch beschloss, sich davonzustehlen. Nachdem er sich davon überzeugt hatte, dass das Wasser im Krug kochte, verabschiedete er sich vom Bischof. Er lief ins Refektorium und gesellte sich zu den beiden anderen Mönchen des Bistums.

Kurz nachdem der Vikar gegangen war, unterbrach Haquin seine Lektüre und zog unter dem Schreibpult eine kleine Schachtel hervor. Die dicken Nüsse, die er im Herbst gesammelt hatte, bewahrten den ganzen Winter über ihre zarte, feuchte Frucht. Er wählte zwei große Walnüsse aus und warf sie in den Topf mit dem kochenden Wasser.

Als Haquin später seinen Becher füllen wollte, unterbrach ihn ein unerwartetes Geräusch: das Schnauben eines Pferdes, das wohl vor dem Domstift stand. Der alte Mann verharrte reglos und lauschte, hörte aber nichts mehr. Er stand auf, trat an das Fenster und starrte hinaus. Schließlich erkannte er im schwachen Licht des Morgens einen großen, kräftigen Fuchshengst, der an der Eingangstür festgebunden war. Er war nicht zu vergleichen mit den mageren Kleppern dieser Gegend. Unter dem dicken Sattel lag ein Tuch, um das Fell zu schützen. Jetzt schnaubte das Pferd wieder. Sicher kam es von weit her. Der Reiter war nicht mehr an seiner Seite.

Die Straßen von Draguan waren menschenleer.

Der alte Mann wich mit besorgter Miene zurück. Seit mehreren Wochen erwartete er einen wichtigen Reisenden, aber dieser würde gewiss nicht auf einem solchen Pferd erscheinen.

Der Bischof wollte gerade rufen, doch das Dröhnen schneller Schritte, die immer näher kamen, ließ ihn verstummen.

Chuquet kehrte zurück, hellwach jetzt und rege wie ein Soldat.

»Verzeiht mir, Monseigneur.«

Der Mönch trat schon ein, ehe der Bischof ihn dazu aufgefordert hatte.

»Ein Fremder ist angekommen und bittet, Euch sprechen zu dürfen.«

»Ach ja? Ist das nicht unser neuer …?«

»Nein, Monseigneur«, unterbrach ihn Chuquet. »Es ist ein Fremder. Er möchte Euch dringend sprechen. Seinen Namen hat er mir nicht genannt.«

Die Stimme des Vikars war hektisch und überschwänglich. Für ihn schien alles bestens zusammenzupassen: die Kälte, die frühe Tagesstunde und …

»Wie sieht der Besucher aus?«, fragte der Bischof.

»Es ist ein großer Mann, Monseigneur. Sehr groß. Sein Gesicht konnte ich nicht erkennen. Er ist von Kopf bis Fuß in eine lange, nasse *Cappa* gehüllt.«

Haquin schien die Nachricht weniger aufzuregen als seinen Vikar. Der seltsame Fremde war wieder einmal nicht der Mann, dessen Ankunft er schon so lange herbeigesehnt hatte. Dieser Besuch verhieß nichts Gutes.

»Bringt ihn in den Kapitelsaal!«, sagte er. »Wir lassen ihm die Ehre zukommen, die einem Weitgereisten gebührt.«

Der Mönch trat einen Schritt vor. Es machte ihm sichtlich Freude, dass die Bedeutung dieser Begegnung so sehr aufgewertet wurde. Dennoch wandte er ein:

»Nein, nein, Monseigneur. Der Herr hat ausdrücklich gesagt, dass er von Euch keine Höflichkeiten erwartet. Er hat es eilig und bittet um ein kurzes Gespräch.«

Der Bischof zuckte mit den Schultern.

»Dann bringt ihn hierher, wenn es sein Wunsch ist. Scheinbar ein Edelmann, der sich nicht um die Konventionen schert.«

Chuquet war schon verschwunden. Der Bischof räumte geschwind seinen Schreibtisch auf. Er deckte das Tintenfass zu und legte seine Codices, Pergamente und die anderen Arbeiten in die große Holztruhe. Auf dem Tisch ließ er nur ein paar harmlose Blätter liegen.

Es dauerte nicht lange, bis er schwere Schritte auf dem Gang hörte. Er zog das Silberkreuz, das er auf der Brust trug und das seinen Rang symbolisierte, unter dem Pelzrock hervor.

Der geheimnisvolle Besucher folgte Chuquet. Der Vikar hatte nicht gelogen: Der Mann war in der Tat sehr hoch gewachsen und von Kopf bis Fuß in einen dunklen, feuchten Überrock gehüllt. Man konnte weder seine Arme noch sein Gesicht erkennen. Eine Kapuze verdeckte seine Gesichtszüge. Der arme Mönch, den die Statur des Mannes und der Widerhall der beschlagenen Stiefel einschüchterten, wagte kein Wort zu sagen.

Als er vor der Kammer des Bischofs ankam, klopfte er und öffnete auf den Befehl seines Herrn die Tür. Der Unbekannte stellte sich vor Haquin hin, ohne zu sprechen oder sein Gesicht zu enthüllen.

»Lasst uns allein, Chuquet«, befahl der Bischof.

Der Vikar verbeugte sich kurz und schloss die Tür hinter sich.

Er lief ins Refektorium hinunter, das im Erdgeschoss neben der Eingangstür lag. Dort saßen die Brüder Abel und Méault in düsteres Schweigen versunken an einem Tisch. Méault, ein Mann mit stattlichem Wanst und rotem Gesicht, war seltsam fahrig und nervös. Abel, der Älteste von ihnen, war gefasster, schien aber ebenfalls beunruhigt zu sein.

Als Chuquet zu ihnen kam, fragten sie ihn leise nach dem Unbekannten.

»Sicherlich ein Abgesandter aus Jehan oder des hohen *Suffragans*?«, schlug Méault vor.

Nachdem vor einem Jahr die Leichen in Domines entdeckt worden waren, hatte Monseigneur Haquin in der Erzdiözese Passier um Hilfe gebeten. Aber seine Briefe waren alle abgewiesen worden. Später hatte er sich an die Instanzen von Jehan gewandt. Es war fast dasselbe. Man hatte noch nicht einmal die Güte, ihm zu antworten. Ein dritter Brief, der zu den Bischöfen geschickt worden und unbeantwortet geblieben war, hatte ihm die letzte Hoffnung auf eine gemeinsame Lösung der Montayou-Affäre geraubt.

»Vielleicht haben sie sich endlich Zeit für diesen Fall genommen und nach langen Debatten einen Boten geschickt«, fügte Méault hinzu. »Hinter diesem Aufzug (er meinte den prächtigen Fuchshengst und den schwarzen Überrock) verbergen sich gewiss eine Soutane und ein wichtiger Brief.«

Seine beiden Mitbrüder waren nicht überzeugt.

»Oder es handelt sich um einen alten Bekannten des Bischofs, der ihn nach vielen Jahren wiedergefunden hat«, schlug Abel, der Dienstälteste, vor.

Aber auch diese Vermutung fand keine rechte Zustimmung. Seit seiner Ankunft in dieser Diözese im Jahre 1255 hatte Haquin nie über seine Vergangenheit gesprochen. Kam er aus Paris, aus einem Diakonat im Norden oder von einem anderen Bischofssitz in der Provinz? Niemand schien es zu wissen. Draguan wurde vom Adel und dem höheren Klerus so selten besucht, dass nichts über die Vergangenheit des Bischofs durchsickerte. Obwohl er sein Amt jetzt schon dreißig Jahre ohne Unterbrechung ausübte, hatte die Gemeinde bislang kaum etwas über ihn erfahren. Die einzige Post, die Monseigneur Haquin erhielt, waren die Dekrete aus dem Erzbistum Fougerolles oder dem Amtsbezirk Passier. Während all der Jahre hatte er seine Diözese nicht ein einziges Mal verlassen, und kein Fremder war in den Weiler gekommen, um ihn zu besuchen. Über Haquins Leben gab es keine anderen Anhaltspunkte als sein Wirken in dieser Diözese.

Die Talente des Bischofs verrieten indes, dass er einst ein anderes Leben geführt haben musste. Haquin kannte erstaunliche Erfindungen und Neuerungen, die auf zahlreiche Reisen oder den Umgang mit ausländischen Herren schließen ließen. Er zeigte den Frauen, wie man Wolle nach dem Vorbild der Spinnerinnen von Florenz entschweißte, mit Butter einfettete und kämmte. Er zog Kerzen nach einer neuen Formel aus Tannin und Harz. Unter seiner Anleitung war eine kleine Wassermühle gebaut worden, die die Länder des Nordens erprobt hatten. Sie diente dazu, das Korn mühelos zu mahlen, Mehl zu sieben oder Tücher zu walken. Er war es auch, der das alte Pferdegeschirr in den Verschlag warf und durch ein Kummet ersetzte. Die Neuerung verdreifachte die Zugkraft aller jämmerlichen Klepper des Dorfes und wurde wie ein Wunder gefeiert. Gleichzeitig ließ der Bischof kleine Brücken und Straßen bauen, die Moore trockenlegen und Werkzeug schmieden.

Seine Lebenskraft und sein starker Charakter flößten allen Respekt ein. Und bei den einfältigen Bauern zählte der Respekt mehr als das Wissen. Er bedeutete ihnen alles.

Bruder Chuquet, der sich im Erdgeschoss aufhielt, fragte sich, ob er von dem Gespräch der beiden Männer nicht etwas aufschnappen könne. Er schlich zur Treppe und lauschte.

Der überraschende Besuch hatte Chuquet ebenso sehr aufgewühlt wie seine beiden Mitbrüder. Mittlerweile war er seit fünfzehn Jahren in Draguan und litt zunehmend an der Eintönigkeit der kleinen Pfarrei auf dem Lande. Noch war er jung genug, um von einem aufregenderen Leben zu träumen. Die Toten, die aus dem Fluss gefischt worden waren, hatten ein wenig Abwechslung in sein tägliches Einerlei gebracht. Bot die Ankunft des Unbekannten die Gelegenheit für einen neuen Anfang?

Doch auf der Treppe konnte er nichts hören. »Nein«, sagte er zu Abel, als er ins Refektorium zurückkehrte, »das ist gewiss kein Höflichkeitsbesuch. Kein vernünftiger Mensch reitet in dieser Jahreszeit nach Draguan hinaus, ohne einen triftigen Grund dafür zu haben!«

Kaum ein anderes Bistum im ganzen Königreich war so abgelegen wie Draguan. Sein Name wurde auf den Karten der Gerichtsbarkeit oft ausgelassen oder gestrichen. Als der Vorgänger von Haquin, Jorge Aja, die Kanzel, die ihm zu dürftig erschien, verlassen hatte, mussten die Gläubigen und die Pfarrer der dazugehörigen Dörfer drei Jahre auf einen neuen Bischof warten. Weder der Hof noch die Konvente der Region interessierten sich für das wertlose Bistum. Obwohl sich die Diözese über drei Täler erstreckte, zählte sie nur achtzig Familien, die verstreut zwischen den Mooren und den undurchdringlichen Wäldern lebten. Die Erde hier war schwer zu bestellen. Keine Familie im Königreich und kein Baron wollten jemals die Rechte kaufen, um ihren Namen mit diesem Landstrich ohne solide militärische Befestigung zu verbinden. Draguan gehörte zu den wenigen Bezirken des Königreiches, die von keinem Herrn abhängig waren. Das Volk hatte keine Standarte, der es Ehre erwies. Diese Provinz gehörte zu keiner Gerichtsbarkeit. Die Menschen waren vollkommen ungebunden.

Ungebunden und frei, aber zugleich ohne Schutz. Keine Zitadelle hielt Eindringlinge zurück. Keine Garnison von Bogenschützen schlug räubernde, deutsche Reiterbanden oder Vagabunden in die Flucht. Die Dorfbewohner mussten ihr Land, das nur Kohl und Rüben hervorbrachte, selbst beschützen. Die wenigen Plünderer und Soldaten, die sich hierher verirrten, nahmen aus dieser Gegend den Schwur mit, niemals in das Sumpfloch zurückzukehren. Die Bauern überlebten mit einer Hippe weniger und die Frauen mit einem geröteten Schoß.

Die Kirche war der einzige Beistand in Draguan. Sie war zugleich König, Ratgeber, Richter, Lehrer, Schiedsrichter, Familie und die große Schwester des Volkes. Die Gläubigen hatten sich daran gewöhnt. Der Transept ihrer Kirche beschützte sie besser als jede Burgfestung.

Méault schlang die Finger so fest ineinander, dass die Knochen knackten. »Wer dieser mysteriöse Besucher auch sein mag, er sieht nicht so aus, als habe der Himmel ihn geschickt!«

Abel und Chuquet hatten keine Lust und keine Zeit, über die böse Bemerkung zu lächeln: Aus der Kammer des Bischofs drang furchtbarer Lärm hinaus, der durchs ganze Haus hallte. Die drei Mönche rannten sofort aus dem Refektorium hinaus. Nie zuvor hatte einer von ihnen einen solchen Knall vernommen. Der dunkle Schatten des Besuchers stürzte bereits die Treppe hinunter. Die Brüder waren so verwirrt und ängstlich, dass sie ihn vorbeihuschen ließen. Kurz darauf saß der Unbekannte im Sattel und galoppierte davon.

Chuquet lief zur Kammer des Bischofs. Er sah den Leichnam des alten Mannes auf dem Boden liegen. Sein Schädel war gespalten und bestand nur noch aus gebrochenen Knochen und rohem Fleisch. Zertrümmert wie nach einem Schlag mit der

Keule. Der arme Vikar traute seinen Augen nicht. Dicker Nebel schwebte durch den Raum. Ein beißender, unbekannter Geruch stieg ihm in die Nase.

Als Chuquet auf die Leiche zuging, rannen ihm Tränen über die Wangen. Das dicke Blut des Bischofs sickerte über die Rückenlehne seines wertvollen Chorstuhles aus altem Nussbaumholz. Die Figuren auf der breiten, geschnitzten Stange in Nackenhöhe waren alle sorgfältig ausgearbeitet: Eine Gruppe Schüler umringte ehrfürchtig eine große Persönlichkeit. Der Hierophant in der Mitte hatte die Arme beschwörend zum Himmel erhoben. Die harmlose, einfache Gravur war wunderschön und konnte alles bedeuten: die ersten Versammlungen der Christen, die ionischen Schulen, die ägyptischen Kulte, die Verehrer von Mithra oder die Eleusinischen Mysterien.

Das Holz des Stuhles war unversehrt, aber die jungen Schüler, die ihren Herrn auf dem kunstvoll geschnitzten Balken umringten, waren alle in Blut getränkt.

Lesen Sie weiter:

DAS
DREIZEHNTE
DORF

von

Romain Sardou

ISBN 978-3-453-40791-6